关心则乱
GUAN XIN ZE LUAN
著
江湖夜雨十年灯
CNS
湖南文艺出版社
HUNAN LITERATURE AND ART PUBLISHING HOUSE
博集天卷
CS-BOOKY

爱与勇气，
永远不败；
愿成为天下之山脊，
百死无悔。
江湖夜雨十年灯

我们在这世上活过，
我们活的每一日都清明快活，
俯仰无愧于心。

持刀在手的少女仿佛变了一个人，
眼中涌动着兴奋的战意，
期待着强敌来临。

蔡昭

慕清晏

『昭昭。』俊美的青年眼波含笑。

他一开口，蔡昭的脸色就变了。

她认识这个声音。

『我姓慕，双字清晏。』

他不疾不徐地开口，『我等了你一天一夜。』

江湖夜雨十年灯
这世上的事，
往往是靠山山倒，
靠海海枯，
还是靠自己最稳妥。

卷一

美貌晴空

那些果敢如骄阳的少年，不是老了，就是死了；那些青春年少激昂热血的岁月，终究是一去不复返了。

第1章

两百年前，诸魔大战，北宸老祖以身殉道。

之后天下断断续续太平至今。为何说是“断断续续”呢？因为有人的地方就有江湖，只要有人，东家长西家短，总能因为针头线脑的破事打闹起来，这个问题哪怕是北宸老祖翻开棺材板活过来也是没办法解决的。

在全天下修武之人的见证下，北宸老祖留下的六名后人给他办了一场感天动地的风光葬礼，然后这六名后人及其家人就老老实实地聚居在老祖的居所万水千山崖上，每日习武读书，间或开个追忆会缅怀一下老祖的英明往事。

所谓树大分枝，仅仅二十多年后，六名后人就已儿女子侄成群，这时他们发现了三件事。

第一，虽然他们自己亲如手足，除了日常切磋时用小拳拳互捶，基本不会发生别的矛盾，他们的妻子、儿女、门人、弟子却不见得。

第二，原本以为老祖过世后他们六个无依无靠，需要抱团取暖过日子，可是随着儿孙、门人下山游历，他们发现其实自己从北宸老祖身上学到的一鳞半爪，已经足够纵横天下了。

第三，所谓光影同行，诸魔虽灭，可不过十来年工夫，江湖上却有魔教兴起了。据说当年北宸老祖之死也有魔教先祖的一部分缘故，北宸后裔怎能袖手旁观？于是他们决意到各地落户立派，戒备魔教来犯。

说一千道一万，结论就两个字：分家。

对于将近两百年前的这段往事，五岁的蔡晗在背祖谱时曾抱怨：“不就是分家嘛，非得啰里啰唆写那么多大道理，好像他们当年在万水千山崖上没吵过架似的……”

这话换来他姐姐一个手法不纯熟的爆栗：“真没见识，名门正派的分家能叫分家吗？”

蔡晗摸摸脑袋：“那该叫什么？”

蔡昭小姑娘一脸正气地道：“自然是为了匡扶天下正义，北宸后裔强忍手足别离之痛，散落各处，防邪魔外道乘虚而入，为祸人间！”

这是她前几日蹲在砂锅叔的摊位前啃卤鸡腿时刚听到的——行走江湖最要紧的就是呛话，江湖客们未必时时都会动手，呛话却是碰上面就要来的。

“说得好，我家昭昭说得真好。将来行走江湖，不论做事漂不漂亮，话一定要说得漂亮。”他们的姑姑蔡平殊倚在床榻边上“啪啪”地鼓掌。虽然当时的她已是病弱难起，蜡黄孱瘦的面庞却依旧笑得飞扬洒脱，戏谑爽朗。

蔡家小姐弟的亲爹蔡平春沉默地坐在一旁，自小演技就不够的他，怎么也装不出笑脸来。蔡夫人宁小枫在窗边低头吹汤药，一颗大大的泪珠砸进药碗。

许久之前他们就知道会有这一日，但当这日真的来了，他们依旧心痛如绞。

十二岁的小蔡姑娘站在一旁，羽睫纤密，大眼澄澈如露，似乎隐隐察觉了即将到来的悲伤。

不几日蔡平殊就过世了，蔡昭重病了一场，踏踏实实地为她守了三年孝。蔡平春随即就提出蔡昭该离谷拜师了，师门他都联系好了，就是北宸后裔分家后唯一留在万水千山崖上的青阙宗，号称天下第一宗的武林魁首，很够派头了吧。

蔡昭小姑娘立刻表示她其实还没完全平复悲伤，出门拜师的事不如再缓缓。

“再缓缓你就要十八了！”蔡平春板着脸恫吓她，“十八岁前不拜到别家门下，你莫不是想做魔女?!”

蔡昭蹙着秀气细致的眉毛道：“我喜欢待在家里啊，到了外面吃不惯住不惯的。爹，我大门不出二门不迈，难道还能凭空成了魔女？”

“从镇口到镇尾有一间铺子的老板、伙计是你不识的吗？这也能算大门不出二门不迈？整日大街小巷的……”宁小枫讥笑一声，看见丈夫给自己打眼色，随即摆正脸色。

“当初你曾姑祖母的爹娘也是这么以为的，想着女儿体弱多病，连去镇上买盒胭脂都走不动，就这么待在家中怎会出事？结果呢，正儿八经魔教出来的妖女都没她闹出来的阵势大！你给我老老实实到万水千山崖上待三年，武艺什么的学不学都好，就是省得人家说闲话——这也是你姑姑的吩咐！”

“你娘说的一点都没错。”蔡平春一拍桌子，事情就这么定了。

蔡昭鼓着粉嫩嫩的脸颊，心中万分幽怨。

姑姑蔡平殊是蔡昭生平最敬爱之人，一生正直磊落，堪称正道之光，她却自小无甚志气，只求睡饱了起来用手指头沾沾水，把自己画得粉嘟嘟的，好吃好喝，人生便别无所求。

如今斯人已逝，蔡昭伤痛之余，倒也希望自己能追随先人的品格言行，满足蔡平殊的愿望……可是如果不用离开落英谷就好了，她可以用别的方式追随啊。

如此纠结，全因为落英谷蔡氏有个奇葩的命数——蔡家女儿必须拜到别家门下，不能留在自家长大。否则，轻则与人扯头花，重则大祸滔天。

最初，北宸后裔都聚居在万水千山崖上，六家弟子不分彼此，经常是甲家儿子跟乙家叔父学刀，跟丙家阿伯学剑，再跟丁家大哥学骑马撩妹[①]。彼时，蔡家女儿的这个毛病还不明显，撑死就是跟小姐妹斗斗气别别苗头。

一俟分家，蔡家头一个“原汁原味”生长在自家门中的女儿就以万夫莫当之势开启了魔女之路——桀骜不驯，倒行逆施，白长了一身极高的天分。无论亲长怎么劝说，她依旧我行我素，到满江湖的犄角旮旯寻找偏门偏路的武学秘籍和凶兽猛禽，后来果然闯下大祸。

这位女祖宗倒也爽快，不等别人找她算账就直接一走了之了，自武林中销声匿迹，那几十年间天下修武之人提起落英谷就只会摇头。

又过了一两代，略过数个“普通等级”的不肖女儿，蔡家的女魔头推陈出新，不但行事不羁、是非不分，还跟魔教的大魔头勾结在了一处，最终逼得她亲爹扬言要大义灭亲，亲自率领了正派人士去围剿魔教，清理门户——不过这事后来也不了了之了，因为这位女祖宗也依样画葫芦地来了个一走了之，销声匿迹。

虽然前辈“业绩辉煌”，不过真正捶实了蔡家这个诡异命数的还是蔡昭那位据说一年中有十一个月都气若游丝的曾姑祖母。

---

① 撩妹：网络流行语，指获得女性青睐的行为。

在近百年的严防死守之下，因着不断将女儿送去兄弟门派消灾，原本蔡家已经许久未出魔女了。等到这位先天不足的曾姑祖母出生时，蔡谷主夫妇心疼女儿体弱多病，难免放松了警惕，将她留在家中养病，谁知后来竟掀起了江湖中一场绝无仅有的腥风血雨。

自此之后，蔡家再不敢有侥幸心理，但凡生下了女儿，就老老实实地去联系兄弟门派，看看当时哪位掌门脾气好、规矩松，就将女儿送过去待上几年。不求成为当世女侠，只求无病无灾，平平安安，运气好的话再顺便带个女婿回来。

例如蔡昭的姑姑蔡平殊，十岁时就拜入了北宸六派中的佩琼山庄。

而且反过来看，蔡家的女儿只要老老实实拜到别派门下，长大后不是温柔贤淑，就是深明大义，目前蔡氏女的天花板是一代女侠蔡平殊，不但年少起就惊才绝艳、名震天下，还挽狂澜于既倒。蔡氏女的下限也能婚事顺遂，阖家美满。

前事可鉴，历史环境太过严苛，是以蔡昭不得不离家远行，拜师消灾去也。

自小习惯被姐姐蔡平殊使唤的蔡谷主在整理庶务方面颇有效率，不过短短三日，他就打点好了细软、行装与奴仆，可以前往九蠡山青阙府了。

启程那一日，来送行的谷民与镇民人山人海，蔡昭眼泪汪汪地咬着小手绢，不住地朝车外挥手，宁小枫一把拽回女儿。

蔡昭含泪叹道："没了我，镇上那许多铺子的伙计、掌柜该有多么寂寞啊！"

宁小枫嗤之以鼻："你冲车外看看，来送行的是泪流满面，还是喜气洋洋？"

蔡昭扑到车窗口一看，见情形果然如她亲娘所说。她立刻不哭了，颇觉几分悲愤："果然天下多是负心人啊——那个胭脂铺的老板，说我是他遇到过的最有眼力的主顾；还有那个绸缎铺的，前几日还说能遇到我这样见微知著的买主是他三生有幸。"

宁小枫闲闲地道："人家是不是说反话啊？"

"娘，三生有幸的反话是什么？"蔡晗小朋友好奇地问。

宁小枫挖挖耳朵，说："倒了三辈子的血霉？"

蔡晗坐在亲爹怀中哈哈大笑。

蔡昭愤慨道："这些店家真是短视近利，咱们落英镇之所以能在短短十余年间成为方圆百里之内人气最旺的集市，正因一直秉持着姑姑的意愿：不论是卖吃的、穿的还是做牙行的店铺，都要力求童叟无欺，精益求精，有口皆碑。"

蔡晗嘟囔道："可阿姐也太讲究了，吃碗馄饨都要七分前腿肉加三分虾泥的馅，后腿的为啥不成……"

蔡昭一脸惊异道："若是做卤骨、酱肉，凑合一下也就算了。清汤馄饨当然要前腿肉，后腿肉那么粗硬，你们难道吃不出来？"

蔡家剩余三口人一齐摇头——小馄饨里面就那么丁点肉，鬼才吃得出来是前腿肉还是后腿肉。

蔡昭连连摇头叹息："你们也太不讲究了。为什么那么多百年老店的手艺停滞不前？就是你们这些不讲究的主顾惯的。唉，姑姑说得不错，我为天下人呕心沥血，天下人却对我多有误解……"

蔡家夫妇忍无可忍，一齐捂住耳朵。

蔡昭挣扎着再次求情："爹、娘，既然学不学武都不要紧，那为何又非去青阙宗呢？我听说咱们落英谷外新开了一个青竹帮，我看就很好。我去拜那帮主为师，早上出门，晚上就能回镇上睡觉了。"

蔡平春皱眉道："那青竹帮原是由在江上划竹排的兄弟聚集而成的，只能算一半江湖中人吧……"

"爹，话不能这么说。人家汪帮主一手七七四十九路划水棒法也有几分名头啊。"

宁小枫闲闲地道："那不是你几个月前给人家想出来的名字，然后撺掇砂锅叔去告诉那汪帮主的吗？"

蔡昭讪笑。

宁小枫继续道："说一句那青竹帮在江湖上敬陪末座都算是给面子的了，你若宁愿去那儿也不去青阙宗，那么我们天下第一宗未免颜面上不好看。然而说句实话，我也看不大顺眼你那未来的师父……"

蔡平春低咳一声。

"……你那未来师父的老婆。"宁小枫及时补完，"不过嘛，去青阙宗是你姑姑亲口答应了的，你自己掂量掂量。"

蔡昭小声地叹了口气："……好吧。"

第2章

落英谷地处四季如春的中南腹地，九蠡山却在辽阔高远的北方山脉，蔡谷主十分有先见地留足了时间，或走水路，或使用行天鸢，叫妻儿既有工夫赏景，又能尽快赶路。

离船上岸那日，青竹帮汪帮主领着一群帮众在岸边含泪相送，感谢蔡昭不拜师之恩，还奉上了十几只喷香油亮的乌梅烧鹅作为贺礼，气得蔡昭好像河豚一样肚皮都胀得圆滚滚的，愤而不肯吃饭。

一家人嘻嘻哈哈，终于在零嘴吃完之前到达了青阙府境内。

青阙府因青阙宗得名，这里是当初北宸老祖的修道之所，然而两百年转瞬即逝，原先人迹罕至的孤山雪岭小村落，如今已是天下修武之士人人向往的圣地了。蔡家一行在山下小镇上稍做盘桓，次日雇上十几辆适合山路的独轮车上山去也。

刚出了小镇，一座秀峻端肃至极的山岭便映入蔡昭的眼帘。

山形高大峻伟，盖头压顶而来。巨大险恶的山石宛如一头头被定住的魔物所化成，狰狞贪婪地攀爬在行人的头顶、身边，仿佛伺机而动。远远近近的深绿、葱绿、浅绿一层接着一层堆叠，涌到面前让人透不过气来。看着很淡的山峰其实巨大高耸到难以言喻，只是离你较远。

传说中在洪荒年代，这里遍布着各种妖魔毒物，以山脉中充沛的灵气为滋养而壮大，为祸百姓。后来，仙者铲除这些魔物，并让其中一名道号北宸的弟子坐镇此处。

许久许久，沧海桑田，人间灵气枯竭，仙踪不至，而坐镇九蠡山的少年弟子北宸，也成了执天下武修牛耳的北宸老祖。

年幼的蔡昭曾问姑姑："老祖他真是仙人的弟子吗？"

蔡平殊笑笑说："几百年前的事了，谁知道真假，不过咱们北宸一脉的，总要给祖宗脸上贴点金嘛。昭昭啊，你希望这是真的还是假的？"

"我希望是假的。"蔡昭捧着肉乎乎的小脸，神情很认真。

蔡平殊略奇，问她为何。

小女孩像大人一样叹了口气："其他仙人都走了，飞到天上去了，只留下老祖一个孤零零地在人间，他也太可怜了。"

后面的对话蔡昭大多不记得了，只记得当时的阳光十分和煦，晒得她趴在姑姑的腿上昏昏欲睡，姑姑的神情很温柔，手掌温软，摸着她的头发咕哝了一句"昭昭心肠这么软，将来不要行走江湖了"。

蔡昭一点行走江湖的意思都没有。

她喜欢落英谷和落英镇，喜欢晨起听见豆花伯熟悉的叫卖声，喜欢深夜支棱着小棚、炉火昏黄的馄饨摊，喜欢家人朋友都在身边，懒洋洋地晒着太阳。这样过一辈子多好。

堪堪爬到山顶，蔡昭才发现所谓的"山顶"是一片极空阔的平顶，就像某个小山头被削平了尖峰，露出圆形平坦的横截面，而前方高处云雾缭绕的主峰山岭还远远未到。

广阔的平顶上设有望台与哨所，驻守其中的十余名弟子看见蔡氏一行人，就遥遥抱拳过来，当前一位三十多岁圆脸汉子领众弟子向蔡平春夫妇行礼，蔡昭姐弟俩还礼。

宁小枫戏谑道："今日怎么是大楼亲自在这儿值守？莫不是犯了错，被罚来风云顶了？"

曾大楼抬首大笑："我今晨掐指一算，算到落英谷阖府今日必到，于是就出来等着了。"

蔡平春摇摇头："你小时候那么老实，现在也学得油滑了。"

曾大楼动了动嘴唇，一笑作罢。

宁小枫接过话来道："你心里定是在想，这蔡平春装什么老成，才大了我几岁，当初一道玩耍时还互扔过泥巴，如今倒来摆谷主的谱了。"

曾大楼笑着摆手："不敢不敢，不敢的。"

听着父母与人谈话，蔡昭姐弟悄声咬耳朵。

"阿姐，青阙宗到底在哪儿啊？总不会在这儿吧？我们为啥不接着走了啊？"

"大笨蛋，还走，走去哪儿？没看这平顶前面断了吗？"

蔡家人是从南坡上来的，而平顶的北面犹如被一把巨大的厚背大砍刀当头劈下来般，生生削去了一道弧形的圆边，形成干净利落的悬崖。

姐弟俩站在悬崖边上东张西望，下面黑漆漆的深不可测，而悬崖对面云雾缭绕，除了隐隐约约高耸的山峰轮廓，别的什么也看不清。

这时曾大楼挥了下手，他身旁的一名青壮弟子摘下腰间的号角，鼓气吹起来。号声低沉，浪涛般涌动的声线仿佛远远传向了远处的山峰。姐弟俩不明所以，正想发问，蔡平春已经走过去将他俩拉到了一旁。

不过须臾之后，只听从悬崖对面传来一阵令人惊恐的破空之声，以及叮叮当当的铁器响动，云雾浓布间闪电般射来了四条巨蟒般黝黑的铁锁链。

飞驰而来的锁链每条都有壮汉的膀子粗细，来势凶猛激锐，啸声可怖，若是撞在寻常人身上非得筋骨断裂口吐鲜血不可。曾大楼身旁的四名青壮弟子屏气凝神，身上肌肉偾张，摆好架势，待锁链来到面前，一人一条牢牢接住，然后迅速拴到钉入地面的铁环上固定好。

“好厉害啊……”蔡昭张大了嘴。

蔡晗如啄木鸟般点头：“对对，对！”

曾大楼拱拱手：“谬赞。”

蔡昭正想再夸几句，又听见铁锁链响动，连忙回头，却见几名束发负剑的宗门弟子脚踩铁索，从云雾中翩翩而来。

尤其是当先的那位，十八九岁的年纪，身着一袭素色绣金长袍，俊秀疏朗，面如冠玉，竟是一名罕见的美男子，只是神情肃穆，眉宇冷傲。

蔡平殊曾对着膝盖高的小侄女说过：“昭昭呀，将来你寻夫婿一定不要找那种又冷又傲的，因为那种男子定然要你去哄他，人生一世，让人哄着不好吗？何必自找苦吃去哄人？”

于是蔡昭小小年纪就下定决心，将来的夫婿待自己一定要像掌柜瞧见大主顾一般和蔼可亲。

回神定睛，蔡昭观那美男子的脚下，只见他每次只需要用脚尖轻轻点一下铁索，便能从从容容地跃出一大步，身姿飘飘若仙，生生比其他弟子快了许多。

待他们落定，原先平顶上的众弟子纷纷向这名素袍青年抱拳行礼，而他却只向曾大楼行了单手礼，然后向蔡平春躬身道：“弟子宋郁之，见过蔡谷主、蔡夫人。”

说话间，其余几名弟子也从铁索上下来了。

蔡平春颔首，宁小枫却皱起眉头，打量青年的相貌，问："你姓宋？你爹是……"

话还未说完，众人身后一阵喧哗，当首一阵响亮整齐的呼喝声，蔡昭转头一看，只见足足三十二名袒右肩的精壮武夫正齐齐整整地抬着一座巨大的步辇。

那步辇描金镶玉，四面飘飞着精致的幔帐，便是连四角都缀了赤金的铃铛，铃舌居然还是剔透的碧玺，步辇之后更是跟随了犹如长蛇一般望不到尾的辎重行伍。

第一次出谷这么远的蔡昭姐弟当场看傻了。蔡晗张大了嘴："好……好大的排场……"

蔡平春喃喃道："原来是他来了。"

宁小枫面无表情："为何我一点也不惊奇？"

蔡昭扭过弟弟的脑袋质问："你现在还觉得我讲究吗？"

蔡晗卖力摇头。

蔡昭痛心疾首地低声控诉："我觉得自己简直是节衣缩食！"

蔡晗用力点头。

素袍青年在旁听见了，抽了下嘴角。

步辇停下，走下来一位衣着华贵气派万千的中年男子，单他腰间镏金佩剑上一色鸽血红的镶宝就让蔡昭有点睁不开眼睛。凭良心说，这位土豪大叔生得不错，高额隆准，眉目英朗，想来年轻时也是一时风流人物，哪怕人到中年也不减风采。

就是蔡昭看着他有点眼熟……她猛一转头，话说这位土豪大叔怎么与身旁这位冷傲俊美的宋郁之生得这么像？

曾大楼一看见广天门的人来了，面上露出无奈之色，一面摆出笑脸上前行礼，一面低声招呼弟子去悬崖边不知布置什么去了。

宋郁之无视蔡昭打量的目光，上前一步道："父亲，您来了。"

宋父见到儿子很高兴，目光中带着赞赏："郁之，你的轻功又有进益。"

这时后面又传来一个傲慢的声音："父亲，你也不说说郁之，都多久没给家里写信了。"

众人顺着声音看去，只见当前一名华服公子骑着一匹神骏至极的宝马姗姗而至，光是那副纯金嵌宝的辔头就价值不菲，后面跟着另一骑，骑士生得寻常，马匹也寻常。

蔡昭蹙眉，这样神骏的好马居然拿来爬山坡，真是暴殄天物。

宁小枫翻了个白眼，问曾大楼："你掐指算的时候，有没有算到他今日也到了？"

曾大楼尴尬一笑。

宋郁之再上前，拱手行礼："大哥、二哥，郁之见过两位兄长。"然后向蔡家人介绍，那名衣着寻常的是宋家长子秀之，衣着与宋父如出一辙珠翠耀眼的是次子茂之。

宋秀之立刻下马行礼，宋茂之却仰着鼻孔打了个哈哈。

蔡平春面不改色，宁小枫忍不住去摸腰囊，蔡昭知道母亲手痒，赶紧悄声过去按住亲娘的手。

"平春，许久未见，你一点未变啊。"广天门门主宋时俊豪气地向蔡家走来。

"不敢当，见过宋大哥。"蔡平春拱拱手，然后把发言权交给妻子。

宁小枫皮笑肉不笑："还好还好，平春到底年轻，自然无甚变化，不过宋门主变得就有些多了……这腰带可比以前费料子了啊。"

宋时俊顿时沉下脸色："宁女侠口舌不减当年。"手却忍不住去摸自己的腰身——宋门主的确英姿不凡，的确气派万千，但也的确……发福了一点点。

宋时俊想到自己的身份，与妇人逞口舌之能即使赢了也不光彩，于是眼风一转，看见一旁的蔡昭姐弟，道："这就是近日要拜入青阙宗的昭昭吧？我早就听云柯老弟说到你了。唉，可叹你姑姑已然亡故，不然此番又能与她饮酒叙话了。"

蔡昭疑惑得很真诚："宋门主与我姑姑很熟？"

"那是自然。"宋门主笑得成熟稳重。

"可我姑姑从未提起过宋门主啊。"这是真话，因为蔡小姑娘自认品行正直，平素不打诳语。

宋家父子："……"

宁小枫忍着笑，很想抱着女儿亲一口。

还是秉性敦厚的蔡平春出来打圆场："宋大哥，近日落英谷又炼成了两服上好的金疮药，不如兄长掌掌眼？小枫，你也来。”

宋时俊僵硬地点点头，跟着蔡氏夫妇走到一旁。蔡昭远远听见，他似乎还心有不甘地在问“平春，你姐姐真的从未提起过我”，然后宁小枫插嘴：“平殊姐姐提起你会说什么宋门主你难道心里没数？还是别问伤交情的话了。”

第3章

原地剩下的俱是小辈。

宋郁之长眉一扬：“三年前蔡女侠过世，家父曾携家兄前去吊唁。”言下之意是你何必装作没见过我父亲。

蔡昭正色道：“姑姑去世那阵我反复高烧，卧床了半个多月，连姑姑出殡都没赶上，也没见过来吊唁的客人。”

宋郁之居然很实诚，想了想道：“当年蔡女侠力挽狂澜，解武林于倒悬，不承想英年早逝，着实令人惋惜。”

蔡昭没有说话，扭开头。

宋茂之不耐烦了：“我爹是广天门门主，你小小年纪，刚才说话这么没规矩，也不知是谁教出来的?!”他可不管蔡平殊为武林做出过多大牺牲。

“我姑姑教的。”蔡昭道，“我生下来就是我姑姑养的，她说人世间也太多规矩了，有良心比有规矩更要紧。只要有良心，有没有规矩只是小节。”

宋茂之大怒道：“你说我没良心？”

蔡昭惊诧道：“不不，怎么会，我只是觉得宋二公子没规矩。”

众人：“……”

宋茂之震怒道：“你说什么?!”

蔡昭指着一半隐没在草丛中的一面小小石碑：“碑上明明写着‘至此地，请诸客下马停车’，宋门主都提前下了步辇，二公子至今还在马背上。”

宋茂之呼吸一窒，吼叫道：“家父与戚宗主情同手足，不在意这些繁文缛……”

“我姑姑与戚宗主还是八拜之交呢，我爹娘都没敢摆架子。”蔡昭堵上他的后半句。

因为青阙宗连续几代的宗主都为人豪迈，不拘小节，石碑上的规矩已经几十年没有严格执行了，不过这话宋茂之没法直说出来。

“……戚宗主为人宽厚，怎么会纠结区区小事?！”

“话可不能这么说。二公子进了一家铺子，掌柜的说‘见了二公子是蓬荜生辉三生有幸’，难道二公子就信以为真，以为不用付钱了吗？我未来的师父只是客气嘛，主人家客气，客人怎能蹬鼻子上脸呢？怎能欺君子以方？”蔡昭觉得宋二公子为人未免不太正直。

一旁的宋郁之并未帮腔，只微微眯眼打量蔡昭。

小姑娘年方十五，生得绿鬓雪肤，鲜妍明丽，偏偏装出一副老气横秋义正词严的模样，莫名产生一股喜感。

“这关你什么事?！”宋茂之开始口不择言了。

蔡昭觉得宋二公子不但人不厚道，脑子也不大好使：“宋二公子糊涂了，我两三日后就要拜入师门了——我未来的门派、我未来的门规、我未来的师父，怎么不关我的事了？”

“就是说你现在还不是青阙宗弟子了！”

“二公子又说胡话了。若你看见未过门的媳妇去喝花酒，难道会想着反正还未成婚，不关我的事？”

“名分已定，只差婚仪，怎能一样?!”

“我拜师的名分也已定了呀，两边的长辈书信往来数年，都交代妥当了，只差拜师礼，有何不同？”

“你……你……”宋茂之在马鞍上气得浑身发抖。

蔡晗小朋友很有学术精神地提出异议：“阿姐，女子怎么喝花酒啊？我听后山的刀疤伯说，男子才能逛花楼、喝花酒的啊。”

蔡昭慈爱地摸摸他的头道：“后山的刀疤伯是实诚人，以前行走江湖时就晓得杀杀人打打劫，偶尔屠人家一个满门，其实为人很是老实质朴的。天底下很多事他不清楚。其实吧，只要想喝花酒，是男是女，都不要紧。”

蔡晗小朋友“哦”了一声，似乎很受教。

老实质朴……

一阵凉风卷起几片叶子飘过，留在原地的众弟子：“……”

宋茂之的眼珠都要裂开了，道："你们蔡家居然藏污纳垢，收留为非作歹之人……"

"二哥！"宋郁之迅速制止兄长继续丢人，"蔡师妹说的应该是一掌定乾坤'紫面疤客'孙定洲。这人虽然打劫，但劫的必是不义之财；虽然杀人，但杀的从来都是十恶不赦之徒。"

蔡昭摸着幼弟的脑袋继续教诲："小晗呀，你以后可要记住，若不明白来龙去脉，别急着吹胡子瞪眼睛的，平白惹人笑话。"

蔡晗很配合地应了，气得宋茂之又要发飙，宋郁之连忙岔开话题。

"蔡师妹说的被屠了满门的那家应当是石川裘氏，这事当年轰动一时。裘家五兄弟及其党羽恶贯满盈，奸淫掳掠，残害一方百姓。为保碉堡万无一失，堡内不留妇孺，劫入其中的供他们淫辱取乐的女子亦活不过两日。"

宋郁之说话时四周宗门弟子俱是静静聆听。

宋郁之继续道："彼时魔教前教主正与我们北宸一脉对峙，两边谁也不敢轻举妄动，若非孙大侠拼死破堡灭贼，当地百姓还不知要多受多少罪呢。二哥，你还是下马吧。"

宋茂之听得傻了，不自觉地从马鞍上滑了下来。

宋郁之侧头，凝视蔡昭道："紫面疤客自江湖上消失近十年，无人知其下落，原来是藏在了落英谷。"

蔡昭叹道："刀疤伯杀了那么多恶人，自然有许多仇家。爹将他带回落英谷时他满身是伤，奄奄一息。那会儿我才五六岁，经常找他东拉西扯。"

一直沉默的宋秀之低声道："时常听人念叨孙大侠，没想到孙大侠已经退出江湖了，倒叫故交好友惦记了。"

蔡昭淡淡道："刀疤伯有一回酒醉后对我说，他如今没有妻儿，没有父母，也没有仇家了。至于朋友，有与没有都一个样。"

这番话背后隐藏之意何等凄凉。

宋茂之很难得地没有抬杠，默默地将镶满珠翠的马鞭交给随从，梗着脖子站到一旁不说话。宋秀之目露怜悯之意，没敢插嘴。

"既然孙大侠是意欲退隐江湖才躲入落英谷，你就这样说出来好吗？"宋郁之走近几步，一双俊目如冷月清空。

蔡昭淡淡道："没什么不好的。两年前，刀疤伯旧伤复发，过世了。"

这就是江湖，你有没有好下场、能不能善终，与你行善还是作恶，并没有很大的关系，所以蔡昭对江湖没有半分兴致。

宋郁之面无表情地听着，同时不动声色地打量蔡昭。

玉笄，偏钗，半月形的小银梳；半袖，襦裙，透绡披帛，轻纱曼妙的裙边还压了一枚小巧玲珑的粉玉禁步，看形状，仿佛是只圆圆小小的……肥猫？居然还在打瞌睡？

很好很好，这就是他师父心心念念即将入门的小弟子了，传说中又勤奋又乖巧的小师妹——长辈的话果然只能信一半。

这时，悬崖处响动起来，曾大楼高声道："请宋蔡两家师兄弟们预备好，可以过崖了。"

不知何时，对崖又射来了几根粗壮的铁索，蔡昭看见身轻如燕的宗门弟子在数根铁索上飞跃腾挪，迅速将一块块长方形的漆黑铁板平平地铺好。每块铁板的侧边与下面都有暗扣，侧面与相邻的铁板两两相扣，下面则牢牢扣住铁索，使不致滑动。

随着一声声"咔嗒咔嗒"的扣锁声，悬崖前出现了一条平整的悬桥。蔡昭之前一直疑惑，虽然修武之人可以踩铁索过崖，但马车怎么过去？现在她知道了。

"适才只有咱们的时候，对崖只飞来了四根铁索，现在宋门主过来了，不但又飞来了四根，还铺上了能走马车的铁板。爹、娘，万水千山崖是不是看不起落英谷啊？要不咱们还是回去吧。"蔡昭十分真诚地挑拨离间。

蔡平春与宁小枫连理都懒得理她。

马车在万丈的悬崖间缓缓移动，脚下的深渊据说还遍布着当年诸魔大战时留下的机关陷阱和毒雾瘴气，凡是坠落之人，无人再爬上来过。

车轱辘轧在冰冷的铁板上，发出悚人刺耳的摩擦声，仿佛指甲在钢板上划拉，听得蔡昭姐弟直挠汗毛乱动的胳膊。宁小枫不悦："踩着铁索几步就能过去的事，姓宋的非要摆谱。"

蔡晗很惊奇："娘，你轻功那么好啊？"

宁小枫难得脸上一红："不是有你爹嘛，你爹会带我过去的。"她自小武艺平平，并且毫无奋发图强的意思。

“我轻功也不好，”蔡晗很老成地叹息，“也得爹带过去了。”

蔡昭嗤笑：“你轻功不好？你有轻功吗？”

蔡晗继续叹气：“我知道阿姐心里不痛快，我就不和阿姐计较了。不过爹啊，阿姐真的要在这里待三年吗？那以后阿黑、阿狗他们欺负我，谁替我去吓跑他们啊？”

这话说得蔡昭好生伤感，也叹了口气。

宁小枫怒道：“你爹是落英谷谷主，你居然被谷里的孩童吓得满地跑，丢不丢人啊？”

蔡昭连忙圈住幼弟的脑袋：“这是咱们小晗平易近人，从不摆谷主之子的架子，那些孩子才愿意和他玩在一处的。姑姑说爹小时候也是这样憨憨的好说话，长大了不知多可靠呢！”

“小晗只要有你爹一半的本事，我就谢天谢地了！”宁小枫顺嘴夸了丈夫一句。

蔡晗亲近地靠在姐姐身上，蔡昭一把搂住小胖子，然后忧伤道：“爹，我非要拜戚宗主为师不可吗？我又不想当侠女……”

宁小枫抢过话头：“谁指望你当侠女了，是防备你变成魔女。”

蔡昭蹙着秀气的眉：“爹、娘，昨日你们也看见山下的镇子了，开铺子的一个个架子摆得比武林盟主还大，知道的晓得那是间香粉铺子，不知道的还以为是棺材铺呢。啊不对，咱们落英谷的镇上哪怕是卖棺材的，见了客人也都跟办喜事似的。”

宁小枫忍不住“扑哧”笑了。

蔡平春无奈道：“这恐怕也不见得是好事吧。”开棺材铺的那么喜气洋洋，用笑脸迎人，看着也挺惊悚的。

蔡昭挽着父母的胳膊道：“镇上都这样了，九蠡山上的日子更不知多清苦呢。哪像咱们镇子，要什么有什么，沿着镇口的瞎子算命摊往西走，水煎包、燕皮馄饨、酥糖卷、炖肉馒头、梅菜烧饼、水晶虾仁汤包、羊肉锅贴、酱油五花肉粽、米糖羹……我可以一个月早上不吃重样的，哪怕子夜三更我也能吃到夜宵，哪像这里……”

说者无意，险些把蔡晗的口水听下来。

蔡昭一脸嫌弃之色地说：“哪像这里，就算我艺高人胆大地踩铁索偷溜下山，也顶多吃一顿那个麻子脸大高个下的清汤寡水面！居然连根葱都不放！”

“对呀对呀。”蔡晗也很愤怒。

“馄饨居然不放葱花，世上竟有这样荒唐之事，真是令人发指。”蔡昭小姑娘满脸的匪夷所思，大约太阳打西边出来她也不过如此吃惊了。

宁小枫笑得背过身去，蔡谷主无可奈何道：“昭昭想想后山的刀疤伯，青阙镇其实也差不多。那卖香粉的、开面摊的，还有咱们住的客栈里那位不爱说话的掌柜，以前都是驰骋江湖的大豪客。他们在走投无路时求得了青阙府的庇护，如今托身在镇上，算是给九蠡山看门了。”

“看门就看门嘛，为什么要做买卖呢？商有商道，戗行可不好。”蔡昭像大人那样叹口气，“自然了，我也知道江湖不好混，姑姑说过，许多大豪客都是年轻时威赫天下，等伤了、残了、老了、颓了，就晚景凄凉了。正是自古英雄如美人，不许长出白头发呀。”

宁小枫笑得双肩乱抖。

这时，车外的宗门弟子高喊“到了”，蔡家四口赶忙下车，发现马车已经从铁板挪移到了石板地面上。蔡昭摸摸鬓角，整整裙摆，很有几分大家闺秀的派头，再抬头一望……

这一望，她毫无防备地看呆了，嘴巴半天合不拢，连父母弟弟走远了都不知道。

第4章

郁郁葱葱的草地，山林向前方无尽延伸，清透碧蓝的天空高远苍茫，遥远的山峰罩着一层白茫茫的朦胧雾气，上面是千年不曾化完的积雪，崖边还伸出了几枝胖嘟嘟的花苞。

山崖入口的两边是峰顶上积雪融化后形成的瀑布，顺着山壁汩汩地流淌下来，在山壁下方积累出一层层半圆形的梯池。水色清澈，波光粼粼，光是看着就觉得口舌生津。此时晨光未退，透过丝丝迷雾般的阳光，伸手就能接到几滴沁着桃花香气的水珠，心脾清凉芬芳。

这就是名闻天下的万水千山崖！

看过此山，天下再无山；看过此水，天下再无水。

这番景色美得蔡昭透不过气来，她忽然觉得在这里待三年，似乎也不是很可怕的事。

宋郁之缓步走来，对仰着脑袋呆呆张着嘴的小姑娘笑了笑："蔡师妹，可有什么话要说？"世间罕有人头次来到万水千山崖不惊讶的，他预备听一番激动的言论。

蔡昭一怔，如梦初醒道："嗯？啊！有有，我的确有话要说！大师兄啊……"

"我不是大师兄。"宋郁之高傲的眉宇舒展开来。

"哦，二师兄。"

"我也不是二师兄。"宋郁之继续纠正。

"三师兄？"蔡昭小心翼翼道。

宋郁之颔首。

蔡昭忍不住四下找蔡平春夫妇，想说青阙宗居然只派了三弟子来接待落英谷，可见是瞧不起他们，不如还是打道回府吧。可恨找了半天，她爹娘抱着蔡晗不知跑到哪儿去了。

她只好转回头，深吸一口气，继续刚才的话题："三师兄，我……"

"你是不是觉得家父与家兄太过讲究排场，衣着穿戴过于华丽，不似武林中人的做派？"宋郁之忽然发问。

蔡昭惊异道："没有啊，也没有太过分吧。"

做买卖最需察言观色，看宋郁之满脸"师妹是在客套"的表情，蔡昭赶紧补充理由："其实懂行的人都知道，看起来闪闪发光的东西未必真的贵重。比如三师兄您，穿戴虽然看着素净，可身上这件袍子应是冰蚕绡纱所制吧？江湖上多少人想用冰蚕绡纱做一副水火不侵的手套都不可得呢。上面的金丝暗绣恐怕是'神针'卓老婆婆的手笔吧？唉，当初我们落英镇想请卓老婆婆去开间分店，连人影都找不到。"

宋郁之："……"

小姑娘的言下之意是：其实你爹只是没品位的土豪，你穿得才过分好吧。

"三师兄，三师兄，三……我……那什么，还有话要说。"蔡昭赔笑道。

宋郁之闭了闭眼："师妹但说无妨。"

"是这样的。"蔡昭摆正面孔，一板一眼道，"我知道青阙镇上有许多退隐的江湖豪客，其中种种隐情莫可为外人道，我深知其中道理，不过——”

她略略提声，用一贯好声好气的腔调劝起来：“不过宋师兄能不能请咱们师父三思，术业有专攻啊，他们哪里是做买卖的料——不做买卖还有许多别的事可以做嘛。比如说吧，那些豪客之前的人生经历想必十分精彩，若是无事可干可以写写往事追忆嘛。

“比如当年擦肩而过的红颜知己啊，当年反目成仇的生死兄弟啊，当年追悔莫及的失手错伤啊……我们落英镇上就有几间书铺，价格公道，童叟无欺，封面是专门找江湖上有名的妙笔书生画的，主顾们的品位也不错。

“镇头那间铺子的掌柜喜欢爱恨纠葛、红颜知己两难取舍那类的；镇尾那间铺子的老掌柜喜欢刀剑如梦、跳崖捡到武功秘籍被强灌功力那种的，不过老掌柜最近打算回乡抱孙子去了，他的儿子小掌柜喜欢陈年恩怨、累世冤情那类的……总之，稿酬一定从优。

“我的意思是，侍弄吃喝、招揽主顾、笑脸迎人是门大学问，诸位豪客大侠要是没那天分就不要开铺子啦，弄得青阙镇上冷冷清清的还挣不到几个钱，不是白费了那么好地段的铺面了吗？”

青阙宗的江湖地位居于北宸六支后人之首，甚至也是整个武林之首，每年来来往往的江湖客不知有多少，镇上的客流量可想而知了。居宝山而挨饿，蔡昭可惜得肝都疼了。

“哎，师兄、宋师兄……宋师兄你怎么不说话……”

宋郁之脸上一点笑意都没了，足足看了蔡昭半盏茶工夫，好像她脸上忽然长出了朵喇叭花。然后他面无表情地转身离去，任凭蔡昭怎么叫都不肯再回头。

这就是让他父亲恨到牙根痒的蔡平殊所养大的女孩吗？好吧，要是当年蔡平殊也这么能气人，那他父亲能忍到今天都没扎她的小人算是涵养不错了。

看着宋郁之的背影，蔡昭不是很明白他为何忽然生气了——这时她忽地发觉此刻的自己在万水千山崖上格格不入，周围人来人往，满是忙碌的宗门弟子，或是搬抬东西，或是引着各路弟子分别前往不同的屋舍。

北宸六派中仅次于青阙宗的广天门门主宋时俊刚好赶在此时过来，自不是为了参加蔡昭的拜师宴，也不是来探望外出求学的三子，而是来参加北宸老祖的两百年忌辰大典。

除了六支后人，同时来观礼的还有几家平素与北宸一脉交好的门派，适才蔡昭就看见几名光头的僧尼在崖边规整箱笼，想必伽蓝寺与悬空庵的人都已到了。悬空庵的住持静远师太跟她姑姑蔡平殊素来有些不对付，蔡昭不想与之碰面，当下脚底抹油溜了。

蔡昭也不急着去找父母，想着今日春光正好，不妨先走走逛逛，于是双手负背，像一个快乐悠闲的小小女掌柜，优哉游哉地往前方巡视去也。

相传九蠡山原是联结人间与天庭的一根玄铁石柱，是用来引渡有缘之人登天的。后来在天庭纷乱时被打断了柱头，上方的接引宫殿也塌了，留在人间的石柱剩余部分成了巨大的山岭。

因山上灵气浓郁，竟引得九头洪荒凶兽来此修炼，更有众多魔物前来筑巢，于是仙梯成了魔山，不但吞噬亿万生灵，还肆意散布瘴气毒沼，祸害山川、河流、田地，弄得白骨盈野。后面的故事正如蔡平殊对小蔡昭说的那样，仙者剿平了魔山，被留下来镇守的北宸老祖将这里改名为九蠡山。

扯这么久远的故事，其实蔡平殊是想给小蔡昭普及九蠡山的地形。

九蠡山的主峰以前有个名字叫插天峰，顾名思义就是很高很高，据说至今无人能翻过山顶。与适才蔡昭经过的那个深渊一样，凡是决心攀爬插天峰的高手，俱是再未回来过。

插天峰不但终年为积雪覆盖，而且因为积雪时间太长，已经变成了任何武器都难以击碎的坚冰，还会不断将死在上面的生物包裹进冰层中。理论上，插天峰应该没什么机关陷阱，它最恐怖之处就是高，高得无边无际。

据一位爬到半路忍不住逃下来的前辈讲述，他攀爬了一日又一日，每日都在刺骨难忍的寒冷中度过，足足三个月，冷到他几乎以为自己已经死了。起初的斗志俱已消失在呼啸的寒风中，前方仿佛永无止境，明明透蓝的苍穹就在眼前，可无论怎么爬都爬不到顶。

人终究是肉体凡胎，不能不食不饮，插天峰上没有任何植被与动物，所以攀爬者只能自己带干粮，可也带不了太多。因为时间长了干粮会变成沙砾一般的碎冰，不但难以充饥，久食还易生病。

那些死在山上的攀登者往往都是意志超群之辈，不达目的决不罢休。当干粮吃尽或即将吃尽的时候，他们要么因冻、饿死在回程途中，要么索性继续往前走，死在前方。

像这位前辈般气馁绝望，半途而废者，比比皆是。

照宁小枫看来，天底下哪有爬不到顶的山峰，插天峰上必然是布置了类似鬼打墙的阵法，只不过这阵法大约是由上古时期的仙家所布，高明至极，非凡人能破。

鉴于死在山上的也有不少精通阵法的前辈高人，宁小枫也仅仅是过过嘴瘾罢了，并没有挑战极限的意思。

蔡平殊常对蔡昭说，青阙宗是天底下一等一的易守难攻之地，道理就在这里。

青阙宗的主居所暮微宫坐北朝南，面向风云顶，背靠插天峰，前面是无底深渊，后面是通天雪岭，只要把铁索一收，任凭对头有翻天的本领也过不来。

最让仇家咬牙切齿的是，插天峰上冰冷死寂一片，可下方的暮微宫所在之地却四季如春，上有冰雪所化的甘泉，下有山林果园、草地小涧以及不知哪一任宗主扶贫攻坚留下来的麦田、稻垄与菜园子、养殖场。瓜果蔬菜、鸡鸭鱼肉，品种丰富，口味繁多——总之，困是困不死暮微宫的。

靠着这份得天独厚的地势，当初魔教最盛之时，青阙宗挡下了不知多少次围剿，最后得以反攻获胜。

每每围剿之时，魔教之人最喜欢喊的就是“青阙宗的龟孙子有种你就下来”，而青阙宗弟子则老是不客气地回道“魔教的瘪犊子有种你就上来”……冤冤相报，循环往复至今。

也曾有富于钻研精神的魔教俊才灵光一闪，想出用毒气进攻的法子，在风云顶上燃起熊熊大火，想借由热气升腾将毒烟散至暮微宫。

然后，毒烟被缭绕在两座悬崖之间的云雾挡住了，要是山风再一吹，毒烟还会反着飘向魔教众人，偷鸡不成蚀把米。

云雾吹不散就算了，明明平常都是吹来吹去的山风，为什么遇到毒烟就只往风云顶的方向吹？

没人知道，可能这就是大自然的神奇造化吧。

反正当蔡昭站在风云顶上时，视线被浓密的云雾遮挡得严严实实，对面的万水千山崖是圆是扁都看不清。但当她站在万水千山崖上回看风云顶时，惊奇地发现深渊上方只飘着一层淡淡的雾气，对面风云顶上的人在干什么她看得一清二楚。

好吧，大自然真是造化神奇。

从溪水清澈的水涧旁折下一枝扭脖叉腰的俏丽桃花，蔡昭晃晃悠悠地往飘散着果香的林中走去。此时已到饭点，她在一棵挺拔的果树下驻足，对着几个悬挂在枝头的饱满的果实看了会儿。喷香热乎的酱肉烧卖、海鲜烩饭、鳝丝双面煎走马灯一般从她的脑海中飘过。

蔡昭自诩是一位低调的美食家，拒绝这么不讲究地对付一顿午饭。于是她转过脚跟，决定再给青阙宗一个机会，说不定宗门的厨子身手不凡呢。

腹中饥火更盛，她加快脚步，穿过果林时，忽地听见一旁传来嘈杂的人声，其中还夹杂着一个又尖又急的女孩的声音。

第5章

蔡昭微微一叹。

为何她不愿行走江湖呢？盖因江湖上总有这样那样欺凌弱小之事发生。而身为侠义之辈的她，自不会视若无睹，还不如躲在落英镇上眼不见心不烦。

可既然出来了，她怎能听闻弱女受难而袖手旁观呢？于是她立刻掉头循声而去。

转过一个青黝黝的山坳，果然有一群宗门弟子打扮的少年围在那里嘻嘻哈哈，也不知在做什么。他们将一名高瘦少年逼至山壁，不住叫嚣。

站在最前面的一名杏色衫子的美貌少女似乎是他们的首领，尖声道："识相的就乖乖听话，我们也不会要你的性命，不过破点皮肉罢了！"

蔡昭一愣，心道原来不是无助少女受欺侮啊。

一名尖脸少年在旁起哄："没错没错！常宁，你本是该死之人，要不是师尊尽力相救，你早就死了！"

另一名方腮少年阴恻恻地道："你倒是活下来了，可你吃了师尊原本要给师姐的雪莲丹，害得她修为受损，你自己说，是不是罪该万死?!"

周围少年一起起哄："乖乖让我们取一碗心头血就放过你……哈哈，不然把你抽筋剥皮……”

那名叫常宁的高瘦少年微微侧着身，道：“究竟是谁说我的心头血与雪莲丹有同样功效的？”他的衣着暗淡陈旧，口气却不慌不忙，就是嗓音嘶哑，仿佛受了很重的伤。

“你们明明知道我不只是受了伤，还中了奇毒。我这种余毒未清之人的心头血，你们真的要？”常宁转过身，露出一张布满毒疮的脸庞，有几处的毒疮结了黑乎乎的硬疤，有几处却还在流脓，着实叫人恶心。

众少年纷纷露出嫌弃的神情。

“你们根本不是为了我的心头血，只是想寻我晦气罢了。”常宁正面朝着众人，可怖恶心的脸上，却有一双宛如明月般澄净漂亮的眼睛。

“我是定不会从命的，有本事就取了我的性命去，一了百了。不然，我必然数倍奉还。”

几名少年生出退缩之意。

“喂，这小子是宗主好友之子，若是宗主知道了，咱们……”

“还是算了吧。咱们终究是外门弟子，宗主一怒之下赶咱们走怎么办？”

“师姐，宗主他责罚咱们怎么办？”

那名美貌少女咬咬嘴唇道：“他害得我修为滞后，就算不取他的心头血，也不能轻易放过这小子。嗯……咱们……咱们揍他一顿，若是我爹问起，就一口咬定是师兄弟之间切磋拳脚！咱们修武之人，总不能挨了几下就去告状，我爹也不会为了这个责罚咱们的！”

这个主意风险系数显然低多了，少年们纷纷表示赞成，正摩拳擦掌要往那少年的方向过去时，身后忽然响起一个悠然缓慢的少女的声音——“你们闹够了没有？”

众人吓了一大跳，齐齐回头，只见一名身着飘帛绣裙的稚龄少女静静地站在他们身后，阳光透过山林枝叶落在她身上，更显得那女孩腮染桃晕，白净秀美。

“后日就是老祖的两百年忌辰了，武林中有头有脸的门派差不多都来了，你们这么闹，让其他门派见了，岂非丢青阙宗的脸？”她有些无奈。

原以为是一群人在欺负一位姑娘，谁知道是一位姑娘带着一群人在欺负另一个人，真是白瞎了她的一番浩然正气。

双美相见，妒意油然而生，那美貌少女率众而出，高声道："哪里来的小贱人，青阙宗处置门内弟子关你什么事?!"她以为蔡昭是北宸六支以外的别派弟子，天底下能在青阙宗面前挺直腰杆的人还没几个。

蔡昭慢悠悠地道："当然关我的事，因为几日之后，我就要拜在戚宗主的门下了。我自己门派的名声，您说我需不需要维护呢？到了那时，我还要叫戚姑娘一声师姐呢。"就脑子的馅料而言，这位大小姐倒与适才那位宋二公子十分般配。

戚凌波一怔，神色不定："你……你是落英谷的……蔡昭？"

"不错。"听这姑娘口口声声"我爹""我爹"的，蔡昭就猜她应是戚宗主之女。

戚凌波想起父亲对落英谷的热心，不禁心生退意，但身旁这些少年往日做惯了她的帮众，若她此时认了㞞，被蔡昭的几句话就吓退了，以后在小帮众面前哪还有面子？

"蔡师妹刚到万水千山崖吧，"戚凌波摆出甜甜的笑脸，"时候不早了，请自回客舍去吧。你初来乍到的，有些事不知道其中深浅，这里的事与你不相干的。"

蔡昭挑了挑眉："我若不走呢？"

戚凌波笑靥如花，语气却隐含威胁："我爹门下只有咱们两个女孩，以后数年咱们正该好好相处。你若非要固执己见，坏了我们师姐妹的情分，以后怎么同窗学武啊？"

蔡昭认真想了想："没事，反正我也不爱学武，我爹娘从没教过我武艺，以后师姐就自管自地修武，我读读书、看看景就成了。"

"不爱学武，那你来做甚？"戚凌波的笑容发僵。

"来拜师啊，我要当师父的弟子嘛。"蔡昭解释得都疲惫了。

"可你若不学武，拜我爹为师做什么？"戚凌波转不过脑筋，青阙宗的武学冠绝天下，每年慕名前来请教的人不计其数。

蔡昭如流水般说道："师姐这么说，也未免将天下人看得太功利了。学习为人德行难道不要紧？戚宗主是天下闻名的诚挚君子，仁厚为怀——我能学到三分就受益终身了……众位同门这么瞧我做甚，难道我说得不对？”

比如说开业大吉时东家致辞，难道张口就说“老子是为了赚钱，赚大钱，赚多多的钱”吗？自然要说是为了惠及乡邻，广结善缘嘛。

那群少年俱是尴尬，“嗯嗯啊啊”地含糊附和，戚凌波沉下脸色，道：“好一副能言善辩的口舌，我看咱们青阙宗是容不下你这尊大佛了！”

蔡昭一听就笑了：“师姐是在威胁我会被青阙宗拒之门外吗？可是，我能不能拜入师门岂是师姐说了算的？”伙计要听掌柜的，掌柜要听东家的，这个道理这名小姐姐居然不懂？可怜戚伯父那么和善可亲的人，生了个脑子不好使的女儿。

戚凌波呼吸一窒。

蔡昭继续道：“若戚宗主非要收我为弟子，而师姐不乐意，莫非师姐一声令下，戚宗主就会听师姐的，不收我入门了？”

戚凌波听到身后传来的阵阵暗笑，脸色十分精彩。

如果宋郁之在这里，一定会告诉戚凌波，不要和蔡昭抬杠，最好连话都不要说，会被气死。

戚凌波恨恨地道：“常宁这小子得罪了我，我今日要出口气，你若不肯闪开，我这做师姐的就要教教你规矩了。”

她已经打定了主意，反正蔡昭武艺低微，索性先打她几个耳光出出气。父亲真追究起来，她就咬死了自己是因初次见面不知深浅，想试试蔡昭的功夫，谁知下手没个轻重。

“废话说完了吗？”常宁看了蔡昭几眼，凝神沉思片刻后出声，“你们也太磨叽了。一会儿要教训我，一会儿要教训别人，要动手就赶紧动，别拖拖拉拉的。”

众人愤愤地望向他，戚凌波笑看蔡昭：“你看看，这人就是这样不识好歹。上万水千山崖的这些日子，一直是这么没大没小，从不听师兄们的话……”

“除了没礼貌，他还有别的恶行吗？”蔡昭打断她，“要是有就快点说，不然这件事我管定了。”

“他这么无礼，你还要护着他?!”戚凌波似乎有些惊异。

蔡昭内心毫无波澜，道：“只要他不是恶人，也不曾自行挑事，你们就不该欺负他。至于他有没有礼貌、讨不讨人喜欢，与我有什么干系？”姑姑说过，行侠义事做侠义人，有时候不但未必会有好报，甚至都未必会得到别人的感激。

戚凌波生了一双美丽的杏眼，此时眼睛瞪得大大的，咬牙道："我看你是自找苦吃，看我怎么……"

她扬起右臂，侧身为矩，右手立掌为刀，眼看就要向蔡昭劈下，不远处却传来了一声熟悉的惊呼——"凌波，赶紧住手！你做什么呢?!"

蔡昭转身一看，原来是曾大楼。

他带着几名弟子，正气急败坏地往这里赶来。

蔡昭失望地轻轻叹了口气。姑姑还说过，行走江湖腔调很重要，哪怕你很想扑上去扇对方两巴掌，但既然打圆场的来了，就得给三分薄面。

保持微笑，和气生财。

"凌波，你是越来越不听话了！早跟你说过不许欺负常宁，你是怎么答应大家的?!现在倒好，变本加厉啊，落英谷一行今日刚上万水千山崖，你不尽地主之谊也就罢了，还想欺负人家！今日的事，我一定要据实上报，你……你还不赶紧走！"

曾大楼嘴里虽然骂得凶，蔡昭又如何听不出他是在暗暗护着戚凌波。

可惜他虽是一片好意，然而此时众目睽睽之下，戚凌波如何肯服软，她原地跺了跺脚："这件事你别管，回头我自会向爹请罪的，总之，我今日非得教训教训这个……这两个人！"

蔡昭笑出声："你预备怎么教训我？"

曾大楼横跨一步，将蔡昭遮在自己身后，低声道："你少说两句。"

蔡昭心中暗奇：我与你曾大楼认识不到两个时辰，你怎么不叫自家门里的戚凌波少说两句？

戚凌波大声道："武林中人，自然拳脚下见真章！"

蔡昭从曾大楼身后探出脑袋，笑道："我只是多说了两句，一没吃你的雪莲丹，二没对你无礼，这么快就把我与这位常宁小师弟一视同仁啦，戚师姐这账是怎么算的？"

戚凌波气得眼眶都红了："你还敢说没有对我无礼？若不是你，我怎会受责骂，回头还要被爹责罚，若不是你，这些事故都不会生出来……"

"你说错了。"常宁忽然开口，众人都去看他。

常宁看向蔡昭："我比你岁数大，不是你的小师弟。"

众人一愣。

蔡昭语重心长道："你是受人欺负的，我是来给你解围的，叫你一声小师弟你难道不该好好听着吗？行走江湖，为人还是要上道些的嘛。"

常宁看天，道："被比我年幼之人叫师弟，我宁可被他们打一顿，反正他们花拳绣腿，也打不疼。"

"你们俩……欺人太甚！"戚凌波快要气绝了。

"好了，你们两个都少说三句！"曾大楼大吼一声。

吼完之后，众人齐齐去看他。

曾大楼按住跳动的额角青筋说："你们三个都少说两句！今日各派齐聚万水千山崖，难道让外面的人看北宸一脉的笑话？凌波，你跟我去领罚，其他人都赶紧散了！"

蔡昭耸耸肩，没有反对的意思。戚凌波的泪珠在眼眶里打转，磨蹭着脚步。

正在此时，又有一道身影扑进林子，风一般地擦过蔡昭身侧，站到曾大楼与戚凌波中间，摆开两手做出劝解的模样。

"且慢，且慢，有话好说！"青年眉清目秀，也是一副宗门弟子打扮，额头冒着细汗，显然是听说曾大楼赶来后才急急追来的。

戚凌波的眼睛都亮了，委委屈屈地上前一小步，叫道："……二师兄。"

蔡昭给这个姿势打满分，委屈中带着撒娇，撒娇中带着不忿，不忿中带着害怕，害怕中还带着求救——看来这位戚小师姐虽然不擅长对付女人，但对付起男人很有一套。果然是天生我材必有用，东边不亮西边亮。

这名青年先向蔡昭拱手："蔡师妹今日乍来，门下弟子未尽地主之谊，居然让你自行游走，险些与小师妹闹出误会来，真是我等的失职。蔡师妹，我先向您赔个不是。"

这话说得巧妙，什么"自行游走"，什么"误会"，三言两语间竟将一桩明目张胆的霸凌事件给转了性。

"不用不用。"蔡昭笑眯眯地道，"我与戚师姐没什么过节，只要她不教训我就成了，要紧的是这位常宁小师……咦……"

不知何时，那位满脸毒疮的高挑少年已然不见了。不知是不是等得不耐烦，常宁居然已经自行走掉了。

蔡昭讪笑道："那就什么事也没了。"

这名青年再朝曾大楼恳求道："前面忙得不可开交，师父忙着招呼各位掌门，下面有许多事等着您发号施令，不如就把小师妹交给我，我好好训斥她，您看……"

曾大楼十分无奈，挥挥手表示散场。

戚凌波破涕为笑，像孩童般撒娇地扯着那青年的袖子开开心心地跑开了。

她一走，那些帮凶少年越发缩头缩脑，恨不能贴着山壁溜走。曾大楼瞪了他们一眼，他们跟一串耗子似的一溜烟跑了。

蔡昭看看前方，再看看后方。

今天也是她为了侠义之路努力的一天呢，虽然救了个貌似不知好歹的小白眼狼。

第6章

曾大楼领着蔡昭缓缓往回走。

"蔡师妹，你别怪我把凌波轻轻放下，这件事……唉，其实青阙宗门规甚严，绝容不下欺凌门人的举动。只是……唉，只是凌波的天赋与根骨都更似师父而不是师母……少时鲁钝，但只要冲破了经脉……"

"慢……慢着。"蔡昭越听越不对劲，"我姑姑说，前尹宗主是出了名的少年天才，十几岁就名扬天下了啊。"

曾大楼转过头来："我说的师父，是凌波的父亲，现在的戚宗主，不是她的外祖父。"

蔡昭"啊"了一声，上下打量曾大楼："戚宗主是您的师父，您……"看您的岁数，不应该是蔡平春等人的同辈吗？

曾大楼面无表情道："我只是看着老成，其实比令尊小了好几岁。"

小了好几岁也是三十出头了啊——蔡昭呵呵赔笑。

"蔡女侠没与你说起过我吗？"

蔡昭摇头："闲暇时姑姑常爱跟我说她以前行走江湖时的趣闻，都是些琐碎零星之事，偏只北宸诸派，她半点也不爱提。"

蔡平春夫妇素来禁止儿女主动发问蔡平殊，就怕他们年幼懵懂，问到不该问的，触及蔡平殊的伤心事，导致蔡昭对江湖的印象也是东一块西一片的，零碎得很。

曾大楼轻叹一声，摇摇头。

两人继续前行，曾大楼继续道："当年我只是街上一名险些冻饿而死的小乞儿，若非师父与蔡女侠的恩慈，哪里能入了青阙宗的门？师父的恩德，没齿难忘。何况修为不在年高，令尊这十几年来武学精进非常，我却禀赋平平，只是在门内混个辈分罢了。"

蔡昭道："落英谷的武功就是这样，起初进益很慢，得耐得住性子，慢慢修行，越到后头，功力越见雄浑。姑姑说，为着这个缘故，我爹少年时没少挨欺负。"

落英谷的武功路数便如一棵树，初为树苗时，人人都能轻易拔起，但等到树大根深，根系牢牢抓住地下坚岩时，便是任凭狂风暴雨也难以摧毁了。

当然，偶尔也会有例外。

蔡平殊就是个例外。

曾大楼果然笑道："原来如此，那蔡女侠就是天赋异禀了，不但小小年纪就名动江湖，力压群雄，还独力诛杀魔教教主，'天下第一高手'的名号实至名归。我十岁时见到蔡女侠，心中还觉好生奇怪，这小女子不比我大几岁，怎么这许多英雄豪杰都对她恭敬有加？"

蔡昭沉默了："嗯，可这代价也太大了。"

"都是诛杀聂恒城时落下的伤，才让蔡女侠英年早逝的。"曾大楼很是伤感。

蔡昭不欲继续这个话题："曾师兄，您接着说门内的师兄、师姐吧，免得回头我又跟大家生了'误会'。"

曾大楼苦笑道："你今日做得没错，是小师妹行事偏差了。常宁是常昊生大侠的遗孤……"

话音未落，蔡昭轻轻地"啊"了一声："他竟是常大侠之子。常……常家依然……"

曾大楼叹道："你们落英谷不爱管江湖上的事，长年闭门隐居，可能不曾听说。数月前武安常氏被魔教屠了，满门只常大侠父子两个逃了出来。常大侠伤势太重，在投奔九蠡山的途中过世了。以他与师父的交情，常宁持亡父手书来投，师父怎能不管，于是收留了他。”

蔡昭轻轻“啊”了一声：“姑姑曾说她生平难得敬佩人，但常昊生大侠疾恶如仇，宅心仁厚，她是极敬仰的。当年常大侠还帮过落英谷……常宁现在也是门中师兄吗？”

“还不是，常宁身受重伤，余毒未清，师父打算先治好了他，再收徒授艺，将来好给常家报仇。”

“嗯，是以那雪莲丹就是给常宁治伤解毒的。”蔡昭把话题绕了回来。

曾大楼只能继续叹气：“师父是世间罕见的‘天火龙’根骨，初时鲁钝，但只要不惧挫折，勇于进取，一旦冲破了经脉关碍，练什么功夫都事半功倍。唉，可是难就难在这个‘不惧挫折，勇于进取’上了。”

相传洪荒时期，别的巨龙轻易破壳便能逍遥四海，只这“天火龙”需要在烈焰中苦苦煎熬九九八十一年方才能破壳而出，睥睨天下。

蔡昭点头：“这我知道，姑姑说她结识戚宗主时，他就在挨欺负。原本尹老宗主是另有嫡传弟子的，后来看戚宗主冲破了关碍，一日千里，才将他收入内门，悉心栽培。”

曾大楼叹道：“是呀，那是邱师伯。他如今云游天下，不常回万水千山崖了。不知老祖忌辰那日，他赶不赶得回来。”他转回头看蔡昭：“师父常说，他能冲脉成功多亏了蔡女侠。他俩相遇时，师父还只是个碌碌无为的外门弟子。可是蔡女侠说他非池中潜鳞，他日必将一飞冲天、万众瞩目，切不可因初时不顺就气馁了。师父说，蔡女侠的话他这些年来从不敢忘。”

蔡昭仰起头，山间的日光刺得她眼睛发痛。

她能想象，少女时代的姑姑说这番话时，是何等的意气风发，如朝阳果敢。

“可凌波却不成，一次次冲击经脉、清苦修习，要经受何等痛楚。”曾大楼黯然道，“师母只有她一个孩子，自小呵护疼爱，她怎么吃得了那份苦。有雪莲丹在，冲脉时可少受些苦头，是以凌波才有了那么大的指望。那颗雪莲丹是三师弟偶然所得后献给师父的，师父与师母商量后，原是打算给凌波的，谁知……谁知常宁师弟忽然来了……自是救命更要紧。”

“也不必过于可惜了。当年尹老宗主的手上没有大把的好丹药吗？他一心期盼两位女儿成才，最后两位尹夫人练出来了吗？青莲夫人还好，我未来的师母素莲夫人嘛……呵呵。”

其实蔡平殊的原话是：“尹青莲已然只是三脚猫的功夫了，尹素莲只好算作翻了盖的龟龟了。”

修武本就是极辛苦的事，晨起暮练，寒暑不歇，全身经络骨骼都要经受一遍遍的冲击磨砺，才能脱胎换骨，突破平凡之躯的限制。出身高贵且相貌美丽的女孩子往往吃不了这个苦，何况她们的父亲早已为两个女儿各自安排好了后路。

曾大楼眉头一皱，随即摇头苦笑：“蔡女侠与师母始终不大和睦，这话她说说也就罢了，蔡师妹须得慎言，以后师母也是你的长辈了。”

蔡昭不理这话：“即使服用雪莲丹在冲脉时能少受些苦，也未必能保管成功吧？雪莲丹是疗伤祛毒的圣品，拿来这么用，若是冲脉不成，就白费好药了。”

曾大楼叹道：“成与不成，都不要紧。只盼着师父阖家和睦，就好了。”

两人边走边闲聊，很快蔡昭就知道了自己未来会有五个师兄跟一个师姐，她排行第七，至今已经见过一半了。

曾大楼是大师兄，是宗主戚云柯少年时收来的小乞儿，根骨寻常，武艺平平，胜在为人热络厚道，办事也周全公正，于是无形中成了青阙宗的大管事，管理日常庶务。

二师兄就是刚才那个对着戚凌波一脸“舔相”的清秀青年，名叫戴风驰，是故老宗主远亲之子。据说他尚在襁褓时，全家便丧于魔教前教主聂恒城之手了，于是被故老宗主收养了来，之后再拜到了戚云柯门下，擅使七七四十九手流星追风剑，目前在江湖上已经小有名气——就是很有名气的意思。

蔡昭表示“久仰久仰”，但她从来没有听说过，曾大楼只有摇头苦笑的份儿。

接下来是宋郁之。

无论是在家里还是在师门他都是行三，不出意料，众弟子中他的天分最高、武艺最强、长相最俊美、家境最富裕……亲爹和亲哥也最嚣张。

“三师弟愿意在万水千山崖上过清苦日子，甚是难得。要知道，鸣翠峰广天门豪富无匹，有道是堆金叠银、珍珠如山……”

“嗯，都看出来了。”蔡昭笑笑，“适才在风云顶上就见识了广天门的排场。

更别说三师兄之母还是已故的青莲夫人，我以后不会招惹他的。”

曾大楼连连苦笑。

人真是不经惦记，曾蔡两人正说着，只见远方飞纵而来一抹熟悉的身影——

“大师兄！大师兄！”

声至人至，宋郁之飞纵而来，喊第一声“大师兄”时还在七八丈以外，第二声“大师兄”时人已到跟前了。蔡昭暗赞一句“好俊的轻功”。

“大师兄，蔡师妹。”宋郁之向两人拱手，冠玉般的面庞上神情急切，“大师兄，凌波是不是又惹事了？”

曾大楼为难，又不好当着蔡昭的面就赖掉戚凌波的所作所为。

宋郁之脸色铁青：“大师兄别再护着她了，一而再再而三，我这就去告诉师父……”

“慢着！”曾大楼拉住宋郁之，“你着什么急啊，有什么事情不能慢慢说，这事有我呢，我会处置凌波的……”

“还不是高高举起轻轻放下！”宋郁之目光清冷，直直看向蔡昭，“蔡师妹，你适才是不是受他们欺侮了，打头的是不是戚凌波，是不是?!”

初来乍到，游来是王八还是鳖都弄不清，天知道这些师兄妹之间有什么情天恨海的纠葛，蔡昭才不会轻易涉足其中呢。

于是她摇摇头，笑得春光明媚：“宋师兄可能误会了，适才我与戚师姐只是打了个照面，师姐待我那是一分惊两分喜三分亲近四分热络还有五分的殷勤备至。一会儿要我赶紧去休息，切莫累着了；一会儿要教导我为人处世的规矩，真是一个如沐春风。虽然才短短一会儿工夫，但我受益匪浅，心里已经将戚师姐当成亲姐姐了。所谓一见如故，正当如是。”

曾大楼张大了嘴，不知是惊是喜。

宋郁之瞪视她，一字一顿道：“你说瞎话。”

“不信你问大师兄，我有没有说瞎话？”

曾大楼愣愣地道：“没……没说谎，凌波的确叫蔡师妹去休息并说了一番道理……”语言真是一门神奇的艺术。

宋郁之看着蔡昭说：“就算前面是真的，后面亲姐姐什么的也是假的。”听着太恶心了。

蔡昭翻了个白眼：“别人心里的事师兄怎知是真是假？总之我没事了，三师兄自去忙吧。”

宋郁之胸膛起伏，一天之内被这小姑娘气到两次也是够了，他转身就走，再也不想看见这糟心的未来小师妹了。

曾大楼松了口气：“蔡师妹气量大，做师兄的谢谢你了，不是师兄我不愿主持公道，而是……而是这事一旦弄得不好，师父与师娘又要起争执了。”

这个“又”字用得老精妙了。

蔡昭很聪明地没有继续这个话题，而是请曾大楼继续科普师门。

四师兄丁卓，沉默寡言，醉心武学，今日这种场合估计是见不到他的。

曾大楼叹道：“四师弟身负血海深仇，是以一心苦练，只等学成之日下山向魔教复仇。”

蔡昭驻足道：“咱们门内除了你和三师兄，还有没负血海深仇的弟子吗？”

“有，五师弟。”

曾大楼告诉蔡昭，待会儿若是看见一名正在招待宾客的青年，两颊有酒窝并满脸笑容的，就是她的五师兄樊兴家。他是迄今唯一自外门选入的弟子，是由主管外门的李师伯举荐而来的，脾气好，天赋佳，父母双全，手足友爱，原生家庭美满得不行，十分罕见地擅长制药炼气。

“樊师兄擅长制药炼气？这根骨可不多见呀。”蔡昭眼睛一亮。

所谓真气，七分炼三分养。

修行习武之人逆天而行，难免有个经络紊乱、真气走岔的状况，严重些的还会走火入魔，真气破体。但若有人以温养之气在旁缓缓引导补养，疗伤复原时的情形就会好许多。

问题在于，二十年前正邪大战时，聂恒城撒出漫天遍野的魔教爪牙，专门狙杀北宸六派中制药炼气之人，偏偏修炼温养真气的人自身的武学修为往往不会太高，所以一杀一个准，导致许多前辈豪杰伤重难愈，北宸六派战力大损。

而天生具备这种根骨的人又不太多，难怪外门的李师伯会举荐樊兴家了，物以稀为贵嘛。

六师姐就是戚宗主的独女戚凌波了。再过几日，蔡昭就会加入师门成为老七。

“师父收的弟子这么少啊？我听说驷骐门广收门徒，弟子足有上千人。”蔡昭疑惑道。

曾大楼迟疑片刻，斟酌道：“师父说，有能者多是自己长成的，不是养出来的。每年投到九蠡山来的少年数量不少，只要身家清白品行端正的，师父就都留下，让他们一道读书习武，能冒头的自然能冒头，看各自的悟性了。”

蔡昭把这话在舌尖滚了一遍，轻轻一笑：“师父说得有理，尹老宗主收那么多弟子又有何用？还不是外门弟子出身的师父脱颖而出了。”

“不错。将来师妹若练功有成，这宗主之位也能一争嘛。”曾大楼打趣道。

蔡昭翻了个白眼：“承您吉言了。”

说话间，青阙宗一派的居所，一座令人不由生出赞叹的宏伟宫殿出现在眼前。

白玉为阶，黄金为铸，白墙黛瓦，朱梁画栋，上下三层的宫殿宛如飘浮在云层之上，不愧人称“天上天宫，地上暮微宫”。

第7章

按落英谷收藏的古籍所说，最初的暮微宫只是北宸老祖为着清修随意盖的几间屋子，因后来有了诸多弟子仆从，才渐渐扩展房舍，累屋成楼。彼时九蠡山中灵石充裕，黄金如土，白玉如山，便是简简单单建出来的殿宇都庄严堂皇，透着一股子仙气。

走入热闹的内殿，只见宾客们三五成群地聚坐一处，或大笑着叙旧，或窃窃私语，蔡昭远远就看见她未来的师父板着一张正气凛然的国字脸高坐于厅堂上首，看似庄严实则僵硬地接待着不知第几拨的来客——蔡昭的姑姑对这位结拜兄弟的评价是“明明是埋头精修为一代宗师的料，偏得日日迎来送往，活像丽春院的花魁”。

蔡平殊自从闭门养伤后，甚少与江湖中人来往，只有寥寥数位至交好友还能一见，戚云柯便是这寥寥之一，差不多每年都会去落英谷。每回来，不是捂着一口笼子装着好看的雀儿猫儿，就是在兜满寒风的怀中塞足小蔡昭爱吃家里却不给吃的零嘴。

懵懂不知事时，蔡昭还以为戚云柯会当她姑父，后来才知道人家已经娶妻生女，与蔡平殊是真正的知己之情，生死之义。蔡昭不禁为自己的狭隘害羞，决意少看些私奔定情的话本。

她跟在曾大楼身后往前走去，戚云柯一眼看到她仿如见了救星，赶紧撇下跟他攀谈不休的张三李四，走过来大声道："小昭儿来啦！赶紧过来赶紧过来！你爹娘跟弟弟适才都喝过三道茶水了，你究竟跑哪儿去了？"

蔡昭一脸端庄地上前叩首行礼："戚伯父好，给戚伯父道辛苦了。我看万水千山崖的风光如画，引人入胜，便到处走了走、逛了逛。"

戚云柯笑道："昭昭这回可没迷路了吧？当年你在镇上灯会中走丢了，你姑姑与我找了足有半宿呢。好在落英镇上没有人贩子，不然有你哭的。"

蔡昭如何肯认："我那不是走丢了，是帮那老爷爷看管糖画摊子呢，我可会认路了！再说了，伯父你和姑姑总有说不完的话，我又听不懂……"

戚云柯的脸色忽黯淡下去，眼中隐现心酸："是呀，那时总有说不完的话，如今，这些话我又跟谁说去呢？"

蔡昭沉默。

原本坐在戚云柯身旁的一位中年美妇见丈夫迟迟不回，脸上便带了不悦，先向一旁四五位锦衣宾客笑了笑，再朝丈夫提声道："好了，她小孩儿家自去那边玩耍便是，云柯你快回来与诸位叔伯叙旧吧。"

戚云柯听见妻子尹素莲的声音就头大。

蔡昭低声道："伯父，那些是您的好友吗？"

"见鬼的好友！"戚云柯也贼兮兮地压低声音，"都是尹家的三亲四戚和故交，论起来个个都是长辈，应酬得累死我了！"

尹素莲在那边不悦地又叫了几声，戚云柯只好领着蔡昭小姑娘一起往前方"赴难"，国字脸上一派正气："昭昭过来，为师得给你引见长辈……"

蔡昭气得瞪了戚云柯一眼，这年头连长辈都不厚道了，明明是他自己懒得应付那些人，却捉她来当挡箭牌。

戚云柯咧嘴大笑，依次给她介绍宾客。那位中年美妇自然是现任宗主夫人尹素莲了，蔡昭老老实实地行礼，脑袋低下去时看见她脚边的裙摆铺在金丝绒的地毯上，衣料华贵，金星点点，裙边上缀的居然是拇指大的珍珠。

尹素莲与蔡平殊同岁，与后来越发虚弱枯槁的蔡平殊不同，她保养得极好，面庞白嫩，眉眼精致，望之不过二十来岁。打扮得更是精致，耳畔还晃悠着一对价值连城的翠色猫眼，看着便知她生活得极舒适。

她矜持地瞥了蔡昭一眼，哼哼唧唧道："这就是昭昭吧，这生得是像谁啊？你姑姑和母亲长得还行，这孩子怎么都没长到点子上啊？"

戚云柯皱眉："胡说，昭昭明明既像平殊又像小枫，长得可比她俩都强。"

尹素莲眼皮一挑，要笑不笑："难得啊，难得听你说蔡平殊的不足。"

戚云柯不悦道："女孩儿的长处不见得要在长相上，要紧的是品行和本事……"

曾大楼赶紧出来打圆场："师父、师母，蔡师妹适才说她饿了，不如先让她用些点心，再慢慢给她引见长辈？"

尹素莲哼了一声，戚云柯无奈，抬手将案几上的一碟点心放到蔡昭怀中："你先到后殿偏间去垫些点心，回头开席了再吃好吃的。"

蔡昭捧过点心，笑得心大，刚转头走了几步，忽见几个熟悉的身影齐齐往这边走来，不由得停了脚步。

"爹、娘，我和师兄们来了。"戚凌波此时穿戴一新，水红挑暗色金绣的裙子配了一副桃花色宝石笄钗环佩，更映得人比花娇，亭亭玉立，将一旁的戴风驰都看呆了。

在他俩后面几步，不声不响地跟着个慢吞吞的高挑少年，自然是那毒疮满面的常宁了。

尹素莲眼睛一亮："哎哟，我家凌波来了，你今日怎么肯穿这身衣裳了？往常不是老嫌这样打扮行动不利索吗？"

戚凌波笑瞥了蔡昭一眼："原先不是为着习武方便嘛，适才我看蔡师妹打扮得妥帖，便学着穿戴了。蔡师妹，你也来了？"

说到最后一个字时，她给身旁的戴风驰使了一个眼色，戴风驰微微一笑，右手在左袖中轻轻一抚，随即往外一抛，只听"叮当"一声轻响，一道利光直冲蔡昭面门而去，众人隐隐看见似是什么利器，眼看蔡昭就要血溅当场。

在众人的惊呼声中，戚云柯怒吼一声，正要出掌相救，却见那道利光停在了蔡昭面庞前半尺处，旋即迅速回落到戴风驰手中，众人此时才知道那原来是一把小小匕首，匕首刀柄处连着一条链子，适才戴风驰就是用链子将匕首扯回去的。

虽说是借助了链子，但这份手劲和准头依然十分了得。

戚云柯勃然大怒："你们这是在做什么?!"

戚凌波娇笑道："爹别气恼，就是个小小的玩笑。适才我与师兄在梅林中遇见蔡师妹，一见如故，便商量着要给师妹备份见面礼。师兄，还不给爹瞧瞧？”

戴风驰扯掉细链，双手呈上匕首，众人伸脖子一看，只见这刀柄通体镂有金丝红宝，刀刃更是犹如一泓碧波，果然名贵非常。

尹素莲看丈夫脸色不虞，赶紧道：“这不是郁之的父亲送给风驰的见面礼吗？这可是风驰的心爱之物啊，你们也舍得拿出来，果然是体恤昭昭远道而来。是吧，云柯？”

戚云柯怒气未消，但此时宾客盈门又有妻子阻拦，不是发作的时候，只得冷哼一声。

戚凌波打的就是这个主意，笑盈盈地去看蔡昭：“师妹，你没吓着吧？你……呃……”她在山坳小林中吃了亏，一心要讨回这口气，便与戴风驰一通商议，打算狠狠吓唬蔡昭一番。

谁知却见蔡昭面色如常：“我料想师兄、师姐也不会伤着我，有甚好吓的？诸位长辈放心，我一点事也没有。”

戚凌波颇为失望地“哦”了一声。

戚云柯沉哼一声：“风驰，凌波不懂事，你怎么也跟着胡闹？若是适才你收手不及，真伤到了昭昭，你俩该怎么交代？为师素日教你行事，有这么不分轻重的吗?!”

戴风驰面红，立刻要躬身赔罪。

“好了好了！”尹素莲插嘴，“风驰是什么性子你还不清楚吗？若无万分的把握，他怎会开这个玩笑？昭昭不是也说了没吓着嘛。不只常宁如今孤苦伶仃，风驰也是，你不要光心疼常宁，也心疼心疼风驰吧。昭昭过来，这匕首给你，好好收着啊。”

戚云柯忍气，重重拍了一下案几。

蔡昭上前接过匕首，翻覆一看，赞道：“果然是好刀，谢过师兄、师姐，小妹这就收下了。”

戚云柯缓了口气，拉过常宁，向蔡昭道：“这是你常宁师兄，比你大三岁，他，唉，他家……大楼都与你说了吧？亏得你姑姑已经走了，不然知道昊生兄弟家里出的事，非得气个半死，魔教也太猖狂了。”

蔡昭看向常宁，只见这少年身量颇高，肢体修长，就是一张面孔惨不忍睹。

戚云柯道：“常宁，你来见过昭昭，她……”

“我适才已经见过蔡师妹了。”常宁道。

戚云柯试探道：“也是适才在梅林？”

常宁点头，曾大楼立刻再度紧张起来。

戚云柯怔了片刻，立刻沉下脸色：“凌波，你适才是不是又欺负常宁了？你忘了我的吩咐吗？再有下次，我就……”

尹素莲打断丈夫的话，笑道：“哪有你这么做爹的？不分青红皂白先责骂自己女儿，你倒是看看昭昭与常宁，身上、脸上都好好的……”

听到“脸上好好的”这句，蔡昭忍不住去看常宁的烂脸，常宁丝毫不忤，还冲她微微一笑，饶是面上遍布毒疮，狰狞恐怖，他那双眼睛却潋滟清透得叫人骨头生酥。

“……凌波便是往日里淘气了些，也不会在这种大日子里任性的。”尹素莲转向蔡昭，“昭昭，你说是吧？”

“是呀是呀，爹，我们只是玩闹了几句！”戚凌波急忙辩解，“师妹，你快说话啊。”

蔡昭心中“呵呵”一声，心道这位戚师姐哪儿来的自信觉得自己一定会忍气吞声说没事的。

看曾大楼一脸为难地望过来，蔡昭便点点头：“我虽是初识师姐，不过也察觉出师姐秉性敦厚质朴，性情纯然，是个实在人。”

曾大楼：“……”心道蔡师妹你只要敷衍一下让师母、师妹的面子不那么难看就行了，不用这么卖力地说假话，这话没人信的。

戚云柯又气又无奈，只好道：“好吧，你若真这么以为，将来……”

“伯父，我是真这么以为。”蔡昭一本正经道，“不信您看。”话音未落，只见她右手一扬，只听那把精致的匕首轻声响动，一股劲气激扬而出，匕首如破空之箭般向戚凌波射去。

只听尹素莲发出一道失声尖叫，利器的气劲直迫人心，比适才戴风驰射出的匕首何止凌厉了一分两分。眼见匕首直插女儿面门而去，尹素莲差点晕厥，戚凌波浑身僵硬无法动弹，戚云柯离得较远，只有一旁的戴风驰旋即起掌阻拦。

然而就在那匕首离戚凌波的鼻尖只有三寸时，蔡昭左掌忽然拍空而去，那匕首就在戚凌波面门前转了个弯，在空中画出一道悠扬的弧线，然后便如牵了线般老老实实地回到了她手中。

四周一片安静，宾客都停下来看这情形，一堂静谧中只听“叮当”一声脆响，戚凌波鬓边的一支珠钗坠地，额头沁出了豆大的汗珠。

只常宁丝毫不见惊慌，反而看得饶有兴致。

尹素莲被活活吓出了一身冷汗，尖声道：“蔡昭你要干什么?! 你是要杀了凌波吗？”

“只是开个玩笑罢了，伯母和师姐莫怕。”蔡昭笑眯眯地掂着匕首把玩。

戚凌波手脚冰凉，嗓子如被堵住了般，半天才能发出声音：“你……你不是说你不怎么会武功的吗?!”适才蔡昭那一下，便是她这样低微的武学修为也看得出厉害，不论是功力还是出掌的精妙程度，都不逊于戴风驰了。

蔡昭好像很吃惊：“师姐弄错了吧，我何时说过我不会武功的？”

“你不是在林子里说，说……”

常宁很好心地补充：“蔡师妹说的是她不爱学武，没说她不会武功。”

戚凌波目眦欲裂：“没错，你说你不爱学武的！”

“不爱学武与会不会武功有何干系？不爱学武还是得学啊。”蔡昭很无辜。

戚凌波气愤道：“你还说你爹娘从未教过你武艺！”

“他们是没教啊，可是我姑姑教了嘛。”

戚凌波气得浑身发抖，说不出话，戴风驰欲劝又无计可施，尹素莲脸色发青，戚云柯抚着额头叹气，只有常宁笑意盈盈地望着蔡昭。

蔡昭右掌朝地上轻轻一拍，五指虚抓，地上那枚珠钗“啪嗒”一声弹起，径直飞进她掌中。

除了戚云柯与常宁，众人俱看得眼神发直。

蔡昭微笑地走到戚凌波身旁，微微倾身，替她簪好珠钗，语气越发温柔：“伯父你看我说得不错吧？师姐多老实啊，人家说什么她就信什么，脑筋都不会拐个弯的。”

戚云柯面无表情道：“嗯，你和凌波，都是老实孩子。”这话说得他自己都不信。

第8章

这时，四周窃窃私语声响起。

“都说蔡平殊废了之后落英谷这些年越发没落了，没什么本事，全靠青阙宗戚掌门帮忙撑着场面，可是你们看看人家小姑娘，刚才那两下你使得出来吗？”

“什么没落，落英谷向来不爱过问江湖之事，只是淡泊罢了，哪里就没本事了？”

“对呀对呀，我听说蔡平春这些年来进益极大，不然那么多去落英谷挑战的江湖客后来怎么都没声了？若是去挑战的占了便宜，还不得四处宣扬啊？”

“蔡平春？从不见他行走江湖啊，说不定是蔡平殊出的手呢。”

“刚才你还说蔡平殊废了呢！”

“你们少说废话，那小姑娘刚才用的是不是蔡平殊自创的‘擒龙手’啊？第一下应是‘殊功劲节’，第二下是哪一招啊？是‘徐风殊然’吗？当年蔡平殊就是用这套掌法在半个月内灭了瀚北十三座匪寨，鸡犬不留！”

“可我听说当年蔡平殊单挑瀚北群寨用的是一把大刀呀！”

“用刀还是用掌有甚差别？”

“蔡家了不起！”

尹素莲的脸色由青转白，强笑道：“我听说你自小备受娇宠，习武这么辛苦，你姑姑怎么舍得逼迫你练？”

蔡昭缓缓将匕首收入鞘中，笑意没有到达眼中：“姑姑说，这世上的事，往往是靠山山倒，靠海海枯，还是靠自己最稳妥。”

在她无忧无虑的童年中，从来舍不得她受一点委屈的姑姑，十来年中唯一逼她做的事，就是习武——寒暑不辍，晨昏不改。

记得有一回她累得哭了，蔡平殊给她揉着后颈低声说：“无论行不行走江湖，你总得有自保的本事，若是只叫你懒散快活地度日，就是我害了你。”

尹素莲勉强维持笑容：“这的确是你姑姑能说出来的话，不过身为女子嘛，不见得只有那么一条路，有个依靠也未必不好。成了，今日头回见面，这只玉镯送你做个见面礼吧。”说着褪下自己腕上的玉镯。

蔡昭安静地接过玉镯，就着琉璃灯光看了看成色，很熟练地给它估了个当铺价。

见场面缓和，曾大楼赶紧道：“师父，师妹人小不耐饥，还是先去后面用点心吧。”

戚云柯点头，在蔡昭走前将常宁领到她跟前，低声道：“你常师兄如今重伤在身，余毒未清，老祖忌辰期间我怕是分身乏术，你多看着些他。”

戚凌波显然不是个老实听话的女儿，外加一个偏心的亲娘，若她再要暗中欺负常宁，几个弟子看在师母的面上，不是不愿管就是管不了，也只有蔡昭不怕了。

蔡昭明白他的意思，脸上似笑非笑。

戚云柯略尴尬地轻咳一声：“等常宁痊愈了，我想也无人能欺负他。唉，都是我教女无方，御下无能，若叫你姑姑知道了，定要先骂我一顿无能……”

蔡昭冷冷地道：“这些年来姑姑何时说过您半句不好，一直数落您的明明是我娘。”

戚云柯挥挥手：“唉，你娘说话有口无心，我从不放在心上。你姑姑说一句，我才是真的无地自容啊。昭昭啊，常昊生大侠一家惨死，至今血仇不能得报。可怜他一世侠义，锄强扶弱责无旁贷，哪怕看在他的面上，你也多看顾着些常宁啊……”

蔡昭觉得是时候在未来的师父面前表现一下自己的凛然正气了，答应道：“伯父您不用说了，昭昭都懂的。姑姑常对我说，她平生最自傲之事并非诛杀聂恒城，而是她行走江湖时，无论多需要事急从权，也不曾牺牲无辜之人；无论多不愿惹事上身，也不曾眼看无辜之人受害而袖手旁观。伯父您放心，我会看好常师兄的。我辈修武之人，不求威震武林、闻达天下，至少也要扶弱济民，主持正义。”她说得热血仗义，完美符合蔡平殊理想中的腔调。

“好！说得好！”戚云柯很是高兴，并将一边的常宁也拉过来，让他给蔡昭作了个揖。

常宁似笑非笑，身姿挺拔地躬身一揖。

蔡昭心中忽然有一阵莫名的不舒服，想起真正当得起“侠义”二字的常昊生大侠，觉得自己刚才有些虚伪。她冲戚云柯胡乱道了个别，然后扯了常宁的袖子一起走了。

常宁身形一滞，看着自己袖子上的小手有点发愣。

看戚云柯要去应酬宾客，尹素莲赶紧将戴风驰扯到丈夫身旁，让他陪着丈夫去见武林宿耆，又推了女儿一把，朝另一边的蔡昭、常宁努了努嘴。戚凌波会意，一咬牙跟了上去。

后殿厢房甚多，曾大楼找了间清净雅致的给蔡昭他们三个，又吩咐仆众随时伺候茶水，然后忙着出去料理琐碎事务了。

所谓家学渊源，蔡昭跟着蔡平殊学了些什么，戚凌波就跟着尹素莲学了些什么。不过半盏茶工夫，戚凌波对蔡昭的称呼已经从“蔡师妹”变成了“昭昭妹妹”，从“小贱人多管闲事”变成了“年少气盛都是一场误会”云云。

可惜转折太生硬，言语逻辑没理清楚，刚才口口声声“小贱人”甚至意欲出手教训，如今只用一句“误会”就想要搪塞过去，未免太没诚意。可见这位戚大小姐拉拢小姐妹的功力不及“舔狗”的十之一二。

换作其他修习武艺的暴脾气小姑娘早就啐戚凌波一脸了，不过蔡昭肯定不会。她自小立志成为落英镇七十二家商铺总监管，做买卖的嘛，自然是和气生财，看破不揭破。

蔡昭当下摆出满脸宾至如归的笑容，十分配合戚大小姐的说辞。

戚凌波道：“说起来，家母与蔡女侠也是几十年的交情了。唉，三年前乍闻斯人已逝，家母不知有多伤心，饭也吃不下，药也不愿喝，险些一病不起，这才没去吊唁令姑母的。”

蔡昭道：“瞧师姐说的。以两位长辈如山高如海深的交情，若不是令堂病得起不来了，哪能不来落英谷啊，这我怎能不知？”

戚凌波总觉得是不是她太敏感了：“家母生来体弱，十二岁那年去佩琼山庄求医，便与蔡女侠结下了深厚情谊。家母常说啊，蔡女侠自小就是仁义为怀，豪侠任气，没有人不夸的。家母武艺低微，好多次都亏得蔡女侠援手，如今才能好好站在这儿呢。”

蔡昭道：“我姑姑十岁拜入佩琼山掌周老庄主座下，虽说庄上也有旁的小姐妹，可她们谁也没有令堂机灵乖巧、善解人意，特别投我姑姑的缘。家母曾说过，那年小姐妹们遇上凶险情况，令堂差点落入魔教一个天什么长老的大弟子之手，硬是逼得我姑姑在几日之内自创出几招擒龙手来，方才解了危难——这可是过命的交情啊！”

戚凌波再次觉得自己太敏感了：“……昭昭妹妹说得一点不错。其实我娘与你姑姑年少时也是拌过嘴的，可后来还不是有了过命的交情，可见小时候斗气使性的事都是不作数的，呵呵，呵呵。”

蔡昭道："戚师姐说得一点也不错！小时候不但拌拌嘴吵吵架不算什么，便是互相丢些小玩意什么的也都是闹着玩的，谁都不能往心里去啊。"

戚凌波笑得脸皮都僵了："……正是正是。"娘啊，说客套话拉拢小姐妹好累啊！

两个女孩你一言我一语，说得情投意合，简直下一刻就要换钗结拜了，不过她俩忘了此处还有第三个人。屋里忽然响起不合时宜的"呵呵"两声，短促、冷漠。

戚蔡二女一齐扭头去看发声之处。

"蔡师妹能屈能伸，真英豪也。"常宁淡淡讥讽道，然后一指戚凌波，"适才她还骂你小贱人，你也不往心里去了？"

蔡昭微笑道："口角小事罢了，何必挂怀。"

戚凌波松了口气。

"适才她还想以多欺少，先打你一顿再说，你也算了？"常宁又道。

蔡昭无奈道："这不是没打成吗？就算打了，他们也打不过我。"

"对对对，师妹说得是！"戚凌波紧张地讪笑。

"若是打得过呢，若是将你痛打一顿呢？"常宁不肯松口。

"就算打得过，就算痛打了我一顿，也是大水冲了龙王庙，六派之内的事，揭过就算了嘛。"蔡昭嘴上这么说，心里却想："怎么可能，事后非得把欺负过我的人一一教训过去才是。"

戚凌波适时大赞："师妹气度宏大，真侠士风范也！"

"好说好说，和气生财，和气生财嘛。"蔡昭也适时捧哏，气氛融洽。

"若是有人辱骂令姑姑蔡女侠呢？"常宁忽道。

蔡昭神色一冷。

"若是有人骂蔡女侠是'拖拖拉拉十几年才死的贱人'呢？"常宁语气沉静，长睫低垂，"昭昭师妹也觉得是口角小事，不必挂怀吗？"

戚凌波一下子跳起来，指着常宁的鼻子大吼："你不要胡说八道！蔡师妹别听他的，他对我心怀怨气，这是挑拨离间呢！"

蔡昭没有理她，脸上再无半分笑意："常宁师兄，把话说清楚。"

常宁道："三年前蔡女侠过世，家父前去吊唁。回程途中，因心中着实难过，生了一场大病。当时众人已临近九蠡山，同行的戚宗主便将家父带入宗门养病。某日戚宗主夫妇发生了激烈争执，曾大楼劝解不成，便来央求家父帮忙。家父过去时，正听见素莲夫人大喊：‘人人都说蔡平殊为了天下与聂恒城拼杀得两败俱伤，可那贱人愣是拖了十几年才死，你还动不动要我念着恩情，真是烦死了！’”

戚凌波慌了：“昭昭师妹，你别听这疯子的，我娘哪里会那么说啊，那都是……那都是……”

“当时在场的不只家父，还有曾大楼与外门的李师伯。”常宁说得干脆利落。

蔡昭一只白生生的小手在桌上缓缓收拢，指甲深深陷入掌心。

“家父没再说第二句话，当即拖着病体下了山。”常宁目如冰水，清寒透彻，“昭昭师妹，这天底下，不是所有人、所有事，都能‘和气生财’的。”

深褐色的桌锦上织有祥云金线，在明亮的灯下一晃一晃的，泛着刺眼的白光，好像年幼的蔡昭在姑姑鬓边发现的成缕成缕的白发。当时，蔡平殊才二十五岁。

蔡昭想起了刚才见到的尹素莲，肌肤莹润，发髻乌黑，过着尊荣富贵的生活，当着万人仰慕的天下第一宗的宗主夫人——这世上，真的有公道二字吗？

“今日宾客甚众，宗门中人人都忙得厉害，师姐还是出去待客吧。”蔡昭神情淡漠。

“不不不，昭昭师妹，你听我解释，我娘当时与爹爹吵架，那是口不择言，一时糊涂脱口而出的……”戚凌波慌乱地解释。

蔡昭淡淡地道：“天下之大，不是不能有人说我姑姑的坏话，但受过她恩惠的人不行。口不择言不行，脱口而出的也不行。师姐，请离去吧。”

戚凌波大怒道：“姓常的，你算个什么东西?! 你家遭大难，到青阙宗中养伤避难，本该感激涕零，安安分分的！如今居然还敢口出恶言挑拨我们北宸六派的手足之情。你个丧家之犬，到底要不要脸?! 你既然这么看不上我，何必赖在宗门里不走？有本事麻利地滚出去，别在这儿丢人现眼！”

常宁坐得身姿挺拔，纹丝不动：“我自不如家父那么要脸，他只觉得自己给人添了麻烦，丝毫不记得对别人的恩惠。戚大小姐脑子不好，我便来提醒一二。

“二十年前，令堂素莲夫人负气出走，险些遭魔教恶徒欺侮，是家父出的援手；十九年前，青峰三老中的两位丧于魔教之手，聂恒城悬挂其二人的尸首鞭打凌辱，北宸六派无人下万水千山崖迎战，是家父乔装卧底，拼死带出了二老的尸首；十六年前，戚宗主为了给尹老宗主报仇而布下天罗地网，家父居功至伟……”

常宁每说一桩，戚凌波的脸色就难看一分。

“这些还是众人皆知的，那些没什么名目但家父亦出了大力的事，也是不少。”常宁讥嘲地看着戚凌波，“家父绝口不提这些，不见得你们青阙宗就能忘了。凡此种种，我在宗门中避难养伤是理所应当。”

这些事戚凌波不是不知道，至少戚云柯给女儿耳提面命了不知多少次，不过在母亲尹素莲的耳濡目染下，她便觉得青阙宗是天下第一大宗，武林中人为宗门做些事都是应该的。除非是青阙宗为了表示念旧记恩提上一两句，否则对方就不该说的。

常宁看了蔡昭一眼，轻笑道：“不过理所应当归理所应当，再多的旧日恩情也没拦着戚大小姐心心念念要挖我的心头血不是？昭昭师妹，你说是不是？师妹，昭昭师妹……”

蔡昭侧头看向灯台，怔怔的，不知在想什么，被唤了数声才醒过神：“哦，我只是想起了在落英镇上听过的一出话本子，里头有一句唱词：‘汝为天下抛洒热血，如今却有几人记得，可见世上皆是负心之人。’”

常宁笑：“哪里来的话本子？我倒不曾听说。”

蔡昭轻轻摇头：“这话本子是我娘写的。”

常宁一怔。

“现在我知道阿娘的意思了。”蔡昭轻叹道。

他俩来回数语，句句暗指尹素莲忘恩负义，戚凌波如何能忍，当下霍地起身，美目中怒火翻腾：“你……你们等着！”她掀翻圆凳，愤然冲出厢房。

第9章

常宁的话揭开了已然结痂许久的旧日伤口，蔡昭的心口闷闷地疼。

她年幼时不止一次问过姑姑可曾后悔，后悔拿自己的一身世间罕有的惊才绝学去换取江湖上区区数年的安宁。蔡平殊却道：“沧海沧田数百年，英雄豪杰无数，哪里有那许多后不后悔的，当时觉得对，便去做了。”

戚大小姐脾气甚大，不但走得风风火火，还带翻了桌上的几碟点心，白玉糕、碧梨酥、金橘酪、樱桃千层饼……五颜六色地散了一桌子。蔡昭刚才忙着和戚凌波做戏没来得及吃，此时只好叹着气去捡落在桌上的点心来啃。囫囵充饥之际，她还不忘细细品味。

怎么说呢，不是不好吃，只是就如那宫廷大宴，龙虾、爆肚、肥鹅、大鸭子，用料十足，可是既没特色，又不亲切——她顿时对青阙宗的大师傅们失望了三分。

常宁原以为蔡昭乍闻尹素莲之言会激愤难当，谁知却见她缓缓平复情绪后竟然吃起点心来。等待良久，看蔡昭手中托着一块千层饼，皱眉抿嘴细细品味，久久不曾言语，他冷不防道：“你吃出了半只蟑螂？”

自梅林初见以来，无论是戚凌波欺侮威胁也好，曾大楼和稀泥也好，甚至被戴风驰出手恐吓也罢，这个小女孩始终态度调皮、言语温煦，颇有几分山崩于前而色不变的意思，常宁便忍不住想要激她一激。

蔡昭粉嫩的脸颊上依旧笑眯眯的：“常宁师兄放心。”

“我放什么心？”

“即便搭上我与戚师姐的交情，我也不会叫她挖你的心头血的。”

常宁神色骤变，好在有一脸毒疮掩盖，倒也看不大出来。他缓缓道：“师妹此话何意？”

蔡昭道：“意思就是，常师兄不必刻意挑拨，素莲夫人是什么样的人我是知道的，只不过未来我要在青阙宗中待足三年，此时何必撕破脸皮？不过她既然辱及我姑姑，这副脸皮也不用强贴上去了。”

常宁听完这话，面无表情，毒疮也没表情。

“放下长辈们的纠葛不说，戚师姐就是这么一副脾气。戚伯父早就说过了，他这女儿骂一顿好几日，打一顿又能多好几日，但也架不住素莲夫人处处护着——不然这么多年伯父不会从未带她去见过我姑姑。不过常师兄究竟不同，我们北宸六派同气连枝，除非欺师灭祖、背叛师门，否则有些人再讨厌也是不能打了、杀了的。譬如这位素莲夫人，姑姑早就说过的，这位夫人是好事不会做，恶事做不了，徒一张嘴惹人厌罢了。我娘说，真惹急了打上一架也就是了。”

如此苦口婆心的一番话，常宁似是毫无所觉，反而道："既然你都知道，为何还来青阙宗？北宸六派难道没有别的地方可以去？就不能找个平顺些的地方拜师吗？"

蔡昭自然不能说自己差不多是被爹娘押解上路的，遂言道："和气生财嘛，只要不是大事，让人家说两句也无妨。要是落英镇上家家商铺气性都这么大，生意还做不做了？何况天下本无坦道，你将路踩平了，路就好走了。"

常宁的笑意很冷，看了她片刻："你不是自愿来的，是被押着来的。估计是戚宗主与令姑母在多年之前就定下了你拜师之事，令尊、令堂便一意执行，你纵是千般不愿，也反抗不得。"

蔡昭的脸色冷下来："常师兄，我是诚心诚意要与你和睦相处的。"

常宁道："我也是。"

蔡昭寒着脸色："总而言之，老祖忌辰这几日我会好好护着师兄，绝不让戚师姐来挖你的心头血就是了。待戚师伯空出手来，咱们便桥归桥路归路。"

常宁讥诮道："蔡师妹着实不必这么委屈自己。反正常氏全家差不多死绝了，也不差我一个！"

蔡昭觉得这人简直有病，再长袖善舞的掌柜也架不住存心寻衅的恶客。她当场哼了一声，捧着茶碗背过身去，常宁也哼了一声，一模一样地背过身去。

这时屋外传来一个年轻热忱的声音——"……来来来往这边走，蔡夫人当心，这儿转角有座灯架，您别蹭着了。哎哟谁把这盆景摆在这儿，都这么挤了还嫌蹭不着客人呢！蔡谷主别着急，应当就是这里了，我亲自去问的大师兄，他说师妹就在这处厢房中。"

听着这熟络的掌柜腔，蔡昭对门外这人顿生好感。

来青阙宗至今，她遇见的不是盛气凌人的大小姐就是存心护短的大师兄，还有不明事理的"舔狗"一只，外加阴阳怪气的神经病一个，她几乎以为宗门里就没个正常人了。

门外的声音很快靠近，不一会儿厢房房门被人向里推开了，只见一位中等身材，圆脸带酒窝的青年陪着蔡平春夫妇进来了。

"爹、娘，你们来了啊！"蔡昭起身而笑，"我还以为要等开席才能找着你们呢，这位就是五师兄吧？大师兄与我说过您。这万水千山崖也太大了，适才我……哎哟……”

宁小枫一个爆栗敲在女儿头上：“大什么大，是你的心太大了！刚来一处陌生地方就敢到处乱跑，武林大派多有禁地、密地，回头你乱闯惹了祸怎么办?!”

常宁呆呆站起，愣看蔡昭发红的脑门。

蔡平春板脸不理女儿，转头道：“多谢樊师侄了，这孩子不懂事，给你和大楼找麻烦了。”

樊兴家大笑道：“蔡谷主说的什么话，招待不周是青阙宗的过错，哪有怪到宾客头上的！再说了，小师妹很快就会拜入师门，到时都是一家人了，在万水千山崖上走走也无妨，蔡夫人别责怪小师妹了。”

“行，你师父说得一点都没错，众弟子中就数兴家的脾气最好。”宁小枫笑言，转头时看见桌旁缓缓站起了一位满脸毒疮的高挑少年，一双极漂亮的眼睛正牢牢盯着自己作势欲打女儿的屈指。

“这位是……”宁小枫看向樊兴家。

蔡昭抢话道：“这是常宁，就是常家叔父的……”

蔡平春轻轻“哎哟”了一声：“是常大哥之子啊，你家之事我们都已听说了……”他嘴笨，不知如何安慰这位满门惨死的少年。

知道常宁的身份后，蔡家夫妇对他的态度格外温和。

“娘，小晗呢？你们把他丢哪儿了？”蔡昭左看右看，没看见幼弟。

“丢什么丢。”宁小枫道，“今日你姨祖母与舅父都来了，你躲着不见了，难道小晗不用去拜见的吗？行了，跟我们出去拜见长辈去！”说着便去拉女儿。

“他俩都出家了，怎么还叫姨祖母跟舅父呢……哎，娘您慢一点，师兄，常师兄也一道来吧。”蔡昭被拖着走了两步，想起不能把常宁留在这里，赶紧左手往后一拉，扯住常宁的袖子，一行人犹如穿起来般一起走了。

樊兴家跟在最后面，正好看见常宁低着头，嘴角微微翘起。

外面已是人声鼎沸。

两百年下来，青阙宗差不多传了十任宗主，掌门任期有长有短，最长的有三十多年，最短的才三个时辰，除了中间有两回是父子相继，其余都是师徒相承。经过这许多品位各异的宗主的不断添减增补，如今暮微宫内的陈设着实是风格繁多。

蔡昭头顶上那盏清冷优雅通体剔透的水晶吊灯是第四任宗主留下的，然而在仅仅三尺之远的白玉横梁下，挂着他亲儿子第五任宗主留下的十八枝蟠龙逐凤赤金镶红宝坠粉彩釉瓷花篮的巨型吊灯——蔡昭在下头很是感慨了一会儿“这儿子莫不是捡来的”。

再低头时，眼前已是一堆锃光瓦亮的脑袋，有男有女，有老有少，有和善有严厉。

蔡昭一阵头晕，赶忙冲着面前的老尼与中年禅师拜下行礼：“见过静远师太，见过觉性禅师，许久未见，盼望两位长辈安康妥帖，诸事顺遂。”

静远师太年逾六十，身形干瘦挺拔，数十年来的肃穆严厉，脸上的肃杀之气足以吓哭半打顽童。此时蔡晗就乖乖缩在觉性禅师身后，连声都没有了。

宁小枫继而介绍了常宁——常家血案江湖皆知，便是静远师太这样不讲情面之人，也难得和缓了神色，觉性禅师更是连连惋惜常宁的家人。

不过常宁依旧是那副半死不活的冷漠德行。

寒暄过后，老师太扫了蔡昭一遍：“青阙宗乃名门大派，以后入了宗门，就得收起往日在落英镇上的懒散，勿堕汝家声望！”

“谨遵师太吩咐。”其实蔡昭想说落英谷不论是人力、物力还是江湖声望，本来就是北宸六派中垫底的，再堕还能堕到哪里去。

觉性禅师见小姑娘满身不自在，打了个圆场：“昭昭啊，拜师之后就是大人了，以后在万水千山崖上要懂事，要听话……不过也不要白挨欺负。这回我给你带了一笼信鸽，若是受了委屈，要即刻告诉长辈啊。”

庆溪坳长春寺素来擅长驯养信鸽，几乎是指哪儿送哪儿。蔡昭绽开笑容：“多谢大舅父！昭昭一定听话，不会白挨欺侮的！”

静远师太横了外甥一眼：“出家人说什么‘你’呀‘我’呀的，要自称贫僧！才说了两句像长辈的话，第三句就教她告状，我看你的修行很是不足！”

蔡晗扑闪扑闪着大眼睛：“……姨祖母，您刚才也说‘我’了。”

蔡宁夫妇一齐低头轻笑。

开席在即，樊兴家来请众人往主厅入筵，蔡昭等小辈则要去正厅东南角的偏席上用饭。静远师太临走前还不忘训斥蔡昭一句：“拜入宗门后，要老老实实地守规矩，不要学你姑姑总是惹事上身！”

蔡昭默然，低头恭送长辈。

常宁站了会儿，看蔡昭还在低头发呆，索性一左一右牵起这对小姐弟的衣袖去找了张清静敞亮的食案坐下。蔡晗起初很惧怕这个满脸毒疮的哥哥，后来发觉他给自己夹点心果子时的动作又很细心柔软，便渐渐放下心来。

“你若听不惯那老尼姑数落你姑姑，索性呛回去，大不了挨一顿罚，自己在背后生气有何用处？”常宁给蔡昭添了两勺香油碎核桃凉拌的鸡纵菌。

“我小时候干过的，后来姑姑叫我不要跟静远师太顶嘴。姑姑说，老师太只是瞧不惯她散漫不羁的行事脾性，为人却是再公正严明不过的了。”

蔡昭原本已经决意不和这个阴阳怪气的家伙多说一句话，可偏偏常宁此时说的正是她想过许多年的事，便又不知不觉地与他搭上话了。

“你姑姑当然得那么说啊，老尼姑既是名门正派，又是令堂的长辈，难道你姑姑说‘昭昭说得好说得妙，不如我再教你两句以备下回呛人’？”常宁又往蔡昭的碟子里添了两片薄薄的酱牛肉。

蔡昭差点笑出声，赶紧板起脸：“常师兄慎言。”

常宁继续给蔡昭夹菜，这次是三条厚厚的盐烤鱼排：“行，那换点能说的——令堂家的长辈怎么都出家了啊，有什么故事吗？”

一说到这个蔡昭就不困了。

她自小习惯了跟着蔡平殊满镇溜达，素性豁达，闻言便答：“我外祖母与静远师太是双生姐妹，年幼时机缘巧合与佛家结了缘分，自认她们姐俩是大威德明王殿前池塘中的一对并蒂荷花——谁知就在剃度前，外祖母遇上了外祖父，就破誓成婚去了。”

常宁疑惑地侧过视线：“这故事我怎么仿佛在哪里听过？哦，是了，据传闻北宸老祖当年也在万水千山崖前养过一对并蒂莲花，已故的尹老宗主处处爱学老祖，便将两个女儿起名素莲、青莲——怎么这些古老的故事都一个样？后来呢，你外祖母自己不出家了，让你舅舅出家？”

蔡昭见气氛和缓，也十分配合地回答：“你不知道，佛家讲究个前因后果，倘若我外祖母按着誓言出了家，那就不会有我娘和舅父了，更不会有后面的儿孙，所以外祖母希望娘和舅舅都出家，算还了誓言。”

常宁点头：“打小耳濡目染，自然心生向佛之心，你舅舅倒是出家了，可令堂却遇见了令尊……”

“非也。我娘当年遇到的是女扮男装的我姑姑，春心萌动，什么出家还誓都抛诸脑后了。”蔡昭眉开眼笑。

常宁放下筷子道：“嗯，接下来的事我就知道了，家父都说过。后来令堂发现了蔡女侠是女扮男装，差点在悬空庵出了家。静远师太十分喜悦，怕你姑姑去捣乱，特意在隐秀涧下设了重重关卡。你姑姑便领了一众兄弟一路打了上去，又将令堂‘劝’回了尘世。”

他微挑了下嘴角，带上几分戏谑：“家父当时在旁一个劲地劝说大家伙不要叨扰佛门清净地，然后被你姑姑的弟兄们起了个绰号‘常嬷嬷’。”

“我姑姑一直叫他们别起那绰号来着。”蔡昭有点尴尬。

“不要紧。”常宁淡然道，“其实家父十分想念被喊作‘常嬷嬷’的日子，想念那些喊他‘常嬷嬷’的人。”常昊生大侠并不是喜欢那个绰号，而是怀念那无忧明亮的年少岁月，以及那些一去不复返的欢乐少年了。

蔡昭一时怅然，片刻后才道：“我姑姑也很是怀念——那时大家都还年少，春风得意马蹄疾，笑着闹着将隐秀涧弄得鸡飞狗跳，静远师太气得都要开杀戒了。那时聂恒城也还没练邪功，还没拿活人来炼尸傀奴，所有人都好好地活着，没有受伤致残，没有失去挚爱亲朋……”

“你说完了吗？说完了？好，那我来说。”常宁一直等到蔡昭惆怅完，才开口。

他缓缓地坐正，道：“你外祖母自己难舍情爱，破誓成婚，半辈子过得花月团圆，却为了圆满自己年少时的憾事，而想将一双儿女送入佛门，全不顾儿女自己的愿望——这与将女儿卖入青楼抵债换自己舒坦的混账有何区别？”

第 10 章

之前二人在厢房中闹得不甚愉快，此时蔡昭有意缓和气氛，谁知和谐的气氛才不过短短一刻，眼前这个喜怒无常的少年就无缘无故地翻了脸。

蔡昭举着筷子停在半空，眼睛瞪得圆圆的。她本性随和，怎么也想不明白常宁这货怎么一张嘴就没好话。

“你姨祖母明明知道你娘是因为一时气愤才说要出家的，她做长辈的不劝阻也就罢了，还撺掇着让小辈错下去——果然是并蒂莲花，一般昏庸糊涂！”

“你敢骂我家长辈！”蔡昭大怒。

“我想说什么就说什么。”常宁冷笑，“以令姑母的聪慧剔透，没想过这些道理，我是不信的。世上偏有这许多无趣的长辈，喜爱用世间虚伪的道理来约束弟子……”

蔡昭“啪”地拍下筷子，肃色道：“常师兄高瞻远瞩，聪慧剔透，小妹不敢高攀。话不投机半句多，看来常师兄是用不着小妹护佑左右了！”

她气得恨不得立刻就走，谁知常宁的气性比她还大，一句都不辩解，冷冷一笑后起身就往外走去，徒留被抢了先机的蔡昭在原地生气。

蔡昭宛如一把被揭了盖的热茶壶，“呼呼”地直冒热气。

蔡晗从碗中抬起脑袋，小声道：“阿姐，其实常师兄刚才说外祖母和姨祖母的话，阿娘也对姑姑说过差不多的……”

“啃你的鸡腿吧！”

蔡晗继续小声说：“阿姐，姑姑在世时，常说十分钦佩常大侠的……”

“闭嘴！啃你的鸡腿吧！”

蔡晗小朋友不屈不挠：“常师兄这么出去不要紧吧？会不会遇到等着收拾他的……”

“闭嘴！啃你的鸡腿……”蔡昭烦躁无比，又无可奈何，“老实待在这儿，不许乱跑！”然后起身去追常宁了。

蔡昭越过熙熙攘攘的人群，一路上捞住几个仆从询问，由于常宁那张毒疮溃烂的面孔比三条腿的蛤蟆还显眼，再忙碌的仆从也无法忽视，便给蔡昭指了一条很连贯的路线。

出正厅大门，一径向左走去，转过穿花门，来到一处堆放杂物的冷清后院，果然见到了常宁……还有五个围着他的“恶霸”——戚凌波和外门弟子甲乙丙丁。

蔡昭恨不能仰天长叹，姑姑在世时怎么没跟她说过行侠仗义是一件这么费气量的苦差事，她刚刚被气了个半死，甚至都没工夫继续生气就得来救人了！

她抬眼望去，只见常宁的衣袍下摆已然有一处被撕裂，衣袖也有被揪扯过的痕迹，午间日光耀目，他的面孔有些晦暗不明。光影之间，不知是不是蔡昭眼花，她察觉他身上透出一丝烦躁和杀意，甚至有几分暴戾之意。

蔡昭暗自腹诽，你一个手无缚鸡之力的人，气性还敢这么大！

戚凌波一改适才长辈跟前的温柔乖巧，此刻满脸戾气，道：“你刚才数落我时的威风哪里去了？常宁，我如今也不要你的心头血了，你乖乖给我磕十八个响头，将那边的狗屎吃了，咱们以后还是同门手足！”

甲乙丙丁一阵鼓噪恐吓。

常宁冷冷地道：“你自己喜欢吃狗屎，自去吃好了，我就不夺人所爱了。”

“你……”戚凌波大怒。

蔡昭长吸口气，飞身一跃，犹如飘扬的花朵翩翩落在常宁身前。

常宁看见站在自己身前的女孩，目中阴云缓缓散去，袖中原本绷紧的手臂慢慢放下。

蔡昭张开双手，微笑劝和：“众位师兄、师姐，有话好说，有话好说嘛！”扭头时，正看见常宁目色清冷地望着自己，似有笑意。

戚凌波咬牙道：“好，好一个飞花渡，落英谷的轻功名不虚传。蔡师妹，你来得可真及时，看来你是存心与我作对了。”

蔡昭长到十五岁，生平除了在馄饨馅料和蒸鱼火候这些重大原则上寸步不让，在大多数事情上都很好说话。如今走出落英谷，她才发现许多原本她视之如常的事，在外面却需要一再郑重申明——名门正派，不可欺凌弱小。

“师姐，适才戚伯父特意嘱咐我要看好常师兄，想来您也听到了，何必让小妹为难呢？”蔡昭也不笑了，“我们做晚辈的，不敢说为父母长辈分忧，至少也别在这种众目睽睽的场面上添乱吧。雪莲丹虽是世所罕见，可也不是绝无仅有的，将来宗门中人行走江湖，总有机缘再获雪莲丹，到时再给师姐练功也不迟。”

戚凌波咬牙道：“我不妨跟你说句实话，虽说我与常宁的过节是由雪莲丹而起，可若非他屡次出言不逊，羞辱于我，我也不是不知轻重之人！你若不信，想想适才在厢房中的事，他尖酸刻薄可不是一次两次了！”

蔡昭一怔，扭头看常宁：“你都说了师姐什么？”

常宁目中含笑：“你问的是哪一次？”

蔡昭只好再去问戚凌波常宁都说了些什么气人的话，戚凌波气得浑身发抖：“蔡昭，你是存心要羞辱我吗?!”

这时就需要外门弟子甲乙丙丁来贡献台词了——

尖嘴的弟子甲：“师姐好声好气地给姓常的送汤药，姓常的居然说雪莲丹是疗伤圣品，给师姐吃就如给肥猪啃人参……”

猴腮的弟子乙：“那回师姐特意捧了好料子去给姓常的量体裁衣，这臭小子居然说师姐的做派活像财主家献殷勤的陪房丫头。”

歪瓜的弟子丙：“三个月前师姐在天池边上击败了金刀门门主的得意弟子，二师兄给师姐起了个雅号‘天池仙子’，常宁居然说是金刀门门主想巴结宗主，才让弟子故意让着师姐的。‘天池仙子’的称号还不如改为‘靠爹仙子’。”

裂枣的弟子丁：“上个月……”

“够了！不要说了！”戚凌波恨不能用烂泥糊住这四个白痴的嘴。

蔡昭想笑，又觉得不厚道，转而用质问的目光去看常宁。

常宁淡淡道：“我说的都是实话。”

蔡昭瞪他：“出口伤人，终归是不对。”

常宁看着女孩的清澈秀目里满是不赞成，终于低声道：“我身上伤未愈、毒未清，怎会闲到主动寻衅？若不是他们非要到我跟前来东拉西扯，我也懒得多嘴。”

蔡昭心里一转，似乎是这个理。

“胡说八道，师姐愿意跟你说话是看得起你，你不要给脸不要脸！”裂枣的弟子丁终于把未说完的台词补上了。

戚凌波讥讽道：“蔡师妹，你怎么说？你莫不是非要护着这臭小子？我也不会要他缺胳膊断腿，不过是稍加教训罢了。”

甲乙丙丁在后面嬉笑起来——

“正是，不会缺胳膊断腿，也就是吃两顿狗屎罢了！”

“哈哈哈哈，狗屎大补啊，没准这姓常的伤就好了呢！”

“高见啊，你们会不会说话，是师姐大发慈悲要教教这小子青阙宗的规矩呢……”

这都什么乱七八糟的？蔡昭丹田运转三周天，强行微笑道：“师姐息怒。我姑姑说过，行走江湖最要紧的就是道理二字，有些事很气人，可它有道理，你存着火气也得忍啊。

“常师兄惹恼师姐固然可恨，可他毕竟是常家仅存的骨血了，师姐若真逼着他去吃狗屎，常大侠在天之灵该如何瞑目呢？何况常师兄现在伤病在身，胜之不武嘛。师姐不妨等一等，等常师兄痊愈了，到时候师姐要在何时何处拉场子，小妹决计不会多出一声。”

戚凌波面上浮起几丝尴尬，心想：你说得倒容易，真等常宁复原，若武艺低微也就罢了，万一武艺高超，我哪辈子能出了这口气？

“再说了，文有文场，武有武场，常宁毕竟不曾加一指在师姐身上，师姐若真气得狠了，不如也骂回去。师姐这边人多势众，拉开架势狠狠臭骂常宁一通，岂不什么气都出了？师姐若想不出措辞，可以下山去找几位说书先生来帮阵，包管骂一个时辰都不带重样的。”蔡昭十分热忱地出谋划策。

“骂……骂什么？”戚凌波茫然。

常宁悠悠地补充：“丑八怪，丧门星，克死全家的天煞孤星，落荒而逃的丧家之犬，躲在青阙宗吃干饭的无能废物……多了去了。”

戚凌波大骂：“你的脸皮这么厚，说什么也不会往心里去，我何必费这个力！”所谓骂人伤人，得骂人的话能往对方心里去，像常宁这种什么都不放在心上的人，骂了也白骂。

蔡昭饿了半天还没吃上饭，也有点不耐烦了：“好话说尽，若师姐还是听不进去，那还有别的法子。”

说完这话，只见她轻轻一跃，从一旁的桃花树上拂下几片花叶捏在掌中，随即身形向前一闪，如影子般左右一兜，迅疾如电般闪身来到戚凌波五人跟前，“啪啪啪啪啪”五声之后，蔡昭旋即跃回原先的位置，掏出手绢静静擦手。

戚凌波等人低头一看，只见他们五个或胸口或肩头各印了数片花叶。

蔡昭冷冷地道：“你们加起来也打不过我，我已经答应了戚伯父要看好常师兄，师姐若不高兴，就去找双亲和师兄们告状吧。”遇上泼皮无赖存心找碴儿，店家也不必客气了。

说完，蔡昭就扯着常宁回到了席面上，身后传来的戚凌波等人的叫骂声她也懒得听了。

揪着常宁的袍袖回到偏角的座位上，蔡晗小朋友已经吭哧吭哧地在消灭第四个鸡腿了，蔡昭瞪眼骂道：“少吃些肉，看看你身上肥的，都能宰来卖了！”

蔡晗忧郁道：“阿姐体谅体谅我吧，老祖忌辰之后，我就要跟着舅父去探望外祖母了，这次少说要住几个月。在外祖母家不但要念阿弥陀佛，还要吃素呢。”

蔡昭抿抿嘴："你少废话，外祖母病重，你好好哄哄老人家，别惹她生气！"

蔡晗眼泪都快流出来了："阿姐好狠的心啊，这回你若不是要拜师父，定是也要去外婆家的，到时候阿姐能挑剔的就不是馄饨馅是前腿肉还是后腿肉了，而是要炒白菜、煮白菜还是腌白菜了！还说要我哄哄外祖母，若阿姐与我剃度出家，外祖母才最高兴，阿姐肯吗？"

常宁忍不住轻笑，蔡昭回瞪他一眼，再冲幼弟道："少废话，吃你的鸡腿……这是最后一个了啊！"

训完蔡晗，蔡昭扯着常宁坐下，大马金刀地正对他，目光炯炯。

"长话短说，我与你约法三章。第一，不许说我姑姑的坏话！第二，不许说我父母的坏话！第三，不许说我敬重的长辈的坏话……小晗你若还想接着吃肉就不许插嘴！"

蔡晗本想指出长姐的逻辑错误，闻言连忙闷声低头吃肉。

常宁以袖轻掩唇齿，露出一双泰然自若的俊目。

蔡昭也发现了自己适才的话漏洞百出，显然是因为被气糊涂了。

她抓抓粉腮，重新开始："刚才的不算，重新约法三章！第一，你不许说我敬重的所有长辈的坏话，阴阳怪气也不行！第二，你不许寻衅滋事，惹是生非，自己讨来麻烦让我收拾烂摊子；第三……第三我还没想好，日后补上。"

常宁秀长的眼尾微微一挑，眼看就要反驳，蔡昭抢话道："只要你老老实实的，在你伤势痊愈之前，我就看着你护着你，不叫你受人欺侮骚扰，如何？"

常宁笑意渐冷，蔡昭目光灼灼地看着他。

常宁缓缓道："有戚宗主在，我未必会真有大祸患。"

蔡昭从鼻子里哼笑："吃狗屎算大祸患吗？"

常宁不笑了。

蔡昭看向常宁身上撕裂的衣袍："戚凌波不是肯忍气吞声的人，你虽无性命之忧，但受的欺侮羞辱也不会少。你也别装了，你心里其实对这些赶不走的苍蝇厌烦透了，偏偏此时你身有桎梏，伤势未愈，无法放开了手脚收拾他们，是也不是？"

常宁凝目道："你也明明厌恶我得紧，可依旧愿意护着我，这也是你姑姑教的？"

蔡昭沉默片刻："我姑姑是真正侠骨柔肠的大侠，除恶扶弱，伸张正义，从不计较自己的喜恶。我只盼着自己不要辱没了她的教导才好。”

常宁望向窗外片刻，缓缓道：“家父也希望我能成为像他一样的人，可我怕是不成的。”

蔡昭自以为很善解人意：“对，你要报仇雪恨，自然得拿出几分杀气和狠劲来，哪能像常大侠一样古道热肠，仁善为怀。”

常宁收回目光，清水一般潋滟的目光落在蔡昭脸上，低声道：“适才是我的不是，不该非议你的长辈。只是我想起了一件事……”他忽而语气柔软，手指轻轻划着条案上的流云蝙蝠纹，“家父在临终前，嘱托我照看一位长辈，一位我十分看不起的长辈——胆小懦弱，无情无义，贪图安逸富贵。

“我心中十分不愿，长辈的话就是对的吗？也不见得吧，可偏偏那是家父的临终之言。”

少年的手指苍白修长，指节分明有力，衬着光洁的深褐色桌案，有一种陈旧绮丽的美感，仿佛渐渐衰败的贵族家中放在陈旧奁盒里的冷白玉笄，看得人莫名怅然。

“你究竟是答应还是不答应？”蔡昭耐着性子问。

常宁收起怅然，目光沉静：“一言为定。”

“好。”

蔡昭提起筷子从蔡晗碟中抢回最后一只鸡腿，在幼弟泪汪汪的注视下一口咬下——锄强扶弱，就从身边做起。希望姑姑在天有灵，不会气得吃不下饭。

第11章

午宴的饭菜果然和那碟点心一样，中规中矩，毫无新意，蔡昭失望地填饱了肚子，蔡晗抱着即将吃素数月的心态一顿暴食，最后倒在红焖水晶蹄髈的瓷盅前，望蹄兴叹，还得蔡昭找仆从要陈皮汤来消食。

直到给蔡晗揉肚皮揉到不疼了，姐弟俩还是没看见他们爹娘回来。樊兴家顶着满头大汗从主客厅回来，捧起新添的米饭就是一顿猛刨，将桌上的剩菜风卷残云般猛吃一气。蔡昭十分仗义地将那只完好的蹄髈扒到樊兴家碗里，看得常宁眉头直皱。

“多谢蔡师妹，我从今晨起身就水米未进，比练功还累，幸亏师父叫我来找你们我才能缓口气，可怜大师兄，这会儿还不得歇。”樊兴家吃得脸颊圆鼓，几乎将酒窝都填平了，一面吃一面絮叨，“师妹、师弟别等蔡谷主他们了，你们落英谷这许多年没人出来，这趟遇上了，好些前辈要与令尊、令堂叙旧。别说这会儿，就是晚上也未必能脱身。”

蔡昭忙问他们姐弟现在该怎么办，樊兴家答道：“现在外面乱糟糟的，各门各派的弟子穿梭往来，你们也不认识什么人，为了避免冲撞，大师兄说你们索性先住到暮微宫偏殿的客房中。等祭典结束了，再去师父给师妹准备的‘椿龄小筑’安顿。”

蔡昭连连点头，说着就打算拖着傻弟弟去睡个午觉，抚慰一下这两个时辰受到的伤害，却被常宁扯住了衣袖，她不解道：“又怎么了？”

常宁道：“你走了，我怎么办？”

“什么怎么办，我不是答应护着你了吗？”蔡昭觉得自己一诺千金。

常宁板着脸：“你去客房，我回药庐，他们来找我碴儿怎么办？哪怕事后师妹你拆了他们的骨头来煲汤喝，那我也已经吃过亏了。所以你适才许下的承诺，其实不是护我周全，而是事后对着我的牌位替我报仇吗？”

蔡昭的眼睛瞪得溜圆，觉得事情没那么严重。

常宁毫不客气地瞪回去，表示事情就是这么严重。

最后蔡昭投降：“罢罢罢，我们一道去吧。樊师兄，让常宁师兄住在我隔壁的客房里可否？”

樊兴家触及常宁阴冷的目光，心头一跳，对方明明是个武功全失的羸弱少年，他却依然生出了一股自己是被毒蛇盯上的小兔子之感，当下忙道“可以”。

一行人各怀心思，由樊兴家领着往暮微宫偏殿走去。眼见新来的师妹与毒疮脸师弟都不是会息事宁人的主，这回樊兴家十分小心地带他们避开人群，一行人总算太太平平地来到了偏殿。

看着窗明几净的两间相通的客房，蔡昭由衷感谢：“樊师兄辛苦了，也不知腾出两间相邻的客房会不会太麻烦？毕竟这几日宾客盈门，若是不够居住……”

“不会。”樊兴家笑道，“这几日殿中客房反而清净，各门各派的弟子都叫大师兄安排到分隔开来的院落中居住了，免得，免得……”

“免得发生‘误会’。”常宁替他将话补足，眉眼笑得十分好看，“这武林中人是极易发生‘误会’的，大师兄和樊师兄思虑周到了。”

樊兴家讪笑着揩汗，赶紧吩咐仆从去将蔡昭姐弟与常宁的随身之物搬来。

趁着樊兴家忙碌地指挥人手布置客房，蔡昭凑到常宁身旁轻声道：“你能不气人了吗，和气生财知不知道？与你发生‘误会’的又不是樊师兄，你刺他做什么？”

常宁惊异地转头，清澈的眸光中似乎透着受伤之色：“你认识樊师兄才不过半个时辰，你我相识已经一个半时辰了，你居然为了他来指责我？”说完，他怒而甩开袍袖踏进屋中。

蔡昭无语地站在原地——半个时辰与一个半时辰差别很大吗？

常宁走到樊兴家身边，长长地作了一个揖，倒把樊兴家吓了一跳，忙道：“常宁师弟何必行如此大礼！”

常宁起身道：“樊师兄明鉴，我自己也就罢了，可蔡师妹初来乍到，得罪戚师姐全是因为我，烦请樊师兄好歹看牢些，别叫送来的饮食出了‘误会’。”

蔡昭耳朵一动，三两步追上：“樊师兄，欺负常师兄的人给他的饭食捣过乱吗？”

樊兴家尴尬道：“呃，有……有过两三回——不过师父立刻就严惩加害常师弟之人了！那之后再未发生过……呃，发生过‘误会’。”

常宁瞥了她一眼，蹙眉道：“还有汤药，我每日需饮数次汤药，他们也会作怪。”

蔡昭再次扭头质问：“樊师兄，他们是疯了吗？连疗伤祛毒的汤药也敢动手脚?!”

樊兴家连连摆手：“不是不是，不是下毒，只是添了些腌臜之物，类似，类似……”

“类似蚂蚱、臭虫什么的。”常宁微笑。

蔡昭拉下脸：“樊师兄，这是不是过了？”

樊兴家为难道：“只有一两回，师父也已加倍严惩了，如今常宁师弟的汤药都是由雷师伯看管的药庐送来，再不会有那样的事了。”

常宁似乎很愉快，继续道：“夜里睡觉时，他们还曾往我的床铺上扔过蝎子、毒蛇……”

“欺人太甚！”蔡昭拍桌而起，这次抢在樊兴家开口之前道，“樊师兄也别再说师父严惩过了，只要首恶不除，那些虾兵蟹将定是源源不绝的！”

樊兴家赔笑道：“师父也发过狠，可是常师兄每回都避开了，并未真的受到过罪，是以师娘拦着师父不让重罚，只说是孩儿淘气……”

蔡昭这就不同意了，高声道：“樊师兄此言差矣，没害到人与没有害人总是不一样的吧？难道这青阙宗上就没有道理了吗?!”

樊兴家看看常宁，再看看蔡昭，半晌后低声道：“为了这些事，师父与师母吵得甚是厉害，如今……如今已然分院而居了。”

蔡昭无语。

她终于明白自家亲娘为什么总看戚云柯不顺眼了，她这位未来的师父自然是好人，可是显然欠缺魄力与威势，时常碍于脸面与情分为人所拿捏，真是让她气不打一处来。

“宗主夫人说是孩儿淘气是吧？好。”蔡昭眯眼，一字一顿道，“淘气就淘气。待我入宗门后，师门就是我最小了，想必我淘起气来也不会受重罚的吧。”

樊兴家听出了她的意思，惴惴然道：“……别伤了手足和气才好。”

蔡昭笑眯眯地道：“樊师兄放心，手足之情嘛，越打闹越亲近的。”她虽贪图安逸省事，但跟着蔡平殊耳濡目染十几年也不是全喂了狗，怜弱疾恶的基本侠义心还是有的。

樊兴家擦着额头上的汗，呵呵傻笑。

他刚才已听曾大楼说过蔡昭在众人面前露的那一手，加上有戚云柯护着，真闹起来估计戚凌波要吃亏。可若戚凌波吃了亏，师母大人必不肯罢休，未来宗门内可有的闹了。

他生来富庶，家人和睦，因而养出了一副乐天开朗的脾气。

原本只是在外门打酱油的，打算攒几年天下第一宗的威风就回老家做个优哉游哉的富家翁，谁知道自己居然天生擅长制药炼气，稀里糊涂就被收进了内门——三教祖师，无量寿佛，只求将来他们闹起来可不要误伤良民才好！

总算等到仆役们将两间客房安顿妥当，樊兴家说了两句客套话就忙不迭地跑路了。

等四下无人，蔡昭收起笑脸，冲常宁正色道：“我想到了约法三章的第三条：以后但凡并无恶意之人，你都不许去气人家。和气生财不行吗？不然人都叫你得罪光了！”

常宁道：“那你对我怎么不和气生财呢？总是板着个脸。”

“就算我是个开铺子的，你也不是我的主顾，和什么气生什么财？”

“那我是什么？”

“讨债的。”

蔡昭将幼弟放在干爽柔软的被窝中滚了三四圈，粉团般的蔡晗就睡着了。

常宁心满意足地也去睡午觉了。心愿达成，他立刻变得笑容可掬，甚至连脸上的毒疮都有几分楚楚动人，临睡前还叮嘱蔡昭别忘了叫他一道吃晚饭。

偏殿静谧，蔡昭仰首观察屋外高高的穹顶。古老沉默的屋梁上印着深深浅浅的异兽绘纹，面目狰狞，形态凶猛，偏偏人皆道是祥瑞。

祥瑞还是凶兽只凭众口相传，所以说到底，活到最后的才是赢家，善恶皆凭言之。

四周飘散着淡雅细微的香烛气息，曲曲折折的殿宇回廊隔绝了前方正厅的所有喧嚣烦扰，蔡昭缓缓回屋，给幼弟掖了掖被子，然后独自坐在桌前，陷入沉思。

北宸六派，以九蠡山青阙宗为尊，其下便是广天门、佩琼山庄、驷骐门、太初观，以及居末的落英谷。

两百年天下风起云涌，六派各有俊才，其中不乏才艺卓绝之辈，然而青阙宗能够始终居六派之首，靠的就是不拘一格提拔人才。别家、别派可以父子相传、叔侄相继，青阙宗每每选拔下任宗主之时，都必须在众目睽睽之下挑出武艺、智谋最出众的那一个。

因这个缘故，饶是前任老宗主尹岱再有私心，当寂寂无闻的外门弟子戚云柯冲破“天火龙”的经脉桎梏，崭露头角之时，他也必须破格录取其为关门弟子。

不过按照宁小枫的说法，戚云柯能一飞冲天承袭宗主之位，魔教的兴风作浪功不可没。所谓国危思忠臣，不是大难当前，也显不出戚云柯的能耐来。

六派之外，武林正道也并非无人了——领头的便是庆溪坳长春寺与隐秀涧悬空庵。

前者于一百六十年前建成，对，正是落英谷第一代魔女在武林中闹出惊天大祸的当口。据说原本六派都要齐聚人马去清理门户了，正是第一代长春寺住持灵台上人从中说和，最后大家一起和稀泥，才不了了之的。

自那以后，落英谷便与长春寺结下了深厚情谊，据说如今长春寺内最古老粗壮的十八棵参天松柏就是落英谷帮忙种的，号称十八罗汉松。

悬空庵略晚数年建成，并且自建庵之日起便避世隐居，不参与武林纷争。直至一百二十年前魔教出了一位惊才绝艳的教主，十几岁便将魔教众长老按在地上摩擦，二十岁便如春雷乍响六龙飞天，强压天下高手无人能敌，弑杀无忌，莫可抵挡。

那段日子魔教势力无处不在，连隐秀涧也不容退缩，悬空庵避无可避，只得加入以北宸六派为首的正道联盟中来。

“那后来呢？”十岁的蔡昭听得津津有味，“是不是像姑母诛杀聂恒城一样，正道也出了一位大英雄，杀了这个坏蛋教主？”

蔡平殊挠头苦笑：“这个我也不清楚。似是魔教自己出了内讧，让咱们有了可乘之机。哎呀，一百多年前的事谁记得清啊……”

蔡昭现在还记得自己当时的失望之情——有时候大坏蛋未必是被大英雄杀死的，也有可能是自相残杀被自己人蠢死的。

被窝中的蔡晗小朋友打了个饱嗝，顺便打了个滚，红润的小嘴咂吧几下，又甜甜地睡去了。然而隔壁屋内毫无动静，那人似乎连翻身都不曾。

蔡昭移动两屋之间的门，举着夜明珠走到里间，只见常宁侧身而卧，藏蓝色的薄被之下是淡色中衣，露出雪白的脖颈与一弯玉璧般的胸膛，肌肤细腻而坚实。

蔡昭小姑娘十分正经地挪开视线——话本子里说过，登徒子是要被人打的。

于是她宛如对待蔡晗小朋友一般，加倍正经地给常宁拉了拉被子。介于青年与少年之间的他呼吸匀称，酣睡正深，似乎很久不曾这么放心地沉睡过。

蔡昭轻轻叹了口气，握着夜明珠缓缓退出。

除去北宸六派与一寺一庵，江湖也有星星点点的其他门派，多是一时崛起，旋即如流星飞逝，鲜有辉煌至百年以上者。例如蔡昭的外祖宁家，也曾以药剑双绝享誉武林，但随着蔡昭外祖父的过世，一儿一女出家、嫁人，宁家很快就无人提起。

“名声真有那么要紧吗？”看着神情寂寥的小姑娘，蔡平殊笑得和煦，“我们落英谷的谶言是什么？”

“花开花落自有时，一切顺其自然，莫要强求。”

“对，一切顺其自然。有记得你的人，就记得，没人记得了，就没人记得好了。要紧的不是这些。”

“那要紧的是什么呢？”

“是我们在这世上活过，我们活的每一日都清明快活，俯仰无愧于心。宁家会陨灭，蔡家会陨灭，但‘我们’永远不会陨灭。”

蔡昭从回忆中惊醒，回头看了一眼沉睡的常宁，轻轻移上槅门。

常家亦如此。

武安常氏崛起不过几十年，少年常昊生于二十岁时修行有成，行走江湖，逐渐成就一代大侠的名声，其间结识了蔡平殊以及一班或靠谱或不靠谱的兄弟，再随后与未婚妻成亲生子。

因目睹过魔教残忍的手段，他提前一步将常家坞堡藏得密不透风，却不承想，躲过了聂恒城的滔天势力，却莫名其妙在十七年后惨遭灭门。

蔡昭合上眼靠在圆滚滚的幼弟身边，抱被假寐。

昏沉入眠前她想到，好歹护着常宁到伤愈。他全家都死光了，他性情乖戾古怪些也是情有可原的。换作她自己，别说全家被杀了，那年不知谁偷拿走了她预备过年做腊肉的五花肉她就恨不得大开杀戒了，足足三个月悲愤难言，见谁看着都像贼。

所以，以后还是待常宁和气些吧。

隔间里屋的床榻上，原应沉睡的人听着蔡昭的呼吸声，嘴角微微一翘。

第12章

蔡昭睡醒时已近傍晚，樊兴家亲自过来叫他们去赴晚宴。

睡饱之后的常宁尤其和善，居然还亲手给樊兴家倒了杯水，樊兴家受宠若惊，差点把水喝进鼻子里去。要知道这位苦大仇深的常家遗孤自打上了万水千山崖，就没给过师父之外的任何人好脸色，活像人家欠了他十八张三进大屋的房契然后拖着不肯过户一样。

“樊师兄辛苦了，我们在这儿休息，你却忙进忙出的，像只热锅上的蚂蚱，片刻不得歇息……”短短一个下午，常宁就跟变了个人似的，开始充满温暖和关切地絮叨，就是这个比喻有点让人歪嘴。

“常师兄，不是蚂蚱，热锅上是蚂蚁。”揉着眼睛的蔡晗插嘴。

常宁慈爱地摸摸小朋友的脑袋：“小晗乖，怎能说樊师兄是蚂蚁呢？你一脚下去随随便便就能踩死几十只蚂蚁，可你踩得死樊师兄吗？所以樊师兄绝不是蚂蚁。”

蔡晗不揉眼睛了：“可是……可是樊师兄也不是蚂蚱啊，因为……因为……”

“你一脚下去别说将蚂蚱踩死了，你连踩都踩不着，因为蚂蚱会跳啊。”

蔡小朋友茫然，这个逻辑似乎没有问题。

“你们俩都别说了，樊师兄既不是蚂蚱也不是蚂蚁，他是人！”蔡昭睡得有点头晕，一拍桌子下了结论。

樊兴家捧着水杯，心道：求求你们别说了。

三人由樊兴家引着进入布置一新的暮微宫后殿正厅的偏厅。

整座暮微宫都是中轴对称布局，每一座正殿正厅的两侧都附有东西两个偏殿偏厅。

这次樊兴家早早留了心，将蔡昭他们三人安排在西偏厅靠窗的一张加长案几上，左面上首的食案后是两位长春寺的小和尚，论辈分是蔡昭舅舅觉性大师的师侄，右面下首是一位低头不语的瘦弱小姑娘，名叫杨小兰，乃驷骐门掌门之女，为人甚是羞怯，连跟别人问好时都不敢抬头。

前者和颜悦色，后者人畜无害，至于戚凌波、戴风驰等人，则被安排在了东偏厅用餐，中间隔了一座人声鼎沸的正厅。别说发生“误会”了，这边扯脖子唱山歌那边都听不清。

无量寿佛，这下总能天下太平了吧？暂时放心的樊兴家长舒一口气，拖了把方凳坐到一旁陪聊。

蔡昭的视线迅速在人群中找到爹娘，蔡平春夫妇坐在广天门门主宋时俊的下首，夫妻二人俱是面无表情，毫无感情地应付来来往往的武林同道。

蔡昭忍不住问道："樊师兄，明日就是祭典大仪了，大家都来齐了吗？"

樊兴家想了想，答道："除了长春寺住持法空上人和太初观一行，其余人都到了。"

"法空上人我知道，人家师兄法海上人刚圆寂，他要留着度化念经才说要晚到一步的，可太初观怎么也要拖到明早才来？"蔡昭不解。

"自然是要显得派头大。"常宁压低声音道，"三年前你姑姑过世，武林群豪前去吊唁，家父说那回太初观都是最晚到的，那叫一个排场十足。"

"那次我病倒了，什么都不知道。"蔡昭也压低了声音，"若是来得最晚就算派头最大，那他们索性不来岂非派头更大了？"

樊兴家也凑过脑袋去："老祖的忌辰，太初观要是真的不来，那反而落下过错的把柄了。这些年太初观掌门裘元峰风头甚劲，江湖上什么事都要插一手管一脚，可了不得！"

"太初观这般行事，就无人议论吗？"蔡昭轻声问。

"自然有。"樊兴家轻笑，"就是……"

"云柯兄弟。"广天门宋时俊大马金刀地坐在仅次首座的席位上，照例头戴金冠满身锦绣，面色却甚是不悦，"明日一早就是老祖的忌辰大典了，太初观这会儿还不到，是不是说不过去啊？"

他刻意运了气，话声洪亮震耳，字字钻入大厅内所有人的耳中，一时间众人齐齐望向首座。

上首正坐的戚云柯和气道："裘掌门信中说观内有事，迟一步到，总之会在明晨典仪之前赶到。"

宋时俊咧嘴一笑："云柯兄弟，我知道你性子和善，可有些事你也该拿出些威势来。法空上人是客，来是情分，不来也无大碍。可我们六派乃老祖后人，在旁的事上摆摆架子也就罢了，老祖两百年忌辰这般大事居然也有人敢轻忽怠慢，青阙宗难道不说话吗？"

这话一说，四下更加无人说话，都等着看戚云柯如何反应。

虽然北宸六派对外是同气连枝一荣俱荣，然而对内还是各自经营互不干涉的，只有在一致对抗魔教时才需要居首的青阙宗宗主发话。不过此一时彼一时，有时候青阙宗宗主强势，也能越过门派之隔去管教别派弟子。

宋时俊在这时忽然挑出太初观来指责，显然是有意为难戚云柯。

蔡昭轻声道："宋门主这不是有意刁难人吗？他让戚伯父怎么说啊？若说'没事没事迟到片刻也无妨'，他必会指责戚伯父怠慢老祖忌辰；若是戚伯父大发雷霆，难道要立刻拉上人手去收拾太初观吗？别派会不会看笑话我不知道，魔教定是要笑破肚皮的。"

常宁道："废话，自然是要宗主左右为难才叫刁难，不然他平白说这话干什么？不过无冤无仇的，姓宋的为何要为难戚宗主呢？"

两人一齐将目光落到樊兴家脸上，樊兴家叹气道："这些年广天门招揽天下英豪，气势直追我宗。之前宋门主曾向师父提议过这回老祖两百年忌辰大典去广天门办，师父再和善也不能答应这个要求啊。好在有佩琼山庄与落英谷一意支持师父，这事才一锤定音。宋门主未能达成心愿，想来……想来定是不快的。"

"啊呸。"蔡昭轻啐道，"九蠡山暮微宫本就是老祖清修之地，举办忌辰大典哪有移去别地的道理？他就是看戚伯父老实才蹬鼻子上脸的！"

常宁意味深长地道："三师兄宋郁之是宋门主之子，他这么公然挑事，倒不怕儿子将来在宗门中受委屈？"

樊兴家叹道："师父是厚道人，对事不对人，无论宋门主如何，都不会迁怒三师兄的。何况，何况……"

"何况还有素莲夫人在。她姐姐青莲夫人是宋门主过世的夫人，再怎么闹，宗门中谁敢为难夫人的亲外甥啊？"蔡昭撇嘴，"说到底，还是欺负伯父是老实人。"

"阿娘说话了，大家快看。"蔡晗小朋友忽然出声，樊常蔡三人一齐转头去看。

只听宁小枫忽然提高声音说话了，然而她功力不足，做不到如宋时俊一般字字震耳，众人只好加倍安静好听清楚她的话。

"……就是亲兄弟，分家了过日子也是各过各的，青阙宗虽是六派之首，可也不能对另五派管头管脚啊。只要太初观没有耽误明早的忌辰大典，就不能算过错。"宁小枫看宋时俊不顺眼了十几年，此时更不会客气。

"当年我就说过，不聋不哑不做翁姑，这青阙宗宗主着实难做。亏得戚大哥秉性忠厚老实，从不计较鸡毛蒜皮之事，不然偌大威风真的压下来，芝麻点大的事也要听青阙宗的吩咐，我们底下五派还不叫苦连天啊？”

这比喻虽市井气了些，却颇有道理：若真来一个锱铢必较威风八面的大宗主，别派的日子可就不好过了，于是在座众人纷纷点头暗中称是。以宋时俊的功力，如何听不见底下人的轻声议论，脸皮绷得愈加紧了。

一位端坐宋时俊对面的中年侠士见他面色不好，微微一笑，高声道：“小枫这话说得好。都说青阙宗是天下第一宗，却不知这宗主难做啊，亏得云柯兄弟为人宽厚，少与人计较，北宸六派方能手足亲和。宋家兄长今日也是一片好心，不过他素来快人快语，在座的都是自家人，千万不要计较。”

自打宋时俊张嘴，尹素莲就左右为难，一边是丈夫，一边是姐夫，此时听见这儒雅俊秀的中年侠士打圆场，赶紧道：“致臻哥……喀喀……周庄主所言甚是。都是自家人，就别闹口角了。来人啊，上酒上菜，快！”

适才说话这人便是佩琼山庄庄主周致臻了。他素以温文尔雅、书剑双绝著称武林，一时人人打哈哈说笑话，意欲将此事含糊过去。

宋时俊愠气未散，于是打了个眼色给一旁的驷骐门门主杨鹤影。他二人素来交好，宋时俊的意思是“该你上了”。

杨鹤影却想：你宋时俊亲自出手刁难戚云柯都没有成功，我贸然出口哪能落着好，何必自取其辱？他眼珠一转，看见一旁的蔡平春夫妇，忽生一计，于是高声道：“蔡谷主，多年不见，近来可好啊？”

蔡平春略微一惊，随后道：“好说，好说。”

杨鹤影笑道：“唉，蔡平殊女侠的英姿笑貌历历在目，想当年她小小年纪技压武林，踩魔窟、蹈匪寨，行侠仗义，江湖中无人不佩服。如今斯人已逝，我见蔡谷主颇有令姐风采，总算落英谷后继有人，真是可喜可贺啊！”这话明着是在怀念蔡平殊，暗着却是在说落英谷没了蔡平殊就没了往日的风光了。

常宁皱眉道：“这人说话怎么阴阳怪气的？”

“何止说话阴阳怪气，行事也阴阳怪气。”蔡昭磨着小虎牙，“我幼时见过这人。”

常宁与樊兴家俱吃惊。

蔡晗小朋友插嘴道：“那我怎么没见过啊？”

蔡昭轻声骂：“笨蛋，那年我四岁，我四岁时哪有你啊？别插嘴，吃你的糕点！”

按下幼弟的脑袋后，她继续道：“那年来了个什么‘沙河三杰’，口口声声说以武会友要挑战我爹。喀喀，都不知道他们是怎么进谷的。那三个人好不要脸，说他们对着一百个人也是三兄弟一起上，所以对我爹一个人也要三兄弟齐上。”

常宁冷笑道：“换作我，就真找一百个人来跟他们三个打，累也累死他们，不耗干净他们的功力精元不算完。”

“后来呢，蔡谷主赢了吗？”樊兴家追问。

“这还用问吗？自然是蔡谷主赢了，不然这事早就传遍武林了。”常宁轻哼道。

樊兴家一怔：“此话怎讲？”

常宁道：“聂恒城活着的时候，魔教不可一世，在数次大战中北宸六派的好手死伤不少，落英谷尤甚。这事摆明了是那三个混账趁火打劫，看蔡谷主的叔父与姐姐一死一伤，蔡谷主又年少无名，便想来讨便宜。若是他们三个赢了，定要宣扬得天下皆知，自夸击败了落英谷谷主、蔡女侠的弟弟。但既然这件事无人知晓，自然是蔡谷主赢了。”

蔡晗呆了：“哇，常师兄你好聪明啊！阿姐，后来是这样吗？”

蔡昭白了常宁一眼：“没错，就如常宁师兄说的，爹爹赢了。唉，娘说那几年爹爹日夜苦练，就是为了防着这种事。”

樊兴家亦赞：“常师弟聪慧，我多有不及。”

常宁懒得理他，继续问道：“这与杨鹤影有什么关系？”

“其实早在那三个混账来的前两年，爹爹就已突破大境，收拾那三个混账也无甚难的。可恨的是那个杨鹤影，嘴上假惺惺地说要主持公道，却站在一旁看好戏。沙河三杰向爹爹出手时他不说话，待眼看爹爹要将那三个混账废掉时，却出手拦阻，说什么‘武林同道，点到即止’。我呸！”蔡昭恨恨地道。

常宁道：“嗯，看来这杨鹤影是去探你爹的虚实了。”

蔡昭不解道：“探虚实？杨鹤影？他探我爹的虚实干什么？”

常宁道：“你姑姑蔡平殊当年如九天惊雷一般名震天下，闯荡江湖所向披靡，得了不少奇珍异宝、名药秘籍之类的好东西。青阙宗、广天门这等强势的大宗不会眼红，佩琼山庄、太初观这等自恃清高的宗派也不屑出手。可驷骐门呢，门规陈腐，故步自封，如今已是人才凋敝、数代式微了，怎能不觊觎这些？”

听到这里，蔡晗忍不住插嘴：“其实娘说姑姑之前的落英谷也已经数代式微了……”

“你再说话就别想有夜宵吃！”蔡昭恨不得将幼弟的嘴缝起来。

常宁笑笑道：“杨鹤影前去一探虚实，若令尊修为高深，他便闭嘴滚蛋；若令尊修为不足，他便有了可乘之机。若我猜得不错，那沙河三杰就是他带进落英谷的。后来你们谷口的阵法换了之后，就鲜少有人能进去了吧？”

常宁侃侃而谈，看见樊兴家鼓着讨人喜欢的笑容给蔡昭夹菜时，口风一转，意有所指道：“便是有戚宗主护着落英谷，也是远水解不了近渴。只要蔡谷主自己立不起来，总能叫宵小之辈寻到空隙。师妹，你说是也不是？”

蔡昭低头不语。

常宁没了观众颇觉不悦：“你怎么不说话了？”

蔡昭似乎在想别的事：“令尊常昊生大侠也行走江湖多年，比我姑姑出道更久，罕闻他有败迹。所以，常家也累积了许多奇珍异宝、名药秘籍？”

樊兴家眼睛一亮，似乎从来没人想过这个问题，赶紧去看常宁。

常宁盯着蔡昭：“不错。家父的确多有累积，名药秘籍不敢说，不过珍宝财帛不少，并且分藏各处，如今只有我知道了。”

樊兴家是个实在人，当即对有钱人肃然起敬。

蔡昭心里不是滋味，她姑姑蔡平殊视财帛如粪土，每每冒险闯荡只捡那些稀奇古怪的东西来收藏，东西是好东西，然而变卖不了多少钱。

常昊生就不同了，人家年少老成，极会过日子，什么金砖、银条，明珠、宝石来者不拒——这些都是宁小枫在闲聊时说的。

常宁看着蔡昭的脸色变化十分愉快，笑眯眯地道：“下回我给师妹买珠花戴，师妹喜欢东珠、南珠还是翡翠啊？”

蔡昭“哼”了一声，高傲地扭开头。

她才不要为了五斗米折腰呢，因为逼急了她就自己去开米铺。

第13章

那边厢，杨鹤影还在指桑骂槐，暗指落英谷不作为。

宁小枫笑得客气："还有吗？多说些，别漏了，莫跟没牙老太太喝的粥似的黏黏糊糊，一气说干净了才好。"

杨鹤影脸色一僵，又笑道："好，那我就直说了。我们六派当初发誓要匡扶天下正义，可落英谷之人整日闭门不出是怎么回事啊？聂恒城虽死，然江湖上依旧有宵小之辈兴风作浪，落英谷居然不闻不问，是否有违我等侠义之道啊？"

宋时俊感觉自己的话题被带偏了，没好气道："正说太初观的事呢，杨老弟你扯这些做什么？他们蔡家一直都这样啊，到时太初观……"

"宋门主别插嘴，人家在说落英谷见死不救不是侠义之人所为呢，唱得多好听啊，怎能不叫人家唱完呢？"宁小枫戏谑道。

宋时俊摸摸鼻子闭上嘴。

好男不与女斗，君子更不与泼妇斗嘴，何况几十年来他从未说赢过宁小枫这泼妇，也不认为杨鹤影会比自己强，所以他决定默默看戏。

另一边的宋茂之见亲爹吃瘪，又想出头叫骂，被宋郁之面无表情地按了下去。

听出宁小枫话中的讥讽之意，杨鹤影一气之下又指责了落英谷诸多不负责任的罪过，宁小枫一概不否，只笑笑并请杨门主多说两句。最后杨鹤影怒道："就这些了，没有了！该你们说了！你们今日若不说出个子丑寅卯来，落英谷哪里还有脸面自居武林正道！"

"说完了啊？说完了就好。"谁知宁小枫根本不想接招，笑盈盈地转头，"戚宗主，如今我们是在您的地盘上，您倒是发句话。"

戚云柯深深地叹了口气。他就知道。

"杨门主，这个……这个……落英谷离群索居也不是一日两日了，百年来俱是如此，你看不如……不如……"

周致臻看戚云柯艰难辩驳的样子，忍不住出手相助："落英谷向来人丁不旺，是以淡泊度日，杨门主也不是不知道。何况当年与魔教的数次大战，蔡家死伤惨重，正需休养生息，我等手足门派应当体恤才是。"

"周兄说得是，说得是。"戚云柯松了口气。

杨鹤影讥笑一声："话不能这么说。落英谷虽是离群索居，不过以前路见不平还是会出手的，更不曾十几年都不在江湖上露面。知道的是他们在休养生息，不知道的还以为他们要退出江湖了呢！”

周致臻眉头一皱，不欲与这浑人争论。

“杨门主，你……你……”戚云柯一时无可辩驳。

尹素莲赶紧道：“你什么你，我看杨门主说得有道理。要么退出武林，自然不会有人去寻落英谷的事；要么就该履行武林正道的职责，在其位谋其政嘛！”

宋时俊在旁忍笑，瞟着宁小枫等看戏。

过了片刻，戚云柯拱拱手，沉声道：“杨兄弟，我口舌不利，说不过你。然而天下皆知，我与平殊乃八拜之交，曾歃血为盟。她的弟弟便是我的弟弟，她的家人便是我的家人。只要蔡家不曾欺师灭祖为非作歹，我就容不得旁人指摘蔡家。若有人因着平殊死了想欺侮她的家人，我就是拼了性命也不答应，到时便顾不得什么武林同道间的情义了。”

天下皆知青阙宗宗主戚云柯仁厚又口拙，这般厉害的话众人从未听他说过，一时之间厅内落针可闻。只有周致臻淡淡地附和了一句：“云柯兄弟说得好。”

宁小枫似笑非笑地去看尹素莲，尹素莲负气地扭过身去。

杨鹤影气得面色发黑，手掌捏紧放开又捏紧，最后重重一哼坐下。

蔡平春看看戚云柯，再看看妻子，轻叹一声没有言语。

宋时俊知道没戏看了，就撇撇嘴扭头与旁人说笑去了。

婢女、奴仆们鱼贯入内，奉上菜肴美酒，宴厅复又热闹起来，众人窃窃私语。

“我头一次听见戚宗主用这么重的口气说话，你听见过不曾？”

“当然没有。戚宗主多好的脾气啊，每每宗门弟子出了错，他从不往重了罚。”

“废话！要是没有当初的蔡平殊，有没有今天的戚宗主还两说呢！”

“什么什么，你知道什么故事？快说来听听！”

“呃，其实我也不大清楚，只知道蔡平殊帮过戚宗主很多……”

目睹这一幕，蔡昭再度感慨：堂堂天下第一宗的宗主也太软和了，纵得连驷骐门也敢上蹿下跳。以当年尹岱老宗主在位时的威风，哪个敢说话带刺啊？

常宁心里也很感慨，不但感慨，他还直接说了出来：“以戚宗主这般软和的脾性，他究竟是怎么坐上宗主之位的？哦，对了，家父说他的武学修为甚为强大，击败、击毙了许多魔教高手。”

樊兴家道：“别当着我的面说我师父好吗？”

晚宴开始，酒菜上桌，樊兴家到处转了一圈，发觉诸事完备。曾大楼看自己一人尽够照看宾客了，便吩咐樊兴家也去落座宴饮。樊兴家的座位自然在东偏厅。

戴风驰照例满脸殷勤地伺候戚凌波，戚凌波照例笑靥如花左顾右盼，每与周围的少年侠士说几句俏皮话便跟戴风驰撒一顿娇，再娇俏地瞟宋郁之一眼；宋郁之照例端坐如冰山，散发着清冷寒气，人家问足三句他才答几个字；丁卓照例用筷子沾了沾酒水，就找了个毫无诚意的借口告辞回去修炼了……

见此情此景，樊兴家便如吃了一盘没撒椒盐的椒盐排骨，食之无味腮帮子还费力，想想这帮人还不如常宁与蔡昭那俩阴阳怪气鸡飞狗跳的家伙有趣，于是借机溜之大吉，提了壶新打的果子酒绕路到对面拼桌去了。

因发生了之前的龃龉，此时各门各派都不敢再拿对方说事，为使气氛和谐，话题渐渐落到了魔教头上。反正是魔教嘛，大家一起开骂就是了。

这个说魔教打家劫舍，那个说魔教奸淫掳掠，还有说魔教偷鸡摸狗连市井百姓的体己钱都要盘剥的。宋时俊听得哈哈大笑，觉得甚是有趣。

戚云柯微微摇头：“魔教之人的确是奸邪，但也不至于如此不堪。”

杨鹤影喝得面色泛红：“如今魔教也是一日不如一日了。想当年，聂贼手下的赵、陈、韩、路四大弟子叫人闻风丧胆，天罡地煞营杀人无数，更别说魔教七星长老的赫赫威名了，所经之处人畜不留。如今……却是人畜不惊了，哈哈哈……”

宋时俊道：“杨老弟你这不是废话吗？当初的魔教贼首是谁，如今又是谁？能比吗！那聂喆虽是聂恒城的侄儿，可论修为，论才干，是一个天一个地。也是如今魔教没人了，才轮得到他当教主！”

沙虎帮帮主插嘴道：“前阵子我们与魔教在一个堂口斗了一场，几个魔教教徒说那聂喆还不算教主，只是代教主。如今魔教教务混乱，派系倾轧，谁都没心思好好经营。不说聂恒城了，哪怕是以前姓慕的老教主在时也不至于如此啊。”他是杨鹤影的小舅子，适才北宸六派内部之事他不敢多言，如今总算能插上嘴了。

宋时俊道："呸！亏得他们没心思好好经营，若是有心思了岂非又得天下大乱？对了，那聂喆当代教主都多少年了，怎么还没成正的啊？"

戚云柯凝重道："做真正的教主，必要七星长老一齐点头才成，不过我听说七星长老已然死的死，匿的匿了。"

下座一名尹氏族亲大声道："哈哈哈哈，果然正如尹老宗主所言，魔教群雄桀骜不驯，不过是暂时慑服于聂恒城的威压，只要聂恒城一死，魔教定然大乱！"

"是呀，蔡女侠听了这话，便去诛魔了。"这时突然冒出个阴阳怪气的声音，看模样是个邋遢道士，精瘦矮小，活像只猴子。

"还得靠尹老宗主运筹帷幄嘛！"尹家人不服。

"没人去杀聂恒城，再运筹帷幄也是无用。"这人的话依旧阴阳怪气。

"你这是要辱没尹老宗主吗?!"尹氏族亲似乎上了酒气，眼看就要翻桌动手。

尹素莲再忍不下去，大声道："你是何人？报上姓名来。我怎么不记得青阙宗请过阁下？"

猴子模样的道人看向戚云柯："当年尹老宗主一声令下，大家伙一同杀向幽冥篁道，我师父、师叔、师兄、师侄十余人一个都没回来，尸骨无存，我亦半死不活地养了许多年。承蒙戚宗主仁厚念旧，在老祖祭典之时还记得我这个活死人，还记得已然观毁人亡的清风观。"

戚云柯无奈地瞪了妻子一眼，方起身拱手道："贵派古道热肠，于天下大乱时挺身而出，若家师还在世，也定不会忘记清风观上下一众侠义之士的。云篆道长，您请安坐。"

蔡昭伸着脖子看了半天，道："云篆道长？他就是云篆道长！姑姑曾提过云篆道长身长八尺，昂藏英俊，一手清风剑法潇洒利落。怎么，怎么……"

樊兴家凝神眺望，片刻后低声道："应是全身骨骼经络都被人震断了，瘫痪多年后身子萎缩成这样的。"

常宁看了那道士一眼："腐骨断经掌，天玑长老段九修的绝技。这人能活下来，已是不易了。"

宾客们你看看我我看看你，在座各派如今不是弟子众多就是逍遥度日，比谁惨显然是比不过人家清风观的，于是宋、杨等人只好一齐闭嘴。

尹素莲看周围无人帮忙，无可奈何之下使出了百试不爽的绝招——当即淌下眼泪来："天下为诛灭魔教而死伤者，岂独清风观？不说蔡家叔父与平殊姐姐，我师伯、师叔，还有周老庄主与宋家伯父亦是惨死于魔教之手……"

宋时俊与周致臻想起亡父，俱是神情凝重，闭口不言。

"更别说我爹与杨门主的父亲了，本以为熬过聂恒城时期后他们能安度晚年，谁知……谁知却没逃过聂贼弟子的报复……"尹素莲哭得梨花带雨，众人皆怜。

杨鹤影面色发沉。

正当气氛哀戚之时，宁小枫忽然"咯"地笑了一声。

这笑声不算大，但人人都能听见。

尹素莲目露怨毒："你笑什么，讥笑我爹死得活该吗？"

"所有力抗魔教的不屈之人，我都不会讥笑。"宁小枫神情自若，"不过我忽然想起了令姐青莲夫人，真可谓足智多谋料事如神，若不是她，恐怕聂贼弟子的报复还没完没了呢。"

这话说得没头没尾，蔡昭听得云里雾里，然而正厅上座之人俱心知肚明。

"这是什么意思啊？"蔡昭习惯性地去看常宁。

常宁的笑容中有几分古怪，道："这事令堂不曾与你说过？嗯，令姑姑真是个厚道的好人。"

"别阴阳怪气的，你到底说不说？"

"其实这件事情简单极了。聂恒城死后，他座下的弟子群情激愤，扬言要将尹杨两家屠戮干净，以报杀师之仇。"

蔡昭越发不明白了，问："可杀死聂恒城的是我姑姑啊，杀尹杨两家做甚？"

"因为当初江湖上都以为击毙聂恒城的是尹老宗主，驷骐门的杨仪为副手。"

"什么?!"蔡昭一下子站了起来。

樊兴家吓了一跳，他看看四周望过来的惊奇目光，赶紧将蔡昭按下来。

常宁丝毫不为所动，依旧举止轻柔，微笑的眸光如流转的剔透冰水。樊兴家暗想常师弟之前定是常家坞堡锦衣玉食养出来的贵公子，待他的毒疮好了不知该是怎样的惊人容色。

“十八年前的涂山大战虽然惊天动地，然而在场的只有寥寥数人。”常宁在面前码好六个小酒杯，“匆匆赶去的戚宗主、令堂、已然归隐的石家兄弟，还有晚去半步的家父与周庄主。”

他摆好酒杯，然后再一个个挪出去：“涂山周遭尽是聂系弟子，当时他们尚不知聂恒城已死，戚宗主须得善后。而当时周老庄主伤重，正是弥留之际，周庄主只好立刻回庄。石家兄弟一残一伤，也互相扶持着隐居疗伤去了。只有令堂与家父带令姑母回了落英谷，此后数年甚少出谷。”

“数年甚少出谷，这是为何？”樊兴家奇道。

常宁没去理他，继续道：“涂山大战次年，尹老宗主办庆功宴，在宴席上，杨仪那个老不要脸的为了逢迎青阙宗，居然满口将聂恒城之死归功于尹老宗主。”

蔡昭大惊：“就算其他人不在，难道戚伯父没说吗？”

“说是说了，只是无人听罢了。”常宁一挑眉梢，“何况就算戚宗主没说，杀没杀聂恒城尹岱自己不知道吗？”

樊兴家想笑，没敢笑。

蔡昭憋屈极了，问：“所以戚伯父也不曾反驳到底吗？”

“杨仪并不曾明说聂恒城是被尹岱所杀，只说都是尹老宗主的功劳，尹老宗主便回口杨老门主也多有帮忙——之后，是尹杨二人击毙了聂恒城的说法便在江湖上传开了。”

蔡昭半晌无话。

樊兴家再次插嘴：“常师弟怎么这么清楚？”连当年二老说了什么话他都清清楚楚。

“因为家父也在那场庆功宴上啊。”

樊蔡二人一齐“啊”了一声。

“常大侠为何不辩明呢？”樊兴家问得小心翼翼，好歹替自家师父扳一点颜面回来。

常宁笑道：“起初家父也很生气，觉得他们是在盗天之功，后来一想倒也不错……”

蔡昭大大的眼睛扑闪扑闪的，缓缓低头咬筷子。

樊兴家心里的念头转了几圈也明白了，只有连连叹气。

第14章

常昊生被人戏称为“常嬷嬷”不是没道理的。

名声虽可贵，实在价更高。年少探险时碰上金银财宝，别家天之骄子视而不见，他就会跟个老账房似的一笔笔收起来，哪怕将来用来接济潦倒的江湖客也好。

那年在庆功宴上，他察觉到杨仪于击毙聂恒城一事上有意误导武林群豪，而尹岱竟然半推半就地认了，首先不是对两位受尊敬的武林前辈居然夺人功劳的行径感到愤怒失望，而是立刻想到“这下落英谷安全了”。

倒不是他心黑，想用尹岱为落英谷做挡箭牌，而是他以为青阙宗主身边必然防卫森严高手如云，魔教想要复仇未必能得手，彼时的落英谷却是弱小的。

谁知，人算不如天算。

庆功宴后仅仅数月，意气风发的尹老宗主某日便于出行途中受到聂恒城大弟子赵天霸预设的大批人马伏击，前无去路后无援兵，最后被乱刀分尸而死。

就在同一日，杨仪老门主携爱妾美婢在乡野庄园中快活时，被聂恒城三弟子韩一粟率人趁夜摸入，屠戮了足足一整夜，鸡犬不留。杨仪的头颅被发现在庄内粪池中。

不但如此，聂恒城仅剩的这两名大弟子还扬言要将尹杨两家弟子灭绝干净，让他们断子绝孙，并放话给魔教其余长老，给聂恒城报仇出力多者，聂部剩余势力会归顺其下。

一时间，魔教爪牙蠢蠢欲动。

“百足之虫死而不僵，聂恒城虽然身亡，可他执掌教务几十年，死忠甚众。尹老宗主与杨老门主，高兴得太早了。”

常宁语气悠然，蔡昭觉得他有点幸灾乐祸。当然，她自己也是。

贪天之功，也要看自己有没有这个命！

“常大侠守在落英谷，是怕魔教来找我们家复仇吗？”她小声发问。

常宁道：“是呀，家父一早就想到聂恒城死后，他的徒子徒孙恐怕不会善罢甘休，于是守在落英谷，连家都不敢回。等啊等，没等到魔教来袭，反而等来了尹杨二老的死讯。”

蔡昭沉默片刻：“这些我都不知。多谢令尊不辞辛劳，鼎力护佑落英谷了。”

那是蔡家最凶险的一段岁月，蔡家长辈全死光了，蔡平殊一身武功尽废，蔡平春却尚未突破大境，宁小枫只懂些机关阵法。一旦魔教大举来袭，落英谷只有引颈就戮的结局。

常宁瞟了她一眼：“无须言谢，庇护孱弱本就是我辈当尽之责。”后半句他咬重了音。

蔡昭放下筷子，无力长叹：“你放心，在你伤好之前我一定尽心尽力护着你，以报常大侠的大恩大德。”

“你知道就好。”常宁眉目含笑，似乎连一脸的毒疮都动人起来。

樊兴家讪讪地坐在一旁，他觉得这桌的气氛实在过于欢天喜地了，于是勇敢地出言打断师弟师妹的喜悦：“喀喀，那后来呢？魔教是怎么罢休的？”

蔡昭指了指如今正热闹着的尹杨两家人，点头道：“不错，既然尹杨两家还有这么多人活着，可见魔教的仇杀并未成功。”

“这却是足智多谋的青莲夫人之功了。”常宁微笑道。

在尹岱与杨仪死后的数月间，两家又有许多亲族惨死。尤其是尹家，族人众多，目标庞大——尹岱执掌青阙宗宗主之位后，提携了不少家人，彼时却成了魔教的活靶子。

昨日是负责青阙宗采买的尹六叔被开膛破肚死在榻上，今日是负责宗门园林花草的尹三姑被割开咽喉倒挂在树下，过几日又是管车马的尹二伯兄弟俩的残躯出现在马槽中……一时间尹氏族人人人自危，连丧事都来不及办就纷纷逃离九蠡山，躲到犄角旮旯处保命。

聂恒城的党徒甚至将手伸向了广天门内，目标直指尹岱的长女与两个年幼的外孙——宋茂之与宋郁之。

尽管尹青莲腹有良谋百般防备，依旧发现了乳母、保娘在偷偷下毒，前者哭诉是家人落在了魔教手中，后者则坦诚魔教许诺了享之不尽的金山银山。凡此种种，北宸六派防不胜防。

尹素莲当时刚刚成婚，还未生育，只消保住自己便成；尹青莲膝下却有娇儿幼子，她心知魔教有的是财帛又不计较手段，便如蛊虫附骨难以摆脱，必须主动出击。

当然，最要紧的还是将击毙聂恒城的乃蔡女侠一事广布天下。

可这件事，在庆功宴之前不说，之后也不说，到魔教大举仇杀时却急匆匆地说了，叫天下人如何看待她英明神武的亲爹尹老宗主呢？总不能人都死了还没了名声吧？

不久，在杨鹤影的两个年幼的儿子均毫无痕迹地被暗害后，尹青莲再不敢耽搁，赶紧叫来了新上任的宗主妹夫戚云柯和刚刚办完父亲葬礼的周致臻，如此这般一番商议。

首先，是蔡平殊击毙的聂恒城这件事一定要说，但不能明目张胆大庭广众地说，要用些手段让魔教党徒自己将消息透进去，北宸六派佯作不知。

尹杨两家族人分散，难以防备暗算明算，但蔡家总共就三口人，一直躲在落英谷，足不出户，落英谷又易守难攻，出入路径只有一条。目标集中了，魔教的偷袭也会十分集中。

暗布疑阵半个月后，尹青莲的暗桩终于送来了确切的消息。

那一夜，星月无光，暴雨如鞭，戚云柯、周致臻、宋时俊三人率领精挑细选的各宗弟子在距离落英谷不远的青罗江畔布下天罗地网，一夜激战后，终于将趁夜奔袭落英谷的魔教大队人马一网打尽。

赵天霸为常昊生当场击毙，并斩下其首级送去青阙宗，韩一粟被宋时俊重伤致残，不知死活，戚云柯更是纵横来去，半身浴血，亲手格杀十余名魔教高手。

此一役，聂恒城残存的心腹精锐几乎全军覆没，复仇之事不了了之。

至此，由聂恒城一手缔造的血腥盛世终告完结，魔教开始了派系纷争、内斗不止的衰落时代，而北宸新三杰正式独当一面，号令武林。

同时，击杀聂恒城之人乃蔡平殊一事再不能遮掩，为天下人皆知。尹青莲遂顺势散布“尹岱老宗主是为了保护落英谷才勉强认下的杀贼之功，而杨老门主是好心相助才惹祸上身”的传言，北宸六派来了个皆大欢喜。

樊兴家是头一回听到整件事的来龙去脉，感慨道：“连聂贼的余孽都这么毒辣残暴，悍不畏死，幸亏蔡女侠诛杀首恶，不然魔教岂非更加肆无忌惮了？”

遥想当年的血雨腥风、钩心斗角，蔡昭不胜唏嘘，半天才说了一句："青莲夫人的脑子挺好使。"可惜尹素莲连她姐姐一半的脑子都没有。

"最聪慧的、最狡诈的、最强大的、最残暴的、最忠诚的、最仁慈的人，俱一一陨灭，活了下来的皆是中庸平凡之辈——这兴许才是天地之道。"

常宁不知想到了什么，说话时敛眉收目，不见喜怒，宛如庙宇中缭缭烟雾后的神像面庞，蔡昭看着他怔怔出神。

席间气氛低沉，三人谁也没说话，难得的安静终结于蔡晗小朋友的一声饱嗝。

常宁瞥了他一眼："师妹你还是管一管吧，再吃下去他又要成球了。"

蔡昭气急败坏地把幼弟从桌前抱下来，发现他的小肚皮又是溜圆溜圆的，顿时骂道："你这头小猪崽，这辈子没见过吃的啊?!"

蔡晗一边打嗝一边哭着诉苦说要在外祖母家吃素很久，樊兴家苦笑着叫仆从端陈皮消食茶上来。

"死丫头你居然在这儿?!"

一个尖厉的女声从侧旁传来，蔡昭等人立刻转头去看，只见一位二十五六岁的丽装妇人神色不善地站在那里，一手叉腰，一手牵着个六七岁的黄瘦锦衣幼童。

蔡昭等人还没反应过来，一旁的杨小兰已匆匆忙忙站了起来，躬身行礼："见过母亲。"

杨小兰是驷骐门门主之女，按照称呼推断，这妇人自然就是杨鹤影之妻沙氏夫人了。

沙夫人牵着儿子几步上前，伸手就去扯杨小兰的耳朵，嘴里骂骂咧咧："你这心思恶毒的死丫头，自己坐在这儿好吃好喝却不管你弟弟的死活了。这都什么时辰了，你就眼睁睁看着天赐空着肚皮在外头玩耍，也不知道给他送点吃的喝的……"

妇人养了一手艳丽尖锐的指甲，出手又重，杨小兰的耳朵瞬时又红又肿。

杨天赐笑嘻嘻地拍手笑道："阿姐的耳朵又红了，好像红烧肉一样，嘻嘻，嘻嘻。"他生来骨骼细弱，面带不足，连多说几句话都连呼带喘的，看得沙夫人一阵乱叫。

樊兴家看不下去了，赶忙道："沙夫人且慢。适才杨小公子在出去玩耍之前已然用了不少点心，想来不至于腹饥太过。何况他在去玩耍之时坚辞杨姑娘的陪伴，且身旁又随有四五名奴仆，在暮微宫的地界上如何会出事……"

"不是你的儿子你自然不上心了！"沙夫人转身就骂，"杨门主膝下只有这么一点骨血，要是出了差池你担当得起吗?! 到时候戚宗主也护不住你！"

樊兴家哪里见过这等撒泼妇人，不知如何应对。这时他眼前一花，蔡昭越过他上前几步。

"这位夫人，您在家中行几啊？"蔡昭笑吟吟地发问。

沙夫人一愣："什么行几？我是家中独女……"

"我不是问沙家，我问的是杨家。夫人在杨家行几啊？"蔡昭的笑容叫樊兴家发慌，"看夫人这般年轻貌美，我猜一定是六以后的——七夫人，八夫人，还是九夫人？"

"你敢羞辱于我？"沙夫人气得面色发红。

蔡昭阴阳怪气道："我这是在赞美夫人年轻貌美啊。"

"师妹误会了，没有什么七八九夫人，沙夫人就是夫人。"常宁悠然上前道，"自从杨门主的两个儿子死于聂恒城党羽之手，他便一口气纳了二三十位姬妾，其中这位沙夫人因为生下了杨小公子，被杨门主立为了夫人。"

"二三十个？"樊兴家不知是不是该表示惊吓。

蔡昭恍然大悟道："原来如此。能从二三十人中脱颖而出，沙夫人真是身手不凡啊！"

沙夫人在杨家虽气焰嚣张，但并不是毫无眼色的蠢货。她见蔡昭衣饰精致，而常宁一脸毒疮，摆明了前者不好惹，后者不能惹，咬咬嘴唇，愤然跺脚扭身："死丫头还不快走！我等你爹教训你！"然后一手领着儿子，一手扯着跌跌撞撞的杨小兰离去。

樊兴家在后面看得忧心忡忡："哎呀，杨姑娘不会出什么事吧？祭典在即，总不好在这个时候摔摔打打，骂骂咧咧的。"

"摊上杨鹤影那样的爹能有什么好结果，不过虎毒不食子，杨姑娘估计不会有性命之忧。"蔡昭也是不快。

"我之前就听说驷骐门是五代单传，杨家人对子嗣极是看重。可怜杨姑娘啊，十四五的人了看着才是十二三的模样。常师弟你怎么看？哎，常师弟？"

樊蔡两人同时扭头，才发现常宁已经坐到了食案后头。“有何好说的？我若是杨姑娘，就将那婆娘的舌头连着喉管一道扯出来。”他语气平淡，说的内容却惊悚。

樊兴家抽着冷气赔笑：“常师弟说笑了。”

“我没有说笑。”常宁神情冷淡，“那姓杨的小崽子天生不足，将来不做废物就算好的了。可杨姑娘的根骨却甚好，哪怕悟性一般，只要好好修行，来日必成大器。”

姐弟俩的资质好坏蔡昭没注意，樊兴家想了下后表示同意：“这倒是，杨姑娘虽说瘦小了些，根骨却不差。”

“别说来日，只凭杨姑娘此时的修为，只要她不愿，姓沙的婆娘就休想摸到她的衣角。她不过是脾性懦弱，不敢反抗罢了。”他从不怜悯软骨头。

常宁话语之锐利出人意料，蔡昭皱眉看他：“沙夫人便罢了，可她上头还有杨门主呢。这叫杨姑娘怎么闹？”

“那就要看她是想忍气吞声地‘尽孝’还是愤然自立了。天下之大，哪里不能容身？路是靠自己走出来的，旁人不能替她走。”

樊兴家觉得这话太过偏激，打了个圆场：“常师弟是男子，自然觉得天下皆可为家。杨姑娘到底是女子，哪里有那么容易。”

常宁抬起头来直视樊兴家，说：“蔡平殊也是女子。”

樊兴家一愣。

“她上涂山迎战聂恒城时可是孤身一人，没叫任何人陪同壮胆。

“这世上有些人是反抗不了，情有可原；有些人是能而不愿，只知道自怨自艾。杨姑娘的出身与根骨已比天下许多女子强了，她若愿意任打任骂，旁人说什么也无用。”

樊兴家说不出话了。

蔡昭低下头，忍下眼中湿意。

蔡晗喝下陈皮消食茶后还是腹胀腹痛，樊兴家提出领小朋友去药庐治肚子。蔡昭表示不放心，想要陪着一道去，这话说得樊兴家心头一惊——蔡昭若去，常宁必然也跟着去，这俩牛鬼蛇神一出去，天晓得会不会又惹出事来。

于是樊兴家自告奋勇独自送蔡晗过去，请两位师弟师妹“安分”地待在原处，他很快就回来。

目送樊兴家抱着“哎哟”连天的蔡晗离去，蔡昭回过头来看向常宁：“刚才的话，都是常大侠跟你说的？”

常宁点头道：“嗯，家父说蔡女侠是他一生最敬服之人。强而不欺，威而不霸，仁厚豁达，乐天知命。家父一直深悔当年涂山大战他晚到了一步。”

蔡昭摇摇头：“其实当年戚伯父是要陪姑姑一道上山的，但姑姑已经下定决心与魔头同归于尽，于是提前将戚伯父点倒了。”

看女孩神情郁郁，久久不能开怀，常宁轻笑道：“不提这些伤心过往了，说些趣事吧。听父亲讲你姑姑的故事时，我常觉着奇怪——她与戚宗主多少次出生入死、并肩作战，怎么就没人议论过你姑姑与宗主之间有过什么……呃，男女之情？”

蔡昭“扑哧”笑了出来：“自然不会有。”

“为何？”常宁倒起了兴致。

“因为我姑姑有未婚夫啊。”

常宁大吃一惊，他活到现在难得这么吃惊。

蔡昭忍笑道：“常大侠真是厚道人，这件事居然没与你说。”

“是谁？我们见过吗？”

“适才就见了，就是佩琼山庄庄主周致臻大侠啊。听我娘说，周伯父年少时气宇轩昂，一表人才，是位如珠玉般的人物。他和我姑姑是自幼定亲的，不过后来婚事没成，所以这事就没什么人提了，免得大家尴尬。”

这时两人忽觉头顶上有人遮住了光线，连忙抬头，只见一位俊秀雅致的中年文士站在他们的食案前。

“昭昭，怎么不来跟我打招呼啊？”周致臻单手负背，笑意吟吟。

第15章

蔡昭如虾米一般跳了起来行礼：“见过周伯父，周伯父好，周伯父福寿安康。”

周致臻拍拍蔡昭的头，莞尔一笑。

与盛气凌人、暴发户般的宋时俊相比，周致臻的气质简直高贵得像来自钟鸣鼎食世代书香的大家族，常宁只好也站起来，中规中矩地行了个礼。

周致臻自是听说了常家之事，语气诚挚地抚慰了常宁几句，甚至取出了一枚玉蝉作为信物交给常宁，只道将来若有急难之事，可凭此玉蝉找佩琼山庄的任何人帮忙。

“周伯父真是实诚人。”蔡昭眉开眼笑，“说话办事从不来虚的，常师兄你愣着干吗？快收下快收下。”

虽然亲娘宁小枫看周致臻不顺眼的程度只比戚云柯少一点点，但蔡昭不是啊，戚云柯、周致臻都是她很喜欢的长辈，尤其是当他们揣着满怀的礼物上门时。

常宁默默地收下玉蝉，站到一旁。

“周伯父怎么又瘦了？我知道周老夫人身子不好，可周伯父也有岁数了，别光顾着照看老夫人，疏忽了自己的身体啊。”蔡昭一脸的孝顺可爱。

周致臻果然高兴，满眼都是疼爱的笑意：“昭昭真懂事，果然是大人了。你自小没离开过落英谷，之前我还担忧你在外头住不惯，如今看来是我多虑了。可恨你戚伯父下手快了一步，不然我定要带你回佩琼山庄。拜我为师未必比戚大宗主差，不知道小昭儿愿不愿意？”

蔡昭假装叹息：“周伯父，跟您说句实话吧，您看看九蠡山下那寒碜的小镇子，再想想佩琼山庄周围那一圈的繁华市集，您觉得我想上哪儿拜师啊？”

周致臻捋须大笑：“正是！青阙府这般冷冷清清的市镇，我们昭昭怎么看得上！”

这时远远过来两名相貌相似的英气青年，一边过来一边呼喊：“叔父，叔父快来！我们遇上了刘家兄弟，您快来看看他们的家传宝剑！”

两名青年来到近前，略高些的那位看见蔡昭便笑：“哟，昭昭妹妹长大了啊！”

略矮些的那个挤眉弄眼：“不过个子没高多少，我看跑腿去到柜上打老醋时，还得给她垫把小凳……”

“你们会不会说话！不会说话回去练过再开口！”蔡昭当场翻脸。

周致臻笑得直摇头：“玉乾、玉坤，莫要和昭昭胡闹了，都多大的人了！好了好了，我也要去见见你们刘伯父，咱们这就过去吧。”

看着周家叔侄三人离去，常宁迫不及待地问道："周庄主是你姑姑的未婚夫？可是我听说，听说他……"

"听说他早就娶妻生子了是吧？"蔡昭毫不意外，"我们都知道啊。"

"周伯父的夫人是他母亲的嫡亲侄女，姓闵。年少时与大伙儿一起在佩琼山庄修行的，我姑姑都认识。他们的儿子叫周玉麒，大我两岁。"

饶是常宁自认看遍人情炎凉世间百态，还是被这话惊住了。

蔡昭自顾自地补充道："我祖父母亡故那年我姑姑才十岁，爹就更小了。周老庄主念着与祖父的交情，亲自将姑姑和爹接去了佩琼山庄，并收姑姑为记名弟子。

"当年是什么样的情形，你也想得到吧？祖父母过世得早，叔祖父又不知在哪里潇洒，落英谷的情形其实不大好。幸亏周老庄主人好，不但对我姑姑和爹关怀备至，处处维护，还坚守当年许下的婚约。"

常宁毫无头绪，只好挑了个最显著的问题："你姑姑不喜欢周庄主吗？"

"怎么不喜欢？周庄主年少时是武林中数一数二的美郎君，出身名门，武学修为更是青年一代中的翘楚。能与他别苗头的只有广天门的宋门主了，可是论名声，他又比宋门主强多了。我姑姑干吗不喜欢？"

"那蔡女侠为何没与周庄主成婚呢？"

蔡昭挠挠耳朵，白白嫩嫩的小耳垂泛起一片粉色："这我也是一知半解。大约起初是因为年纪小吧，后来聂恒城不是开始无恶不作了吗？大家共抗魔教无暇他顾，再后来……我姑姑命悬一线，只能强撑着熬日子，还怎么成婚生子啊？"

"不论是何缘故，姻缘未成，终归是有了前嫌，你家居然与周致臻毫无芥蒂？你对周家人还那么亲近！"常宁开始反思是不是自己的心理太过黑暗，可能人家就是那么光明豁达呢。

"为何要有芥蒂啊？"蔡昭一脸理所当然，"我当然要跟周家人亲近啦，我将来是要去佩琼山庄的嘛。"

常宁问："去佩琼山庄做什么？你不是已经拜师青阙宗了吗？"难道蔡家太担心女儿会行差踏错，要她拜两次师？原来蔡谷主夫妇做事这么严谨的吗？

蔡昭十分耐心地解释："我不是去佩琼山庄拜师，我是后半辈子要住到佩琼山庄去。"

常宁一脸震惊："啊？"

"我是要嫁去周家的啊！不只我姑姑与周庄主自幼定了亲，我也与周玉麒自幼定亲了。"

常宁的表情好像脸上被人砍了一刀。

"常师兄怎么不说话了？"蔡昭伸手在常宁脸前挥舞。

常宁斜着眼，仿佛被鱼刺卡着喉咙了。

"哟，蔡师妹原来在这儿逍遥呢！可累得我等一番好找。"一个熟悉的娇柔少女声音传来，两名妙龄少女伴着话音款款而至。

左面身着莲粉色宫装，头戴镶珠金钗的美貌少女正是戚凌波，当真是人比花娇艳；右面清秀端庄的少女则身着雪青色绉纱绫裙，浅浅一笑间如清波流水一般淡雅怡人。

右面少女微微俯身行礼："昭昭妹妹许久不见，近来可好？"

蔡昭喃喃着"怎么又来了"，起身还礼："见过心柔姐姐，小妹近日一切安好。"随即她给常宁简单介绍起来——这少女名叫闵心柔，正是佩琼山庄闵夫人的侄女，与戚凌波同岁，比蔡昭年长一岁。

常宁不知是不是还没从刚才的震惊中缓过来，完全懒得搭理人，只抬了抬眼皮，寒暄两句后就不声不响地侧坐到一边去了。

戚凌波深知常宁的臭脾气，此刻不想节外生枝，于是赶紧挽起闵心柔的胳膊，娇笑道："我与心柔姐姐一见如故，攀谈之下，方才知道师妹你不但与心柔姐姐是旧相识，还和心柔姐姐的表兄佩琼山庄的少庄主定亲了。哎哟，昭昭妹妹怎么不早说呢？若是早知道，我们三姐妹就能和和乐乐一处玩耍了。"

蔡昭要笑不笑道："我自从上了万水千山崖，见过戚师姐三四回，不是在动手就是在动嘴，何来工夫与师姐好好说话呢？"

戚凌波脸上一僵。

闵心柔轻启朱唇一笑："昭昭妹妹还跟小时候一般有趣，难怪姑父那么喜欢你。唉，可惜玉麒哥哥不在，不然咱们三个幼时玩伴倒能好好叙旧了。我一直劝玉麒哥哥，别说这是北宸老祖两百年的祭典，就算看在昭昭妹妹也在的分上，无论如何也该来一趟才是。唉，只是老夫人的身体一日不如一日了，大夫说定要留个儿孙在身边，也是一点法子没有了……"

“这有什么关系？”蔡昭回答得毫无感情，“我与玉麒哥哥将来有大半辈子的工夫能大眼瞪小眼，这会儿多见一面少见一面有什么要紧的？倒是心柔姐姐与玉麒哥哥这会儿能见就多见见吧，将来嫁了人，回娘家是无妨的，却不能日日往表哥家跑了。不过心柔姐姐将来若是夫妻不和、姻缘有伤，比如被丈夫打青了眼睛、揍破了脑袋、撵去睡门廊，那一定要告诉我，我一准替心柔姐姐出气……”

“你到底在说什么啊?!”戚凌波忍无可忍，闵心柔的脸色快跟她身上的裙子一般颜色了。

蔡昭十分淡定道：“心柔姐姐之前随着周伯父来落英谷做客过三回。前两回跟我‘比了比’拳脚功夫，第三回不动手改动嘴了。心柔姐姐，不如你告诉戚师姐，不论是动手还是动嘴，你赢过我哪怕一回没有？”

闵心柔垂下粉颈，满脸羞赧：“昭昭妹妹聪明伶俐，不论武学还是口齿都胜我多矣。不过那都是小时候不懂事，如今……”

蔡昭打断了她，径直朝向戚凌波道：“师姐都听见了，无论是动手还是动嘴，都是我赢。所以，你领着这位手下败将来寻我做什么？莫非你觉得多了个她，就能赢回排面了？”

白受了一通冷嘲热讽，戚凌波憋不住了，大喊道：“你别以为在我和心柔姐姐身上占了上风就了不得了。一个好汉还三个帮呢，心柔姐姐有闵夫人和老夫人撑腰，我也有娘和师兄们帮忙。你不知道吧？我与三师兄也是自小定了亲的……”

“那还真看不出来。”蔡昭不热不冷地道，“今日中午若不是大师兄拼命阻拦，三师兄可是执意要处罚师姐你呢。”

看戚凌波被气得半死，闵心柔赶忙道：“好了好了，都是自家姐妹，何必为了些小事争执呢？”

戚凌波缓过一口气，冷笑道：“蔡昭你得罪我不要紧，可你总不该得罪心柔姐姐吧？闵夫人终究是你的长辈，你一回又一回地欺负她的侄女，她将来能给你好脸色看吗？”

“为何没有好脸色？”蔡昭似乎感到很惊奇，“既然师姐说到闵家了，咱们就好好来论论。闵家本事不大，志气却不小，动不动就顶着佩琼山庄的名头去横挑强敌。挑就挑了吧，还回回都落败，回回都得人去救。不提我叔祖父，光我姑姑就救了闵家老太爷、闵家两位舅父三四回，后来魔教要捉拿周家女眷，我姑姑又救了闵老夫人姑侄俩。

“这样的大恩大德，也不用闵家结草衔环相报了，等我嫁过去以后好好待我就成了。”蔡昭随意地挥挥手绢。

“可是可是……可是周家对蔡家也有恩情啊，我知道你姑姑和你爹都是由周老庄主抚养长大的。”戚凌波还不死心。

“你爹练功走火入魔时还是我姑姑千辛万苦给救回来的呢，也没见师姐骂我时嘴下留情啊。哎呀，北宸六派同气连枝，不用算那么清楚。”蔡昭慢条斯理地又加了句，“反正以后闵家人待我不好，就是狼心狗肺忘恩负义。要是周伯父不给我撑腰，我肯定要跟全天下武林正道的叔叔伯伯们告状的。”

戚凌波气噎语塞，闵心柔尴尬不已，只得一径假笑掩饰心虚。

常宁望天。

本来他还奇怪蔡平殊明知自己与尹素莲不和，怎么还肯把蔡昭送上青阙宗，难道不怕心爱的侄女受欺负吗？他觉得蔡平殊也太天真了，不是所有人都会念恩的。

如今看来，是他太天真。

就蔡昭这样脸上笑嘻嘻，下手却不含糊的人，尹素莲母女若敢欺负她，她能连夜去刨了尹家祖坟，再种上一片狗尾巴草。

闵心柔看戚凌波气得不轻，一面给她揉背顺气，一面含泪柔声道：“昭昭妹妹别生气，都是我的不好，你别和凌波妹妹置气，千错万错都是我的错，你若气得厉害，打我骂我都成。千不该万不该，我不该去年在你姑姑忌日时跟你说起我对表兄的爱慕之情……”

戚凌波见势插嘴：“这怎么能怪你呢？心柔姐姐你这样温柔可人、人见人爱，我想周少庄主定然也喜爱你……”

闵心柔赶紧打断她：“不不不，全然是我私心爱慕，表哥只当我是亲妹妹的！总之昭昭妹妹不要责怪我的一片痴心。”

蔡昭听见“亲妹妹”三个字感到后槽牙都紧了紧，脸上的笑意越发冷漠：“我怎么会责怪心柔姐姐呢？我与心柔姐姐自小认识，情分非比寻常，比人家寻常亲姐妹还要好呢。”

闵心柔看见蔡昭眼底的冷意，开始觉得不妙了。

戚凌波却不会看脸色，顺势道："明人不说暗话。既然心柔姐姐的心意你也知道，索性与她一道嫁进周家，以后以姐妹相称，也互相有个照应，岂不美哉？"不论事情成不成，只要能给蔡昭添堵，让蔡昭恶心恶心，她就高兴了。

蔡昭轻飘飘地白她一眼，道："现在我与师姐的情分更好，不如师姐与我一起嫁入周家，咱们年年日日永不分离，岂不更加美哉?!"

"你！"戚凌波差点被气疯。

闵心柔对蔡昭的了解远在戚凌波之上，知道此时蔡昭已经动了气，便拼命想要拉走戚凌波，没想到戚凌波梗着脖子不肯挪动。

蔡昭冷笑道："我姑姑对闵老夫人有恩，对闵家父子有恩，对闵夫人更是恩上加恩——要不是我姑姑，闵夫人不是被那天枢长老抢回去做炉鼎，就是给什么坛主做第二十八个小老婆了！就这样，她还想与我姐妹相称，有这么报恩的吗？"

"武林中人施恩不图回报，哪个会像你这么明明白白示恩的！何况还有周少庄主呢，他那么孝顺祖母和母亲，难道不希望好好照顾闵家和心柔姐姐？你倒是问问自己，叫周少庄主自己挑，他是愿意娶你还是娶心柔姐姐！"戚凌波被闵心柔扯得不住晃动，就是不肯走。

蔡昭冷笑一声："看来师姐是一定要给心柔姐姐帮忙了。闵家这样光明磊落、有恩必报的人家，必然是不会忘恩负义的。心柔姐姐又想嫁进周家，又想报恩，这样吧……"她一拍桌面，"不如我做大你做小，我吃饭你布菜，我洗脚你端水，进门以后给你改个名字叫'带子'！以后你就叫'闵带子'如何？"

哪怕闵心柔的心性再强韧，也受不住这般羞辱，"呜呼"一声掩面痛哭奔走，戚凌波听得目瞪口呆，视线转动，对上蔡昭。

蔡昭甜笑道："若戚师姐将来不想嫁去宋家了，可以到我们佩琼山庄来，只消改名叫'戚带子'就行了。"

戚凌波用力地跺脚甩袖，绷着脸扭头就走。

等人都走了蔡昭才坐下，冷哼道："这两个，一个真小人，一个伪君子，倒是一对异父异母的亲姐妹！"

常宁等蔡昭顺完气，才缓缓开口："你不是老念叨要我'和气生财'吗？这会儿你气性怎么这么大？"

蔡昭道：“对谁都可以‘和气生财’，只有负过我姑姑的人不行。姓闵的一家都受过我姑姑的恩惠，我不指望他们念着恩情，别在背后诅咒谩骂就是好的了！”

“既然姓闵的这般不堪，你姑姑还让你和周玉麒定亲？送羊入虎口吗？”常宁讥讽道。

蔡昭有些烦躁：“可能姑姑对周伯父心存歉疚吧。”她至今还记得蔡平殊临终时看向周致臻的目光——是满满的歉意。

“她对周庄主有什么好歉疚的？”常宁轻哂一声，“周玉麒比你大两岁，往前推算，也就是说涂山大战之后周庄主立刻就成婚了，次年就生了儿子。就算你姑姑身体不好，不能成婚生子，他也不用这么着急吧?!”

“因为是我姑姑亲自劝说周伯父尽快娶妻的啊。”

常宁猝不及防又吃了一惊。

蔡昭叹道：“不管闵老夫人如何百般恳求逼迫，周伯父原本都不肯娶闵夫人。最后是我姑姑苦苦相劝，周伯父才答应的。这些常大侠都没与你说吗？”

常宁闷闷地道：“家父怎么连这个都没提？”

蔡昭笑了下：“我娘说过的，当时老庄主已在弥留之期了，最后的心愿就是看周伯父成婚。可是哪怕到了那步田地，周伯父都不肯答应呢。周伯父是好人，三年前，他守在病榻边上，眼睁睁看着姑姑咽下最后一口气。痛哭至晕厥过去，后来更是大病了一场。”

常宁不说话了。

像周致臻这等内功修为深厚之人，轻易不会染病，更别说晕厥了，显见当时是伤痛到了何等地步。

“我知道了。”他忽然明白了，“周老庄主为何一定坚持要在临终前看儿子成婚。若他不坚持，以周庄主对你姑姑用情之深，待老庄主过世后，再无人能压着周庄主成婚了。”

“是呀，所以姑姑一直对周伯父心怀歉疚。”蔡昭幽幽叹息，“祖父母过世得早，周老庄主照拂姑姑和爹爹多年，视如己出。更不用说周伯父了，姑姑曾说当初他们姐弟初到佩琼山庄，周伯父虽然年纪小，但对他们关怀备至，连取暖的炭火每回都是他亲自送去的，一丁点委屈都没让姑姑受过。”

她叹口气，继续道：“所以当周伯父提出接着定亲时，我娘抢在姑姑开口前就答应了。”

常宁看了蔡昭一眼：“令堂是怕你姑姑为难，所以抢先应了吧。”

蔡昭无奈道：“在我娘心中，天大地大都没有姑姑大。”

“那要是你所嫁非人怎么办？”

“我娘说了：‘嫁不好就再嫁一回呗，不就是换门亲事嘛，多大点事啊；要是不想嫁，回落英谷招婿也行啊，反正落英谷由女婿当家也不是一回两回了。’”

这次轮到常宁叹气了。

他丝毫不懂男女之情，所以也无从判断蔡平殊这种“不能嫁给你还要劝你另娶”的歉意正不正常，只是觉得莫名气闷。

“行了，我们说说周玉麒吧，到底是你未来要嫁的人。他为人如何？”

蔡昭的脸上浮现一抹想笑又不该笑的神情：“为人自是不错的，斯文温和，待人和善。”

“那武学修为呢？”

蔡昭眨眨大眼睛：“以两家情分为念的话，嗯，难分胜负。”

常宁眯眼：“若不念两家情分，你全力以赴呢？”

“一百三十八招内叫他滚。”

常宁听出蔡昭语气中的爽意，没忍住笑出声：“周玉麒是不是对闵心柔挺好的，你看他不顺眼很久了？”

“唉，其实玉麒哥哥人不坏，对我也百依百顺。我娘说周伯父以前也这样，不是生了旁心，而是自小养得太温文尔雅了，所以总对女子怜香惜玉，不忍打骂——这也不是什么大事，他不忍心打骂，我来好了。”

常宁无语。

沉思片刻，他转身郑重地朝向蔡昭，生平头一遭语重心长地劝起人来。

“婚嫁终归不是小事，如今你姑姑已经过世了，悔亲也不是什么大事。周庄主这么疼爱你，你若说不愿嫁给周玉麒，他一定会同意的。闵家遂了心愿，周蔡两家也不会交恶。退亲绝不会伤害任何人。”

蔡昭一脸惊奇：“为什么要退亲？我没有不想嫁给周玉麒啊。我愿意嫁啊，你从哪里看出我不乐意的？”

常宁：“……”

“我早想过了，嫁给周玉麒挺好的。第一，他打不过我，周伯父又护着我，我在佩琼山庄想干什么都行。姓闵的老太婆当年待我姑姑刻薄，闵夫人更不用说了。回头我一定好好‘服侍’她俩，她们敢用孝道来拿捏我，我就用恩情压得她们死死的！”

“所以你其实是去寻仇的？”

“哎呀寻仇多难听啦，冤家宜解不宜结嘛。第二，佩琼山庄景色宜人，市镇繁华，周遭一圈的大城小镇里应有尽有，比落英谷还热闹。我小时候就想过了，嫁人前住落英谷，嫁人后住佩琼山庄，妙极了！”

“财帛繁华皆身外之物，行侠仗义方是正道。”常宁机械地反驳，他觉得自己把一辈子的正义之词都用在今晚了。

“行侠仗义和喜欢繁华热闹相悖吗？何况你爹藏的金山银山不知有多少，你也好意思说这话？”

常宁：“……”

“第三，周家人都挺和气的——反正不和气的也打不过我。老一辈的叔父、伯父以前跟我姑姑要好，现在的玉乾哥哥和玉坤哥哥跟我要好，我说什么周伯父都觉得对，加上玉麒哥哥打不过我也说不过我，将来关上门，佩琼山庄就由我做主啦！常师兄你觉得好不好？”蔡昭越想越觉得阳光灿烂，心满意足。

“师兄，常师兄，你怎么又不说话了？”蔡昭又开始在常宁脸旁挥手。

“我想静静。”

第16章

夜深露重，山间寒气弥漫，客房内寝却温暖干燥，暖流从厚重的石墙与地下缓缓流过，安静温柔地贯穿整座暮微宫。据说当年北宸老祖身边有一位擅长机关营造的老仆，当旁人醉心于用黄金和宝石雕琢宫梁玉阶时，他却默默造了这些隐藏于石壁之后的管道。

在寒冷的冬季引入温泉，炎热的夏日改注入冰凉的冷泉，遂使宫殿内四季如春。

蔡晗斜斜地翻了个身，嘴里不知在念叨什么，一条肉乎乎的小胳膊和半边肩膀垂到了床榻外，蔡昭估摸他只要再稍微挪一挪那肥嫩的小臀，就会毫不意外地滚到地上了。她暗笑了下，轻柔地把小肥仔缓缓推到床榻里侧去。

坐到床榻旁，蔡昭凝视气息均匀的幼弟。

自记事起她就一直以为自己是姑姑的孩子，而被称呼作“爹娘”的那两人是好心的邻家阿叔阿婶，常带好吃好玩的来看望她们。直到出门玩耍听见市井人家的小孩都在叫爹娘，她恍惚才明白“爹娘”是生她的人。小小的她人生中的第一个烦恼就是：如果她是爹娘的娃娃，那姑姑岂不是就没有娃娃了？

蔡晗出世后她暗暗高兴了许久，觉得以后姑姑和爹娘再也不必彼此歉疚了。

将手掌贴在白胖男孩的胸口，掌下是充满活力的跳动，蔡昭忽然想起了今日见到的那个驷骐门的“未来门主”。便是她这样对医道毫无涉猎之人，也看得出那孩童先天不足，经络受损，全靠珍贵的药物与人力强行维持体魄。

两百年来，北宸六派早已物换星移。

青阙宗与太初观因是师徒相承，早不是最初的血脉了。

广天门与佩琼山庄靠的是开枝散叶，儿孙众多，若嫡脉无出或是子嗣平庸，旁支即可接上。

驷骐门却因循守旧，手足争位激烈异常，每每一支上位，兄弟支不是莫名“早逝”，就是更名改姓退隐江湖。其余五派见此兄弟阋墙，不是没有在旁规劝或从中调和，然而清官难断家务事，最终总是不了了之。逐渐地，杨氏血脉愈发孱弱，至今已然连续五代一脉单传。

按照蔡昭祖先的说法，这是老天爷不忍心再看到杨家手足相残了，索性叫他们代代独生——大家都不用争了，老天爷其实挺贴心的。

只有落英谷走上了另一条路。

从第一代先祖起，落英谷就秉承顺其自然之道，认为生育太多既不利于清修，也不利于身体保养，是以子嗣一直很稀疏。有儿子便叫儿子承续，没儿子就叫女儿招婿；女儿能干就叫女儿做谷主，女婿更能干女婿做谷主也无妨；要是儿子别有志向或无甚才干，依旧可以叫女儿、女婿当家。

你说姓哪个姓氏、拜哪家祖宗？无所谓的，愿意是哪家就哪家好了，反正两百年前也不曾有过什么落英谷，先祖很开明的。

如此这般，两百年来落英谷已然更换三回姓氏了。

两百年间落英谷也不是没有异类。例如某代谷主夫妇就热火朝天地一气生养了五子四女，人皆道落英谷旺盛在即，事实证明是他们想多了。

这九个儿女里，不算出家和出嫁的，剩下的不是浪荡江湖一生不婚，就是云游海外一去不回，最后还是只剩下一个继承谷主之位。

可能，这就是命吧。

七八十年前，这代谷主夫妇年近四十未有生育，夜观星象后得出结论——老天爷希望落英谷腾笼换鸟了。于是顺水推舟地按着卦象找养子去了，没多久就撞上个资质甚高品性敦厚的孤儿，夫妻俩深觉大幸，认为果然是天意。

谁知十年后，他们忽然老蚌生珠，得了个玉雪可爱的女儿。

因前有惯例，他们不是没想过让养子做女婿，亲上加亲，不过鉴于一儿一女年龄相差过大，最终还是决定顺其自然地送女儿去兄弟门派，到时自然而然地找个人品好的师兄弟嫁了便是。谁知女儿十六岁那年，老两口正在山坡上晒太阳时，忽闻谷外巨变。

他们那稳重能干的养子莫名其妙地跑出去，将女儿师门中所有适龄少年揍了一个遍，再将江湖上正冒头的几位少侠也单挑了个遍，美其名曰“以武会友”，吓得老两口险些从藤椅上摔下来。彼时的青阙宗宗主还特意跑来旁敲侧击“汝家麟儿未来不可限量，是否有意竞逐六派之首”，老两口差点把脖子摇断。

待问清楚了养子与女儿之间别别扭扭不肯明说的爱慕心意后，老两口快刀斩乱麻般迅速地给他们行了婚礼，同时恳请养子不要再出去“以武会友”了：一百多年来落英谷一直中庸平和，武林同道都习惯了，就不要改了吧。养子表示：媳妇到手了，其实他也不爱出门的。

顺便说一下，这位养子便姓蔡。

读祖先札记时，蔡昭常常想，可能姑姑就是承袭了这位先祖的卓绝天赋，才会那样无所不能，光耀撼世。然而这三年来，蔡昭午夜坐在姑姑清冷空荡的屋内，泪眼婆娑时不禁想到，也许那位先祖藏拙守愚才是对的。

壁上的灯花轻轻一跳，仿佛脑海中的琴弦被拨了一下，蔡昭回过神来，定定神后去隔壁看常宁了。

与蔡小胖睡得四仰八叉不同，常宁睡相甚好，朝内侧卧如青松苍翠，长长的睫羽一动不动，只是被子不像今日下午那样好好盖着，而是翻散开来，一半在床上一半在踏具上。自然地，衣襟也散开得更加大了，露出更大面积的白玉般坚实的胸膛。

蔡昭十分老实地挪开眼神，正人君子般地给常宁盖好被子，退后三步，远远站定。

其实蔡昭年幼时见过常昊生三四回。

搜寻记忆深处，她找到一张英俊沉稳的面庞，不苟言笑却细致妥帖，每回来落英谷总要将谷口内外的阵法查上三遍，姑姑就在旁戏谑他是“一日为嬷嬷，终生为嬷嬷”。

常昊生来落英谷不如戚云柯和周致臻那么勤，每回来都要与蔡平殊深谈许久许久，既不陪小蔡昭玩耍，也甚少带礼物，在蔡昭心中自然印象不那么深了。

自蔡平殊过世后，他更是再没来过落英谷，也不知在忙些什么。三年光阴渐渐流逝，蔡昭关于这位行色匆匆的常大侠的记忆越发模糊了，却不承想在今日就听到了常氏灭门的消息。

蔡昭轻轻地叹口气，情绪低落。

这时隔间屋内传来微微的响动和人声，蔡昭心头一动，嘴角浮起笑意。她赶紧退出常宁的屋子，快步越过蔡小胖熟睡的屋子，走到第三间客房中。只见那里灯火已亮起，蔡平春与宁小枫果然回来了。

蔡昭满心欢喜地推门而入，只见蔡平春面色泛红，一手撑在桌边，另一手揉着太阳穴，看来饮了不少酒，宁小枫嘟嘟囔囔地在药囊中寻解酒药，抬头看见女儿来了，张嘴就问：“怎么还没睡？梳洗了没？小晗摔下床了没有？”

听着熟悉的絮叨，蔡昭一颗心才定下来。

“爹、娘，你们总算回来了，我还以为你们要彻夜饮酒了呢！你们不是说压根不想理睬那些人吗？见面打个招呼就完了，怎么还喝了这么多酒啊？”蔡昭从桌上的暖壶中倒了杯水，给蔡平春送解酒药。

宁小枫叹气：“一来是你爹想问些事，二来是劝酒的人着实太多了，又不能翻脸，推了十杯只喝半杯都够呛。你爹算是好了，宋时俊醉得四仰八叉，跟只王八似的被抬回去的。亏得我后来一看不对，就往你爹的酒壶里掺了大半果子露。要说还是周大哥机灵，一看不对就把头一仰装醉晕过去了……”

蔡平春咽下解酒药，又连喝了两杯水才缓过气来：“这一日忙忙碌碌的尽是人，也没工夫顾得上你们姐弟俩。昭昭跟爹说说，一切都好吗？有没有什么叫你不高兴的，现在咱们下山还来得及。”

“对，有什么都说出来。我以为过了十几年尹素莲能好些呢，谁知一见面我还是一肚子气，按都按不下去！不行咱们就走！”宁小枫恨恨地道。

蔡昭本想说说戚凌波和她的狗腿的二三事，话到嘴边又咽了下去，眨了眨眼睛，道：“遇见了好的人，也遇见了不好的人，还遇见了不好不坏的人——不过，女儿都能应付。”

宁小枫皱起眉头，问：“这是什么话？算了，我也不听你打哑谜了，反正这青阙宗你能待就待，待不住就给家里报个信，你舅舅不是给了你一笼信鸽吗？用那个传信快得很。到时我送你去佩琼山庄待几年就行，总之不能叫人欺负了！”

蔡昭假假地装出一脸羞涩：“这么早就住去未婚夫婿家里，是不是不大好啊？我又不是姑姑，父母双亡……”

宁小枫面无表情道：“那就去悬空庵，清净又安稳……”

“不用了！青阙宗挺好的，山光水色、人杰地灵、一本万利，女儿一点也不想换师门。”蔡昭立刻不羞涩了。

宁小枫作势欲打，笑着白了女儿一眼。

蔡昭见到父母就放心了，打着哈欠想道晚安，谁知却被蔡平春叫住说是有事。蔡昭一愣，忙问父亲何事。

蔡平春缓缓道：“这件事我本想祭典之后再说的，但觉得还是早些告诉你好，是关于常大哥之子常宁的……”

“他怎么了？”蔡昭今日被常宁折腾得够呛，一听这话耳朵都竖了起来。

“虽然常大哥总说你姑姑对他有大恩，他万死难报其一，可这些年来常大哥对落英谷事无巨细处处维护，那真是掏心窝子的。那一桩桩一件件你们姐弟不知道，外头也没几个人知道，可我们蔡家却不能不铭记于心啊。”蔡平春道。

蔡昭点点头：“今日女儿听了许多常大侠的事，爹说得对，人家可以不计较，但咱们不能不念恩。”

蔡平春看了妻子一眼，宁小枫小心翼翼地道：“昭昭，你今日与常宁说话时，可有察觉不妥之处？”女儿自小聪慧，又常年与市井众人打交道，这点眼力她还是信得过女儿的。

蔡昭顽皮一笑："爹和娘是想问这个常宁是真的还是假的，对吗？"

"不错。"蔡平春一点头，"魔教行事诡谲，不得不防。毕竟此前我们谁都没有见过常大哥之子。"

蔡昭笑了："爹你放心，我好歹看了那么多话本子、戏折子，这点段子会不知道吗？反角最爱乔装混入敌方内部了。一个我素未谋面之人，哪里能上来就相信啊，我早就留了心……"

"然后呢，你发觉破绽了？"宁小枫追问。

"没有，九成九是真的。"蔡昭垮下脸，"常师兄对当年之事不但清清楚楚，还有好些我都没听过之事他都清清楚楚——有些隐秘之事，只有常大侠自己才能知道；有些日常琐碎，便是严刑拷打常大侠也未必能问得到，倒像是父亲跟儿子拉家常时絮叨出来的。"

宁小枫觉得不错，蔡平春却更为细致："为何是九成九，还有哪里不足？"

蔡昭一脸困惑："我隐约记得常大侠为人挺宽厚的，不大爱说话，可是我这位常师兄的嘴巴毒的呀，简直是十步杀一人，千里不留行！说话气人也就算了，脾气还乖戾阴沉，这哪里像他爹啊？"

这话一说，蔡昭注意到父母的神情反倒轻松了，疑惑道："怎……怎么了？我哪里说错了吗？"

"你这样说，反倒对了。"蔡平春道，"常大哥虽不大提起他的儿子，但听他偶尔的一言半语，常宁就该是这般的性子。"

蔡昭更不解了："啊？"

宁小枫低声道："常大哥的夫人薛家姐姐本就文静体弱，那年她回娘家养胎，谁知碰上魔教偷袭。她躲在暗室夹层中逃过了一劫，却眼睁睁看着一家十几口被杀了个干净。她被救出来后就有些痴痴呆呆的了，是以常大哥从不让她出来。

"遭此大难，你姑姑上天入地寻了不知多少灵丹妙药，才保住了薛家姐姐腹中的孩儿，好不容易生下一子，只有我和你姑姑去贺了喜。我是不大懂，不过你姑姑说那孩子身子不大好，是以这些年也没见常大哥让这孩子出来。此后常大哥偶尔提起时，不是说薛姐姐越发疯癫痴狂，就是说儿子体弱多病，只能缓缓修习内功心法来温养经脉。直到前年，常大哥才来信说儿子身子渐好，只要妥当修炼，未必会输给当时的少年英豪了。

“昭昭，你想想看，一个孩子自打出生起就没出过门，有那么一个时疯时傻的母亲，自己还体弱多病，你说他的脾气能好吗？今日若是来一个明理和顺的常宁，才叫人怀疑。”

蔡昭仔细一想，也对。

蔡平春道：“戚大哥起先也生过疑心，可是在给常宁疗伤时发觉他身上有几丝微弱的内劲。戚大哥与雷师兄都探过他的脉了，确实是常大哥的独门内功。常家的内功心法并非家传，而是常大哥自创的，是以也不会有常老爷子传给别家亲戚什么的情况；而常大哥之谨小慎微犹胜戚大哥与我，又怎会将独家内功传给奸邪之人呢？”

蔡昭听得入神：“这么说来，常宁就是真的啊。”

“是呀，我和你娘也觉得不会错了。”蔡平春点点头，“所以，我适才向戚大哥提出，想将常宁这孩子接到落英谷去休养，可是戚大哥无论如何也不肯……”

“他也好意思说不？要不是你拦着，我早骂回去了！也不看看他婆娘和女儿有多尖酸刻薄，常宁那孩子一看就是不肯低头的脾性，在青阙宗里能落着好？尹素莲我还不知道，前半辈子是宗主爱女，后半辈子是宗主夫人，她早就把青阙宗当成她自家的一亩三分地了！”宁小枫骂得痛快，既然确定了常宁是常家遗孤，她就立刻当自家人心疼了。

“娘这话话糙理不糙。”蔡昭替老娘轻轻鼓掌。

蔡平春劝道：“可是戚大哥的话也有道理啊。”

“那是你们的瞎道理！”宁小枫赌气道。

蔡昭直接问父亲：“爹，戚伯父说什么了？”

蔡平春凝重道：“昭昭，你觉得是什么人将常家灭门的？”

蔡昭一怔：“不是魔教吗？”

蔡平春道：“你今天也听见了，魔教如今内乱得厉害。前几年还出了一个女魔头，在聂喆的撑腰下补了天璇长老的位，许多人不服气，那女长老杀得是人头滚滚——都乱成这样了，他们还有心力来找我们的麻烦吗？要知道常家坞堡并非容易攻取之地，说句实话，那坞堡连我都没去过……”

“就是去过也不见得有用啊。常大哥担忧妻儿安危，将坞堡藏在云山雾罩之中，等闲人连大门都摸不到。不过魔教素来有些异能之辈，说不定人家能破解。”宁小枫有些沮丧。

“就算能破解，那也得下大功夫啊。”蔡昭喃喃道。

“不错。”蔡平春皱眉道，“如此费尽心思也要灭常家满门的人，必是与之有深仇大恨的。”

“聂恒城的旧部？”蔡昭话一出口就摇头，“不对，杀聂恒城的是姑姑，要灭门怎么不来落英谷？那么就是……赵天霸?!”

宁小枫笑了下：“这个故事昭昭今日也听了吗？不错，我们几个适才商议了一番，想想有这般大手笔的，只有聂恒城首徒赵天霸的死士了。”

蔡昭抬头看屋梁，思绪混乱：“这群死士也真有趣，不去为聂恒城报仇，却非要给聂恒城的徒弟报仇……”

“你们小辈是没经过当年的事，聂恒城座下四大弟子都是能止小儿夜啼的大煞星，在内能与七星长老平起平坐，在外能手握重兵独当一面。赵天霸手底下有些对自己忠心耿耿的死士，倒也不稀奇。”宁小枫补充。

“爹、娘，我都明白了。”蔡昭整理完思绪，眼神清明，“戚伯父的意思，常师兄留在青阙宗内更安全，毕竟这里有万水千山崖的天堑在，魔教之人上不来。若常师兄真去了咱们家，怕是还要牵连落英谷。爹娘放心，我也觉得常师兄留在青阙宗更好，毕竟在这里为难他的只有几个人——戚凌波那废物我一只手就能摆平，保管不会让人欺负常师兄的。”

蔡平春点点头：“我们也是这个意思。在青阙宗内毕竟只是小打小闹，去外面却会有性命之虞。昭昭，念在常大哥的情分上，你无论如何也要照看好常宁。”

蔡昭在心中撇嘴，脸上却笑得很乖巧：“爹，您放心吧，其实您不说我也不会看着常师兄平白被人欺负啊，姑姑教了我那么多年的侠义之道，难道我是白听的吗？”

说这话时她略有几分心虚，只有几分。

蔡平春松了口气：“那就好，这样我们就放心了。”

蔡昭听出这话中隐含的未尽之意，紧张道：“爹，你们要去做什么？”

蔡平春沉吟，宁小枫讥诮：“昭昭，常家被灭门这么大的事，今晚宴席之上你可听人提过？有人义愤填膺吗？有人哀叹落泪吗？有人拍胸脯要给常家报仇吗？”

蔡昭一呆。

“都没有，一个都没有。”宁小枫目露哀恸之色，“常大哥是咱们正派中响当当的人物，遭此惨事，正道各派本该群起讨伐，如今却个个装聋作哑。”

“当年你姑姑在的时候，是断断不能容下这等事的。那时候，人人都敬服你姑姑，只要她登高一呼，没有人不应的——朝闻不平，夕至可也。”宁小枫秀目发红，落下热泪，“戚云柯忝为六宗之首，却一点担当都没有。小春哥，我真是……真是意难平……”

蔡平春握住妻子的手，低声劝慰：“你别再责怪戚大哥了，他一直都是那样厚道和善的性子，本也没想做宗主，都是时也运也，没法子的事啊。”他抬起头，正视女儿：“常大哥是因为击杀赵天霸才招来的大祸，别人能装聋作哑，我们不能。我与你戚伯父说好了，明日祭典之后，我们就派人去四下查访常家灭门之事，周大哥和宋门主也会相助。常宁还小，这个仇我们替他报了。”

望着父亲坚定沉稳的神色，蔡昭知道这事无法劝阻，她感到前所未有的无助。纵然她从未涉足江湖，此时也隐隐察觉到即将来临的腥风血雨。她毕竟才十五岁，此时心中害怕，便倒在母亲怀中哭起来：“娘，娘……我想姑姑了。”

宁小枫落泪：“我也想了。若是你姑姑还在，哪里会有这样不公道的事？”

蔡平春也红了眼眶。

泪眼迷蒙，蔡昭又想起了蔡平殊的眼睛，那样乐观、豁达、无所畏惧。哪怕重伤卧床，也从未有过一丝一毫的后悔与害怕，仿佛天底下没有什么事能难倒她。

她又想起了常大侠，还有许许多多只闻名字却素未谋面的先辈英豪们。

那些果敢如骄阳的少年，不是老了，就是死了；那些青春年少激昂热血的岁月，终究是一去不复返了。

第17章

一早起来蔡昭就觉得常宁不对劲。

昨夜晚宴后他就蔫耷耷的不爱说话，一直到洗漱歇息都没回过血来。

谁知从今日清晨起身开始，常宁就跟变了个人似的，不但精神抖擞见人就笑，还对着蔡氏夫妇张口“小侄”闭口“晚辈”，再一口一个“叔父叔母”，态度谦恭又磊落，眼神孺慕中带着隐痛——蔡昭在心中直呼“戏霸”。

她退后一步问幼弟：“小晗你不觉得这人变得忒快了吗？”

蔡晗从粥碗中抬起胖乎乎的小脸：“阿姐别难过，他可能只是看你和青阙宗那几个不顺眼，对长辈还是很恭敬的。”

蔡昭想把弟弟扔了。

宁小枫将女儿拉到一旁，轻声道：“宁儿看起来与你说的大不一样，即便家遭大难还是不失礼数，以后你不要背后说人家脾气乖戾什么的了。”

蔡昭着急道：“娘，这人昨日不是这样的，他呛戚凌波可凶啦。”呛自己也没客气。

宁小枫白了女儿一眼：“对着尹素莲母女谁能心平气和？可见常大哥恩怨分明，在家没少对儿子说道尹家的这女人！”

蔡昭：“……”

五人整理好衣着仪容，鱼贯往外走去，一路行至暮微宫最大的朝阳殿后分开三路。

朝阳殿正殿最前方置有一张盈满鲜花素果的祭案，祭案左右两侧下首各有三把绘有赤金七星纹路的玄色圈椅，此刻戚宋周杨四派宗主已各自坐下，蔡平春过去后朝四位拱拱手，坐于右侧第三个位置上——六把圈椅尚空了一个位置。

不论昨夜宋时俊是醉成了王八还是鳖，此刻与戚云柯相对而坐的他看起来既矜持又威严，气派大得仿佛这里是他家的广天门。他看到自己下首的位置犹空时冷笑一声，再特意去看戚云柯，眼中之意为“马上就要开始了，太初观居然还没来，老大你怎么说吧”。

戚云柯当作没看见。

正殿如此，右面偏殿是长春寺、悬空庵还有沙虎帮这等外门宾客，左面偏殿自然是北宸六派的家眷与弟子了。宁小枫远远看见尹素莲就在左偏殿最前方，众星捧月般地站在一群女眷中，被恭维得得意扬扬——这么气人的事她宁女侠能忍吗？当然不能！

她拉着儿子大步向前，呛老冤家去了。

蔡昭有些犯难，她身旁有个常宁在，一脸毒疮可以吓哭半打孩童不说，他这既不算落英谷弟子，也不算青阙宗弟子，该去哪儿呢？

“站哪儿都成，哪个敢来啰唆？”常宁漠然道。

蔡昭讥讽道：“哟，常公子您不装谦恭温雅，人见人爱了吗？”

常宁斜眼瞧她，道：“难道你要我告诉令尊令堂昨日你我大吵了一架不欢而散，你是迫于无奈才答应护着我的吗？”

蔡昭立刻闭嘴。

这时樊兴家找了过来，言曾大楼早就吩咐过，让蔡常二人与青阙宗弟子一道参加祭典。三人说话间，只见戚凌波与戴风驰贴着一前一后款款行来。

樊兴家眉心一跳——这四人一碰上，譬如火药撵上火星，立马会火光四溅噼里啪啦。

戚凌波看见他们，抿嘴一笑：“哎哟，听说昨夜昭昭师妹与常世兄就住隔壁呢，你们二位可真是一见如故啊。”

蔡昭并不答话，而是左顾右望，戚凌波不悦道：“你看什么呢？我跟你说话没听见啊？”

蔡昭转回来：“我在找宋师兄，自家未婚妻整日跟别人进进出出的，他倒是心胸开阔……”

“你胡扯什么?!”戴风驰面色微红。

戚凌波按住他，强笑道：“我与二师兄自幼一道长大，情同手足。我心中早将二师兄看作亲哥哥一般，二师兄看我也与亲妹妹无甚两样。别人误解也就罢了，咱们自家人切不可胡乱猜忌。总之我与二师兄是清清白白坦坦荡荡，确无亏心之处。倒是昭昭妹妹，昨日你说要护着常世兄，却让我心中生了一个疑问……”她将尾音拖得长长的，等着蔡昭反问。

“哦。”蔡昭的内心毫无波动。

戚凌波强压不悦，继续笑道：“若常世兄能早早祛毒复原还好，若是迟迟不能康复，一年、两年、三年……到时昭昭师妹嫁去了佩琼山庄，那常世兄可该怎么办啊？”

听这乱七八糟一大堆，蔡昭早就不耐烦了，正想回呛却被一只苍白纤长的大手按住了肩头，只见常宁越过她向前。

“到时候，昭昭师妹自然会带我一道去佩琼山庄了。”他微笑道。

戚凌波以为自己听错了：“你说什么？”

戴风驰、樊兴家：“啥？”

蔡昭："……"这我自己怎么不知道？

"已故的尹老宗主曾说过，行侠仗义、庇佑弱小本是我辈责无旁贷之务，是以怎会有一年、两年、三年的期限呢？若是我命苦，迟迟不得痊愈，昭昭师妹难道会丢下我不理吗？不，这是断断不可能的！"

常宁的话语里满是纯洁真诚，比戏台子上唱得还好听。戚凌波刚才"哥哥""妹妹"的一番话就够恶心人的了，没想常宁更胜一筹。

其他人一脸蒙，蔡昭面无表情。

"等昭昭师妹去了佩琼山庄后，她行婚仪，我就帮她招待宾客；她入洞房，我就帮着倒合卺酒。以后，我就与昭昭师妹夫妇俩一桌吃饭，一处练功。我听闻周少庄主温厚热心，最是仁善不过的了，我想他一定不会嫌弃我的。戚师姐，你说对不对？"

"这……这不大好吧？说不定周少庄主会介怀……"戚凌波支吾道。

"绝对不会的。"常宁一脸笃定，"戚师姐刚才也说了，我与昭昭师妹是一见如故。我心中也当她如亲妹妹一般，她看我亦与哥哥无甚两样，旁人误解也就罢了，咱们自己人决不能胡乱猜忌。总之我与昭昭师妹清清白白坦坦荡荡，周少庄主既怀君子之心，怎会介怀？"

戚凌波、戴风驰："……"

蔡昭心头冒火："……"

樊兴家开始擦汗了。

常宁眼神纯洁："戚师姐，换作是你，你也不会在婚配后就再不和戴师兄往来了吧？"

戚凌波尴尬一笑。

常宁越发真诚："还有戴师兄，你与戚师姐情义深厚，将来也可以和我一样啊——与戚师妹、宋师兄一桌吃饭，一道练功，宋师兄心胸这么开阔，我想他也不会介怀的！"

戴风驰魂不守舍了。

他自小就知道戚凌波与宋郁之定了亲，虽说想来难受，但总觉得那是很久远很久远之后的事，远到他根本不用去想。谁知被常宁绘声绘色地描述一番后，发现自己将来可能还不如常宁，当下便患得患失起来了。

樊兴家呆滞地望着天——想到高傲自持的宋郁之在吃饭时，看着妻子与青梅竹马的师兄谈笑风生、寸步不离的画面，他顿觉一阵眩晕。

蔡昭一扯常宁的袖子，压低声音威胁道：“你差不多就行了啊，再演就过了。”

常宁用力拔回自己的袖子：“这才哪儿到哪儿。”复又提高声音，温柔又热情地胡说八道起来：“戚师姐、戴师兄，你们以后的日子还长着呢，倒是该想想以后住哪儿，一定要离得近，离得远了可不行……”

其实戴戚二人也知道常宁说得荒谬，但他们一个多年来当惯了裙下之臣，从未考虑过自己的后路；一个多年来虽被捧惯了，却也舍不得英俊高傲、修为绝伦的未婚夫。如此各有心病，于是谁也开不了口反驳常宁。

蔡昭听常宁越说越不像样，正想把这祸害拉走，只听一个清冷高傲的声音骤然传来，声音贯耳：“你们在这里干什么?!”

众人扭头去看，只见宋郁之面色肃穆，皱眉盯着他们。

“三师兄你总算来了！”樊兴家如见无量天尊下凡救世，感动得眼眶都要红了。

戴戚二人脸色各异，一声不吭。

蔡昭心想：你再不来常宁都要给你的未婚妻和师兄编派到地老天荒了。

常宁不嫌惹的事大，继续说：“宋师兄来了啊，我们正在说以后……”

“我们只是闲聊，什么都没说！”蔡昭一把扯过常宁塞到自己身后，狠狠使眼色不许他继续胡说八道。

宋郁之盯了她一会儿，看向樊兴家，责备道：“大师兄忙得无暇他顾，才让六师弟去找蔡师妹和常师弟，怎么六师弟反倒跟着闲聊起来了？祭祀大典的时辰已快到了。”

樊兴家不敢反驳，只能低声认错。

“行了，咱们赶紧入列。”宋郁之最后下令。

众人俱是应声，连常宁也被蔡昭推着点了头。

今日是祭典，是以各派弟子都身着本门规制服饰，青阙宗皆着白底镶银边青色腰封的袍服，广天门则是朱红绣金色旭日的锦装，佩琼山庄弟子的衣衫是浅蓝纹山水银绣的大袖宽袍，驷骐门是黄底劲装上绣有玄色四匹骏马，只有落英谷与众不同——既然祖先都说要顺其自然了，索性大家爱穿什么就穿什么好了。

幸亏落英谷弟子最少，看着也不碍眼。

来到青阙宗行列，蔡昭初次见到四师兄丁卓。

此人十七八岁，肌肤是一种浅浅的蜜色，一望便知是常年在日头下习武所致；生得眉目俊秀，气质挺拔凌厉，整个人便如一把出鞘的利剑般寒芒逼人。蔡昭向他行礼问好，丁卓不言不语地拱拱手算是回礼，随即转头立好，不再理睬其他人。

因为身边有常宁这么个随时随地会发病的惹事精，蔡昭也不敢和各派弟子站得太近，便捉着常宁的袖子站到了偏殿的最后方。她此刻终于明白樊兴家总是把他俩与其他人隔开的苦心了，忍不住埋怨常宁："你这么能演，怎么不去登戏台子呢？"

常宁挑眉道："你这么着急，是不是怕我真的跟你到佩琼山庄去啊？"

蔡昭翻白眼："跟，你一定要跟我去佩琼山庄！到时我给你在庄内选个虎背熊腰武力过人的姑娘做媳妇，免得无人护着你，可好？"

常宁板着脸："等嫁人了再摆你少庄主夫人的威风吧，说得好像这婚事十拿九稳了一般！"

"我娘和周伯父都答应了的，怎么不十拿九稳？"蔡昭想了想，"当初也是这样，我姑姑与周伯父的亲事有诸多反对之声，可只要周老庄主一口咬定，就没人啰唆了。"

听到这话，常宁古怪地笑了笑："别高兴得太早了，那姓周的万一不是好人呢？"

"胡说八道！"蔡昭愠怒道，"你又来非议我的长辈，约法三章这么快就忘了？"

"你看。"常宁指了指左偏殿最前方，蔡昭憋住话，顺着看去。

只见宁小枫面带微笑，也不知她适才说了什么，尹素莲被气得面孔涨红，站立不稳，驷骐门那位年轻妖娆的沙氏夫人在旁扶着她。气完尹素莲，宁小枫转过头，却对周家女眷和弟子十分和气，妙语连珠，直逗得大家哈哈笑。

蔡昭仔细望那女眷："那是周家的致娴姑姑，周伯父的堂妹，一对双刀使得出神入化，多年前她的未婚夫婿死于魔教奸贼之手，她就立志不嫁了。玉乾哥哥和玉坤哥哥的双亲早亡，都是致娴姑姑一手带大的。"她转过头问："这怎么了？”

常宁单手负背，悠悠道：“今日清晨我与令堂闲聊，发现她对戚宗主颇有不满，却对周庄主十分亲近推崇。”

蔡昭不解：“这有什么不对吗？周伯父本来人就很好啊。”

常宁道：“难道戚宗主人就不好了？令堂始终责怪戚宗主当年没有与蔡女侠同生共死，还娶了与蔡女侠有嫌隙的素莲夫人。可是仔细想想，周庄主又何尝不是？他还是蔡女侠的未婚夫呢，也不曾与她同生共死，也娶了与蔡女侠有过节的闵家女。”

蔡昭的脑子有些乱：“当时周伯父是被别的事牵绊住了，姑姑又刻意瞒着他……说来说去，你还是在非议我的长辈！”

常宁冷冷一笑：“我是为了你好，你不爱听我就不说了。你在落英镇看一千出戏折子，读一万篇话本子，也比不过外面的世间百态！”

“外面多少世间百态也比不过你这豺狼虎豹！”蔡昭怒了，“我认识你才两日，在心中已然想揍你三回、撕你四遍了！”

常宁一听便将脸凑过来，嘲笑道：“那你打啊，打啊打啊，千万别留手！”

蔡昭气得差点真的伸出手，强行忍住了：“你的脸烂成这样，我还怕脏了我的手呢！”

两人再度不欢而散，但彼此都不敢远离对方，只好负气背对而站，好在他们站的这个角落十分偏僻，无人注意到他们。

这时殿外忽然传来一声轰隆隆的炮响，犹如山石塌落般惊人，殿内众人俱是一震。

刹那间蔡昭无暇多想，条件反射般将常宁一把拽到自己的身后护着，谁知却听到正殿的曾大楼高声唱道：“长春寺法空上人至！”

一位长须雪白、慈祥和蔼的老僧站在殿门处，身后是六位目光炯炯的壮年武僧。

“上人终于到了，敝宗蓬荜生辉，蓬荜生辉啊！”随着戚云柯豪迈的笑声，北宸五派齐齐起身来迎，在座宾客中只有悬空庵的静远师太可以静坐原处。

宋时俊哈哈大笑道：“刚才杨老弟还说上人要赶不及了呢，我说断断不会，上人言出如山，说了会到就定然会及时赶到！杨老弟，你看我说的不错吧？哈哈哈哈哈……”

杨鹤影连声附和。

法空上人微笑道：“先人两百年忌辰，无论如何老衲也不能错过了。多年不见，诸位风采依旧，可喜可贺。”

众人略略寒暄后便一道往殿内走去。法空上人首先与静远师太互道安好，彼此一番推让后，由年长十岁的法空上人坐了右侧殿上座。

见此情形，蔡昭才松下全身的戒备，扭头时却见常宁一双秀丽明亮的长目正静静地望着自己。她赧然道：“原来那是迎贵客的礼炮，我不知道才吓一跳的……你看什么呢？”

“适才我又狂妄放言，在此给昭昭妹妹道个不是了。”他收起适才的乖戾尖锐，认真地道歉。凭良心说，常宁只要不存心气人，自能流露出一股风雅闲淡之美，此刻他的声音尤其温柔动听：“我脾气不好，下回再惹你生了气，你狠狠骂我就是了。”

蔡昭素性豁达，笑瞪他一眼：“还有下回吗？你再这样胡说八道，我骂也不骂了，直接上手揍你一顿！”

常宁粲然一笑：“也行。”

第18章

各位坐定后，宋时俊道：“时辰差不多了，太初观的人还未见踪影，戚宗主怎么说？”

戚云柯十分为难，幸有法空上人出来解围：“老衲适才过风云顶时，见裘观主一行人堪堪上山。只因太初观此次来人众多，想来要耽搁片刻。”

宋时俊哼道：“不拖延到最后一刻，他总是不肯到的。”

杨鹤影比被戴了绿帽还气愤：“来参加老祖祭典，带那么多人干什么？摆排场也不看看时候！”其实他也想带很多很多徒子徒孙来充门面的。

戚云柯假装看向别处。自从成婚与继任宗主之后，他发现耳背真是天下第一神技。

这时曾大楼来禀：“师父，敲祭锣的时辰到了。”

戚云柯再看了眼太初观宗主的空位，道：“敲祭锣的时辰不能耽误，咱们先敲吧，裘兄弟来了再补就是了。”

宋时俊立刻快乐得像个两百斤的孩子，大赞戚云柯有决断。

曾大楼吩咐弟子打开十六扇正殿大门，只见外面宽阔的石坪之上有一座高二十多丈的朱红锣架，上面用极粗的铁链悬挂着一面足有半尺厚的玄铁巨锣。

山顶罡风极其猛烈，锣架又极高，一旁只有五六丈高的旗帜都被吹得几乎撕裂，然而那面玄铁巨锣在狂风的撕扯下却几乎纹丝不动，可见其沉重。

以北宸五掌门为首，众人皆站到殿外的空阔石坪上，屏气凝神。

蔡昭奇道："这是要做什么？"

樊兴家不知不觉又溜了过来："这锣是老祖留下来的，据说是用万里之远的海底玄铁铸造而成。每逢大祭典或三清上神的寿诞，就要敲响它以告知四方神明。"

"这个只有青阙宗才有吧？"蔡昭想到落英谷应该没这玩意。

"那是自然。"樊兴家道，"幸亏没去广天门办祭典，不然还得把这大锣搬过去。"

"而且搬过去后，广天门肯定不想还了。"常宁冷冷地道，看见蔡昭扫过来的目光，连忙补充，"宋门主貌似与落英谷交情泛泛。"意为宋时俊不算你的长辈吧。

蔡昭："……"

樊兴家忍笑——他就知道，还是跟这俩家伙待在一处比较有趣。

戚云柯向前走了一步，也不见他如何起范，只沉了沉气就向远处的巨锣挥出了一掌，顷刻之后众人头顶上传来极低沉有力的一声鸣响，那玄铁巨锣似被无形的槌子重重敲击了一下，不住震动，威势惊人，上面累积多年的灰尘更是簌簌而下。

众人齐声喝彩，纷纷夸赞戚云柯功力深厚，尹素莲喜悦得容光焕发。

第二个本该轮到宋时俊，谁知宋时俊忽然谦虚起来，硬要让周致臻先去敲锣。周致臻不欲争辩，微笑过后便也向巨锣挥出一模一样的一掌，广场上随即便响起了第二声锣响。响声同样惊人，但给他的喝彩声稍轻了些，周致臻也不在意。

蔡昭见了，忍不住道："每回祭典都要敲响这面巨锣，要是功力不够敲不响怎么办？"

常宁压低声音道："你傻呀，你真以为敲这面锣是为了告知四方神明的吗？这是用来震慑武林同道的，没这份功力的，就别眼红北宸六派的地位了。"

樊兴家听得连连点头。

终于轮到了宋时俊。只见他一脸高深莫测地上前，一脸高深莫测地摆好架子，然后看似松弛实则慎重地运功起掌、挥出，众人第三回听到巨锣的鸣响。

这时忽有人惊叫："快看那锣！"

众人极目望去，只见那面黝黑的玄铁巨锣的正中心出现了一个陷下去半寸的掌印。

场面犹如沸腾的油锅，一时喝彩声如雷，众人纷纷表示宋时俊功力深不可测——

"这可是玄铁啊，刀枪难入的玄铁啊，宋门主的功夫究竟练到何等境界了?!"

"难怪近年来广天门愈发强盛了，连青阙宗都要礼让三分了！"

"我听说当初要不是宋门主承继了广天门门主之位，尹老宗主原本是想要这位大女婿来当青阙宗宗主的！"

面对这般议论，戚云柯只是无奈地笑笑，尹素莲却气得脸色煞白。

蔡昭嘟囔道："我觉得戚伯父与周伯父未必拍不出个掌印来。"

樊兴家也愤愤地道："就是就是。难怪他刚才特意让周庄主先来，不就是怕周庄主有样学样也拍个掌印出来吗？师父生性谦和，懒得争这些罢了！"

常宁道："我看戚宗主可以照宋时俊脸上拍一掌，保管声势更加惊人。"

樊蔡二人同时扭头看他。

宋时俊被夸得飘飘欲仙，还一派谦谦君子风范地示意大家安静。

接下来是杨鹤影，他既想显示驷骐门的威势，又不欲宋时俊不快，暗忖片刻便有了计较。他一摆姿势，运气向上方猛力挥拳，"哐当"一声巨响后众人向巨锣看去，只见宋时俊的掌印旁留下了一个浅浅的拳印。众人又是一阵喝彩，夸赞声虽不如刚才响亮，但比给戚周二人的大了不少。

同样的功力，拳比掌更能集中发力，显然宋时俊功高一筹。如此一来，杨鹤影既获得了满堂彩，又不至于抢了广天门的风头。

在众人的喝彩声中，樊兴家与蔡昭齐齐"喊"了一声。

常宁忽道："这个杨鹤影的功力大有不如呀。"

蔡昭不解，常宁答道：“你们看那拳印。中指与无名指的位置最深，食指与小指浅了许多。虽说五指有长短，但既是以内功发力击打巨锣，力道就该一样，你们看宋门主的掌印就整整齐齐的，没有深浅之分。可见杨鹤影功力不逮，用尽全力只能聚至一处，不似前三位掌门举重若轻、游刃有余。”

樊蔡二人仔细一看，果然如此，再看法空上人一动未动，静远师太冷眼旁观，戚云柯与周致臻温和的笑容下甚至带有几分轻嘲，就知常宁所言非虚。

最后敲锣的是蔡平春，蔡昭十分紧张地握住小拳头。

蔡平春神色如常，甚至没等周遭静下来就出其不意地平挥一掌，然后那面巨锣也平平无奇地响了一声，唯一的区别是——之前的掌印与拳印全没了，巨锣的表面宛如被抹平的泥墙。

玄铁巨锣可能曾经平整如镜，但被击打了两百年，如今表面早就起伏不平了，此刻被蔡平春这么一抹，便如被刮平的黄泥粗墙般。

周遭忽地安静下来，众人面面相觑，无人出声。一来是吃惊，二来若是大声喝彩，他们怕广天门与驷骐门不悦。

静远师太冷若冰霜的面色难得缓和下来。

法空上人诵了一声佛号，微笑道：“小蔡施主这些年大有进益啊！”当年他刚结识蔡家姐弟时，蔡平春年方十二，是以叫惯了这个称呼。

一旁的觉性禅师笑道：“落英谷主都年近四十了，师父您怎么还叫人家小蔡施主？”虽然出了家，但自家妹夫还是自家妹夫嘛。

法空上人甚是慈和，微笑道：“此言甚是。”

大家看长春寺住持都开口了，这才陆陆续续夸赞起来，虽然不敢夸得太厉害，但看向落英谷弟子的眼神中增添了不少敬意与忌惮。

戚云柯似是早知这结果，笑道：“小春干得好，省得我还要找弟子爬上去将那铁锣敲打平整。”

宋时俊翻了个白眼，不阴不阳地道：“果然真人不露相，平春老弟本事见长啊，不枉你姐姐当年总说你资质不坏，未来不可限量。”

蔡平春淡然道：“在阿姐眼中，天下每个人皆有长处，无人天生庸碌。”

宋时俊气哼哼地扭过头，周致臻拍拍蔡平春的肩头以示嘉许。相比之下，杨鹤影的脸色就难看多了。

敲锣仪式结束，众人正要进殿，忽闻外门的司仪弟子高声唱道："太初观裘观主携同门弟子前来祭奠老祖！"

众人一愣，随着一阵整齐有力的脚步声，只见一群身着浅紫金绣宽袖袍服的道者飘然而至。当前一人年约四十，身形魁梧高大，面庞方正英俊，身上深紫色的道服上绣有暗金色的满天星斗，正是太初观观主裘元峰。

众紫衣弟子犹如河水分流一般从中分开，只见四名弟子肩负一架竹轿，上面坐着一位花白胡须的老者。众人望去，只见这老者面色红润，神采矍铄，一双腿却齐膝断去。

戚云柯等人一愣，纷纷上前执晚辈礼，口称："苍穹师叔。"

法空上人与静远师太也上前见礼。

"当年一别，不想有生之年还能见到苍穹道长。"法空上人甚是感慨。

苍穹子面带笑容："老道当年受魔教贼子暗算，不得已截去双腿，本以为余生潦倒。好在师侄出息，今日便来凑个热闹，戚宗主不会不欢迎吧？"

苍穹子是六派之中仅剩的老一辈长者，戚云柯怎会说不？

苍穹子甚是满意，抬头道："元峰吾侄，先敲锣吧。"

裘元峰躬身受命，看似随意地向上挥出一掌，只见那玄铁巨锣犹如被铁槌反复击打数次一般，"哐哐哐哐"一气响了四声。周遭一时哗然，苍穹子尤其自豪。

"这这这……这就是太初观绝学紫阳神功吧?! 一掌动四息，回旋往复，环环不绝，果然是刚柔相济，霸气四射啊！"

"既然都刚柔相济了，又怎么霸气呢？"

"你别捣乱！反正我看裘观主神功盖世，已不逊于当年的蔡平殊女侠！"

"难怪这些年太初观的声势扶摇直上，眼看要越过广天门了……"

"嘘，别瞎说，广天门来的弟子不少呢，别让人家听见了！"

这下轮到宋时俊的脸色变难看了。

刚才蔡平春那记虽然厉害，但他自负想做到不难，然而裘元峰这一手非同一般，自己能否办到却没底了。

杨鹤影看宋时俊面色不佳，当即大声道："元峰兄弟好大的阵仗啊，今日是老祖忌辰，又不是与魔教拼杀，你带这一大帮子人来吓唬谁呢？"

众人看去，太初观带来的弟子果然比别派都多。这些弟子或手捧锦盒，或肩背锦缎包袱，或高张旗帜……阵势庞大至极。

裘元峰自不会把杨鹤影放在眼里，笑道："老祖两百年忌辰难得，太初观弟子人人都想向老祖献些孝心，我看他们一片赤忱，便多带了几个过来。怎么着，戚宗主，青阙宗不会容不下我观弟子吧？"

戚云柯心中不悦，正色道："青阙宗自然容得下，不过暮微宫内却容不下，待会儿在朝阳正殿内祭奠时，许多弟子须得留在外头了。"

"这倒无妨。"裘元峰不在意地道。

宋时俊重重"哼"了一声："既然你知道老祖两百年忌辰难得，为何非要磨蹭到最后一刻才到，难免不叫人猜测你是有意怠慢！"

裘元峰似乎等的就是这句话，当下"哈哈"一笑，冲后头道："二师兄，拿上来吧。"

只见一位斯文端正的中年道士缓缓上前，将手上的一只红木匣子奉上。

蔡昭轻问："他这是在使唤自家师兄吗？"这种事不应当是叫弟子做更合适吗？

常宁睃了那中年道士几眼，便道："这人叫王元敬，是太初观已故老观主苍寰子的二弟子，裘元峰是三弟子。那个断了腿的苍穹子是老观主的师弟。"

蔡昭眉头一皱："那苍寰老观主的大弟子呢？"

"二十年前就死于魔教长老之手了。"常宁眼波不兴。

樊兴家忍不住道："我听雷师伯说过，当年苍寰道长的首徒武元英大侠，在江湖上也是一时风流人物，不但武艺超群，还义薄云天，豪气无双。雷师伯说他当年最爱带着师弟们扛着硕大的酒坛子，上万水千山崖来找大家喝酒，唉……"

蔡昭叹了口气，随即道："雷师伯今日也不出来吗？外门的李师伯都来了。"

樊兴家心情低落："师父请过他许多次了，雷师伯说他那副废人的模样，就不出来给宗门丢人了。"

说话间，王元敬已将红木匣子放置在了中间空地上，宋时俊皱眉问："这是什么？"

裘元峰摆了摆手道："二师兄不必这么谨慎，打开给大家看便是。"

王元敬身旁一名年轻俊秀的道长面露怒气，似想驳斥裘元峰的轻慢之举，却被王元敬按了回去，随后他亲自上前将那红木匣子打开了。

众人齐齐看去，随即惊呼连连——原来那匣子中竟是一颗须发皆张的狰狞人头！

蔡昭也吓了一跳，捂住嘴不敢发声。

常宁想她至今还未见过死人，不禁心生怜意。不过常公子怜香惜玉的方式与众不同，既不是软语安慰，也不是挺身挡在女孩身前，而是在蔡昭耳旁很认真地道："不要怕，死人不会害你的，其实活人才可怕。"

毫无意外地，蔡昭回瞪了他一眼："谢谢师兄告知！"说完重重扭开身子。

樊兴家默默对常宁表达敬意。

"这是谁?!"周致臻难得失态，问道，"苍穹师叔，今日是老祖忌辰，裘兄弟这是何意？"

苍穹子不在意地摆摆手道："老道早已不管俗世之事，如今元峰是观主，一切由他做主。"话虽这么说，但他脸上的表情显然十分自得。

裘元峰看着宋时俊难看至极的脸色，缓声道："周大哥不认得这人，宋大哥却一定认得——此人就是雷公寨寨主司马安。"

雷公寨是个颇具规模的寨子，地处广天门势力范围内，经管一片偏远的密林，在江湖上薄有威名。司马安正是新任的雷公寨寨主，不但功夫了得，更擅经营跟逢迎。

裘元峰此话一出，众人更是不解。

宋时俊缓缓上前一步："裘观主是什么意思？"他当然认识这人，去年他过寿时，这司马安还亲自上广天门来送过重礼。

裘元峰微微一笑，意有所指："老祖生前便以除暴安良为己任，我今日拿此人之头颅来，正是祭奠老祖的在天之灵！"

宋时俊的瞳孔猛地一缩。

杨鹤影越前一步："雷公寨地处广天门管辖地界之内，就算这司马安有不妥之处，也该宋大哥来仲裁，有你太初观什么事？"

"就怕等不及了。"裘元峰阴阳怪气道。

戚云柯见情形不妙，上前沉声道："这司马安究竟犯了什么事？元峰兄弟不妨直说。"

裘元峰撩起袍服缓步上前，摆足了架子，方才道："雷公寨原本是姓雷的，雷老寨主多年前收养了这司马安，见他资质不坏，便将一身武艺倾囊相授。待他长成，见他才干犹胜自己亲子，索性传他寨主之位，还将爱女许配给了他。谁知这狼心狗肺的东西，见雷老寨主的儿媳美貌，竟生出了霸占之心！这畜生先是设计害雷老寨主之子坠崖而亡，再给雷小姐下了久病不愈之毒，若太初观再晚去一日半夜，怕是雷老寨主也要遭遇不测了。”

众人听了这中山狼的故事后一片唏嘘，杨鹤影更是心想“什么养子、义子都不如亲生儿子靠谱”，瞥了眼身旁的蔡平春，暗讽只有落英谷这么不讲究的门派才会将赘婿当自己人。

在纷纷议论中，宋时俊沉声道：“这些事我怎么都不知道？”

裘元峰笑道：“呵呵呵，其实有人告过状的。那雷老寨主的儿媳颇有智谋，眼见寨中上下已被司马安把持，便一面与之虚与委蛇，一面派出心腹丫鬟去寻救兵——不过广天门家大业大，门中弟子脾气也大，没将那个衣衫褴褛的小丫鬟放在眼中，据说不容人家分说，当场就给轰了出去。”

“然后那小丫鬟就让太初观的人遇上了？”宋时俊的面色阴沉至极。

“不错。”裘元峰难掩得意之情，“所幸，总算还有人替雷家伸张正义。”

苍穹子适时道：“还是元峰师侄有心，才能救下雷家父女。”

道清原委后，太初观弟子人人得意非常，广天门门众则印堂发黑，满脸晦气。

场中鸦雀无声，众人都知道广天门这个脸丢得大了。

如此情形，戚云柯也难以评断。

第一，太初观的确管过界了；第二，太初观的确救了雷家；第三，若夸奖裘元峰做得对、做得好，广天门和宋时俊不要面子的吗？第四，若责备裘元峰，又于情不合；第五……

没有第五了，宗主大人头很痛！

第19章

戚云柯照例出来打圆场：“这司马安罪大恶极，裘兄弟也是一片侠义之心。既然此事已了，大家还是进殿去吧。”

宋时俊不置可否，决意暂时忍下这口气，徐徐再图。

谁知裘元峰却不肯罢休，笑着挑衅道：“既然戚宗主这么说了，太初观自然没有二话。不过我劝宋门主此次回去后好好整顿一番门户……”

宋时俊沉着脸：“你这是什么意思？”

裘元峰道：“此次雷公寨求救，知道的，晓得是广天门家大业大忙中出错；不知道的，还当是这司马安送足了金银财宝，广天门的管事师叔伯们都被买通了，这才装聋作哑呢。”

这话说得颇为阴损，宋时俊这辈子何曾受过这么大的欺辱，不等他发怒，他的长子宋茂之再也忍耐不住，破口大骂道：“姓裘的你放什么狗屁?!”以他起头，广天门的众弟子当即群情激奋地叫骂起来。

太初观今日来了这么多弟子，自也不是当摆设的，于是扯高了嗓门，以牙还牙地也跟着骂。

一时间，暮微宫前仿若市井里弄，刻薄粗鄙的污言秽语满天飞，热闹得不可开交。幸亏因为今日是祭典，众弟子皆不许动武，否则恐怕早就叮叮当当乱成一团了。

静远师太一言不发，只垂首念经——这等北宸六派内部的纷争，旁人自是不好干涉的。还是法空上人看不过去，向苍穹子劝道：“原本贵派之事轮不到老衲多言，可手足相残并非正道之福啊。道长是众位掌门的长辈，还须出来说句话平息纷争。”

苍穹子却道：“元峰师侄行的是侠义之举，难道我做长辈的还要责备他？何况如今我是个废人了，想管也管不了了。”

法空上人摇摇头，无话可说。

见此情形，戚云柯与周致臻紧锁眉头，杨鹤影悄悄地后退数步，不欲置身其中，只蔡平春站在一旁，内心毫无波动。

另一边的宁小枫百无聊赖，就让身旁的管事从外头闲置的果篮中拿了几个橘子吃，一吃之下，发觉这万水千山崖的水土真是不错，种出来的橘子尤其甘甜味美，于是吩咐管事给女儿也送几个过去。

那管事揣了满怀的橘子给蔡昭送来，正听见常宁在那儿不无幸灾乐祸地说：“真是同气连枝，六派同心啊。”扭头看见小姑娘正笨拙地一小块一小块地抠橘皮，当下一把抢过来：“橘子不是这么剥的。”

说着他利落地破开橘子底芯，“唰唰”两下将橘子皮从两边撕开，然后把完好的橘肉放在蔡昭白嫩嫩的手掌上，语气中难掩疼爱：“吃吧。”

橘子的确好吃，蔡昭冲常宁开心一笑。

常宁见小姑娘笑得明媚，生平头一次体会到了“看别人吃比自己吃还高兴”的微妙情绪。虽不知缘由，但的确感到莫名愉悦，于是他又拿了个橘子欢快地剥起来。

樊兴家心道：其实师兄我也不大会剥橘子。

宁小枫母女吃橘子吃得正欢，尹素莲却再也无法忍耐，一气奔到最前面，尖声道：“今日是老祖两百年忌辰，你们要闹事也要挑个日子！这样不顾身份地大肆喧哗，在友派面前丢人现眼，这不是有意丢我们青阙宗的脸吗?!”

她是青阙宗老宗主之女、现宗主之妻，颐指气使了几十年，一开口自有青阙宗弟子四下喝令安静。其实尹素莲这招颇妙，她是女流之辈，身份高贵偏偏武功极差，裘元峰要是与她针锋相对，便有欺凌女流之嫌；若是不反驳，便算自认倒霉。

谁知裘元峰目光一转，笑道：“哟，是尹师妹啊，今日你邱师兄回来了吗？唉，说起来，我与人杰兄弟也是多年未见了。”

此话一出，尹素莲的面孔涨得通红，羞愤难言。然而除了部分年长些的弟子，场中九成人都不解裘元峰这话的意思。

“这邱人杰是谁？”蔡昭也不知道。

樊兴家其实听说过一鳞半爪，但嗫嚅着不敢说。

“这位邱人杰是尹岱老宗主七位弟子中最出类拔萃的一个，也是原先内定的宗主人选。家父说，他与素莲夫人原本定过亲的。”常宁回答的语气很欢快。

“那后来呢？”

“后来戚宗主突破‘天火龙’根骨在经络上的桎梏，神功突飞猛进，在青阙宗内的大比试中技惊四座，一举拔取头筹——这位邱师伯与素莲夫人自也没有后来了。”

蔡昭一怔，不自觉地去看戚凌波、宋郁之和戴风驰三人，道：“这尹家，还真是……”

她忽然想起亲娘宁小枫。

六派之内恐怕没人不知道宁小枫与尹素莲不对付，宁小枫也肯定知道尹素莲的过往，可不论她多生气，也只会拿尹素莲的忘恩负义、两面三刀来讽刺她，从不曾在人前提过邱人杰。

蔡昭忽觉一阵骄傲，再轻蔑地看了一眼裘元峰——还太初观掌门呢，气量还不如她母亲一个小女子！

戚云柯见裘元峰神情轻佻，言语间欺辱自己的妻子，终于动了怒，当即气沉丹田，高声喝令道："此事到此为止！"这六个字犹如地底洪钟鸣响般，充满一股浑厚的压迫之力，众人皆惊。

"雷公寨之事自有广天门与太初观商议处置，青阙宗不欲置喙。除暴安良本是一件好事，请裘观主莫要将之变作钩心斗角、扩张势力的一把刀。"

戚云柯看着裘元峰，一字一顿道："我说此事到此为止，若有旁的纠葛，改日再说——裘观主听明白了吗？"

裘元峰与之对视良久，收敛了不可一世的神情："好吧，听宗主吩咐。"

宋时俊被气得不轻，本想上前再奚落裘元峰两句，却被身后的蔡平春拉住了，他怒道："小春你也要多管闲事吗?!"

蔡平春平静地道："本就是广天门不对，让雷公寨求告无门，时俊大哥这趟回去该清理门户了，以后莫给别人可乘之机。"

听前面时裘元峰还咧着嘴笑，听到最后半句他就笑不出来了，道："蔡谷主是什么意思？莫不是暗指我太初观乘虚而入？"

蔡平春平静地道："谈不上是乘虚而入，不过广天门之豪富天下皆知，要说宋门主为了区区一点好处就纵容司马安欺师灭祖，这话怕是没人会信。不过行侠仗义总是好事，下回裘观主要是又起兴致了，不妨来落英谷辖界之内伸张正义，敝派一定张灯结彩欢迎。落英谷虽地小式微，不过蒸点白水馒头蘸酱油怕还是能招待诸位的。"

宋时俊"扑哧"笑了出来："小春你小时候多老实，现在一张嘴也跟宁小枫学坏了！"

"我说的都是实话。要是太初观愿意，落英谷还能将各地不平之事整理成册，请诸位道兄前去伸张正义。"蔡平春道。

宋时俊笑不可仰，裘元峰面色一黑，甩袖而去。

一场纷争终于结束，随着法空上人念诵的一声佛号，各派主要弟子纷纷进入朝阳正殿，各自按位置站好，肃穆噤声，目光垂地。祭案上已燃起香烟，烟雾缭绕间，戚云柯手持上书祭文的黄色锦缎，朗声读起来——

“岁逢太平，天下安宁，众弟子缅怀老祖。今以三牲三祭、鲜花素果，祭我先祖北宸真君在天之灵。时妖魔四起，生灵涂炭，千里白骨，草木皆赤。幸而天降先祖北宸真君，受临危之命，肩黎民道义，以苍生安危为己任，奉天下……”

蔡昭听得直皱眉：“大师兄这是从哪里找来的写手？文笔这么差，还不如找我们镇上写戏折子的先生呢。”

“师妹怎知这祭文文笔不足？”樊兴家本想问她怎么知道这不是师父亲自写的，想想还是不要气自己了。

常宁回答：“因为她每一句都能听懂。”

蔡昭：“……”

樊兴家：“……”

念完了祭文，六派掌门按顺序给老祖上香，轮到太初观时裘元峰又要整幺蛾子——硬要推苍穹子上前敬香。

苍穹子故作生气道：“只有掌门才能敬香，元峰师侄你这是何意啊？”

裘元峰活脱脱戏台子上的名角，含泪道：“师叔是为了太初观上下的安危才惨受魔教妖孽的暗算，我等子侄岂能忘恩负义？若非师叔遭此大难，师父亡故后接掌观主之位的本该是师叔！元峰虽然忝任掌门，但心中始终认为师叔才是太初观的主心骨啊！”

苍穹子自是再三推辞，裘元峰当然再三恳求，师叔侄二人涕泪横飞，最后苍穹子“勉为其难”地答应了。

周围所有人面无表情地看他们演戏，不置一词。

好不容易各派陆续敬完香，开始由各派弟子奉上各色祭品。什么纯色白虎皮、海底珊瑚树、整面墙那么大的绿玉璧、需两人抬的黄金榻、百年才结子的人参果、延年益寿的仙泉水，还有一本看着就令人心惊肉跳的血抄经书……

蔡昭看得眼花缭乱，问：“这么多奇珍异宝，难道都归青阙宗了吗？”

樊兴家忙道不是：“祭典过后，还会让各家带回去的。”

常宁轻哂：“别听五师兄粉饰太平——若是遇上厉害、强势的青阙宗宗主，其余五派巴结还来不及。宗主看上了哪件祭品，各派就会在祭典之后将东西留下。”

蔡昭失望道："那戚伯父肯定是留不下什么东西的。"

樊兴家心道：别这么看死咱们师父好吗？

三人正闲聊时，忽听宁小枫发出一声尖厉的呵斥："你是什么人?!"

只见她满脸警惕，一手紧紧拉着蔡晗，一手直指前方。众人顺着她指的方向看去，是一名太初观弟子。

那弟子低垂着头，身负一个两尺来高的金丝竹筐，正缓缓向祭案走去——或者说，向站于祭案两侧的两位掌门走去。

裘元峰不悦道："宁女侠，你别没事找事，特意为难我观弟子啊……"

宁小枫不去理他，继续大喊："来人哪！快将这人围起来！"又冲那人冷笑，"别装了，姑奶奶玩易容术的时候你恐怕还在吃奶呢！敢在我面前装神弄鬼，你是活腻了？说吧，你是不是魔教派来偷袭的？"

众人大惊失色，原来这人竟是易容假扮的。

戚云柯在十几年前就见识过宁小枫于旁门左道上的本事，深知此事不会有假，当即大喊："来人啊，围住这厮！"

话音未落，只见寒光一闪，宋郁之从人群后高高跃起，犹如蛟龙飞腾，手中三尺青锋势不可当，"唰唰"数剑直刺那名易容弟子，真可谓美人如玉剑如虹。戴风驰与丁卓略晚一步，并排举剑而上，其余青阙宗弟子则结起剑阵将那人团团围住。

宋郁之又是数剑使出，意欲封取那人下盘，谁知这人身法甚是精妙，连连飘闪间，只听"哧"的一声，宋郁之一剑挑断了那人肩上绑缚竹筐的锦带，那金丝竹筐骨碌碌滚到了地上。

自从知道有人易容混入万水千山崖后，大家的第一个反应就是"魔教来袭"，当下各派都紧紧贴到一处——先自保要紧。

宋时俊一面替儿子担心，一面又为儿子如此俊秀卓绝而自豪，千言万语最后化作飞向戚云柯的一个恨恨的白眼。

正当他想要损戚云柯两句时，忽被身旁的周致臻猛力一推，险些栽倒。正要回头骂他，却听见周致臻极力高喊："那是暴雨雷霆，大家快躲起来！"

宋时俊面色大变。

原来，适才那金丝竹筐掉在地上后易容者大惊，意欲伸手去拉，宋郁之又是连环数剑，将那人逼退数步。那人似乎急了，直接高喊道："事情有变，快快动手！"

于是太初观弟子中再度跳出两人，挥剑向宋郁之等人刺去，好叫那易容者脱身。那易容者腾出手来，立即从随身包袱中掏出两个黑漆漆的圆球，每个都有孩童的头颅那么大，然后奋力向左右两边的人群掷去。

周致臻一见那熟悉的黑色圆球，瞳孔猛地张大了——要知道当年他的父亲周老庄主就是在激战中受了这暗器的伤，缠绵病榻数年后最终病逝的。

常宁二话不说拉起蔡昭躲到巨柱后头，樊兴家赶紧跟上，幸亏朝阳正殿中的巨柱每根都有两三人合抱般粗，他们三人躲在后头倒也不挤。

随着"轰隆""轰隆"两声剧烈的响动，梁顶碎片纷纷散落，夹杂于其中的细如牛毛的倒刺毒针向四面八方射去，殿内"哎哟""哎哟"之声不绝于耳，加上空气中弥漫着黑色火药的恐怖气味，剧烈刺激着殿内惊惧的众人。

蔡昭被笼在常宁宽阔的袖摆中，晕头转向道："不是说自打天璇长老死了后，这暴雨雷霆就失传了吗？哎呀毒针飘哪儿去了……"

樊兴家呆呆地站在一旁，看看一脸正经的常宁，再抬头看看朝另一个方向飘去的毒针。

正殿中，裘元峰率先护着苍穹子，周致臻连连向空中挥掌，以气劲将毒针逼至梁顶，宋时俊趁机把儿子抓回来躲到祭案下，戚云柯一手一个将戴风驰与丁卓拉到身旁躲好，蔡平春则早已扑向自己的妻儿。

其实那两个暴雨雷霆主要是扔向太初观弟子的，其余门派只要躲避及时，多数未受波及。

好不容易等到漫天的倒刺毒针掉落到地面，众人忽闻驷骐门的那位沙夫人一声惨烈的叫声："救命啊，天赐！我的儿子天赐，快来救命啊！"

原来适才的祭典冗长无聊，杨天赐人小脾气大，耐不住性子要去玩耍，沙夫人怕他闹起来丢了驷骐门的脸，于是让保姆、丫鬟跟着他在侧殿中靠墙跑来跑去。

因为隔着人群，本也无人发现。谁知一朝变故骤起，众人在慌乱中躲避奔跑，那保姆和丫鬟被惊恐的人群挤散了，导致无人看管杨天赐。

当暴雨雷霆炸响时，他以为是与今早礼炮一般的意思，笑嘻嘻地捂着耳朵，还觉得甚是好玩，跌跌撞撞地往正殿跑去。在混乱中，那易容者一把将金丝竹筐拖到自己身旁，看见一个锦衣小童跑来，便随手抓在手中充作了人质。

杨鹤影从祭幔后出来，见到爱子在那易容者手中不住啼哭挣扎，吓得肝胆欲裂，手中扣满了暗器，却一枚都不敢发；殿中其余高手一时俱顿在原地。

蔡昭从常宁怀中伸出脑袋时，正见到这一幕。情势紧急，不容她多想，用力推开常宁便冲了出去。众人突见一名稚龄少女从巨柱后闪现，二话不说，一掌先劈向地上的金丝竹筐，再一掌拍向那易容者。

那易容者急忙去护竹筐，那少女旋即又劈去两掌，掌力如山间劲风，徐缓却劲力逼人，正是擒龙手第八式“徐风殊然”——两掌逼得那易容者侧身闪躲。

这时宋郁之刚好挣脱父亲的保护，见此情形随手扯下自己衣裳上的珠片，运劲向那易容者的手腕重重打去。

那易容者既要护着竹筐又要闪避，本就手忙脚乱，忽觉手腕一疼一轻，掌中幼童已如拴了绳索的纸鸢一般被人扯走了。

宋郁之满目赞许，高声道：“好！”

原来蔡昭趁着宋郁之打中那易容者的手腕时，再度以擒龙手第五式“殊功劲节”，运功将杨天赐“吸”了过来。

戚凌波看见未婚夫赞许蔡昭，嘟嘴不悦道：“有什么了不起的？一日不炫耀自己武艺高强能憋死她吗?!”

适才护着她的周致娴起身，正好听见她这话，虽然没有责备，心中却想戚云柯与尹素莲将这女孩儿养得好没道理。

易容者手中既空，当即向蔡昭重重回了一掌。蔡昭一手抓着杨天赐，一手接下，只觉迎面而来一股浑厚内劲，立时觉得气血翻涌。她不肯示弱，强行忍住。

沙夫人第一个扑了过来，哭号着从蔡昭手中抢过儿子，连谢都没谢一句就跑了。

常宁见这情形，气不打一处来，一把将蔡昭拖了回去：“看见了没？行侠仗义也要挑挑人，遇上白眼狼怎么办？”

蔡昭勉强一笑：“无妨，顺手而已。”

“顺什么手，你脸都煞白了！”常宁气得想打人。

“调息一下就好。”蔡昭捂着胸口，“你别吼了，扶我过去歇息歇息。哎哟，我娘过来了，你少啰唆我两句……”

常宁扶蔡昭在一旁坐下，气呼呼地走了。

蔡昭奇道：“常师兄干吗生气啊？”

樊兴家心道：他原以为你救他是独一无二的，如今知道你其实是见人就救，自然不痛快。

宁小枫很快奔到，从瓷瓶中倒出两枚“药王补心丹”。她倒没像常宁一样责备女儿不该救人，只是数落她学艺不精，以后碰到没把握的事少出来丢人现眼。

丹药需要用热水化服，宁小枫正要去找热水，常宁就端着热水杯来了。

宁小枫赞道：“还是宁儿懂事，不像你，这屋里有这么多人，犯得着你出头？”

“我这不是怕多耽搁一刻，杨小公子会出事嘛！”蔡昭不服气道。

“不见得。”常宁语气生硬，“那人根本没有伤害杨家小子的意思。”

蔡昭问：“你怎么知道？”

“杨家小子跑过去时，毒针还在满天飞，可他身上一针未曾扎到，估计是那人将毒针挥开之后，才抓住杨家小子的。”常宁道。

宁小枫赞道：“你适才在柱子后头，未见全貌，居然能全部猜对，宁儿很是聪慧啊。”想了想，补上一句：“当年薛家姐姐也是闻一知十的。”

常宁顿住了，不知该不该回“过奖”。

蔡昭道：“哎哟，娘，你真是哪壶不开提哪壶。”人家自打出生起亲娘就疯了，疯就疯吧，还死得早，您这真是在夸人呢？

这时，法空上人洪亮的声音在殿中响起：“诸位施主暂且别动手，请听老衲一言！”

作为殿内如今最年长的前辈，众人闻言纷纷停手停口。

法空上人上前两步，道：“老衲不知尊驾是何人，可适才看尊驾所为并不似卑劣之人。既然尊驾千方百计上了万水千山崖，必有所求，不妨直接说出来。”

裘元峰见太初观的弟子受伤最多，愤怒大吼道：“先亮出真容来！我倒要看看你是哪个魔教贼子！”

那易容者沉默了片刻，看向身后的两名帮手，点点头。

三人同时开始撕动脸上的皮料，只闻“唰唰”几声，三人的真容露了出来。

为首那人竟是一名容貌秀丽清冷的中年女子，另两人则是年约三十的粗豪汉子。

这三人宁小枫母女都不认识，太初观众人却是神色大变。

尹素莲更是失声惊呼："元容姐姐，你……你还活着?!"

王元敬亦惊呼："四师妹，你……你怎么来了?!"

第20章

二十多年前享誉江湖的女侠不止蔡平殊一人，还有太初观的罗元容。

她是当时的太初观掌门苍寰子亡妹之女，自幼便被舅父收入门下，悉心教导。

与大大咧咧、人到拳到的蔡平殊不同，罗元容是位十足的淑女，美貌多才，冷若冰霜，江湖上便给她取雅号作"寒冰仙子"。

她上头还有三位响当当的师兄——大师兄武元英义气干云、武艺超群，最受同门敬重；二师兄王元敬俊秀和气、细致温厚；三师兄裘元峰性烈如火、桀骜不驯。

在很长的一段时间内，她是苍寰子最小的弟子，也是太初观中最受疼爱的小姑娘。

大师兄武元英抱着酒坛子上万水千山崖时，她常会跟随在一旁，因此也结识了尹氏姐妹。

她尤其喜欢善解人意的尹素莲，因为尹素莲早早就看出了她的心思，每每设宴，总将她安排在武元英座旁。大师兄是个豪迈之人，最爱与弟兄们饮酒畅谈，他们说的话她大半听不懂，但只要能待在大师兄身旁，她心中便是一万个欢喜。

有时她想，若是将来大师兄不愿与她结为道侣，她就安静地在太初观内做个独身道姑，那样就很好了。

可是，便是这样的愿望也落空了。

裘元峰面色铁青，道："四师妹，你闹够了没有？武刚、武雄，你们也跟着她一起胡闹！"后半句他指的是罗元容身后那两名中年弟子。

"今日是老祖的两百年忌辰，是何等庄重的场合，你们居然也敢来胡闹，看来太初观是得清理门户了！”苍穹子阴恻恻地道，“你师兄看你父母早亡，一再纵容你，可今日你伤人无数，我这做师叔的再不能让你继续胡作非为了。元峰，将这孽徒拿下，生死无妨！”

王元敬忧心忡忡，连连哀求：“师叔、师弟，好歹看在师父的面子上饶过师妹吧，元容是执拗了些，但罪不至死啊！”

裘元峰一挥袖甩开王元敬，傲慢地上前数步：“师妹，看在师父的分上，你束手就擒吧，我绝不伤你。”

罗元容看都不看他一眼，径直望向戚云柯：“戚宗主，我能否说几句话？”

戚云柯喟然而叹：“罗女侠，你想说什么我都知道。不但我知道，同辈亲友也差不多都知道你的意思。元英兄弟之死，谁人不痛心？可人死不能复生，你……你还是放下吧。”

蔡昭转头问：“娘，他们说的是什么事啊？”

宁小枫居然也是一脸茫然：“不知道啊，你爹也没提过。”

蔡昭一脸嫌弃的表情：“不是说你们同辈人都知道吗？”

宁小枫歪头想了想：“自打你姑姑那年在六派大比武中拧断了太初观的镇观宝剑，咱们两派就不大对付了，他们门派有什么事落英谷当然不知道了！”又道：“嘁，什么了不起的破剑，既然那么宝贝干吗拿出来比武？还一拧就断，当时你姑姑也傻眼了。这也忒脆了，比萝卜还脆！”

蔡昭大叹：“姑姑也是，弄断了人家的宝剑，好歹道个歉嘛。”

“道歉了啊！你姑姑好生诚恳地跟太初观说，早知这宝剑这么嫩，她定然不会使出全力的，她真不是故意的。”宁小枫气愤道。

蔡昭瞪眼——这是道歉?!

常宁浅浅蹙眉：“这么诚恳的道歉都听不进去，那就是太初观不对了。”

樊兴家和蔡昭再次无语，宁小枫看常宁倒更顺眼了。

这时，罗元容又道：“法空上人，并非我蓄意在老祖忌辰之日闹事，而是若无诸位同道豪杰在场，我怕这滔天的冤屈无法伸张。法空上人，请您看在我过世舅父的面子上，允许元容说几句话。”她言称舅父而非师父，显然是已不把自己当太初观的弟子了。

法空上人沉吟片刻，看向戚云柯等人，劝道：“今日事已至此，与其强压下去，不如索性将话说开了，在老祖灵前将误会解开，不失为一桩美事。”

戚云柯正要开口，裘元峰不悦道：“上人这话说得太轻巧了，怎么解开？这‘暴雨雷霆’乃当年天璇长老的杀人利器，罗云容是如何得到的？她十有八九是勾结了魔教！此为其一。其二，殿中这许多兄弟无辜受了伤，难道就算了？总之，太初观定是要清理门户的！”

法空上人听了也觉十分为难。

蔡平春忽然开口：“罗道友是不是勾结了魔教我不知，不过这‘暴雨雷霆’的解药，落英谷要多少有多少，大家不必着急。”

“这倒是。”周致臻道，“当年天璇长老仗着有‘暴雨雷霆’，伤我正道英豪无数，家父也在其中。多亏了蔡长风叔父拼死击杀天璇长老，并将解药抢回落英谷研析，救下不知多少同道的性命。”

一名虬须汉子出列，高声道：“不错，我师父跟师伯就是落英谷给解的毒，如今还好好在家晒太阳吹牛皮呢！”

众人俱笑，同时纷纷向蔡平春表示感谢。

蔡昭轻扯母亲的衣裳：“娘，叔祖父就是因为这样做，才重伤不治过世的吗？”

“是，但很值得。”宁小枫轻揉女儿的头发，“那个天璇长老最爱制毒，为了制出天下至阴至毒之物，什么伤天害理的事都做得出来。别难过，你叔祖父走得很安心。”

樊兴家轻轻叹息：“魔教里头到底有多少恶贼啊……”

常宁漠然不动。

宁小枫见女儿无恙，便又吩咐了她两句，回去照看蔡小胖了。

这时，法空上人又一次提议道：“既然殿内伤者无虞，不如让罗女侠将话说出来，也免去同门憎恶，善莫大焉。再说了，‘暴雨雷霆’的威力当年我等都见识过，这两个远不如前。要说罗女侠与魔教勾结，还为时尚早。”

后面半句，周致臻听得轻轻点头，他也觉得这两个“暴雨雷霆”相比自己当年所见，威力小了许多。

见自家弟子和儿子无事，宋时俊和杨鹤影自是乐得看戏，尤其是太初观的内斗戏，让他们自备茶水倒贴钱都要看；周致臻与蔡平春是无可无不可。

戚云柯四下看了一圈，便道："罗女侠，你就说吧。"

罗元容将竹筐小心翼翼地交给武刚与武雄，然后走到正殿中央向法空上人深深行礼。

裘元峰狠狠咬唇，忽大声道："我先说，免得你无端污蔑于我！"不等罗元容开口，他就赶紧说了起来——

"诸位俱知，我大师兄武元英死于二十年前鼎炉山一役，当时众多好汉都是亲眼看见的，谁知我这师妹无论如何就是不肯信，认定了大师兄没死。十几年来反复纠缠，不是逼迫我等去魔教营救，就是一口咬定是我害了大师兄！哼，简直荒谬！"

苍穹子重重拍了下竹轿，亦道："不错！与魔教拼杀，伤亡总是难免的，若是一个个都跟这孽徒似的没完没了，那还不乱了套了？何况鼎炉山那回你与元敬都没去，你怎么知道元英一定没死？简直是异想天开，胡作非为！"

殿中许多人从未听说过此事，当即议论纷纷。

"怎么，武元英大侠没死吗？"

"那怎么可能？当年我师兄就在鼎炉山上，亲眼看见魔教的瑶光长老将武大侠一下打死的啊，只不过大家撤得急，没能捞回尸首。"

"那罗女侠为何在这事上纠缠不休？"

"哎哎，我听说过罗女侠十分爱慕武大侠，是心里过不去吧？"

"唉，人间自是有情痴啊，罗女侠也是个痴心之人。被这么一位红颜知己心心念念了二十年，武大侠在九泉之下也能瞑目了。"

"武大侠是瞑目了，活着的人可叫这个罗元容折腾得够呛！"

听到这里，樊兴家疑惑地看向蔡昭。

蔡昭道："别看我，我不知道。我只知道'鼎炉山'那一仗是太初观领的头，邀约了许多武林豪杰，偏偏那回我家的人都没去。"

常宁道："废话，你家刚折断了人家的镇观宝剑，人家当然不请你们。"

蔡昭白了他一眼。

听了裘元峰这番话，罗元容不惊不怒，曾经的美貌在十余年的风霜之后只剩下漠然与苍老。她缓缓启唇道："三师兄不用着急，诸位也请听我慢慢说来。

“那年，我们探听到魔教在鼎炉山上作孽，以活人来炼丹，将周遭百姓祸害得不轻。大师兄决意为民除害，便广邀豪杰挚友一道前去除恶。只是没想到，盘踞在鼎炉山的不是寻常的魔头，而是魔教七星长老之一的瑶光长老。

“瑶光老贼拥趸甚众，两边短兵相接后，大师兄就知道势不能敌，于是发啸声叫大家伙撤退，偏偏三师兄裘元峰贪功，趁岭南双侠与觉方禅师拼死缠住瑶光长老为大家断后之际，贸然出手偷袭瑶光长老……三师兄，这我没说错吧？”

裘元峰脸色青黑。

虽说偷袭魔教奸贼不是坏事，但武元英明明已下令撤退，又有三名侠士拼死断后，他在这个时候偷袭，成功了还好说，若失败了岂非坑人？

众人看裘元峰此刻的脸色，无须听下去也能猜到这次偷袭定然是失败了。

罗元容继续道：“三师兄仓促偷袭，反倒激发了那魔头的凶性，他拼着挨三师兄的一剑，使出绝技‘毒蟒钻心爪’活活破开了觉方禅师的头颅，再将岭南双侠一掌一个重重震开，随即回身对付三师兄。”她惨然一笑，“如今三师兄贵为掌门，神功盖世，可当初三师兄的功夫也不过尔尔吧。”

“这话不错，我能做证。当年裘掌门也就比罗师妹强那么一点。”宋时俊乐呵呵地插嘴。

太初观弟子俱对他怒目而视，广天门弟子也一模一样地怒瞪回去。

“以瑶光长老的功力，十个三师兄也没命了。可是大师兄，大师兄他……”罗元容泪水滚落，“他想也不想，扭头就去救三师兄，不要命地与那魔头缠斗在一处。而我这位三师兄，就趁这工夫，逃之夭夭了！”

群雄多多少少知道武元英是死于鼎炉山，当年竟是这般情形却是初次得知。

一时间群雄哗然，连六派中的年轻弟子也惊愕不已。众人看向裘元峰的眼神很不美妙，尤其是几位性烈如火的侠士，直接鄙夷地吐了口唾沫在地上。

裘元峰顶着各色目光，强自镇定道：“不错，当年是大师兄救的我，但并非我贪生怕死自行逃跑，而是大师兄叫我逃的！”

“哟，之前武元英叫你撤的时候你不听，闯了大祸惹了魔头倒想起要听了？这是抢功惹祸自己来，收拾善后别人上？怪不得人皆道裘掌门是真性情，呵呵，果然是真性情呢。”阴阳怪气的云篆道长再次出声。

宋时俊几乎笑出声，大声赞成：“云篆道友此话甚是！裘观主，你自己闯的祸该自己背呀！闯完祸就跑，这不是活活坑死你家大师兄了吗？”

苍穹子怒回：“击杀魔头，正道豪杰本就责无旁贷，就算元峰心急了些，也不能算是什么大错！元英舍命相救，正因他们同门情深，这里头谁都没错！”

云篆道人说：“行，您说没错就没错吧。”

蔡昭小声道：“等将来我下山了，一定要请这位云篆道长喝酒。”

“你省省吧。”常宁瞥了眼女孩绒绒的粉颊。

戚云柯见气氛不好，赶紧道：“罗师妹，这件事中的确有诸多不幸。可木已成舟，你就节哀顺变吧！我想元英兄弟也是自愿为救师弟而死的。”

王元敬落泪，喃喃道：“都是我不好，那日没跟着一道去。”

“二师兄那时正在养伤呢，怎么去啊？”那名俊秀的年轻道人连忙辩解。

“不，大师兄没死！我知道的，他就是没死！”罗元容一抹泪水，“这二十年来，我遍访当年活下来的好汉们，没有一人亲眼见到大师兄断气！”

听她说得这么斩钉截铁，殿内众人也犹豫起来。

裘元峰气笑了：“那日我离去前最后回头的一眼，正见到瑶光魔头一记毒蟒钻心爪抓住大师兄的心口——你倒是问问大家，毒蟒钻心爪之下有留下过任何活口吗？觉方禅师乃法空上人的大弟子，他的功力不比大师兄强吗？也不过受了那魔头的一爪之力，便立时头颅开裂，当场毙命！”

群雄纷纷点头。

毒蟒钻心爪当年威名赫赫，号称爪出人亡，绝无活口，是瑶光长老的成名绝技，如今想来都叫人胆寒。不过正是因为太过霸道凶猛，耗力极大，连瑶光长老本人都不能多次连击。

周致臻不忍心道：“罗师妹，若武大哥真的中了毒蟒钻心爪，那就绝无生还之理了，你还是想开些吧。”

“若中了毒蟒钻心爪，自然必死无疑。”罗元容道，“可若有宝物替大师兄挡了一下呢？我家有一件祖传宝物——玄铁护心镜。”她一指殿外巨锣，“与这面巨锣一般，是由海底玄铁所制，乃家父临终前留给我的。”

众人一愣。

“那日大师兄出门前，我苦苦哀求他在衣裳内戴上那护心镜，不然我绝不放他出门。”罗元容神情哀伤，“大师兄终于答应了。”

她猛地抬头："有玄铁护心镜在身上，便是毒蟒钻心爪，也未必能致命吧！"

裘元峰心头大震，不敢细想下去，暴躁大吼道："这只是你的一面之词，谁也不曾试过，谁知你那破镜子有用没用！何况我也不知道大师兄戴了护心镜啊！"其实说到后半句，他已是底气不足了。

"便是大师兄死了，便是一具尸首，你也该抢回来！"罗元容嘶哑着怒喊出来，"你一直对大师兄心怀忌恨，你总觉得自己比他强，总觉得有他在你永无出头之日，所以才弃他于不顾！你想着只要没了大师兄，你就能继承太初观了！"

裘元峰气得浑身发抖："你……你满口污蔑，荒谬……荒谬至极！"

周致臻也道："这就过了。当时裘掌门的修为远不及他二师兄王元敬。不论排序还是武功，元英兄弟之后都该是王师兄承袭掌门之位。罗师妹，你这罪名论大了。"

"对！就是因这孽障如此冥顽不灵，才害死了她师父！"苍穹子终于回过神，赶紧大叫起来，"当时我人在西北，师兄又病着，乍闻元英惨死，立刻就是一口血啊！这孽障还不依不饶地要大家伙去魔教救人！死都死了，救什么啊?!"

"那瑶光长老为何要送信给师父?!"罗元容大喊道。

这话一出，群雄难以置信，连静远师太都上前了数步，沉声道："苍寰子道长疾恶如仇，绝不可能与魔教媾和，罗施主，说话要当心！"

当年正邪两派早已杀得血流成河，势如水火，谁若有通敌之嫌，立时便会成正道之敌。

罗元容的声音在发抖："鼎炉山之役的第二日，师父收到一封瑶光长老的亲笔飞书。信上说，大师兄没死，那魔头想用大师兄来换开阳长老。师父不敢信，但又盼着大师兄真的没死，于是携信上了九蠡山，找尹老宗主商议。"

"怎么又来一个长老，魔教究竟还有几个这样的高手啊？"蔡昭自言自语道。

常宁安慰她："放心，那七个老不死的现在只剩下俩了。"

此时众人的目光转向戚云柯。

戚云柯为难，叹息道："其实在鼎炉山一役之前，魔教的开阳长老已被师父与师叔伯们生擒，当时就关在万水千山崖的地牢中。而那瑶光长老与开阳长老颇有交情，于是……"

杨鹤影失声道："难道苍寰子道长想求尹老宗主用那魔头去换他的爱徒?

不会吧。难道尹老宗主答应了？”

“当然不会！”宋时俊大声道，“当年我岳父与他师兄程浩还有师弟王定川并称‘青峰三老’，三人情同手足，威名赫赫。正是为了擒拿开阳魔头，青峰三老三去其二！我岳父伤痛难抑，缠绵病榻数月未愈——这件事法空上人是知道的。”

法空上人口呼佛号：“正是如此。”

殿内众人均想：人家青阙宗用两位大宗师才换来的大魔头，怎么可能舍得拿去换武元英，更何况还不知武元英究竟是生是死。

戚云柯道：“师父与苍寰子前辈是几十年的交情，原本不该婉拒的，可想起惨死的程师伯与王师叔，便难以决断。最后，师父决意陪苍寰子前辈一同赴约，若武兄弟真的没死，他们二人便想办法合力拿下瑶光长老，然后救出武兄弟。谁知，谁知……”

“没什么谁知的。”苍穹子道，“这件事果然是假的，从头到尾就是那魔头设的陷阱。我师兄赴约后重伤回来，不久就过世了。好在他与尹老宗主合力，总算击杀了瑶光魔头，也算为武林除一大害了！”

裘元峰补充道：“师父临终前，说得清清楚楚——大师兄死了，以后都不要相信魔教的任何话！四师妹，当时你也在师父病榻前的，你没听见吗?!”

蔡昭惊疑不定：“难道瑶光长老欺骗了苍寰子前辈？那开阳长老后来呢？”

“这个我知道。”樊兴家难得有机会发挥，“雷师伯说过的，那个开阳长老一听说瑶光长老死了就不顾死活地要逃狱，当夜就被格杀于崖边了。”

蔡昭道：“哇，看不出魔教恶徒也有这么深厚的兄弟情义啊！”

常宁眼角斜挑：“情义的确是情义，兄弟嘛，就不见得是了。”

蔡昭没听懂，注意力又被罗元容的话引了过去。

“我听见了。”罗元容平静地道，“当时我心中责怪师父，后来才想明白，师父是为了我，他当时已经没有办法了。”她继续说，“青阙宗两位师叔伯拿命换来的开阳长老，不可能拿去换大师兄。师父又命不久矣，以后有谁还会给我撑腰呢？人走茶凉啊。

“师父走后的第二日，师叔就代领了掌门之位，再后面是三师兄当了掌门。那些敬重大师兄、惦记大师兄的同门，都慢慢被清出了太初观。

“现在，已经没人记得他了。”

众人心中俱涌起一股伤感，曾经威风凛凛的正派少年英雄，就这么被遗忘了。

罗元容猛地抬起头：“可是我记得他，我永永远远不会忘记他！”

“你够了吧！”裘元峰怒极，“大师兄确确实实是死了，你还纠缠个没完。你倒是拿出个叫人心服口服的证据来！别扯你那护心镜了，天晓得有没有用！”

“铁证？当然了。”罗元容露出凄凉怨毒的笑容，“若无铁板钉钉的证据，我今日怎敢上万水千山崖来？”

众人心头一震。

罗元容回头：“武刚、武雄……小心点。”

被点名的两人小心翼翼地将那金丝竹筐打开，里面似乎塞了一条柔软的厚绒毯；所有人的视线都集中过去，发现绒毯内竟然裹了一个人。

打开绒毯，先露出一颗头，再是肩膀、胸膛、腹部，然后……然后就没有……

没有了？

蔡昭离得远，疑惑地伸着脖子想要看个清楚，冷不丁听见正殿的尹素莲发出一声惊惧至极的惨叫，然后活活晕死了过去。

大家终于看清了这个“人”的模样。

他被剜去了双目，割掉了舌头，曾经高耸的鼻梁亦被削平，只留下发出呼吸声的两个洞；四肢被斩去，浑身只剩一个躯干；身上更是伤痕累累，光是露在外面的肌肤就能看出曾被鞭打、割伤、挑筋、火燎、炭烫、挖肉……

或者，这已经不能被称作一个人了。

殿内众人只闻彼此粗重的喘息声。

“这……这是……”杨鹤影的声音颤抖得连自己都不敢认。

“元英兄弟！”云篆道人一声大叫，疯了似的扑上去抱住那个“人”，惨烈大哭道，“元英兄弟，你怎么变成这样了？你怎么……怎么就变成这样了?!”

这一声犹如唤醒了梦中人，殿内有不少人见过武元英，纵然相隔二十年，纵然此人此刻已惨不忍睹，但依稀可辨“他”正是当年饮马春水畔的太初观首徒武元英！

“魔教奸贼毫无人性，简直禽兽不如！”宋时俊大吼出声。

连素来温雅的周致臻也咬牙切齿，愤怒至极。

今日蔡昭已经听过很多次众人的喧哗，或欢呼，或嘲弄，或示威，但均无此时的声音响亮，所有人都尖叫着，惋惜着，咒骂着，惊呼着，举座哗然！

一场比死更可怕的灭顶之灾，落在了这个曾经一呼百应的天之骄子身上。

蔡昭感到胸腔深处泛起一阵寒气。

第21章

朝阳殿内混乱了好一阵，最后还是戚云柯发力运起一声狮子吼镇住了众人。

众人渐渐静默，如死一般静默，散发着彻骨寒意的静默。

蔡昭手脚冰凉，她本就奇怪，那么小的竹筐内怎么藏得下一个人。

原来，是“半个人”。

常宁紧紧揽住她，神情凝重地望向正殿。

众僧尼默默诵念起经文来。

王元敬终于推开一层层混乱拥挤的人群，扑到武元英身上痛哭。

武元英顶着空洞腐烂的双目，缓缓扭头，似乎循着声音辨认出了自家师弟，用尽全力靠过去，然而四肢已断，他只能倾倒在地。

王元敬紧紧将他抱住，泪水滚滚而下。武元英咬住他打湿的衣袖，全身颤抖。

众人见此情形，无不黯然。

裘元峰盯着武元英，全身剧烈颤抖：“不……不可能，他明明死了，我亲眼看见的，亲眼看见的，真是亲眼看见的……”他反反复复用这么几句话辩白，似乎这样就能说服大家。

苍穹子脸色铁青，厉声呵斥道：“好了，慌张什么？你只是当初弄错了，谁知道罗家的护心镜真的有用？谁又知道元英真的活了下来？”他转头，用浑浊的眸子死死盯着罗元容，“元容，我来问你，你是从何处找回元英的？又是从何处得到‘暴雨雷霆’的？你救师兄虽是出自好意，可若是因此与魔教勾结，太初观一样容不下你，还得清理门户！”

这话说得正气凛然，然而武元英的惨状给人的冲击力实在过于强大，众人皆知这是苍穹子在找台阶下，纷纷目露不屑。

“我是假作入了魔教。”罗元容平静地道，“三年前，当我又一次与三师兄激烈争执时，三师兄将我打成了重伤，幸亏常昊生大侠救了我。伤愈后，我知道在太初观是寻不着公道了。连自己的师门都不能相信我的话，何况别派、别门呢？于是我更名改姓混入了魔教。”

罗元容作为寒冰仙子，名气虽大，但因她生性文静，又一心系在武元英身上，不像蔡平殊满天下乱跑，时不时路见不平拔刀相助一下，是以见过她真容的人并不多。

为了取信魔教，她甚至不敢使用人皮面具。

年少时，她曾听蔡平殊身旁一个精于易容术的小姑娘说过，这世上最无懈可击的易容术就是通过彻底改变生活习惯来改变自己的样貌与气质。

于是她花了足足一年在苦寒蛮荒之地劳作，吃最粗粝的食物，穿最褴褛的衣裳，弯腰弓背，酗酒赌博，甚至还拔掉了自己的几颗牙齿——终于，她成了个苍老卑苦的中年妇人。

罗元容声音漠然，仿佛诉说的是别人的事：“那些年魔教也乱得很，我装聋作哑，扮作一个丑陋的妖婆，从幽冥篁道寻至祭仙台，大大小小的地牢、黑狱，我足足打听了两年，总算打听到了大师兄的下落。

“原来那年瑶光长老在一击之下，的确没能杀死大师兄，于是起了换人的念头，就带着重伤的大师兄匆匆离去了。后来，瑶光长老被师父与尹老宗主联手格杀，大师兄就被留在幽冥篁道的地牢中，再无人搭理。

“再后来，蔡平殊杀了聂恒城，魔教乱作一团，倾轧互讦了许多年，就更无人记得地牢中还有哪些人犯了。那些看守地底牢狱的皆是些卑劣恶心的蛇虫鼠蚁，他们既无人管束，又不敢放开牢门，闲来无事便拿人犯取笑来出气，肆意折磨。这十几年来，大师兄过着生不如死的日子，被一寸寸凌辱至如今的模样……”

殿内群雄听得难以自制，不是默默落泪，就是咬牙切齿。

连宋时俊都红了眼眶，愤慨地握紧了拳头。

罗元容直挺挺地站在殿中，满面泪水，却连头都不敢回一下，怕看见武元英就会痛哭到难以言语。

“那两个‘暴雨雷霆’是我从天璇长老的一个徒弟手中夺来的，本就没想重伤诸位，是以提前将里头的黑火药去掉了一半。”

静远师太数度欲张嘴，最后还是没说话。

法空上人叹道："罗施主如此用心，可见并未偏离正道仁心。此事当真可惜了，聂恒城死后魔教各自为政，若当时我等就知晓武大侠尚在人间，便是使些不甚光明的手段，未必不能将武大侠救出来。"

老和尚虽是出家人，但说起话来极有人情味。众人其实也隐隐有这个念头，对武元英惋惜得无以复加。对武元英的惋惜，又加倍成为对苍穹子与裘元峰的鄙夷憎恶。

他俩若肯信罗元容的话，求助于正道同门，未必不能改变结局。

苍穹子咬牙道："元英的确可惜，可是当时在鼎炉山上元峰又能如何？合尹老宗主与师兄之力方才能击杀瑶光老贼，元峰便是回去，也不过是死路一条罢了！"

这话一出口，众人其实都听出他已在暗暗向罗元容示弱了。

罗元容含泪冷笑道："师叔莫急，这些年我查到的东西可不止一点两点——你还记得岭南双侠吗？当日大战，并非所有人都逃脱了。有不少人因受伤落下，可也不曾死尽，有几人晕倒在尸堆中，捡回了一条命——我将他们一个个找到了，问得仔仔细细，清清楚楚。"

苍穹子一愣，裘元峰霎时脸色煞白。

罗元容道："当日，大师兄为了救三师兄，回身与瑶光老贼缠斗在了一处，彼时岭南双侠可并没有死啊。他们虽受重伤，但见到大师兄与老贼搏命，依旧挣扎着扑向那老贼。"

岭南派众侠听到此处，不禁热泪盈眶。要知道岭南双侠本是他们这一辈中最出类拔萃的两兄弟，却殒命在了鼎炉山上。

罗元容道："三师兄你最后回头看到的画面，恐怕不只是瑶光老贼抓向大师兄的心口吧？还有岭南双侠，他们自知脏腑破裂，难以活命，索性将生死抛至一边——趁大师兄与老贼奋力搏杀之际，一个死死抱住老贼的双腿，一个从背后缠住老贼的上躯……"

众人屏住呼吸，殿内一片令人窒息的安静，当日凶险至极的情景仿佛就在眼前。

罗元容上前一步，怨毒地盯住裘元峰，道："裘元峰，我来问你，依当时的情形，你若肯回身相助，能不能将大师兄带出来?!"

裘元峰连连后退，滴滴汗水落下。

“不错，瑶光老贼的毒蟒钻心爪的确凶狠无比。可那日他已经连使了两回，难道还敢立刻再使第三回吗?! 毒蟒钻心爪耗费功力极大，老贼本已因三师兄你的一剑受了伤，再使第三回绝技，不死也得重伤！以当时的情形，只要再有一位高手加入激战，瑶光老贼必生忌惮！

“要是那样的话，三师兄你就可以抢回大师兄了！可是你却逃跑了，逃得无影无踪，任由大师兄落入魔掌！”罗元容哽咽难言，“你这贪生怕死的卑鄙小人，大师兄竟毁在你这种人的手里，枉费他多年来对众师弟的爱护！”

裘元峰失魂落魄道：“不……不是的，不是这样的！我不是有意害大师兄的，我是真的以为大师兄绝无生还之理，我才……我才逃走的……”

慌乱间，他看见了周遭人群向自己投来的鄙夷目光，连苍穹子都低下头不去看他。

罗元容步步紧逼：“多年来，你一直装成理直气壮、桀骜不驯的样子，自私自利，便是行事不妥，人家也只说你是真性情、直肠子。只有我知道，你其实精于算计、惜命如金！

“师父一死，你就鼓动党羽四处传谣，说二师兄不曾在鼎炉山之战中出力，说他坐享其成，无功无德。待师叔断了双足后，你又刻意逢迎，口口声声要拜到师叔门下，要为师叔心爱的弟子们报仇，师叔这才将大半功力传给了你！”

宋时俊恍然大悟：“我说那年太初观大比，他怎么一举击败了元敬兄弟，原来是承继了苍穹子道长的功力啊！”当时他在客席旁观，对结果疑惑不已，原本准备好的风凉话都没机会说出口。

罗元容走到裘元峰面前，笑得残忍又畅快：“不错，诸位以为我们这位裘大侠是如何在短短数月中忽然功力大长的？凭这废物自己，一百年也追不上大师兄和二师兄，还不是靠做小伏低、溜须拍马，跟个奴才似的逢迎师叔！”

裘元峰冷汗涔涔地后退至祭案，众人的目光或嘲弄，或指责，或鄙夷，犹如利刃般将他的外壳剥去，露出血淋淋的丑陋内里，连太初观的弟子都如躲避瘟疫般离他远远的。

苍穹子哀叹道：“够了，元容，够了！元峰再有过错，再贪生怕死，回太初观去，任你打骂责罚，甚至废去他的掌门之位都行。你到底是太初观的弟子，给本派留些脸面吧！”

法空上人也道：“罗施主，憾事已成，后人再追悔莫及也无能为力了，罗施主还是多望着以后吧。若罗施主不嫌弃，不妨将武大侠交托给本寺，老衲必然好好医治武大侠，叫他……叫他以后的日子好过些……”

仁慈的老僧也说不下去了，众人看武元英如今这般惨状，想到再医治又能医治成什么样呢?

静远师太也道：“若罗施主与武大侠觉得长春寺不便，悬空庵虽小，也能容身。”她猜到罗元容不愿离开武元英，然而一介女子到底不便住进寺庙里去，还不如两人都去悬空庵，反正以武元英如今的模样也损害不了众尼的名声。

不过能叫铁面无情的静远师太说出这种话来，也是不容易了。

听到这些怜悯之言，罗元容再不能忍耐，扑倒在地痛哭。

泪水涟涟中，她再次想起那日清晨武元英俊朗豪迈的笑脸，他大笑着叫小师妹放心，自己去去就来。可这一去，他再未回来。

对正道群雄而言，武元英可能只是一位少年英雄，是相谈甚欢的朋友，是锄强扶弱的侠士，是闲谈时的一声叹息，是偶尔念及的一道惊鸿，是岁月模糊中令人惋惜的回忆。

可对罗元容来说，武元英是她一生最炽烈的刻骨铭心，是她百折千回也绝不肯放弃的心头血，是她魂牵梦萦永生不忘的挚爱之人。

十几年来，她眼睁睁地看着武元英的痕迹被一一抹去，仿佛从不曾存在过。

只她一人在天地间呼号着、坚持着“他没死”，却无人理睬。

罗元容缓缓起身，向众人一一行礼：“今日元容与大师兄的冤情得以昭雪，多亏了诸位相助，元容在这里道谢了。”

听到这话，殿内众人俱觉亏心得厉害，其实大家也没帮到她什么。

罗元容走到苍穹子身旁，伏低身体道：“师叔，元容这些年执拗顽固，您别怪我。”

苍穹子叹息：“你知道就好，咱们总要以本派的名声为重……啊！”他双目圆睁，捂着咽喉，指缝间鲜血汩汩涌出，喉头发出“喀喀”之声。

罗元容手持一柄短刀，冷冷地道：“我就是这般执拗顽固，师叔您肯定不会怪我的。”

众人惊得一口气还没落下，罗元容再度从怀中掏出一个黑黝黝的“暴雨雷霆”，身体向裘元峰飞跃过去，同时迅疾无比地一掷。

震耳欲聋的轰隆声响起，是远胜适才数倍的威力，整座朝阳殿仿佛都摇摇欲坠。

烟雾散去，众人向纷纷扬扬的碎石瓦砾中看过去，只见裘元峰已被炸得肚腹开绽，半边身子焦黑，口耳眼鼻俱不住出血。

罗元容也被炸得双腿血肉绽裂，骨骼可见。但她犹自坚定地扑向武元英，将她残缺不堪的心上人抱在怀中。不等戚云柯等人上前询问，只听两声闷哼，罗元容与武元英都不动了。

戚云柯等人大惊，推开罗元容一看，只见她与武元英的心口处，各深插了一柄一模一样的匕首。虽未同生，但求同死，众人望之皆叹。

苍穹子已经断气了，裘元峰仍在乱石堆中翻滚哀号。

戚云柯、宋时俊、周致臻三人对视一眼，心中俱是同个意思。

宋时俊道："痛快些也好，就是有些对不住元容妹子了，我看她的意思就是要姓裘的多受些罪。"

周致臻摇头："不能再拖延了，眼下丢人的已经不止太初观一派了。云柯兄弟，你若不方便，我来也行。"

戚云柯顿了顿，苦笑道："我这宗主，着实无能。"随即走到裘元峰身旁，将右掌按在他头顶的百会穴上。裘元峰的口鼻在不断出血，瞳孔涣散，嘴里喃喃道："一念之差，一念之差，我怎么就鬼迷心窍……"

戚云柯抬头看了眼宋时俊与周致臻，他二人也听见了这句话，均缓缓摇头。戚云柯掌下运功一送，裘元峰当即丧命。

他起身道："太初观裘元峰，背信弃义、残害同门，今日我取他性命，以正六派法度操守。诸位是否有异议？"

北宸三大掌门共同下的决定，先取裘元峰性命，再问众人意见，隐含之意便是"别派之人还是别开尊口的好"，群雄自无有异议，连阴阳怪气的云篆道人都没张嘴。

看王元敬领着弟子默默收殓四具尸首，蔡昭心头万分难过。

她低声道："刚才太初观还那么耀武扬威、不可一世呢，才不过一会儿工夫，就连死四人，名声尽毁，真是乐极生悲啊！"

常宁轻轻拍打蔡昭身上的砂石碎砾道："你以为丢人的只有太初观吗？北宸六派都丢足了人。"

"你别幸灾乐祸好吧？唉，令尊真是好人，明明与太初观没什么交情，还愿意救治罗女侠，怎么好人都不长命呢？"

常宁没有说话。

蔡昭抬头，看见宋郁之正领着弟子在检视"暴雨雷霆"的残骸，不解道："为什么同样是'暴雨雷霆'，却有这么大的差别？"

常宁眼皮一掀，道："看来罗元容一共抢来了三个'暴雨雷霆'。她从前两个里各取出了一半的黑火药，倒入第三个里头，而第三个里头的毒针却被她取出放入前两个中了。"

蔡昭忧虑道："魔教真是高手如云啊，连个死人留下的暗器都这么厉害。"

常宁神情漠然道："那是当年，现在的魔教内斗还来不及呢。当初聂恒城不讲究，只要有本事，什么妖魔鬼怪都招揽入教。他也压得住。"

"所以现在的魔教教主没有招揽些厉害的人物，是因为他压不住？"

"是代教主。"

"好吧，代教主。"

"当然压不住。所以我爹说其实聂喆坐着教主的位子挺好的——他自己没本事，也不敢找厉害的属下。"

这时，武元英的尸首从他们身边被抬过，蔡昭忽然觉得一阵烦躁："这里太闷了，我想出去透透气。"

常宁自然陪同。

两人正要跨出朝阳殿那高高的门槛时，忽闻外头传来洪亮的钟声。

殿内之人自然也听到了。

曾大楼十分尴尬地向戚云柯禀报："师父，祭祀大典的时辰过了。"

蔡昭觉得这个祭典真是再晦气不过了，再不想停留，扭头便跨出了朝阳殿。

此时日居中天，晴空万里，清朗的阳光直直地打在暮微宫群殿的门面之上，将阴暗的屋檐角落等处照得清清楚楚，一览无余。

果敢骄阳

今日之前，她人生所有的决定都是父母与姑姑替她做下的。
这是她生平第一次独自选了一条路。

第22章

这场北宸老祖两百年的忌辰大典，本欲为六派宣示强盛势力，一则震慑魔教，二来也向其余正道门派显摆显摆。谁知祭典过程一波三折，祭典结果适得其反，不但让人看出了六派之间面和心不和的状态，最后还闹出了武元英这等惊世骇俗的惨事。

正如蔡昭所说，这场祭典真是晦气极了。

原本祭典之后要大宴三日，但此刻聚集在万水千山崖上的众多门派看出了北宸六派的尴尬与不快，纷纷迅速告辞，连晚饭都不吃了。虽然青阙镇上的客栈掌柜都是一副欠债不还的死人脸，但饭菜再难吃，还能毒死人不成？

率先离去的是善解人意的长春寺，法空上人临走前，回头看了眼辉煌壮丽的暮微宫，忽对蔡平春说了一句："老衲近来总是想起令姐。"

觉性禅师没跟着他们一道走，按计划带着妹妹宁小枫与外甥蔡晗外加一大堆箱笼包袱去探望病重的宁老夫人。悬空庵众尼离去前，他还十分热情地邀请静远师太一道前往，因这说不定就是姐妹二人能见的最后一面了，谁知反引来静远师太一通"出家人无牵无挂不染尘"的教训。

觉性禅师等静远师太走后，才对蔡昭小姐弟说："出家人也是人生父母养的嘛，真要六亲断绝弃俗出世，索性连寺庙周遭的瓜果田园都不要了，大家伙一道化斋乞讨去才是。"

觉性禅师与宁小枫这对兄妹岁数相差颇大，宁小枫还没踏入江湖，觉性禅师就已出家修行了。据说，禅师年少时还在外头当过六年邋遢和尚。

前三年混迹于江湖，行止潇洒不羁，"业务"荤素不忌，架没少打，酒肉也没少从肠子里过。

后三年春风化雨于市井百姓，热衷为街坊邻里排忧解难，强项是劝导处理婆媳纠纷、妯娌矛盾以及兄弟分家。

要不是聂恒城忽然倒行逆施，长春寺急急召他回寺护法，他都快自立长春寺污衣分舵了，香火生意保管比总舵还旺。

六派中最先离去的自然是太初观，理由大家都懂，是以亦无人挽留，只有戚云柯拉着王元敬说了一番勉励的话，意为不要气馁，努力重正门风云云。

身受重伤的武刚与武雄就留在万水千山崖上养伤，等痊愈后他俩愿意去哪儿都成。

其实这也是戚周等人商议后的结果。

这两人本是武元英的堂弟，自幼被武元英带入太初观教养，对堂兄自是忠心耿耿。此时裘元峰虽死，但其心腹弟子难免会对这两人心怀怨恨，若是再生出些事故，太初观的情况就更雪上加霜了。

其后离去的是广天门与驷骐门。

宋时俊是急于回去整顿门户。待这趟回去，他决意用酷寒严冬般的无情对待那些徇私舞弊的大小管事，用灼灼烈日般的热情对待雷公寨的孤儿寡妇，最后再如秋风扫落叶般好好梳理门内弟子，力求将像裘元峰这样桀骜不驯、心怀怨愤的家伙清理出去。

杨鹤影离开是因为幼子受了惊吓，吵闹着要回家，爱子如命的杨门主自然无有不从。

佩琼山庄众人最是有礼，帮着青阙宗弟子将一地狼藉的朝阳殿整理干净后才告辞。

周致臻摸摸蔡昭的头，告诉她在青阙宗待不下去就去佩琼山庄。

周致娴也摸摸蔡昭的头，叮嘱她好好吃饭不要着凉。

周玉乾、周玉坤嘻嘻哈哈地也想来摸蔡昭的头，被蔡昭凶恶地一人一巴掌打了回去。

再是落英谷。

蔡平春送走了觉性禅师与妻儿一行人，并不急着回谷，打算先去常家坞堡被攻破的地方看看，之后再回来与戚云柯商议为常家满门复仇之事。

最后只剩下蔡昭。

她呆呆地在万水千山崖前站了半天，看着铁索上的人们越走越远，最终消失在了浓雾中。

常宁知道她是第一次离开父母亲人，便劝慰道："想开点，人总要长大自立的，你看我都家破人亡了，不也好好的吗？”

蔡昭道：“求求你，以后劝人时莫用嘴。”

蔡昭终于看见了戚云柯为她精心准备的椿龄小筑，果然屋舍精致，风光旖旎，前有花木后有溪流，春能赏花夏能垂钓，看得蔡昭心旷神怡。唯一的缺点是离其他同门的住处近了些，尤其是宋郁之的，两所居处之间只隔了条小溪和两排绿竹，倘若戚凌波跑去非礼宋郁之，宋郁之只要喊一声蔡昭就能过去拔刀相助。

常宁全然不同意蔡昭住在这里，坚持要求她到自己的居所附近去，以便贴身保护自己。

蔡昭自然不乐意，他宁愿常宁搬来椿龄小筑住，然而常宁辩驳得振振有词。

“你知道武元英究竟为何会落到那般不堪的境地吗？”

“因为魔教凶残。”

“魔教是头一日这么凶残吗？我们还是要多从自己身上找缘故。”常宁苦口婆心道。

“因为裘元峰卑劣凉薄，苍穹子私心太重？”

“错！人心多恶，好人只是少数。裘元峰与苍穹子这样的货色也只能算平常。太初观最大的错处，就是找错了朋友！”

蔡昭一脸茫然。

常宁问她：“倘若那开阳长老是你叔祖父拼了性命捉拿来的，你姑姑和父亲愿不愿意拿这人去换武元英？”

“自然愿意！”蔡昭斩钉截铁道，“在我姑姑心中，一百个恶人也抵不过一个好人。大不了暗中动些手脚，换人之前偷偷废了那老贼。只要能救武大侠回来，很是值得。”

“你瞧，这就是差别。”常宁嘲弄道，“尹老宗主就不愿意。就算落英谷没有可交换的人质，但当年苍寰子若肯放下成见，诚心诚意拜请你姑姑帮忙，以蔡女侠的为人，会置之不理吗？”

蔡昭想象姑姑素行，喃喃道：“再怎么样，她也会亲自去探探武大侠的生死吧。”

常宁道：“你姑姑独自杀聂恒城很难，但收拾个把长老后全身而退不在话下，何况那会儿她身边有的是热血欢腾爱闹事的兄弟。”

蔡昭想了想，觉得此事还真如常宁所说。

常宁道：“不过是折断了把剑，苍寰子师徒就觉得颜面大失，端着架子冷着脸，不肯放下身段求助，还把尹岱那个老狐……当作至交好友，却不知人家几十年来圆滑惯了，小事还好，大事怎肯替你担着？”

“至于吗？不就是住哪儿吗？犯得着这么长篇大论的？”蔡昭道，“你到底要说什么？再绕圈子我就走了。”

常宁皱眉道：“对于那些不值得结交的人，难道你不觉得该离得远些吗？苍寰子师徒三人正是因为交错了朋友，才落得如此凄惨的下场，你难道没有一点感悟吗？”

蔡昭当然有感悟，但感悟的不是常宁说的这些。

她慢吞吞道：“我姑姑说过，不要去嘲笑可怜之人。哪怕可怜之人都有可恨之处，但他们已经自食其苦了，旁人不该嘲笑。”

这下轮到常宁有感悟了，他动容道：“蔡女侠是真正的慈悲心肠。”

“这话我爱听。”蔡昭微笑道，“行了，我叫人把行李搬去你那儿吧。”

常宁道：“你怎么这么爽快就答应了？”

“和气生财嘛——反正我不答应，你也会又哭又闹到我答应，我还是省些力气吧。”蔡昭双手负背，留给他一个老气横秋的优哉游哉的背影。

常宁的居所名叫清静斋，靠山面林，甚是僻静，往右左拐是药舍，方便就近熬药、取药；往左右拐是一口位于山坳中的温泉，方便运功散毒。要说戚大宗主对常宁这位故人之子照料得也算尽心了，奈何有一对打不得骂不听的母女在旁坏事，也是无可奈何了。

常宁的屋舍对面还有一排空置的屋子，蔡昭便请樊兴家叫人来洒扫整理了一番，然后再让自家仆人把还未卸下的行李箱笼尽数搬过来安置好。

宁小枫留下来的人手都十分能干，无须惊动青阙宗的管事们，两名丫鬟另加数名仆从就不声不响地将几间空屋连同后面堆放杂物的排房收拾妥当了，甚至端出了两尊红泥小炉煮茶熏香，顺便还可以给常宁熬药。

当曾大楼急忙跑来劝阻时，见到的已是焕然一新的清净斋，幔帐飘然，暗香盈动，床榻、桌椅、杯碗、果碟整洁明亮，美貌的稚龄少女坐在廊下的大摇椅中打着瞌睡，温暖柔软的气息迎面而来。

“常宁呢？”曾大楼左右一望，问。

圆脸丫鬟答道：“常公子在里屋运功疗伤，我们姑娘在外头守着。”

曾大楼挠头道：“昭昭还是住回椿龄小筑吧，这样……总是不大好。”

瓜子脸丫鬟道：“小小姐说了，她自会去回禀宗主的，不用旁人担干系。”

曾大楼无话可说，樊兴家笑着解围：“你们俩是自小服侍师妹的吗？怎么称呼？”

圆脸丫鬟叫芙蓉，瓜子脸丫鬟叫翡翠，都是蔡昭给起的名。

樊兴家大赞道：“人如其名，这两个名字师妹取得好。”

芙蓉道：“其实我本来叫芙蓉豆腐，她本来叫翡翠虾仁。后来大了两岁，小小姐发觉这两个名字太长了，于是打算给我们各去掉两字，幸亏大小姐阻拦了一下，不然我俩险些就叫豆腐与虾仁了。”

翡翠道：“可怜的虾饺姐姐，都出嫁生子了，大家都只记得叫她虾饺。”

樊兴家：“……”

曾大楼只好去回禀戚云柯。

戚云柯倒不反对，因他本就希望常宁得到妥善的保护，唯独心疼蔡昭住得不够宽敞舒服，只好表示椿龄小筑还给蔡昭留着，等常宁好了蔡昭再住过去。

此外，戚云柯还就未来的师门生活与小徒弟展开了亲切友好的交谈：“来都来了，不如与同门师兄弟们一道修行修行，既能结交朋友，又能有所进益，岂不妙哉？”

蔡昭表示免了，她未来既然不打算行走江湖，又何必结交武林中人，还是紧闭门户安然度日的好。“您就当我是来青阙宗借住的，住满三年我就去嫁人了，您到时一定要来喝喜酒。还有，我能去藏书阁借书看吗？若是看不懂，我会来问您的。”

戚云柯叹口气，除了答应他还能怎样呢？

祭典失败后的第二日蔡昭就行了拜师礼：大跪，叩首，焚香，诵誓，明规，识礼，敬祖……戚云柯喃喃念叨着：“请三清上神保佑蔡小姑娘在宗门中顺顺当当，千万别惹出幺蛾子。”

根据他过往的经验，哪怕麻烦想避开蔡平殊，蔡平殊都会硬找上门去将麻烦揪出来。“希望昭昭的脾气不要像她姑姑，无量寿佛。”

当夜的拜师宴异常豪奢丰富，除了没有龙的肝、凤的胆、千年王八熬的汤、人鱼眼泪酿的酒，其余应有尽有。盖因原先准备用来大宴三日的名贵食材全用在这儿了。

看着宗门中众弟子纷纷向蔡昭敬酒，戚凌波仿佛被喂了只苍蝇，一口菜都吃不下去，扭着小蛮腰就哭唧唧地钻去尹素莲怀中说蔡昭的坏话了。

看似风光的蔡昭，一顿饭工夫就被挑战了三回。

首先是二师兄戴风驰，他嘴里说着“蔡师妹身手不凡，我欲以武会友”，眼神却瞟向那边在尹素莲怀中红着眼眶的戚凌波，摆明是来为心上人出气的。

蔡昭乐了：“你我比试，倘若我赢了，我定然连夜飞鸽传书，吆喝得半个武林都知道：从未出过门的小女子一上山就打赢了赫赫有名的‘追风剑客’戴少侠；倘若我输了，我定然日日去师父跟前痛哭，说二师兄你以大欺小，故意为难我——二师兄你可要想好了，开弓没有回头箭的。”

戴风驰僵住了。其实他怕的不是打赢了蔡昭，纵然被师父责怪，但若能博得戚凌波欢喜也是值得的；可若是打输了……那丢人可丢大了，可他偏偏没有把握一定能赢啊。

他身旁的狗腿见状，连忙上前一步：“同门切磋怎能宣扬得满天下都知道？蔡师妹未免心胸不够宽广……”

“高手说话，低手能滚一旁去吗？”常宁的俊目中满是嘲意，“戴师兄您看，我就不敢插嘴。”言下之意是戴风驰你如果管不好身边的狗腿，那我也要上嘴了啊。

戴风驰显然领教过常宁的“口才”，当即道：“崔师弟退下。”又装模作样道：“既然蔡师妹不情愿，比武一事就此算了。”

第二个来挑战的是宋郁之。

殿内灯火通明，宫壁上明珠闪耀，将这位美男子映照得英姿勃发，冷峻清正。

他也是“意欲以武会友”，不过显然比戴风驰真诚多了，岂料依旧被蔡昭一口拒绝。

宋郁之惊愕道：“这是为何？”

“我不与有未婚妻的人比武。”蔡昭笑眯眯地道，“免得佳人喝醋，回头来寻我麻烦。”自古以来，武林中打着打着就冤家成情侣的故事数不胜数，何况戚凌波又是个麻烦精。

宋郁之目光闪动，灯火下的少女皓齿明眸，洒脱自在，宛如一拂明净的山间清风。

他默不作声地将酒一饮而尽，坐下后未再置一词。

常宁还是不高兴，他觉得宋郁之看蔡昭过久了，目光有点不守夫道，他恨不得自己此刻就伤愈了，叫蔡姓小女子知道什么叫萤火之光，焉能与皓月相比！

可惜，他不能。

最后一个来挑战的是丁卓。

丁卓连酒杯都没拿，利剑般直挺挺地插在蔡昭跟前：“后山有一处空地，我常年在那儿习武，你我比武时不叫旁人围观，输赢也无须叫人知道。”

蔡昭认真起来，她从丁卓眼中看见一种修武之人的狂热，不为名不为利，甚至不在乎输赢，只为追求武学上的进益。

她想了想，答道：“可以，不过要过几日，自从落英谷启程，我已疏懒许久了，需得紧一紧筋骨，方能应战。”

丁卓舒展开俊逸的面庞。他知道蔡昭虽是个稚龄女子，却已懂得武者之道不容轻待，并不像戚凌波那般轻浮莽撞。

传闻中，顶级高手对战，必挑山巅云中之处，焚香净体，斋戒三日，以示对对手的敬意；哪像现在，比武之时必要叫上许多人围观，四周人群嘈杂，又叫又跳，活像看猴戏。

名门正派中有许多锦衣玉食长大的弟子，自幼享受着高人一等的供养，拥有最好的修炼环境，却从不知修武的意义，那是将他们与凡夫俗子区别开来的唯一真谛啊！

男子若不努力修炼容易被边缘至凡尘，甚至被清出宗门后成为普通人；女子却还有嫁人一途，叫她们反倒有了懈怠修行的借口。

他素来看不起这等人，不论男女。

但蔡昭不是，她虽然穿戴得有些过于精致了，但目光中有修武之人的锐气。

“那就十日后，我恭迎师妹大驾。”丁卓朗声道。

蔡昭道：“一言为定。”

第23章

次日天未亮，蔡昭就起身了。

像无数个在姑姑身边的清晨一样，打坐运气，凝神冲脉，在静谧中聆听自己轻缓均匀的呼吸，感受气劲在经脉中流动，一遍遍地冲击周身穴道，熟悉的痛楚不紧不慢地击打在身上，疼痛，酸胀，筋骨发出轻响，她只能慢慢地忍耐过去——这是一种令人感到安心的痛觉，让她可以毫无畏惧地站在任何人面前。

北宸六派的心法源自同宗，然而在两百年的分别传承中各自发生了细微的变化，历代天赋异禀之人总会在本派心法中加入自己独到的感悟。但大体来说，只要入了门，修行在个人。

蔡平殊曾言：“所谓修为，六分靠禀赋，四分靠修炼。若是只靠独门秘籍就可制敌取胜，为何青阙宗的历代宗主总是无法将自己的儿女培养为门派中翘楚，然后承继宗主之位？”

据说，就是因为这句无心之言，蔡平殊得罪了尹岱父女。不过她生平得罪的人多了去了，也从不放在心中。

当然，背景强大的弟子总能获得更好的修炼资源，比如养髓净脉的天材地宝，定心稳性的长辈加持。不过百多年来，总有许多寂寂无闻之辈如星辰闪现，震烁天下。比如戚云柯，就来自青阙宗外门弟子中最不起眼的那一拨。

对于这种情况，蔡平殊显然是乐见其成的。她从小就乐于将高阶心法分享给新结识的弟兄们，只要对方人品正直，侠义为怀，她觉得能修成正道之人越多越好。

为此，她被长辈们警告过不止一次两次，连法空上人都不站在她那一边，劝她：“练就绝世神功容易，识一个人却难，施主以晴空之心看待天下，然天亦有风雨阴霾。”

蔡昭睁开眼睛，接过芙蓉递来的柔软的热毛巾，擦拭自己额头上沁凉的汗水。

她微微吐气，感觉身上清透自在，丹田处气劲流畅，除了筋骨略觉酸痛，之前两日积聚的疲惫与烦躁一扫而空。

经过足足两个时辰的运功冲脉，此时已是日近中天，蔡昭问常宁在干吗，翡翠答：“常公子也是一上午没出门，用过早膳后就进屋去了，还叫我们别打扰他。”

蔡昭心中奇怪，中午吃饭时便问常宁，常宁异常沉默，半晌才答道：“我自行运功疗伤，似乎有所进益。”

“这是好事呀。”蔡昭没往心里去，扭头又问芙蓉，“今早有人来捣乱吗？”

芙蓉笑答：“有四个鬼头鬼脑的人，大清早就拿了一袋子蛤蟆、蜘蛛往常公子屋舍处靠。翡翠想他们既然喜欢这个，就往他们身上撒了些药粉，三尺以内的蛇虫鼠蚁就都爱往他们身上靠了，他们最后是跳着逃走的。”

蔡昭满意道：“翡翠干得好，中午多吃些虾仁，补一补。”

翡翠绿着脸走开了。

常宁刚才似乎走了神，翡翠一阵风似的从屋内退出后他才醒过来，语气温和道：“芙蓉姑娘，替我向翡翠姑娘道声谢。”

芙蓉答“是”后离去，蔡昭终于注意到常宁不对劲，问他怎么了，常宁只道：“中午陪我去一趟药庐吧，我想向雷师伯请教些事。”

两人就此说定，饭后一路散步至药庐，进门时蔡昭看见角落里扎了一圈精致的小竹篱笆，里头有十几只绒毛嫩黄的小鸭“嘎嘎”叫着跑来跑去，甚是可爱。

其中几只小鸭子的脑门上居然还绑了颜色粉嫩的小蝴蝶结，蔡昭驻足，用充满爱怜的眼神看了小鸭子们好一会儿。

进入药庐，蔡昭终于见到了传说中的雷师伯。

雷师伯本名雷秀明，是前任宗主尹岱座下原七名弟子中唯一还留在宗门内的。与樊兴家一样，他亦擅长炼气制药，十余年前在某次与魔教的大战中被重伤了一目一足，如今须得拄杖行走。

“是宗主冒死将我从死人堆中挖出来的。”雷秀明独自坐在药房中，身形瘦削单薄，曾经俊秀的面庞上布满刀疤，左目上覆有一枚精致的绣缎眼罩。

“他是师父破格录取的关门弟子，原本我们都瞧不上他。还是蔡平殊说得对，他比我们七个都强。”雷秀明的目光移到蔡昭身上，“你的眼睛与额头很像蔡平殊。”他忽又低下声，“现在，连她也死了……你姑姑跟你提过我吗？”

“提过。”蔡昭平静地道，“姑姑说，您最好讲究吃穿用戴，还动不动就伤春悲秋，一点小事就要置气许久。因姑姑‘借’过你两身衣裳和一顶玉冠，你就气得许久不肯跟她说话。”

“两身衣裳，两身衣裳……”雷秀明抬手摸到自己疤痕累累的脸，“那是‘借’吗?! 我不过是跟着大师兄去佩琼山庄办点事，倒了血霉撞上你姑姑正打算女扮男装去闯江湖，只有我的袍子她穿着正好，就问也不问就拿了去！”

“姑姑不是留了一朵雪莲做谢礼了吗？她说您的衣裳配饰尤其好看。”

“能不好看吗？你娘见到穿着我袍子的蔡平殊连道儿都走不动了，非她不嫁。后来你娘知道你姑姑是女子，舍不得责怪你姑姑，却跑来骂了我一顿，说都怪我借出去的袍子才叫她生了误会——真是无妄之灾，叫我跟谁说理去？”雷秀明咬牙切齿道。

常宁忽道：“原来雷前辈的过往也不全是伤悲之事。”

雷秀明一愣，脸上浮现一抹惆怅：“是呀，的确也有不少啼笑皆非的事。”他再次转头看向蔡昭，“我很想念你姑姑，她走的时候我该去送送她的，却始终没能下决心踏出万水千山崖。我后悔了三年。”

蔡昭低头道：“师伯别老想这些啦，人死如灯灭，送与不送，姑姑不会计较的。”

雷秀明道：“前日，你娘临走前特意跑来看我。她不但踹破了我的门，还将武元英的惨状绘声绘色地与我说了三遍，末了叫我惜福，别不知好歹，与武元英相比，我这样每日还能好好喘气的，不知幸运多少了。”

蔡昭尴尬道：“娘这是在安慰您呢。”

“是呀。”雷秀明神色舒展，“被她吼了一顿，这几日我好多了。想想我们师兄弟七个，除了二师兄邱人杰远走他乡，我成了个废人，剩下的师兄弟全死了……”他忽地眉头一皱，“不过七师弟的尸首一直没找到，你们说，他会不会也像武大哥一样……”

“不会。”常宁简洁地道，“罗女侠在魔教待了两年，将里里外外的牢狱都摸了一遍，若有郭子归前辈的消息，她绝不会只字不提。郭前辈生前的名望远不如武元英大侠，魔教并无长年秘密囚禁他的道理。”

雷秀明点点头：“你说得有理。”又问他：“这回你来何事，伤势有变吗？”

“前辈替我看看吧。”常宁坐到他近前。

雷秀明一手搭他腕脉，另一手并起食指与中指，缓缓运起真气去探他天突、气舍与膻中三处穴位，片刻后再探他大椎、灵台与中枢三处。

“比先前好些了，我又探得你复原了些许功力。”雷秀明放下手，“慢是慢了些，不过总算是有起色的。”

“晚辈想问的不是这个。”常宁将衣襟束至脖颈，“反正家父教我习武也不过是这两年的事，从头练起也无妨。晚辈想问，前辈对五毒掌知道多少？”

“五毒掌？”雷秀明一怔，“所以你觉得自己中的是五毒掌之毒吗？”

“混乱中晚辈的确被打中过数掌，但晚辈不清楚那是不是五毒掌。”常宁道，“仿佛是，又仿佛不是，这才来请教前辈。”

雷秀明思忖片刻，解释道：“五毒掌原是一门滇南密林中的邪派功夫，不知怎么流入了魔教，是以五种剧毒配合心法练就掌力。中五毒掌者，轻则皮肉溃烂，重则毒血攻心。据说聂恒城就练过这门功夫，后来他功力渐长，就去练旁的更为霸道的功夫了。”

蔡昭听懂了。

简单来说，寻常情况下被对手一掌击中，只是受内伤，只要没有震碎五脏六腑，总还救得回来。但若被五毒掌击中，不但会受内伤，还会中毒。前者只需医治内伤就够了，后者不但要医治内伤，还要解毒。

“当年我曾医治过几个中了五毒掌的伤者，他们往往并非死于内伤，而是因毒发身亡。”雷秀明道。

蔡昭道：“不能解毒吗？名门正派中也有不少擅长解毒的前辈啊。”

“要解毒，你得先知道中的是什么毒，然而无人知道五毒掌是哪五种毒啊！”雷秀明苦笑道，“这就是五毒掌最可恶之处，不同之人掌下之毒也不尽相同——譬如一对师兄弟一道练五毒掌，可能前四种毒都一样，到了第五种毒，一个用蝎毒，另一个却可能用蚀骨草了。既不知道是何种毒，我们又如何对症下药？”

“是以五毒掌就无解了吗？”常宁问。

“那也不尽然。”雷秀明道，“凡事必有利弊，五毒掌虽然沾之即毒，后患无穷，但有三个弱点。

“第一，最怕遇见功力高于自己且早有防备之人。倘若遇见这种人，对方只要在中掌那一刻以浑厚内力将毒性逼回，出掌者就会反受其害了。

“第二，最怕叫人知道自己的五毒掌是哪五种毒。一旦人家知道了你的底细，这五毒掌的威力立时少了一半，就只是寻常掌法了。

“记得那年，聂恒城的二弟子陈曙开坛立威，数月内暗算了武林正道中好几位有名的侠士。他也不求置人于死地，只是偷袭每人时打上一掌，旋即退走，叫中掌之人煎熬苦痛，最后不治而亡。”

蔡昭听得入神：“那怎么办？这些大侠都死了吗？”

“若都死了，就没有你常师兄了。”雷秀明笑道，“这些伤者里就有常昊生，那会儿他年纪轻，连亲都没成，就不慎中了暗算。”

蔡昭扭头看看常宁：“那他们是怎么痊愈的？”

“是你姑姑出的手。”

雷秀明似乎陷入了回忆：“常昊生中毒后，她急得不行，三天内挑战了十座魔教分舵，还到处张贴告示，叫陈曙别做缩头乌龟，出来应战，大家一对一，谁也别找帮手。陈曙一日不出来，魔教贼子们就一日别想安宁。呵呵，那阵子啊，魔教的虾兵蟹将听见‘蔡’字就头痛。”

“姑姑不怕魔教报复落英谷吗？”蔡昭觉得后怕。

常宁笑：“第一，那时还没有你那热闹的落英镇；第二，那时落英谷里也没几个人，魔教要去捣乱就去好了，大不了把屋舍树木烧了，回头你姑姑翻新重建就是了。反倒是魔教，聂恒城苦心经营了几十年，每座分坛、分舵都藏了不少财帛。”

蔡昭讪笑几声。

雷秀明继续道：“不过陈曙这种奸诈小人怎肯光明正大地应战，他明着接了战书，暗着却跑去比武之处布置陷阱。谁知你姑姑等的就是这个，她领人预先埋伏在外围，恰好逮住了正在布置陷阱的陈曙一行人，然后大家打了一架。

“激战中，你姑姑刻意引陈曙使出五毒掌，在中掌那一瞬就以自身内力逼回毒性。其实这招甚险，因你姑姑从未与陈曙交过手，谁也不知彼此强弱——幸亏，你姑姑的功力略胜一筹。陈曙中毒之后，急着要给自己解毒，不免松懈了防备，终于叫你姑姑查清了是哪五种毒。之后，我就跑去给法海上人打下手，很快配出了解药，救下了大家的性命。”

遥想蔡平殊当年的侠肝义胆，凛凛威风，蔡昭听得心旷神怡：“姑姑真了不起。”

“废话，不然为何那么多人肯听她的？”雷秀明白了她一眼，“你娘知道你姑姑这般冒险后，哭得差点水淹长春寺。”顿了顿，他又道：“那年，你姑姑还不足十七岁呀。那么多正道上的前辈都束手无策的事，她说办就办到了。师父他老人家知道后，一连几天都念叨着‘后生可畏’。”其实尹岱当时还自言自语过“生女当如蔡平殊”，尹氏双姝因此深恨蔡平殊。

“后来陈曙怎样了？”常宁忽问。

雷秀明醒过神来，讥嘲道：“五毒掌练成之后就不能再改毒性了，既然人人都能配出克制他毒掌的解药，他这门功夫立时变得鸡肋起来，再练别的功夫也来不及了。后来，他死在了周致臻大哥手中，是聂恒城四大弟子中最早下黄泉的。”

“师伯刚才说五毒掌有三个弱点，还有第三个呢？”蔡昭忽然想到。

雷秀明笑了下：“第三个弱点就是贵。你用剧毒练功，总得先保住自己的性命吧，练功时需要许多名贵的药物来护住心脉不受毒性侵蚀。是以，没钱的人千万别练五毒掌。”

常宁皱眉道：“前辈所说的两人，聂恒城练五毒掌练到一半就去练别的功夫了，陈曙则是被揭穿了底细，他俩都没继续练下去。晚辈十分好奇，若这五毒掌一直练下去，究竟能到何等威力？能不能即便不打中对手，也叫对方中毒？”

雷秀明神情一肃：“这类情况我只听过传闻。据说百年前滇南有位高手，将五毒掌练至炉火纯青，出掌时掌风亦带毒。两相比武时，只需多纠缠片刻，对手就会因吸入毒气而死——不过谁也不曾亲眼见过。”

常宁沉默许久，随后长揖道：“多谢雷前辈为晚辈解惑。接下来，晚辈打算自行运功疗伤，看看是否能有所好转。”

说完他就向雷秀明再行拜谢，然后招呼蔡昭回去了。他走到药庐外等待时，仰头望天怔怔地出神，不知在想什么。

雷秀明看他背影，低声道："你怎么不问他如何运功疗伤？"

蔡昭笑笑："我姑姑说，如果你相信一个人，那么他必然有不告诉你的道理；如果你不相信一个人，那么他说出来的必是编造好的谎言，问有何益？雷师伯，你又为何不问？"

雷秀明语气犹豫："常昊生当年是中过五毒掌的，我在想，兴许他留下了什么心法，能够克制住五毒掌？"

"听起来颇有道理，可那是常家的独门心法，旁人不好过问了呢。"蔡昭似笑非笑。

雷秀明板起脸："行了，你好好护着那小子吧。盼着常昊生在天有灵，叫他儿子早日痊愈，省得我每日给他熬清火祛毒汤。"

"要我说啊，药补不如食补，雷师伯你与其熬什么清火祛毒汤，还不如煲几盅清火老鸭粥呢。刚才我进来时，看见角落里那群小鸭子挺欢腾的，不如拿来煲粥吧？"

雷秀明道："……给我滚出去！"

第24章

本来气氛挺融洽的，见雷秀明忽然发火，蔡昭很是不解。

常宁修长的身体倚在廊柱边："你没看见那几只小鸭子头上绑了蝴蝶结吗？那些是雷师伯的爱宠。"

"有谁会拿鸭子当爱宠啊?!"蔡昭难以置信。

"既然可以养猫、养狗，为何不能养鸭？雷师伯的鸭子从来不许吃，都是要养到老死的。"常宁摇头道，"幸亏当初你姑姑不问自取的是衣袍与玉冠，若是鸭子，雷师伯会恨你们落英谷到地老天荒。"

蔡昭一阵后怕，其实刚才她想过趁人不注意顺手牵走几只小鸭子的。

这日下午，蔡昭原打算按计划活动活动筋骨，修演兵械，谁知刚回清净斋就看见戴风驰带着狗腿崔胜过来通知："宗主夫人有请两位。"

常宁眉头一皱，蔡昭却面带笑意："来，让我猜一猜，师父是不是下山去了？"她虽然不懂鸭子，但她绝对懂尹素莲。

“不论师父在不在，你都该听师母的宣召。”戴风驰眼神闪躲。

照常宁的意思，管他什么师母、师公，将这两条狗打出去就是了，谁知蔡昭却和悦异常，笑眯眯地一口应了，常宁只好跟随。

去往双莲华池宫的路上，常宁轻声道：“素莲夫人找你绝没好事，我们还是暂时一避，等戚宗主回来就好了。”

蔡昭惊异地反问：“你以前从没教训过被宠坏的破小孩吗？像凌波师姐这样的，从第一回得罪她起，我就知道素莲夫人迟早要来寻我晦气。”

“那你还送上门去吃苦头？”

蔡昭一脸高深莫测：“你怎知不是素莲夫人自己送上我的门？”

常宁根本不信她的胡说八道，反道：“你若要在尹素莲的地盘上动手，最好先找个妥当的由头，不然光是‘不敬尊长’这条罪名压下来就够你受的。到时就算戚宗主保住了你，你的名声也不好了。”

蔡昭摆手道：“常师兄你想什么呢，我等名门正派怎能向长辈动手？说得我多好斗似的。你往落英镇周遭去问一圈，谁不说我秉性平和、与人为善、笑口常开，是天底下一等一温顺柔弱的小女子啊？”

常宁面无表情道：“适才午膳时你喝酒了？”

“反正你放心，我绝不会跟师母动手的，我又没疯。”

常宁满眼疑惑。

前方清池碧波，清莹澄澈，各种珍稀美丽的莲萍、菡萏点缀在水面上，数只白鹤在花树下翩跹，金玉雕琢的画梁间有翠鸟环绕，宛如人间仙境。

此处便是尹氏双姝自幼居住的双莲华池宫。

蔡昭赞叹：“看看这气派，这精致程度，我们落英谷跟这里一比，简直像是刚吃了两顿饱饭的乡下土财主家。”她忽想到一个问题：“青阙宗很有钱吗？”

常宁道：“对，很有钱。”

“你怎么知道？”

“看见这座宫殿连檐角都是金的我就知道了。”

蔡昭一脸敬佩：“常师兄真知灼见。”

“过奖过奖，这里到处金光闪闪的，我想不知不见都不成。”

其实双莲华池宫虽然装点得颇显富贵，却不失清雅别致，颇见品位。但两人一搭一唱，还是将戴风驰说得脸皮发绿。

进入宫内，只见尹素莲高高坐在正上方的金莲形宝座上，戚凌波得意扬扬地坐在一旁，母女俩的左右两面各是一列腰悬佩剑的武婢，个个面色不善，武婢身后还各有一排手持丈八蛇矛的健壮家仆。见蔡昭与常宁进来，众狗腿齐转目光瞪视他们，气势汹汹。

虽说阵势可笑，但蔡昭还是发现这些狗腿中确有几个身手不凡的。

尹素莲见人来了，冷冷地道："哟，你们终于来了，真是贵客登门啊。"

蔡昭摆出一张明媚的笑脸："好说好说，师母别这么客气。今日风和日丽，师母寻弟子前来，莫非是要一道赏花喝茶？"

尹素莲重重一拍金莲座椅的扶手："你少装蒜！从上了万水千山崖那刻起，你就口出狂言、目无尊长，几次三番欺侮我儿！今日，我就以师母的身份好好惩治你一番，以罚你对长辈不尊，对师姐不敬的罪过！"

"师母这话说反了吧？几次三番欺侮旁人的明明是师姐自己。"蔡昭微笑道，"至于目无尊长更是无稽之谈，我这不就看着师母呢吗，哪里目无尊长了？"

尹素莲冷笑道："我知道你牙尖嘴利，手上功夫也不错，今日我就看看你的本事有多大！来人啊，请蔡大小姐下跪、敬茶、叩头，给我儿好好赔罪！"

这话一出，左右狗腿齐齐向前一步，做威吓之势。

戚凌波看得眉开眼笑，高声笑道："还有这姓常的，也叫他给我磕头赔罪！冒婆婆，将'十全大补汤'端上来，请他们俩喝了，也算是我这做师姐的一点心意。"她抬手一挥，一名满脸横肉的劲装武妇就端来两碗黑漆漆的东西，臭气四溢，令人闻之欲呕。

蔡昭嫌弃地捂着鼻子："这是从粪坑里挖出来的吧？凌波师姐口味好重啊。"

常宁目光一闪，注意到这名叫"冒婆婆"的劲装老妇目中精光四射，周身收敛着劲气，应是一名一流高手。

"你快别撑着了。"戚凌波笑不可仰，"你一而再再而三地欺侮我，难不成以为我是泥捏的吗？不过我毕竟是做师姐的，大人有大量，只要你俩给我磕头谢罪，再把这个喝了，咱们的恩怨就一笔勾销！"

蔡昭道："凌波师姐真是胸襟宽阔啊。可我若既不肯磕头谢罪，也不肯喝这臭东西呢？"

尹素莲脸色一沉："这可由不得你了，来人！"

她话音一落，周围的武婢拔剑，家仆挥矛，戴风驰亦将手放在剑柄处，寒光闪闪的几十柄利器齐刷刷对准了蔡昭与常宁，并有逼近之势。

蔡昭看着这些狗腿，气得笑了："昨日拜师宴上，师父刚刚当着所有人的面说了不可欺侮我与常师兄，你们就这么气势汹汹地来挑事，难道不怕师父事后责怪？"

常宁闲闲地道："你想多了，这些不是宗门的弟子。他们都是尹家豢养的私卫，只听姓尹的吩咐。当年青莲夫人与素莲夫人出嫁时，尹老宗主给两个女儿各陪嫁了一帮人手。若不是十几年前赵天霸和韩一粟发疯，青阙宗内的尹家人还要更多呢。"

冒婆婆眉心隐隐罩着黑气，沉声道："你们两个小兔崽子在这里大放厥词，莫不是以为老宗主没了，尹家的姑娘就由人欺侮了？今日就让你们知道知道尹家的厉害！来人啊，圈住他们！"

众狗腿再度向前数步，以利刃将蔡昭与常宁团团围住。

"还是打吧。"常宁面无表情道，"理由总是能找到的，不能吃了眼前的亏。"

蔡昭蹙眉作娇弱状："常师兄别开口闭口打打杀杀的，小妹一介弱女子可真是吓坏了，咱们还是以和为贵吧。"

不等常宁再次开口，蔡昭上前一步，高声朗诵起来："张三哥哥，自千秋峰一别，已有数月未见兄长英姿，小妹甚是想念，日夜牵挂，只愿君心似我心……"

"住口！"尹素莲忽地脸色大变，激动得起身大叫，"不许念下去！"

戚凌波被母亲吼得耳鸣，呆愣住了。

蔡昭收敛起笑意，平静地道："师母，咱们还是以和为贵吧。"

尹素莲浑身战栗，冒婆婆一面扶住她，一面厉声高喝："大家伙都出去，退至离此殿二十步处戒备！"

这老妇甚有威势，众狗腿果然齐齐退出，毫不知情的戚凌波还要挣扎，也被冒婆婆推了出去，戴风驰自然跟着她。常宁深深看了蔡昭一眼，也转身出去了。

殿内只剩下尹素莲、冒婆婆，以及蔡昭三人了。

“你……你从何处看见那些信的？”尹素莲的声音都在打战。

蔡昭道：“我怎会有这些信件？自然是我姑姑留下的。”

冒婆婆却精明许多，道：“你别想用三言两语来诈我们。什么信件？我们全然不知！”

蔡昭无奈道：“唉，师母若不信，我可以再背几封。这次就不扯张三了——‘致臻哥哥见信如晤，前几日听闻兄长微染咳疾，小妹忧心如焚，夙夜不能安枕，病在兄身，痛在吾心，特亲手熬制枇杷膏一……’”

“别念了！”尹素莲大吼出声。

“师母年少时的文采挺不错的，朗朗上口，情真意切，比前几日师父读的那篇祭文强多了。”蔡昭揉揉耳朵，“就是落款的日期不大好，写前几封信时，师母应该还与邱人杰师伯有着婚约吧？后几封更要命，那会儿尹老宗主刚刚给您与师父定下亲事呢。”

尹素莲踉跄着跌入座位。

冒婆婆咬着牙继续抵赖：“区区几封信，谁知道是真是假？你别以为拿住了天大的把柄！”

蔡昭道：“区区不区区的，不用我来说。反正师母的手书不止我一个人有，致娴姑姑就有好几封师母写的信，广天门应该还留着师母写给青莲夫人的书信，还有驷骐门中的几位夫人定然也有，比对一下笔迹便知真假。”

冒婆婆目露凶光，指节发出轻响。

尹素莲脸色惨白，虚弱地道：“蔡平殊果然对我早有防备，她将这些信偷了去，是打算要挟我吗？”

蔡昭无奈一笑：“您与我姑姑也是自小相识的，就算对彼此有成见，但我姑姑会不会偷这些信，您心里真的没数吗？”

尹素莲脸色惨白。

“这些信是周伯父亲手交给我姑姑的，您只是不肯相信罢了。”

“不不，致……周庄主是谦谦君子，不会的，他不会的……”尹素莲犹自挣扎，犹如溺水之人抓住浮木般紧紧抓住冒婆婆的胳膊。

“周伯父是君子没错，但君子对人也有远近亲疏之分的。在周伯父心中，让我姑姑打消疑虑比替师母您保守秘密要紧得多了。”蔡昭轻嘲。

尹素莲“呜呼”一声，掩面落泪。

冒婆婆沉声道：“那是因为周庄主信得过你姑姑，知道你姑姑不会到处传扬。”

蔡昭歪头想了想，道：“这倒是，我姑姑不是这种人。”

“那你怎么会看见这些信?!”尹素莲着急地道。

蔡昭调笑道：“师母您也有女儿，倒是替我姑姑想想。有您这么一位‘慈爱’的长辈在，我姑姑能让我无所凭靠地到青阙宗来拜师吗？”

“你究竟想怎么样？”冒婆婆上前一步，周身劲气四溢。

“不想怎么样。”蔡昭淡淡地道，“上一辈的事归上一辈，下一辈的事归下一辈。从此以后，我与凌波师姐及同门师兄弟之间的事，请师母莫要插手。”

金红色的天际将整座双莲华池宫染得异常绮丽，走在回清净斋的路上，蔡昭嗅着周遭的草木清香，忍不住赞叹这好景致。

常宁冷不防来了一句：“是以，素莲夫人与周致臻有私情吗？”

蔡昭吓了一跳：“你别胡说，周伯父不是那种人！”

“那就是神女有意，襄王无梦了。”

蔡昭泄气道：“又是常大侠跟你说的？”

“差不多都能猜出来。”常宁闲闲地道，“你念的应当是素莲夫人年少时写的情书，而且还是写给不当之人的。她未嫁时，不是邱人杰的未婚妻就是戚宗主的未婚妻，倘若那些信件叫人看见了，她不免声名扫地。”

蔡昭道：“那你是怎么知道她不是写给邱人杰或师父的呢？”

“若是写给这两位的，她适才就不会那么惊慌失措了。”常宁轻蔑地一笑。

他又道：“二十余年前，武林正道中最负盛名的后起之秀有三人：宋时俊、武元英，还有你那位周伯父。宋时俊早与青莲夫人定有婚约，而且家父说他年少时风流自赏，没少招蜂引蝶，素莲夫人曾数次替亲姐抱不平，所以应该不是他。

“武元英三天两头往青阙宗跑，万水千山崖上有的是地方可以私会，素莲夫人也用不着写信，那么只剩下周庄主了。”

“仅论相貌与品行，他也是这三人中的翘楚。再说了，也只有写给他的信，你姑姑才有可能拿到。蔡女侠厚道了一辈子，到最后终于给了尹素莲一下子，真是痛快极了。”他拊掌而笑。

蔡昭沉默了许久，才道："你前面都猜对了，不过后面错了。那些信不是姑姑给我的。"

常宁一怔："那就是令堂给你护身的。"

蔡昭摇头："也不是。"她仰头看向辽阔壮丽的晚霞，胸口却有些发闷。"那些信件是我小时候翻箱倒柜，无意中从姑姑的旧物中找出来的。其实姑姑早就把这些信件忘记了，她这一辈子都没想过用这种东西去拿捏人。她把那些信一把火烧了，还教导我'以阴私挟人，非光明磊落之所为'。我适才诵读的东西，不过是那会儿背下来的几篇。"

常宁凝视着女孩，说："可你还是拿那些信要挟尹素莲了。"

"对。"蔡昭停下脚步，点漆般的双目异常沉静，"因为我不是姑姑。"

她脑海中浮现出适才同尹素莲与冒婆婆二人的最后几句对话——

"只要夫人不插手你在宗门中事，你真的就什么都不会说？"

"不错。"

"我们怎么相信你？万一你反口复舌呢，你得把那些信件交出来！"

"信我是不会拿出来的，所以你们最好相信我。"

"你……"

"算了。"尹素莲打断冒婆婆的话，抬头看向蔡昭，"我相信你，你是由蔡平殊养大的，她一辈子只行正道，所以我信你。"

殿门在身后关上时，蔡昭听见冒婆婆在劝尹素莲："蔡平殊是什么人夫人还不清楚吗？她仗着自己武功盖世，从不屑要挟人的，更别说对夫人这样的弱女子，她从不会加一指于夫人身上，所以这么多年才都无事。想来若不是那小丫头要来青阙宗，蔡平殊都想不起来有那些信呢……"

金红的落日之色越发浓烈，所有的花草树木都失去了自己原本的颜色。

蔡昭自嘲地笑了："原来她们都知道，原来她们一直都知道姑姑的为人。"

这才是最可笑之处——尹素莲之流不是因为误会才对蔡平殊抱有成见，而是明知蔡平殊光明磊落，却依旧憎恶之，甚至利用她的光明磊落。

常宁忽然明白了女孩心中的酸楚与愤怒。

他看着女孩纤细白嫩的后颈，张开手掌，复又攥紧："所以，你生气有什么用？”

蔡昭听见常宁冰冷乖张的话，颇吃了一惊。

“你生气，你委屈，你为你姑姑感到不值，可这些有什么用？尹素莲还是活得好好的。”

落日余晖中，常宁美丽异常的双眼似乎隐隐发红，睫毛长得近乎妖异。

“天地不仁，以万物为刍狗，要么做天做地，要么做刍狗。”他道，“有仇就去报，有委屈就去宣泄。你把不平都憋在心中，除了气死自己，没有一点用处。”

傍晚的山风将他的衣袍吹得猎猎作响，高挑笔直的身体犹如利剑般插在金红色的天地间，高傲而惊艳。

以此为界，常氏遗孤狡黠谨慎以求自保的戏段子唱完了。

第25章

事后，冒婆婆替素莲夫人复盘此事。

细究起来，其实几封陈年情书并不能真的让尹素莲身败名裂，毕竟涉于其中的宋、周、杨等家族都会替她周全脸面，尽力将此事遮掩过去。而戚云柯就算再介怀，也不能以此为由离弃妻子，不然就真的坐实绿云罩顶、心胸狭隘了。

尹素莲心慌意乱，待冒婆婆与她一番分说之后才定下心来，只不过多一事不如少一事，不到必要时她们也不想再招惹蔡昭。

然而戚凌波丝毫不知内情，依旧百般央求母亲给她出头报仇，尹素莲不愿将自己年少时的不当行径告知女儿，只好抬出戚云柯当挡箭牌，说：“乖女儿你也不想亲爹娘再生嫌隙吧？等爹娘将来重归于好，说不定还能给你生个弟弟呢，所以蔡昭的事你还是自己想办法吧。”

戚凌波蒙得半天没回过神。

这一役，蔡昭大获全胜。

她本以为可以消停几日，除了练功蓄神，还可以调调脂粉、画画绣样，恢复一下之前的生活情趣，可惜老天爷不想看她太清闲，隔壁的常大公子适时地填补了这一空白。

从双莲华池宫回来后，常宁就叮嘱蔡昭不要叫任何人打扰他，然后躲进内室待了足足一夜一日，再出来时已是华灯初上。饱食一顿后就说要出门散步，理由为“消食”。

夜风凉爽，十九岁的青年皮肤白皙，身形高挑，渐渐褪去了少年时的青涩，身姿轮廓英挺漂亮。哪怕他满脸毒疮，庭院中的侍女依旧会红着脸偷偷议论，说他将来痊愈后不知有多好看。

蔡昭本已经打算躺下看话本子了，听到常宁的话，眉心莫名跳了下，问：“你要去何处散步？”

“随心所至，无处不可，优哉游哉也。”常宁精神抖擞，双目蕴光，宽宽的袍袖在夜风中舒缓展开，倒有几分君子潇洒不羁之意。

蔡昭不吃他这套：“你是不是要去外头搞事？”

常宁嘴角含笑，一脸玄之又玄的神色：“事随人来，人往事至。有人的地方，怎会无事？”

蔡昭懒得和他转文，径直问：“你今日又恢复多少功力了？”

“不多，也就半成吧。”

“所以你连一晚上都等不了，黑灯瞎火的，你打着灯笼也要出去找碴儿？”

常宁此时正从仆从中手中接过灯笼，闻言微笑道：“昭昭妹妹歇息吧，我去去就来。”

蔡昭内心天人交战了半刻，最后只好跟上去——她可真是劳碌命！

不知是不是那半成功力的缘故，常宁的脚程极快，一路上脚不沾地，片刻就绕过了一片林子，再顺着山坡疾走了两刻钟，来到一片灯影幢幢的屋舍群落，此处正是外门弟子的居所。

蔡昭一惊：“你要找外门弟子的麻烦？可他们人好多啊。”

常宁顺口道：“你也太胆小怕事了……”看见蔡昭瞪着大眼睛望过来，忙补充：“昭昭侠义心肠，吾辈所不及也，然君子有所为，有所不……”

“说人话！”

“当初欺侮过我的狗崽子们，老子要讨些账回来，不算过分吧？”

蔡昭想起她刚上万水千山崖时，围绕在戚凌波身边的那群狗腿的所作所为，想来那已不是第一次了。

“那么多人你全记得？”他记仇记得这么严谨吗？她已经全不记得有哪些人了。

常宁仰头望天，神情虔诚：“苍天有眼，自会助我扬眉吐气。”

然后他随便就近找了片独立的院子，“砰”的一脚踢开其中一间的大门，大声道：“宗门来给大家送关怀！”

里头或在读书或在歇息的弟子们顿时惊叫起来，踢踢踏踏的脚步声、茶杯跌落声、踢翻水盆声，左右屋舍中人被惊起时的叫问声与笑骂声，闹成一团。

院外冷风中，蔡昭心道，真是苍天有眼。

常宁神情自若：“众师兄弟莫要惊慌，我只是来寻一个人。”

倘若是别的宗门弟子，大家可能还不一定能立刻认出来，但是常宁标志性的满脸毒疮在万水千山崖上实在是无人不知。

被惊出屋来的弟子们有的惊疑不定，有的骂骂咧咧，不过也有人好声好气地问他是要寻何人。

常宁道：“那人双眼歪斜，左腮有颗大黑痣，痣上有撮毛……”

蔡昭想有这么明显的特征，想找到此人并不难。果然，过程比想象得更容易。

没等常宁说完，院中众弟子的视线已不由自主地移动，齐齐看向了左面。只见一个左脸有颗大黑痣的干瘦弟子正蹑手蹑脚地想溜进屋去——原来人就在这座院落中。

常宁抬起左手向着他的方向悬空虚抓，“大黑痣”便如被拴了绳子般在空中划过一道弧形线，直直落入常宁手中，被他拧住了脖颈。

“大黑痣”一面用右手去抓常宁，一面嘴硬道：“你你你……你想做什么？别以为我会怕你……啊！”嘴硬之言终止于一声惨叫。

“咔嚓”一声闷响，“大黑痣”的右臂软软垂下，应是被折断了。

众弟子傻了，蔡昭呆了。

常宁将自己的右手在他衣服上擦了擦，似乎还想动手。

“哎哎，常师兄别冲动！”蔡昭忙劝道，“以暴制暴并非侠义之人所为啊！”

这时众弟子终于回过神来，其中几名素日与此人交好的，呼喊着向常宁扑过去。常宁将“大黑痣”重重摔在地上，双掌连拍，长袖如幡，便如孩童拍击皮球一般轻松自如，片刻就将数人击倒在地，连声“哎哟”。

常宁转头向蔡昭微笑：“昭昭说什么呢？师兄弟们待我如和风细雨，彬彬有礼，怎能算是‘暴’呢？只有我这样，才算是‘暴’。”说最后四个字时，他瞳孔微张，隐露兴奋之色。

他转回过去，语气轻柔地向着众人道：“我寻这位黑痣师兄的缘故想来大家也知道，所谓百因必有果，万事皆有报。众位师兄弟若非一丘之貉的，就不要插手了，不然……”

其实哪怕他不说这话，适才见他掌力凶猛，原本作势欲扑的数人也已收回了动作。

常宁将“大黑痣”的身体提起一半，温柔地替他拍拍衣裳上的尘土：“黑痣师兄是吧？师兄生得骨骼清奇，叫我见之难忘。每回戚凌波来找我的碴儿，我都能见到师兄你。来，跟我好好说说，你们还有谁？”

“大黑痣”惊恐万分，但想到戚凌波毕竟是宗主之女，又不免犹豫。

常宁十分贴心地帮他克服选择困难症，利落地将他的右臂重重一拧，他立刻发出杀猪般的号叫，连声道：“好好好，我说……我都说。我把他们都给你指出来……”

常宁的笑意温柔，然看在黑痣师兄眼中无异于恶鬼在世，他哆哆嗦嗦地起身，强忍右臂的剧痛替常宁引路。

蔡昭此时也在左右为难，按着有仇报仇的天字第一号江湖规矩，常宁的行为似乎没错，但是她又觉得自己束手不管只看戏似乎不大好。心道落英谷怎么从来没出过这种事啊，害得她一点经验都没有。

这时樊兴家气喘吁吁地赶到了，远远地就看见常宁正在大发神威，他哪里敢靠近，只好顶着满头大汗对蔡昭讪笑：“他闹成这样，师妹不劝劝他吗？”

“师兄比我年长，小妹怎敢擅专……算了我不说废话了。”蔡昭也不文绉绉地绕圈子了，“师兄也别说得这么冠冕堂皇好吧，有本事师兄自己去劝好了。”

樊兴家自知没那么大面子，一咬牙跑向另一边的院落。

就在蔡昭犹豫的当口儿，“大黑痣”已经颇有效率地替常宁指引到了地方，前方整片外门弟子的院落都被惊动起来。

以常宁的报复谱图为标准，外门弟子可以分作三类。

第一类是学武小成，在江湖上也能被人叫出姓名的人，他们自然不屑去做戚凌波的狗腿。他们知道常昊生的侠名，本就鄙夷那些欺负常家遗孤的狗腿，不过碍着戚凌波的身份不敢插手罢了。此时常宁来找回场子，他们当然是闷头装睡，全当不知。

第二类是修为中等的弟子，他们中的多数忙着习武修行，但也有个别眼见进益缓慢，便想通过逢迎戚凌波进入内门。

第三类则是天赋不足的人，在外门中也只能算是充人头的。除去部分胆小、厚道的，这些人大多数都当过戚凌波的狗腿。

“大黑痣”指出第一人后，常宁便让他们比着谁指认得更快、更准。因怕常宁发落，他们不敢藏私，指认得那叫一个巨细无遗。

所谓狗急了也会跳墙，何况被指认出来的狗腿越来越多，他们便想来个以多为胜一拥而上，他们其中也的确有一二中手可以一战。常宁笑意盎然，掌拍、指戳、腿踢，衣袂飘拂如鹤羽翻飞，片刻便掀翻了十余人。

一名弟子被打得鼻青脸肿，愤而大喊：“姓常的，有种你就去找戚凌波出气啊！找我们这些小喽啰算什么本事?!”

常宁哈哈一笑：“人家有个当宗主的爹，你有吗？我兴许没本事找戚凌波算账，但我有本事打破你的狗头，你又能奈我何？真是个蠢货，给人当跟班前也不拎清自己配也不配！”

他嘴上笑骂，手上也不停。

一名国字脸的弟子卖力挣扎出来，正气凛然道：“常公子，小弟素来不赞成戚大小姐的所作所为，也曾劝诫过几回。我知你之前数月受了些委屈，可戚大小姐只是脾气大了些，并未伤到你分毫啊。令尊侠名远扬，你身为人子却挟私报复，岂不是玷污亡父的名声？听我一言，咱们不如化干戈为……”

话未说完，常宁飞身跃至他身边，“啪”的一掌重重打在他脸上，直接将国字脸打出两丈远，脸颊高高肿起，连牙齿都掉落了数颗。

常宁飞跃追上，一只脚踩到国字脸的头上，反复碾压。

“你比旁人更可恶，那些小王八羔子好歹知道自己在作恶，你却还要给自己贴上一张大公无私的臭皮子，装得与众不同是想引起戚凌波的注意吧？你这副假仁假义的腔调，真叫人恶心！”

国字脸的话蔡昭也不爱听，见他被常宁殴打颇觉爽快——敢情只要当了大侠就只能为别人做事，自己有仇不能报是吧？一旦为自己报仇就要被说成是挟私报复。

国字脸被常宁踩得一句话都说不出来，只能“呜呜”地求救。

这时另一名始终旁观不语的高瘦青年看不下去了，仗剑而出：“常公子适可而止吧！我并非他们众人，也素来看不惯这帮人的行径，可你这番大闹未免过了。”

蔡昭见这高瘦青年身法利落，就知此人有两把刷子。

常宁短促地冷笑一声，随手从一旁的小树上折下一根细长的树枝，右手负背在后，左手挥枝而出，那高瘦青年一看，也连忙挺剑而上。

树枝柔软，剑刃锋利，然而两人交手后，众人却见青莹莹的剑光被灰扑扑的枝影压得挥洒艰难。寻常的一根树枝在常宁手中，既柔韧如皮鞭，又犀利如蝉翼薄刃。枝影飞舞，疏淡无痕，正是常昊生的成名绝技“柳絮剑法”。

不过短短七八招，那高瘦青年的脸上、臂上、胸前已然数度被树枝打中，或留下血痕或衣裳破裂。常宁不耐烦继续与他纠缠，右手疾张，抓住高瘦青年的胸口向远处轻轻一丢，那青年闷声摔在地上。

常宁轻挥树枝置于身前，冷声道：“未经他人苦，莫劝他人善。当初你既不曾为弱者出头，如今也别假惺惺地来唱高调！给我滚！”

外面闹得一塌糊涂，侧院一间雅致屋舍内的人却恍若未闻。

“师伯，你不去管管吗？”樊兴家焦急地擦汗。

长椅上的老者自顾自地沏茶，语气安稳：“你外门的师叔伯又不止我一个，你怎么单来寻我的麻烦？对了，大楼自己怎么不过来？”

“大师兄跟着师父下山未归，只有我来了。”

老者道：“你也不该来。”

“师伯？”樊兴家惊异道。

这老者便是统管外门弟子的李文训师伯了。

他闻着细长杯中的茶香，露出惬意的神情：“兴家啊，你是由我荐入内门的，离开外门之前，我跟你说了什么——只跟着你雷师伯便是，旁的少管闲事。”

“我……我……”樊兴家为难。

“当然，我也知道你为难。你素爱热闹，爱与人结交，这都不是坏事，不过……”李文训十分耐心，“还是要学着装聋作哑。”

樊兴家沉默了片刻：“那……现在外头咱们不管？”

“怎么管?!”李师伯重重地放下闻香杯，不悦道，“这件事是从何开始的？是从咱们宗主的爱女多年来在宗门内颐指气使开始的，从宗主夫人一味偏私开始的！上梁不正下梁歪，他们内门自己都理不清楚的事，我们外门又能如何？”顿了顿，他又道，“这件事你别管了，以后凡此等事你都当作不知道。”

樊兴家垂下脑袋，手足无措。

李师伯用手按住他的肩膀，沉声教导：“我的授业恩师乃昔日青峰三老之一的王定川，如今师兄弟七零八落，只我幸得逍遥，今日我教你一句——兴家啊，你个好孩子，别想着讨所有人的喜欢。因为，不是所有人都值得。”

月黑风高，常宁将戚凌波的狗腿们一个没漏地捉了出来，在蔡昭的提醒下将这些狗腿赶到一旁的山坳下，免得打扰旁人入眠。

待到四下无人，常宁开始放开手脚收拾这帮狗腿，或是将其打得口眼斜飞，或是把人丢入泥潭翻滚，或是让其互扇耳光彼此指责，最后逼得他们在涕泪横飞中齐声背诵青阙宗门规，好不壮观。

蔡昭看常宁并未将人弄得断手断脚、血肉横飞，无可奈何地打了个哈欠，打算回去歇息了。

常宁似是听见了，回头看见女孩脸上的困倦，颇为不舍地对众狗腿挥挥手，表示今日事已了，大家回去洗洗睡吧，熬夜容易生黑眼圈。

众狗腿气了个倒仰，却无人敢质疑一声。

常宁三两步追上蔡昭，将自己肩头的紫羔绒皮披到蔡昭身上——蔡昭是追着常宁出来的，身上并无御寒的厚衣，常宁却是有备而来，自然衣着齐备。

他一面给蔡昭系带，一面絮叨：“你就不该跟出来，办完了事我自会回去的。你别这么不放心我，我不会再叫人欺侮的……”

蔡昭心中想道：其实我是怕你欺负别人。

带着青年男子气息的温暖绒皮裹在身上，她有些不自在，只好东拉西扯：

“你还是适可而止吧，才恢复半成功力就嘚瑟成这样，真把戚凌波惹恼了，当心她搬出三师兄来收拾你。三师兄的本事可不是戴老二可以比的，到时就算你恢复全部功力也不过是今夜两倍的厉害，哪里是三师兄的对手？”

常宁用一种怜爱小傻瓜的眼光看她，道：“你算学这么差，将来怎么总管落英镇所有的铺子啊——半成功力是一成功力中的一半，不是全部功力的一半。”

“今夜只是你一成功力中的一半?! 哈哈哈哈，别胡吹大气了！”蔡昭笑不可仰，她当然不是算学差，而是觉得不可能，“你要是这么厉害，还不赶紧拜入宗门，将来好承袭宗主之位！这位少侠，未来发扬光大青阙宗全靠你了！”

常宁呵着热气靠近蔡昭：“我才不稀罕什么宗主之位，咱们回去吃夜宵吧。”

蔡昭越发不自在：“别挨着我行吗？我自己会走。再说大半夜的，吃什么呀？”

“我给你包馄饨吧，鸡汤馄饨。”常宁微微挪开了些，“我已叫芙蓉熬好了鸡汤，让翡翠留了虾仁和肉。”

“你会下厨？”

“反正比你强，煮出来的东西不会毒死人。”

“馅里是什么肉啊？”

“上好的前腿肉。放心，我都问过了。”

星月莹莹，光晕皎洁，青年的眼睛又黑又亮，温柔漂亮，连毒疮也看着顺眼多了。

蔡昭莫名感到一阵喜滋滋。

她想，终于能吃到合意的小食了。

第26章

当常宁说要自行运功疗伤时，蔡昭衷心希望他就此闭关，就算不像传奇故事里那样闭门不出三五年，也至少来个七七四十九或九九八十一天。

谁知常大公子不走寻常路，闭关闭得毫无规律。

头天他躲在屋内运了一上午功，下午就溜达出门，先是去药庐，后是去双莲花池宫。

次日闭关了一整日，然后当天夜里就打着灯笼摸去外门寻仇了。

第三日起他又一气闭关了两日半，出来后用完午饭人又不见了。

“常大侠这自创的到底是什么心法？哪里有不上不下闭关两天半的？”蔡昭叉腰站在院中仰天质问，“这人也是，一出关就跑得不见人影，在他后头放条狼狗都撵不上啊！”这几天她自己也忙着练功，哪能每时每刻蹲在常宁门前？

翡翠疾步过来回禀：“到处都找过了，常公子不在清静斋。”

“你们就不能将他看牢些吗？”蔡昭叹息道。

芙蓉十分委屈：“公子轻功身法好得很，眼前一闪他人就不见了，我们有什么法子？”

蔡昭无奈道：“算了，不去管他了，在外头疯够了他自己会回来的。翡翠你还接着给他熬补气汤和清毒汤。我适才看见山下有人往大厨房送去好几筐樱桃，芙蓉你去要些来，晚上给那家伙再加一道糖浇樱桃，他爱吃。”

二婢应声。

蔡昭揉揉脑门，她现在觉得防备常宁出去发疯比防备别人欺侮他难上十倍。仔细想想，其实她与常宁不过是四五竿子才能打到的关系，这个大麻烦还是赶紧推出去的好。

想到这里，蔡昭一拍手掌，正色道：“今日中午师父要回万水千山崖了，为人弟子的，我很是应该亲自去迎接。”

芙蓉慢了一拍，翡翠已经语气平静地夸起来：“哇，小小姐真是尊师重道，孝敬懂礼。”一边还“啪啪”地鼓掌，芙蓉赶紧跟上，一模一样地夸奖拍手，一模一样的情绪毫无波动。

蔡昭不满道：“就是给戏班做托儿的假看客，也比你俩欢呼得真心实意。”

翡翠道：“做十几年的托儿了，哪里还有那么多真心实意啊？”

芙蓉道：“小小姐差不多就成了，我俩将来还要嫁人呢，别把真心实意都用完了。”

蔡昭悲愤道：“我不和你们玩了！”

灰头土脸地来到万水千山崖前，恰好见到戚云柯与曾大楼风尘仆仆地下了铁索，蔡昭左看看右看看，发现来接戚云柯的居然只有三个人：冷峻寡言的宋郁之，不停搓手的樊兴家，还有两手空空的自己。场面怎一个凄凉清冷可言，蔡昭觉得自己出谷去买只烤鸭回来加菜，受到的欢迎都比这热烈。

更凄凉的是，三个前来迎接的弟子中倒有两个是为了常宁。

樊兴家一看见戚云柯，就高兴地扑上去报告大前天夜里常宁的“丰功伟绩”，倒没偏向任何一方，只不过重点是“常大公子法力无边，他才疏学浅，实在管不了”。

曾大楼皱眉道：“常宁的性情也未免太过乖戾冷僻了，纵是之前受过欺侮，也不至于手段如此暴烈。”

戚云柯倒无所谓，摆摆手：“常宁的脾气本就不好，这我早就知道了。再说冤有头债有主，身为宗门弟子不好好修身养性，偏要跟着凌波瞎胡闹。你以为他们只欺侮常宁这样来投奔的亲友弟子吗？当年我在外门做弟子时，又穷修为又低，没少吃这等心术不正之人的苦头。”

曾大楼只好道：“兴家，常宁再有不妥言行，你还是得多加劝导，万万不能叫宗门生乱。”

“大师兄自己劝过常世兄吗？”宋郁之忽然开口，“我与常宁从来说不上三句话，大师兄又何必为难五师弟？”

樊兴家感激地望向宋郁之，蔡昭颇有几分意外，她还以为宋郁之这种天之骄子必然是目下无尘，谁都不放在眼里的呢。

曾大楼摇摇头：“行吧，我自己来。”

然后轮到蔡昭。她干脆多了，直接道：“师父，五师兄的话您也听见了，既然常宁已经好得差不多了，我也该搬回椿龄小筑了。”

戚云柯呵呵笑道：“行啊，既然常宁已能护卫自己，昭昭就住得自在些吧。”

蔡昭欢呼一声，大叫“师父英明”。

曾大楼再度皱眉，似乎并不乐见蔡昭搬家，谁知不等他开口，宋郁之罕见地迅速插言：“接下来这几日天气晴朗，很适宜搬家。不过昨日下过一场大雨，我待会儿派人先去椿龄小筑驱除潮气，明日师妹就能搬了。”

其实蔡昭是想过几天再搬的，跑得太快她怕常宁发疯，不过既然宋郁之都这么客气了，她也就恭敬不如从命了：“呃……多谢三师兄。”

诸事说定，宋郁之先行离开，也不知是不是立刻派人去给椿龄小筑驱潮气去了。蔡昭不禁感叹，宋郁之真是面冷心热的好师兄啊！

接着，戚云柯让曾大楼回去歇息："你自小就体弱畏高，每回从山下上来就要病一场，这几日你跟着我累得不轻，赶紧回去休息，别跟以前似的一病就小半个月。"

其后，樊兴家也跟着一道走了，大约是要向曾大楼交接宗门庶务。

蔡昭笑送他们离去，转头就问："伯……师父，这趟你们下山遇到不好的事了吗？"

"被你看出来了。"戚云柯苦笑道，"原本我只是下山去接应你爹，谁知山下的弟子告诉我，之前我派去护送各门各派的人手至今未回。"

"啊？"蔡昭茫然道，"他们去哪儿了？抽空去溜达玩耍了吗？"

戚云柯被她逗笑了，随即叹息："再等两三天吧，如若还没消息，我就得再派人去查探了。"

虽然蔡昭不谙江湖中事，此刻也不由得担心起来。

戚云柯安慰小徒弟："小孩家的别皱这么深的眉头，就算天塌下来也轮不到你来顶，你只管开开心心过日子就行了。对了，常宁真的无恙了吗？没事就好……没事就好。行了，你回去玩吧，师父去外门找你李师伯去。"

达成心愿，蔡昭心满意足，从山崖边摘了两根长长的茅草，蹦蹦跳跳地甩着茅草回去。一路往前，经过一处被遮住的山崖时，她猛地停住了脚步。

然后，她慢慢地后退，慢慢地转头，慢慢地定神凝视——

"常宁！你在做什么?!"蔡昭尖声大叫，叫声足够吓死雷秀明所有的小鸭子。

站在山崖边的高挑青年转回头，漆黑的长发飘飞如丝缎。

他略略吃惊："昭昭是怎么摸到这里来的？"

蔡昭三两步上前，指着趴在山崖边痛哭流涕之人，再一次质问他："你在做什么?! 咦？你……你是……"她忽然发觉趴在山崖边的这人很是眼熟。

这尖窄的脑门，这歪斜的下巴，这一大一小的两只三角眼——这这这……这不是那日在暮微宫中跟着戚凌波一起欺侮常宁的人之一吗？

那日戚凌波身后有几个人来着？对了，歪瓜裂枣，尖嘴猴腮，一共四个人。

蔡昭灵光一闪，连忙站到山崖边往下张望，果然看见剩下的三人都可怜兮兮地挂在下方的山崖壁上，随时都可能坠落至无底深渊。

万水千山崖的石壁被数百年的凌厉罡风吹过，已变得十分平整，是以攀爬石壁尤其艰难。这三人挂在下方，手脚根本无处可借力，唯有一条细长可怜的麻绳将他们四人穿着。

麻绳在寒风中抖动，仿佛只要一拉就要断了。

除了已经趴在山崖边上的歪瓜，另外三人在极度惊恐之下已是放声大哭、涕泪纵横，苦苦哀求常宁将他们拉上来。

面对此情此景，蔡昭眼前一黑，差点滑倒。

“你还不快把他们拉上来！”她尖叫的声音活像看见了蔡小胖在逛青楼。

常宁“哦”了一声，慢吞吞地提起麻绳将人拉了上来。也不知他是如何运的劲道，坠了三人体重的细长麻绳，居然愣是没断。

蔡昭用力摇晃常宁的胳膊——其实她想摇晃他的肩膀和脖子来着，但是常宁个子太高她够不着——气急败坏地大喊起来：“你疯了吗？是不是疯了?!这万水千山崖下面是无底深渊，万一掉下去连尸首都捞不回来啊！不错，他们是得罪过你，但罪不至死吧？你是不是练功练糊涂了，难道还真要他们的性命吗？啊?!”

常宁理了理衣袖，毫不在意道：“若真掉下去了，就说他们熬不住修行之苦逃下山去了，反正也没有尸首……”看见眼前的女孩连头发都快竖起来了，他又微笑着解释：“昭昭别担心，我怎会要他们的性命，你误会我了。”

“我误会你了？”蔡昭大口喘气，问，“好，那你倒是告诉我，你在这儿做什么?!”

常宁踢了踢最前头那人：“阿瓜听见没，赶紧说一说，我有意害你们的性命吗？”

那人因为是最早爬上来的，此刻已经定住了心神，恍惚间脱口道：“我不叫阿瓜……”

“不，你就叫阿瓜。”常宁冷冷地道，眼神冷戾。

阿瓜触及常宁毒戾的眼神，似烫着火般忙道：“对对，我就叫阿瓜！蔡师姐，常师兄绝对没有在害我们的性命！”

蔡昭都被气笑了：“好，那你们在这儿做什么？”

阿瓜头昏脑涨：“我……我……我们……我们在……”

“说呀，你们在做什么？”常宁笑吟吟的。

阿瓜在憋死自己之前终于想到了理由：“我……我们四个一时贪玩，想看看崖底究竟是什么情形，于是悬着绳索下去了，谁知下去容易上来难，多亏常……常师兄将我们拉了上来。常师兄对我们有救命之恩啊！”

常宁恍然大悟：“原来是这样啊。昭昭师妹，你听见了吗？”

蔡昭：“……”

另外三人听见这些也反应过来，此起彼伏地叫嚷着——

“常师兄不计前嫌，冒险救我们脱离险境，简直是大仁大义啊！”

“呜呜呜，以后常师兄就是我的再生父母，我要为常师兄立长生牌位，呜呜呜……”

“像常师兄这样仁义的君子，简直是我正道的中流砥柱！我以前就是个畜生，不，简直连畜生都不如，居然敢对常师兄不敬！”最后一人唯恐气氛不够，还“啪啪”地自己打起自己嘴巴来。

蔡昭绷着脸，忽然一言不发地扭头就走。

常宁连忙追上去，将头歪到女孩肩上，微笑道：“好了好了，昭昭别生气了，我就是因为想到了你的话，才没把他们真扔下去啊。”

蔡昭忽然泄气了，觉得生活真是艰难。她离家远行来拜师就够惨的了，结果老天还给她配备了一个不是正在惹事就是即将去惹事的常宁。

她停住脚步，站在一道河谷上方的木桥上：“你真的要适可而止了。我姑姑说过，天底下最可悲之事，就是受害者因报仇太过，反成了众矢之的，受万人指责唾骂。”

常宁点点头：“我知道，他们是最后的四名外门弟子，也没别人了。”

“你知道就好，赶紧收敛起来。师父已经上山了，等他从外门李师伯处回来，戚凌波肯定要向他告状的，你仔细自己的皮吧！”

常宁微不可察地动了下长睫，道：“好，我知道了。”

蔡昭松了口气，几步走下木桥，发觉身后没有脚步声，回头一看，常宁居然还站在桥中央。她奇道：“你怎么还不走？”

常宁站在高处，迎着山风微微而笑：“爪牙收拾完了，首恶还未惩处。昭昭先回清静斋，我去去就回。”说着他挥掌拍向木桥，气劲凶猛如重锤击下，木桥“哗啦”一声从中裂开，前后两端“喀啦啦”一阵响动后碎裂，木块碎片纷纷落入深深的河谷中。

与此同时，常宁飞身跃起，身法轻逸飘洒，犹如一朵自在的云悠然升起后飘落，落足于对岸地面上。

蔡昭傻了，直到木块全部坠落她才反应过来，道："你……你要去哪里？你要去找戚凌波吗？你别发疯了！快回来，快给我回来！"

常宁遥遥向她挥挥手，旋即疾步离去。

蔡昭急得在深壑边上走来走去，这么宽的距离她一下跃不过去，但凡有条长鞭或长绳给她稍微借点力也好啊，可她自幼长在落英镇，从无随身携带兵械的习惯。

最后她一咬牙，决心宁愿多费些工夫，绕路也要尽快赶去戚凌波的居所——仙玉玲珑居。

绕过深深的崖壑，顺着山坡奋力往前，蔡昭远远便望见，金光四射的仙玉玲珑居已是火光熊熊、烈焰四溢——身上沾着血污的尹家私卫们或抱着肚子或握着手臂，呜呼哀哉地躺了一地，逃跑不及被烧伤的侍婢僮儿靠在水池边哀号，未被波及的人手忙着端水救火。

蔡昭小心地跨过地面上焦黑的树木、花枝，无措地站着看周遭的兵荒马乱。随后她抓住一名从身边经过的小婢，问道："是常宁放的火吗？"

那小婢颤声道："是，就是常公子！他一来就把所有的侍卫都打翻了！他叫小姐出来，小姐没出来他就不由分说放了火，说要逼小姐出来！"

蔡昭问："凌波师姐现在在哪儿？"

"戴公子带着小姐从后门走了，常公子一路追了过去！"小婢已吓得哭了。

蔡昭放开侍婢，从地上捡了把完好的青虹剑，顺着小婢指的方向提气飞奔而去。

垂天坞，青纱廊下。

俊美英气的青年坐在竹榻上，细细擦拭着爱剑"鲲鹏"。

侍从小声回禀："公子，仙玉玲珑居方向似是起火了，公子不去看看吗？"

宋郁之道："不必。"

侍从忍耐再三，又道："听说前几日常宁公子在外门狠狠闹了一通，他会不会去寻凌波小姐的麻烦啊？"

宋郁之头也不抬："去寻了又如何？"

“公子，凌波小姐毕竟是您的……”

宋郁之放下雪白的绒布：“凌波多年来行事不当，本就该受些教训。反正我的话她一句也听不进，不如请常世兄代劳了。”

侍从道：“只盼着常公子莫要做得过了，不然反而会受到重罚。”

“也不见得。”宋郁之道，“碍着尹老宗主的面子，凌波多年来便是做错了事，师父总是不能好好惩治她。同样，看在过世的常大侠的分上，便是常宁做了错事，师父难道还真能下手重罚常家的遗孤吗？”

侍从忍不住说：“尹老宗主是公子您的外祖父。”

“我知道。”宋郁之提剑细看，自顾自言，“都说美人配英雄，但其实青阙宗并不姓尹，青阙宗的下任宗主并不一定非要娶上一任宗主的女儿。只不过外祖父的名望太高了，执掌宗门的时间也太长了，于是大家都忘了这一点。”

蔡昭越过亭台楼阁，一路直行至一片大湖边上，只见剑光飞舞，两个身影对战正酣。

戚凌波浑身湿淋淋地趴在一旁，眼泪汪汪地看着两人，她身上披着戴风驰的外袍，脸上还糊了一团污泥。

戴风驰雅号“追风剑客”，一手流星追风剑自有可称道之处，讲究的就是迅疾如风，出招的刹那如流星般绚烂。常宁这回没有再以树枝应战，而是从侍卫手中夺了把青虹剑跃身而上，依旧是常家的“柳絮剑法”，疏淡轻柔如被柳丝缠身。

两种剑法本无优劣之分，然而不等蔡昭赶到近旁，常宁忽然出剑斜挑戴风驰左肩，剑势之快犹胜流星追风。戴风驰闷哼一声，踉跄两步。常宁旋即拍出右掌，戴风驰被生生拍出数步，呕出一口血，颓然倒地。

常宁上前一步剑指戴戚二人：“你们当初让我学狗叫时，可想过会有今日?!”

戚凌波愤而大声道：“你把我踢下湖，还用湖泥来羞辱我，现在还要怎样?!杀人不过头点地，有本事你就杀了我！”

常宁轻笑一声：“当日武元英是何模样你俩都看见了。杀了你们有什么痛快的？叫你们难受才痛快！”

武元英的情状之惨烈，犹如梦魇般深深烙印于众人心中。

戚凌波被吓得连话都说不利落了：“你……你究竟要怎样？我爹不会放过

你的！”

“不错，看在戚宗主的面子上，我的确不能真杀了你俩。”常宁点点头，说着他挥剑而出，戚凌波惊呼一声，剑光直向她的脸面而去。

眼看凌波仙子脸上要开花，只听一记清亮的剑身互击声——蔡昭飞掠向前，侧身挺剑，堪堪架住常宁迅烈的一击。

常宁收剑退后一步，微笑道：“昭昭来得好快，落英谷的飞花渡果然了得。”

差不多前后脚，其余内门弟子与侍卫们也飞奔赶到了，正看见蔡昭仗剑拦在戴戚二人身前。少女红颜如花，长剑清寒如冰。

众人已见识过常宁的本事，谁都不敢冒头上前。

蔡昭一字一顿道：“常师兄，我刚才已经说过，你该适可而止了。”

常宁敛容道：“昭昭不会学那些俗人，也来跟我说什么‘既未真正被害到，就不该介怀’之类的废话吧？我没有真的学狗叫、滚泥潭、吃狗屎、被挖去心头血，那是我的运气好，不是戚凌波他们动了恻隐之心，手下留情。”他将剑在身前一挥，冷声道：“既有害人心，便以害人论，我为何不能复仇？”

蔡昭微微叹息：“常师兄，该说的我都说过了。何况你这么聪明，有些道理不用我说你也知道。‘存心害人’的确可恶，可终究与‘害成了人’是不一样的。讨回公道是应该，过度报复却是太过了。”

“这也是你姑姑教你的？”常宁侧眸望她，笑意渐冷，“难怪你姑姑武功盖世也只落了个卧病十余年凄怆而终的命。我可不学她，我劝你也别学她！江湖潇洒，肆意快活，不比背负仁侠之名时时刻刻受到掣肘强吗?!”

蔡昭面色发寒，道：“你我在相识的第一日就约法三章了。如今你是用不着我庇护了，是以就胆敢议论我姑姑了?!”

常宁不遮掩眼中的邪气，大笑道：“昭昭莫生气，我不该议论你姑姑，回去你怎么罚我都成……只要叫我再出一口气！”

说时迟那时快，常宁旋身一转，侧剑如灵蛇吐芯，绕过蔡昭依旧直取戚凌波脸面。

在戚凌波的尖叫声中，蔡昭翻过手腕击开常宁的剑势，随即扑身而上。不过一息之间，双剑已叮当清鸣击打十余下，常蔡二人的剑势之快，众人看都看不清。

蔡昭曾听蔡平殊说过，常家的柳絮剑法疏淡大气，来去无痕，其中最厉害的就是一个“缠”字诀，己方兵器一旦被缠上就只有落败一途。是以从一开始，蔡昭挥剑就迅疾无比，力求招招抢先，不让常宁的剑网将自己缠住。

短短七八招后，蔡昭发觉常宁的左手似有些凝滞，既像剑法未练至纯熟，又像后继无力，于是她寻得一个空隙，飞快出剑刺去——

“啊！”众人齐齐惊呼一声。

一滴，两滴……鲜红的血，落在雪白的玉石湖阶上。

常宁怔怔地低头，少女雪亮的剑锋正刺中自己的左肩。

入肉不深，也并不很疼。他想。

众人惊愕，不由得轻轻议论起来。

“蔡师妹好厉害啊！刚才我都没看清她是怎么出剑的。”

“以后谁再跟我说蔡家没落了，落英谷无人了，我拿大耳刮子抽他！”

“我看是常公子手下留情了……”

“别给自己脸上贴金了，你们七八个兄弟被常公子一袖子拂倒在地，爬都爬不起来，这会儿找脸面来了是吧？”

“幸亏戴师兄没有坚持与蔡师妹比武。”

“哈哈哈，你不说我还没想到……”

“你们别笑了，常公子这么记仇，这下子见了血，不知该怎么了结了。”

刺入血肉的剑锋“唰”地被抽回，再度带出一线猩红。

“你疯够了吗？”蔡昭努力调匀呼吸，不让手中的长剑颤抖——这是她第一次伤人。

“凌波师姐欺侮了你，可是仙玉玲珑居中的侍婢、仆从并没有。你一把大火放下去，牵连烧伤了多少人？你有委屈，你要报仇，就不用顾及无辜了吗?!”女孩声音微颤，依旧坚持说了下去，“有人作恶，然后你为了报复也加倍地作恶。将自己变得与曾经厌憎之人一样——我看不起这样的人。”

“啪嗒”一声脆响，常宁将手中之剑往地上轻轻一抛，然后捂住肩上的伤处，长睫下垂，周身的狂乱暴戾之气一时竟烟消云散。

蔡昭心头一轻，放松了紧绷的身体，也将长剑随手丢掉，剑尖的血迹在白玉地阶上画出一条细细的红线。

她定一定神，缓缓走到常宁跟前，拉起他的袖子："走了，回家喝汤去。"

常宁低头看自己袖子上那只白白的小手，就像那日在暮微宫中，戚云柯托女孩照看自己时一样。他低低应了一声："嗯。"

众人呆呆地看他们二人离去。

"这……这就完了？"

"不然呢，你还嫌不够乱吗？"

"可是不对呀！凌波师姐还没把他怎么样呢，这姓常的就闹得天下大乱，这会儿都拔剑见红了，他反而跟没事人似的走了？"

"走了好，走了好，幸亏蔡师妹还能镇住他，不然真打起来我们也得过去帮忙——你想再被他揍一顿吗？"

宋郁之站在廊下望天，微风习习，天色晴美。

他微笑道："明日的天气会比今日更好，正好搬家。"

第27章

回到清静斋，蔡昭亲自给常宁裹了伤。

宽大的衣袍褪至肩下，露出年轻男人肌理分明的胸背，肩骨宽阔有力，肌肉结实匀称。蔡昭一连换了好几块帕子，最后再给他敷药缚绷带。

蔡昭本想功成身退，可见常宁敞着衣襟坐在躺椅上出神，她叹口气，俯下身子给他拉好衣襟整好衣裳。

常宁忽地回过神来，毫无征兆地向前倾了倾身子。他生得身高肩宽，这个姿势恰好将女孩整个笼罩在自己身影之下。

蔡昭的手上还扯着衣裳，眼前是年轻男子修长的颈项，喉结清晰，清冷的气息中夹杂着淡淡的血腥味。她把脸侧到一边，蹙眉道："我怎么觉得这几天你好像长个儿了？"

她记得初见时，眼前的青年还是一副消瘦细薄的模样。

"是吗？"常宁看看自己的小臂，骨骼修长，白皙的皮肤下是结实有力的肌肉，"大约这几日我吃得香睡得好，都是昭昭的功劳。"

蔡昭知道他又在胡扯，双手抵着青年的胸膛奋力推开："不想说就别说了，谁看不出你是运功有成，痊愈在即了？”常宁受伤中毒已有一年，这个年纪的少年本就长得飞快，她估计是他之前被压抑了一年的骨肉都长回来了。

常宁笑了：“被你刺了一剑，我都没生气，你倒气上了。”

蔡昭将水盆放到一旁，转身道：“你刚才是想划破戚凌波的脸吗？若是真的划破了，你打算怎么收场？”

“没想怎么收场，青阙宗待不下去，走人便是。”常宁懒懒地说。

“戚凌波要是破了相，以后可怎么活下去啊？”

“有什么活不下去的，反正她有个金贵厉害的未婚夫，将来照样当她的宗主夫人便是。以宋少侠的人品，不至于看未婚妻破了相就悔婚吧。”常宁难掩幸灾乐祸的口气。

蔡昭一愣，发现他这话好像没什么错：“是以，其实你坑的是三师兄？”

常宁歪头想了想，倒在躺椅上哧哧地笑。

蔡昭将帕子重重丢进水盆，恨恨地道：“合该三师兄好好收拾你一顿，人家跟你近日无怨远日无仇的，你却去坑他！”

常宁起身正色道：“昭昭说得是，为免宋少侠来收拾我，明日起我又要闭关了。”

“这次多久？一天零一个时辰，还是两天零两个时辰？”蔡昭斜眼看他。

常宁道：“四日四夜，这次我绝不会提前出来，烦劳昭昭妹妹继续给我守关了。”

蔡昭松了口气，拍胸脯保证绝无问题——只要常宁不出去惹是生非，别说守关了，让她给他守棺都行。

“我闻到糖浇樱桃的味道了，是给我做的吗？”常宁侧头轻嗅，露出欢喜的神情。

蔡昭扶着门框，回头笑骂：“你若是划破了戚凌波的脸，今晚连夜逃下山去，我就把那盆糖浇樱桃给大家分着吃了，一点糖汁都不留！”

屋外明月如玉盘，柔和的晚风吹动庭院中的花枝，女孩回头扶门而笑，精致的小鼻子微微翘起，看上去调皮又温暖。

常宁忽觉心口一阵发热，是种陌生的潮热。

他微觉诧异，按住自己的胸口。

双莲华池宫，内屋中只有三人。

戚凌波刚刚将全身反复洗了数遍，确认身上和头发上没有泥沼气味了才肯走出浴池，此刻她正抽抽噎噎地向母亲哭诉。

尹素莲也十分为难，直到听说这回是常宁来挑衅而蔡昭一直拦着，她才拍腿大骂："这全家死绝的短命鬼，看我怎么收拾他！"

冒婆婆正给戚凌波擦着湿发："夫人少安毋躁，如今两边算抹干净恩怨了，咱们最好还是别再另生枝节了。我就说嘛，蔡昭终归是蔡平殊养大的，再牙尖嘴利也不会行事出格，今日幸亏她拦着常宁。夫人和小姐就放心吧，老奴想那常宁不会再来寻衅了。"

戚凌波哪里肯忍，不免埋怨了母亲一通胆小怕事、不肯替她出头云云。

尹素莲也是一肚子火，忍不住骂道："你说你，当初常宁刚上山来时我怎么跟你说的来着？我一看那常宁就是个不好相与的，一双眸子又狠又冷，我料他将来必成气候。我就叫你对他多加关怀，嘘寒问暖——男人落魄病弱时，最是容易收服的！

"你倒好，不但没有叫他对你心生感激、仰慕之意，反倒两相成仇了！你说说，你究竟是怎么弄成这样的?!"尹素莲用手指戳着女儿，恨铁不成钢。

戚凌波十分委屈："我去了啊，三天两头地过去关照他，端茶送水，还给他裁剪衣裳呢。可那姓常的不但不领情，还对我百般挖苦。这……这我怎么忍得下去？"

她想起常宁那双似乎什么都能看透的眼睛，仿佛完全了然她的意图。她每每鼓起一腔热情前去嘘寒问暖，常宁满眼的讥讽嘲弄，让戚凌波觉得自己犹如一个丑角。

尹素莲叹息道："唉，至少我眼光不错，常宁的确是个人物。这才复原了几天啊，风驰就不是他的对手了。可惜了，凌波没能将他收服，反而便宜了蔡昭那个小贱人。"

戚凌波负气地扭过身去："我没用！我是个蠢货，给娘丢人了行吧！"

尹素莲正想去哄她，看见冒婆婆打来的眼色，赶紧将脸一绷，训斥起女儿来了："你的确没用，文不成武不就也就罢了，却连点隐忍功夫都没有。当初即便没能收服常宁，做个平常之交，也不见得非要反目成仇啊！"

"娘！你怎么能这么说我?!"戚凌波被骂出了眼泪。

“这是你姨母已经过世了，要是见你现在这副骄横跋扈没脑子的模样，定不肯要你做她儿媳妇的！”尹素莲继续“激励”女儿。

戚凌波哭得更大声了。

冒婆婆柔声劝道：“小姐别怪夫人说得厉害，她都是为了你好。当年你姨母和你娘，一个聪慧过人、算无遗策，一个貌美无双、善解人意。姐妹俩即便是武艺差了些，在江湖上一样过得风生水起，人人夸赞，不比那蔡平殊差多少。

“你别看蔡昭那小丫头一脸淡然的样子，不叫的狗才会咬人呢！在老婆子看来，她可比她姑姑当年强多了，不但武功好，还擅心计，会拿捏人。姓常的那么暴的脾气，动辄喊打喊杀的，她上来就给镇住了，天知道在背后下了多少不要脸的功夫。哼，当面一套，背后一套！凌波小姐，你以后要多跟她学学，别一根肠子通到底了……”

戚凌波听不下去了，愤怒地大喊一声后冲了出去，一路冲到西侧的一间厢房中，戴风驰正躺在屋内歇息养伤。

戚凌波湿发凌乱，咬牙切齿：“我一定要给蔡昭那个小贱人点颜色看看！”

戴风驰犹豫道：“她武功不俗的。”意思是我们打不过她。

“我知道！”

“嘴皮子也狠辣。”意思是我们也骂不过她。

“我也知道！”

“师父、师母不会让你用私卫的。”意思是我们帮手也不够的。

“这还用你说！”

“那你打算怎么办？”

戚凌波恨恨地冷笑：“我已经想到法子了，我要让她声名扫地！”

火烧仙玉玲珑居的次日清晨，常宁就开始闭关了。他闭关之前随手递给蔡昭一沓厚厚的银票，说是赔偿那座深壑之上的木桥。

蔡昭速速一数，好家伙，居然有五万两。别说是木桥，金桥、银桥也够重修了。她又问：“那凌波师姐的居所呢？那可是你放的火。”虽然因救火及时，并未烧毁多少。

常宁毫不犹豫地道：“若是仙玉玲珑居住不得了，就叫她搬去椿龄小筑吧，离她未婚夫还更近些呢，一举两得。”

蔡昭道：“师兄赶紧闭关吧，好走不送。”

把煞星关进里屋，挂上三把大铁锁后，蔡昭非常悲伤地去找戚云柯，谁知宋郁之恰好也在，一脸高傲冷峻，看天看地看师父，就是不看她。

蔡昭擅自先转达了常宁的歉意，又提出若是仙玉玲珑居损毁严重，不如让戚凌波暂且住去椿龄小筑。

戚云柯摇摇头，婉拒了这个提议：“仙玉玲珑居又是金又是玉的，哪里那么容易烧坏？再说了，叫凌波受些教训也好。”

从主居屋落出来时，宋郁之一声不响地走在蔡昭前头，两人在岔路口分开时，他忽地回头深深看了女孩一眼，目光中颇有几分责备的意思。

蔡昭心道，他可能不想和未婚妻住得太近吧。

随后，她又去代办了赔偿事务，将厚厚的银票交给了曾大楼。曾大楼捧着银票刚想动嘴，蔡昭就抢先道：“大师兄若是也想说什么‘多劝劝常宁，凌波只是孩子心性，并无恶意’云云，那就大可不必了。上一个说这话的人，被常宁打得可能连亲妈都认不出了。”

曾大楼一阵叹息：“他怎么就这么得理不饶人呢？”

“大师兄怎么就这么爱偏帮凌波师姐呢？”蔡昭丢下这句话，悠然地溜达走了。

除了留下五万两银票，常宁还“串”来了四个帮工。

歪瓜、裂枣、尖嘴、猴腮这四名外门弟子，从第二日起就十分乖觉地来清静斋干活了：挑水劈柴，搬搬抬抬，整理草坪，修剪灌木……芙蓉只要动动嘴皮子，他们就跟工蚁似的指哪儿干哪儿。

翡翠则连嘴皮子都不用动了。

蔡昭起初是想婉拒的，毕竟外门弟子不是仆从，而且看他们四个的家境似乎都不错。

阿瓜一脸义正词严：“其他对不住常公子的师兄弟都成那副模样了，咱们四个只是受了些惊吓，若不来尽些心意，岂非天理难容？”

阿枣道：“常公子大人大量，不与我们一般见识，是他生来高贵仁善，咱们四个可不能将客气当了福气！”

阿嘴道："常公子与蔡师姐乃人中龙凤，盖世英雄，天之骄子，小弟们能为二位跑些腿打点杂，那是几辈子修来的福气！"

阿腮道："其实是那日在崖边时，我们说了只要常公子饶了我们四条狗命，以后一定为公子当牛做马。"

阿瓜、阿枣、阿嘴三人一齐用谴责的目光看向阿腮。

蔡昭无奈道："大家高兴就好。"

接下来的三日是蔡昭自上了万水千山崖之后最平静悠闲的三日。

既没有人来害常宁，常宁也不会出去搞事情，蔡昭日常除了练功备战，闲来无事就是喝喝清火莲子汤，以及看瓜枣嘴腮四人给芙蓉跟翡翠献殷勤。她终于过上了有情调的悠闲生活。

可惜，仅仅三日。

第四日一早，蔡昭就发现阿瓜、阿枣二人看自己时眼神闪避，行迹鬼祟，阿嘴几次张嘴又闭上，玩起了欲言又止这种高雅戏码。蔡昭懒得理他们三个，直接问阿腮："有事说事，若是无故隐瞒，我明日就叫常师兄扒了你们的皮。"

阿腮立刻跟倒篓子似的全吐了："蔡师姐，宗门里到处都在传你的谣言呢！"

"谣言？我的？"蔡昭忽觉久违的话本子中的桥段真人化了。

故事中，总有一位善良柔弱的小姐。她身世可怜，并且有个恶毒表姐时不时地加害于她。加害的手段五花八门，其中最喜闻乐见的便是四散谣言损其闺誉，让小姐无颜见人一头撞死。

当然，蔡昭是肯定不会一头撞死的，哪怕把九蠡山撞成平顶山她都不可能撞死自己。

谣言的内容十分简单：小蔡姑娘自上山拜师后结识了武安常氏的遗孤常宁，短短数日就对其由怜生情，由情生爱，最后由爱生出奸情！虽然小蔡姑娘已有长辈定下的周家婚事，然而两人还是恋奸情热不能自已，日日躲在清静斋中亲热。

描述得绘声绘色，活像躲在蔡昭床底下看见的。

蔡昭听完就傻了，不是气愤，而是傻了。她完全不理解幕后之人散布这个谣言的逻辑："传这些有什么意思呢？难道让师父定我一个朝三暮四、水性杨花的罪名，然后抓我去浸猪笼?!”她想了想又觉得不对：“可是北宸六派中也没有这个罪名啊。”广天门宋家就有一位风流灵性的美貌女前辈，一生嫁了五六回，每一任后夫还都是在与前任的婚内结识的。

芙蓉倒是提供了新的思路：“我觉得幕后之人倒不是想叫小姐获罪，而是想将谣言散播得天下皆知，坏了小姐与周家的好亲事。”

蔡昭难以置信：“区区谣言就能坏了我的亲事？”

翡翠道：“就算坏不了亲事，能恶心恶心小姐也是很合算的。”

蔡昭想想也是，就算周家人坚信自己的品性，闵家那几个女人还不乐得天天含沙射影指桑骂槐啊？

“所以，究竟是谁在后头散播谣言呢？”她自言自语道。

瓜枣嘴腮四人眼神闪烁，芙蓉、翡翠：“这还用问吗？”

蔡昭气得直笑，一跺脚，转身就找戚凌波算账去也。

仙玉玲珑居正在修整中。

蔡昭到得气势汹汹，前几日被常宁骇得惊魂未定的众侍卫仆从哪里敢阻拦，于是她一路直闯进去，很顺当地找到了正在试着穿戴新衣裳跟首饰的戚凌波。

蔡昭也不跟她啰唆，径直问戚凌波那些谣言是否为她所散布。

戚凌波娇滴滴地对镜比衣，掩饰不住得意之情：“哎哟，师妹说的是这个谣言啊，我也听说了。什么？师妹觉得这传言是我去散布的？哎呀真是天大的冤枉。自从前几日被常世兄‘指教’了之后，我就老老实实待在屋里读书写字、修身养性了呀，师妹怎能凭空污人清白呢？

“为什么会有这个传言？哎哟那就要问师妹你自己了啊。你一上山就与常世兄形影不离，连爹特意为你准备的椿龄小筑都不住，非要与常世兄住在一处，你叫大家伙怎么想啊？只是不知道周家的人听了这传闻，会不会怀疑师妹的操守啊？”

蔡昭一把抓住戚凌波的胳膊，反手扭住，冷冷地道：“你真是不见棺材不掉泪！真要寻根究底，难道我会找不出谣言由何而来吗？你信不信我先抽你几十个嘴巴，把你的破嘴抽烂，再押着你去找散布谣言之人？”

戚凌波也豁出去了，将新衣裳重重一摔：“你打你打，有本事你就把我打死！反正我什么过错都不会认的，就算有别人指认了我，那也是你屈打成招！”其实她也是无计可施了，打不过骂不过，又无人撑腰，只能出此下策。

蔡昭放开戚凌波，冷笑道：“好，好得很！师姐真有种，也怪小妹以前将师姐看扁了。既然师姐要玩，小妹定然奉陪！”她再不多说一句，转身就利落地走了出去。

戚凌波揉着被抓疼的胳膊，惊疑不定。

巨大宽阔的演武场上，几十名内门弟子正在习武，宋郁之站在一旁，监督指点。

忽而一抹倩影缓缓走来，众人抬头看去——身着浅绯色的织金罗裙的少女手提一个藤萝编的食篮，纤腰款款，杏眼桃腮，翩然而至。

这美貌少女不是蔡昭又是谁？

众弟子都傻眼了。

山间旭日之下，少女轻轻抬手，扶了扶如云绿鬓，金雀钗上的琉璃珠花轻轻一颤，一众愣头少年的心肝似乎也跟着颤了颤。

蔡昭缓缓走到宋郁之身旁，娇笑如银铃：“三师兄辛苦了。昭昭甫入师门，今日才知三师兄如此辛苦劳累。三师兄能替师父分忧，昭昭若是什么事也不做，未免太不知礼了。”她从食篮中端出一盏汤盅，“师兄，来，喝口冰糖莲子汤歇歇吧。”

众弟子伸长了脖子，惊愕中带着激动，激动中带着期待，期待中带着八卦之心。

没办法，宗门修学生活太枯燥了。

宋郁之身姿挺拔，俊美英朗一如既往。

眼前的少女笑靥如花，殷勤备至，是个男人都会心动。他沉默片刻，道：“你想干什么？”

蔡昭继续装着娇笑：“这几日有关我的传言师兄也听说了吧？”

“听说了。”

“散布谣言的人是戚凌波。”

“我知道。”

蔡昭咬牙强笑：“她是师兄的未婚妻子！”

“那又如何？”宋郁之仿佛在说与自己毫无关系的人。

小姑娘露出恶狠狠的目光：“戚凌波坏我名声，还想坏我的亲事，这事我能忍？要是不还手我蔡字倒过来写！戚凌波叫我不痛快，我就叫她不痛快！”

“这与我有什么干系？”宋郁之看了女孩一眼，神情依旧淡然。

蔡昭露出真面目，恨恨地道：“师兄别想再置身事外！实话说吧，师兄高兴也罢，不高兴也罢，我都缠定师兄了。谁叫师兄未来的夫人做事不厚道，师兄你就好好受着吧！”

宋郁之的嘴角微不可察地弯了一下，旋即淡漠地道：“我若不愿叫你缠着呢？”

蔡昭轻笑一声，难道她那几百册话本子是白看的?!

她笑得明媚讨喜：“看来师兄的阅历不够啊，一个女子想赖上一个男子，有的是办法。”她又压低声音，“师兄好好喝了这盅汤，我就是个傻头傻脑仰慕师兄的无知小姑娘，一日三顿来嘘寒问暖；师兄若是不喝，我就是个楚楚可怜惨受丢弃的痴心女子！”

宋郁之剑眉一挑：“你我相识才十余日，我什么时候丢弃过你？”

“等我每夜到师兄窗前哭泣断肠之时，大家都会相信的。”蔡昭编得毫无内疚之意。

宋郁之站得离众弟子本就有些距离，他二人又始终是在低声说话，是以旁人并不知道他俩在说什么，只看得见英俊高大的师兄与娇嫩秀美的小师妹贴近了在窃窃私语。

“这是什么情形？我是不是在做梦？”

“不是做梦，我已经掐过我自己了，很疼。”

“宋师兄从不与年轻女子多说半句话啊，连戚师姐他都不怎么搭理的！”

“这你就不懂了。宋师兄冷若冰霜，那是因为人不对，要是人对了，师兄的话可多着呢！都是男人，大家都知道的嘛。”

“其实拜师宴那天我就想说了，小蔡师妹生得真是好看。”

“还用等到拜师宴，祭典那日我就看见了，可恨那个满脸毒疮的家伙一直跟在她身边！”

“可是近日不是传言蔡师妹与常公子那什么吗……”

“别胡说八道，这种没谱的传言傻子才会信！姓常的哪里比得上咱们宋师兄，不说家世武学，单论那张脸，你是女子你选谁？”

“我是男的我也选宋师兄，哈哈哈哈！”

“可是宋师兄不是与戚师姐定亲了吗？而且蔡师妹也与周家……”

“你们都不看话本子的吗?!惊鸿一瞥，两情相悦，金风玉露一相逢，仿佛前生似曾相识。惜乎两人各有婚约，惨遭长辈反对，最后携手归隐江湖，唉……”

“你话本子看太多啦，哪里有那么麻烦，都是北宸六派自己人，把亲事换一换不就行了吗？”

“亲事是可以随便换的吗？”

“你昨天还换了我的底裤呢……”

蔡昭不知道还不用自己栽赃做戏，一群热血少年已经自行脑补完她和宋郁之的三生三世爱恨纠葛了，她再耽搁一会儿，估计连未来生几儿几女都能掰扯出来。

她见宋郁之迟迟没动静，正准备哭天抹泪来一段时，宋郁之忽然伸手接过了汤盅：“前几日你为何忽然不搬回椿龄小筑了？”

蔡昭愣了下：“这几日常宁在到处发疯你没听说吗？我得就近看着他啊。不过我看他快痊愈了，到时师父肯定要带他下山去给常家报仇，那时我就能搬回去了。”

宋郁之忽然笑了，如阳光下的山岳，明亮又英挺。

八辈子没见过宋郁之笑成这样的内门弟子见此情形，个个激动得无声呐喊。

宋郁之举起汤盅几口喝尽，然后还给蔡昭：“我不喜食甜，下次换一种汤。”说完他利落地转身，走向教武台。

蔡昭大喜，心知宋郁之这是答应了陪她做戏，于是举着小手绢在他身后卖力挥动，笑得比莲子汤还甜：“师兄别累着了，我下午还来！”

众弟子在心中疯狂呐喊，他们寂寞无趣的学艺生涯终于有狗血大戏可以看了！

第28章

次日清晨，晴空万里，四宇无霾，是个诸事皆宜的好日子。

诸事，代表很多事。

清静斋，西侧排书房。

常宁缓缓睁开眼睛，他感觉体内的真气如一股暖流飞速流经各处穴道，丹田温热，脉络通畅，他凝视自己白皙的指尖，隐隐有气劲出没。

他并指立掌轻轻一挥，前方十步以外茶几上的茶壶应声碎裂，冰裂纹般细细碎开。

常宁微微皱眉，凝神调息片刻，控制好劲力再度挥掌，茶几上并列一排摆放的三只茶盏齐齐裂开。他起身过去查看——每只茶盏均匀地裂成了三等份，裂口犹如刀劈斧砍一般整齐。

这还像点样。

不过常宁还是不甚满意。

如果他一年多前没有受伤中毒，现在的修为应该不止于此。当时，是他太着急了。

接下来他需要尽快清除最后一关的真气滞隘，恢复之前的修为能力。

破竹轩。

丁卓清早起来先在屋前的小竹林中练过三遍剑法，然后沐浴濯身，换上自己最好的衣裳，熏过三道清冽的点犀香，将头发紧紧梳好，最后郑重地捧起爱剑，缓缓走出门外。

天清气爽，他深深吸了口气，胸腔溢满了穿过竹林露水而来的气息。

樊兴家已经等在庭院中，他是被丁卓特意请来观战作证的。

“四师兄，您今日看起来劲气内敛，斗志昂扬，想来是志在必得。”樊兴家笑道。

丁卓矜持地点点头：“身为修武者，必须对比试心存敬意。”

他小时候听过很多剑客的传说故事，其中最艳羡一位无名武者。说是无名，只因他痴迷修武，早已忘记了自己的姓名家世与亲朋故交，一生寻寻觅觅，也不过为求一败。

其他孩童听完故事就一哄而散了，只他在原地痴痴念想。

一生求败而不能得，这是多么邈远崇高的境界。

丁卓闭眼，想象那种高处不胜寒的孤寂，令人向往的孤寂。

他与宋郁之曾比试过三次，分别是一平两输。

宋郁之的天赋比他强，不但天赋比他强，修习的勤奋刻苦也丝毫不逊于自己。所以他很敬重宋郁之，他希望蔡昭也不要让自己失望。

他当然希望自己能赢，但即便输给蔡昭，他也不会失落或气馁。

因为他真正渴望的，是那种高手之间巅峰对决时的激动与刺痛。

追月轩，内寝中。

戴风驰伤势未愈，依旧需卧床吃药。他对戚凌波道："那小丫头可不是省油的灯，你这么散布她的流言，她定然不会善罢甘休的。"

"我才不怕她。"戚凌波吃着新送来的水果，"她能将我怎么样？杀了我吗？将我打个半死？呵呵，都不能够吧，大不了向爹告我一状。有我娘在，爹也不能如何责罚我的。"

戴风驰忧心忡忡道："我总觉得蔡昭不会轻易认输，怕是有厉害的后招。"

"让她放马过来好了！"戚凌波满不在乎。

清静斋。

常宁终于将真气运转完最后一周天，整理仪容后，推门而出。

阳光明媚，照得人分外熨帖。

门外是站了许久的阿瓜、阿枣、阿嘴、阿腮，四人分别捧着清茶、水盆和帕子、清香扑鼻的粥汤，以及各色小点心。他们一看见常宁出门，立刻谄媚地拥上来献殷勤。

常宁睃了周围一圈，问："芙蓉和翡翠呢？"其实他是想问蔡昭去哪儿了，但他不想显得自己太主动。

四人答："芙蓉姐姐在晒被子，翡翠姐姐在晒书。"

常宁微微一笑："估计是昭昭师妹吩咐她们做的，我不过就在数日前说了句'上个月潮得厉害，我屋里的被褥跟书册都快发霉了'。"他故作烦恼状，"昭昭也是太记挂我了，我随便说的话她都要记在心里。"

阿瓜是四人中最机灵的，立刻接上："常公子说得是，蔡师妹向来心无旁骛，只有公子您的事，那是桩桩件件都分外着紧！"

阿枣从善如流："那可不是！常公子是谁啊？那是蔡师妹心中头等重要的人啊，举凡衣食住行都要事事过问！"

阿嘴的话别出心裁："其实蔡师妹为人随和自在，旁的人啊，事啊，哪里能在她心中留名号？可又有什么法子呢？若是心中有了一个人，那定是嘴里、心里都要牵挂那个人的。"

三人你一言我一语，说得常宁喜笑颜开。只有阿腮傻不愣登，插不上嘴，急得上火。

"说了半天，昭昭人呢？"常宁一脸矜持。

阿腮终于有机会了，赶紧大声道："今日一早蔡师妹就炖了一锅喷香的蹄花汤，刚才拎着去演武场了！"

常宁皱眉道："什么蹄花汤，乱七八糟的。"顿了顿："她去演武场做什么？"

阿瓜、阿枣、阿嘴三人嗫嚅着不敢说，阿腮人傻无畏："去给宋师兄送汤啊，昨天都送了三次了。"

"你说什么?!"常宁的脸色瞬间由晴转阴。

追月轩。

戴风驰还在担忧："昨日蔡昭给你撂下了狠话，也不知会有什么举措，我们还是早些准备的好，万一……"

"万一什么万一。我看她只是说说狠话，就凭落英谷那一亩三分田……"

戚凌波的话还没说完，心腹婢女就跌跌撞撞地跑了进来。

"小姐，小姐不好了！"婢女气喘吁吁地说。

戚凌波斥骂道："会不会说话，什么叫我不好了？回头自己去领十鞭子！"

那婢女畏惧道："是是……是婢子不好！可是……可是小姐你快去演武场看看吧！"

"怎么了？"

"蔡家小姐正在演武场勾引宋公子呢！"

戚凌波"吧嗒"摔掉了一个茶盏。

破竹轩。

珍贵的白玉香炉上青烟袅袅，在空中绕出一圈圈优美的弧形。

一圈，两圈，三圈，四圈，五圈……

丁卓扭头问："她怎么还没来？"

樊兴家道："呵呵，呵呵，快来了吧。"

丁卓道："一个时辰前你就这么说。"

樊兴家开始冒汗了："也许……也许再过会儿就……就来了？"

丁卓道："再过会儿就要开午饭了。"酒足饭饱后打着嗝比武，一点都不寂寞，不孤高，不传奇。

樊兴家忍不住提醒："四师兄，我在想，昭昭师妹是不是忘记了啊？"

丁卓难以置信道："忘……忘记了?!"

"是呀。"樊兴家索性直言，"昭昭师妹这人洒脱散漫得很，师父说她其实有几分像她家那位叔祖父，小时候在落英镇上逛铺子不是摸错路就是没带荷包，一样优哉游哉——当年蔡长风大侠在外头浪荡得高兴，连自家兄嫂的丧礼都没赶上。"

"是以，四师兄你昨日有派人去提醒她吗？"他觑着丁卓的脸色。

比武前还要去提醒人家别忘记……

寻寻觅觅，一生求败，巅峰对决，只有高手能懂的激动与刺痛……

丁卓忽然感受到了世界的恶意与背叛。

演武场上日头正高，众人热情似火，尤胜烈日。

大家或假作喝水或装着休憩，用各种奇葩的姿势偷瞧校场那头——宋郁之将喝空的汤盅还给蔡昭："先是凤爪，然后是鸭掌，现在是猪蹄，你能不能别总惦记它们的腿脚，就不能熬些高明的汤水吗？"

蔡昭态度良好："那下顿咱们炖脑花好不好？"

宋郁之面无表情道："那还是蹄花汤吧。"其实味道还行，咸鲜酥烂的。

蔡昭充满歉意道："委屈三师兄了。芙蓉只会做甜食，翡翠喜欢搓药丸、熬药汁，我……喀喀……我会得不多。虾饺……啊不水晶倒是手艺好，可惜她早早地就嫁人了，这回没跟来……"她想了想，"其实常宁的厨艺很好，头回做出来的鸡汤馄饨味道就堪比我家隔壁砂锅叔三十年的功力了，要不等他出关了让他下厨吧？”

宋郁之一阵气血翻涌，也不知是不是这两天补汤喝太多了。

他差点脱口道“你想毒死我吗”，可恨他自幼被教养得端方清贵，按他的习惯应当扭头就走。可他想起与蔡昭初次见面自己也是这样被气跑的，再见面时她身边已黏了个甩不脱的常宁，于是他努力忍住了。

“除了送汤汤水水，你就没有别的办法了？”他忽然问。

蔡昭见他不气了，松了口气：“差不多就行了吧？我也想不出别的招数了，反正只要等到师姐过来质问痛骂，咱们就大功告成了，师兄再也不用喝汤了……”她窃喜道：“今日一早我特意叫了人去仙玉玲珑居门口大声议论我来演武场的事，我猜今日之内凌波师姐就要杀来了。”其实她知道自己来纠缠宋郁之很不地道，自打宋郁之答应配合后她就满怀感激，同时希望尽快结束这场闹剧。

宋郁之剑眉一挑，似乎并不认同：“你带帕子了吗？”

“啊？什么？哦，帕子，我带了带了。”蔡昭忙不迭地掏出来。

“给我擦汗。”宋郁之道。

“啊？”蔡昭看向青年光洁如玉的高高额头，以为自己听错了。

“我替你想的招数。”

蔡昭立刻就懂，内心大赞宋郁之乃同道中人，连忙踮起脚尖，举着粉白色的小花手绢覆在宋郁之英挺的额头上按了下去。

也不知是不是这个招数的威力太大了，她才擦了两下，戚凌波就满身风雷地杀至，后头跟着躺在担架上的戴风驰。

“你在做什么?!”看见未婚夫与死对头亲昵地站在一处，还肌肤相接，戚凌波只觉得寸寸肌肤都要烧裂开来，双眼赤红如欲噬人一般。

这声大吼直接带着全场看客轰动起来——一边是父母之命，一边是两情相悦，宋三公子应当如何取舍呢？

众弟子激动地在心中挥舞小拳拳，人叠人，人挤人，人压人，拼着命来看这出好戏。

蔡昭大喜过望，她要的就是这个效果。

“哎哟喂，这不是凌波师姐吗？这大日头的，师姐怎么纡尊降贵来这里了啊？”这次轮到她娇滴滴地阴阳怪气了。

“蔡昭你个不要脸的小贱人！寡廉鲜耻，朝三暮四，你你你……竟然敢来勾引郁之哥哥！”戚凌波愤怒得连气都喘不上来了。

蔡昭一脸柔弱地微笑道：“师姐怎能这样说小妹呢？师姐您一定是误会了，我只是将三师兄当作哥哥……哎呀太恶心了我说不下去了。”她自己先起了鸡皮疙瘩，索性将假面一撕，冷声道：“实话跟师姐说吧，我就是有意的。师姐抄掉了我的后路，我还要什么脸面呢？凌波师姐你自作自受，活该有此一报！哼哼，踢翻了我的碗，你还想自己好好吃饭，想得倒美，难道我不会从师姐的碗里夺食吗?!”

戚凌波尖叫道：“什么自作自受，是你自己臭不要脸就怪到我头上来！这件事我绝不善罢甘休……啊！你……”

蔡昭懒得和这蠢女人废话，决定让她加倍生气，于是微笑着扭头又给宋郁之擦汗去了。

戚凌波气得头顶冒烟，一头撞过去就要去撕蔡昭的脸皮，谁知却叫宋郁之提前一步挡住了。她心碎欲裂，正要含泪质问未婚夫为何胳膊肘往外拐时……

“你在做什么?!”同样的质问，惊雷般的冷厉喝声。

话到人到，常宁长袍广袖翩飞，身形如飞鸿惊电，炫目至极，瞬息之间就从演武场外飞跃而至。

这股气势霎时镇住了所有人，也高兴坏了所有人——这是瓜田要大丰收了吗？哦吔！

蔡昭没反应过来，呆呆地道：“咦，你不是在闭关吗？哦，我记起来了，你今天出关。哈哈，哈哈，恭喜恭喜。”

常宁脸色铁青，一把将女孩从宋郁之怀中拽了出来：“你究竟在做什么?!”

蔡昭欲解释，看看宋郁之，再看看戚凌波，一时不知从何说起，最后无奈道：“其实不是你看见的那样，我可以解释。”

戚凌波尖叫道：“解释什么解释，就是你在勾引我的郁之哥哥！”

蔡昭立刻不想解释了，似笑非笑道：“的确没什么可解释的。大家都是同门手足，相互关怀，相亲相爱，亲如一家嘛……”

宋郁之眯眼道：“常世兄，看来你是功力尽复了。”

常宁冷笑道：“宋三公子，看来这两日你福分不浅啊！”

“好说好说。”

空气中似有电花闪过，蔡昭无来由地背心一凉。

戚凌波哪里能放过她，大叫道：“小贱人，你知不知道廉耻？东勾引一个西勾引一个，丢尽了我们北宸六派的脸！”

蔡昭心想你老母年轻时那才叫一个精彩纷呈，我这才哪儿到哪儿——不过几百册话本子的经验告诉她，这显然不是说话的地方，她还是先溜为妙。

戚凌波这话叫宋郁之眉头一皱：“北宸六派中不论男女，并不忌讳数次婚嫁，只要是直截了当、光明磊落的，有何不可？”

常宁“哈”地笑出了声：“这倒是，宋家门里风流的男男女女着实不少。”

戚凌波心知自己说错了话，但在这么多人面前被未婚夫下面子，还是红了眼眶。

戴风驰护美心切，立刻叫嚷起来：“三师弟，凌波是女孩子家，你怎么对她说话这么不留情面……”

“蔡师妹！”侧边冷不防插来一个气恼的声音，“师妹要去哪儿？”

丁卓不知何时也来了，气呼呼直挺挺地站在正中，活像一杆宁折不弯的长枪。

顺着他的声音，几人扭头看去，只见刚刚溜出三步的蔡昭尴尬地停住了脚步。

“哈哈，呵呵。”蔡昭赔笑，顾左右而言他，“咦，丁师兄怎么来了？今日不在破竹轩里练功吗？”她这位四师兄一年到头见不到人，不是正在练功，就是准备练功。

丁卓气得一个字也说不出。

樊兴家总算喘着气赶到，替他说了：“四师兄是来找师妹你的。”

蔡昭一愣：“师兄找我何事？”

“当然是比武啊！”樊兴家也无语了。

蔡昭背后一凉：“不是十日后吗……”

“今日就是第十日！”丁卓气得脸色铁青。

蔡昭张大了嘴，半晌才想起来，当下是真正的万分抱歉，连声道：“对不住对不住对不住，四师兄真对不住，我……我……要不咱们这就找个地方比武去？”

常宁冷笑一声：“丁少侠不必气愤，蔡师妹这两日忙着与宋公子‘亲如一家'，自然不记得与丁少侠之约了。"说着，狠狠地瞪了蔡昭一眼。

蔡昭缩了下脖子。

宋郁之不悦道："常世兄说话不必这么难听。"

"行，那我说点别的——有婚约的男人平素行事更该比寻常人检点，不要以为半推半就就毫无错处了，但凡不坚拒未婚妻以外女子的男人，都是朝三暮四！"

"婚约是长辈之意，若是实在不合适，不如早日了结，何必误人误己？"宋郁之忍耐不住了，这是早就藏在他心中的话。

戚凌波哪里会听不懂，在旁咬唇落泪。

"呵呵，依宋公子之言，若二人成婚后一看不合适，也能随时了结喽？"常宁拉起蔡昭，"你看看，宋家门里果然皆是些风流成性之辈。若是换了我，只要定了情，此生必定与那人至死不渝的，连骨灰都该倒在一个匣子里！"

蔡昭又惊又吓又呆，话说是要早日了结还是要倒在一个骨灰匣里跟她有什么关系？她的未婚夫姓周，既不姓宋也不姓常啊。

"啊……这，呵呵，原来常家是喜欢火葬的，落英谷素来是土葬的……"她只能赔笑。

宗门中备受瞩目的几位天之骄子不顾颜面地吵成一锅粥，气急败坏者有之，争风吃醋者有之，笑料百出者有之。周围众弟子看戏看得津津有味，彼此窃窃议论，打趣下注，乐得不行。

许多许多年后，垂垂老矣的他们回想起来，这竟是在他们无忧无虑的少年时代里，最后一刻欢悦的时光。

远远地，一声低鸣沉沉传来，悠远低沉，宛如地底恶魔的鸣叫。

众人一愣。

宋郁之头一个反应过来，脸色大变："这是示警的号角声！"

樊兴家侧头细听，失声道："三长两短，糟了，有外敌攻上宗门了！"

"什么?!"蔡昭吓了一跳，"不是说万水千山崖固若金汤，坚不可破，无人能攻入吗？"

常宁低垂眉目，神情镇定："天下哪里有真正坚不可破的城池？"

不只蔡昭这么认为，其余弟子也不禁慌乱起来，自他们入宗门以来，就和蔡昭一样坚信绝不可能有外敌入侵万水千山崖。

宋郁之抬头一看，戚云柯的七个亲传弟子，倒有六个都在这里扯皮，他心知情形不妙，大喝一声："众弟子听我号令，大家七人一组，结成剑阵！"

他的威望在同门弟子中本就是第一，此时登高一呼，人人听令。

"四师弟，你领两组人手沿途一路向各居所示警，叫奴婢、仆役等人都到后山躲起来。之后赶去外门襄助李师伯，尤其是赤麟门，他们有许多刚入门的年幼师弟、师妹，必得保他们性命无虞！"

丁卓利落地一抱拳，转身就走。

"五师弟，你领两组人去药庐，务必护住雷师伯。若是抵挡不住，就不要管药庐了，立刻退去山坳温泉关，那里布有可护身的阵法！"

樊兴家咬牙领命，挺胸离去。

"二师兄，你……"宋郁之看见伤势未愈的戴风驰，"你与凌波师妹领一组人去双莲华池宫，护着师母退往山坳温泉关。"

戴风驰挣扎着应声，戚凌波害怕得周身打战。

远方的号角声一阵紧似一阵，仿佛恶鬼催命，结好剑阵的众弟子焦躁不安，一股逼人疯狂的紧迫感无声袭来。

宋郁之高声道："剩下的人跟我去暮微宫，师父和大师兄还有宗门典籍都在那儿！"

众弟子齐声大喊着领命。

戚凌波饱含泪水，几次张嘴未言，最后被戴风驰拉走了。

大家都知道，最危险的必然是暮微宫。

宋郁之将之前练习用的长剑插于地上，转身从演武场边的兵械架上取下两柄雕古纹琢金翠的宝剑，一柄名青虹，剑身上锐利的锋芒几乎透鞘而出；一柄曰白虹，典雅沉静，万里斫杀不留痕。

这本是尹岱倾尽所能为两个年幼的女儿备下的名兵利器，可惜二女均未用上。

现在传到了宋郁之手中。

宋郁之将白虹缚于背上，将青虹递给蔡昭："给你防身。"

蔡昭摇摇头，微笑道："三师兄在这种时候就别怜香惜玉了。"她拔出适才宋郁之插于地面的长剑，平持于身前，拈锋一弹，剑身发出嗡嗡的轻响。她道：“这也是一把好剑，师兄还是用自己趁手的兵器吧。”她只是不爱用尹家的东西。

宋郁之便不再坚持。

蔡昭反手持剑，贴于手臂，与宋郁之一起看向常宁。

常宁微微一笑，右手隔空虚抓，兵械架上的一柄长剑“啪”地被激出鞘，直直落入他手中。

“如此，防身足矣。”他轻轻转动剑锋，“宋公子就不必给我派活了，我自会随机应变。宗门于我有恩，见到一个贼人杀一个就是。”

宋郁之看向蔡昭，欲言又止。

蔡昭会意，自告奋勇道：“三师兄，我和你一起去暮微宫。”

常宁却将她拉到自己身边，向宋郁之道：“让她跟着我吧，她手上还没见过血。”

宋郁之点点头，提起青虹后又看了蔡昭一眼，低声道：“师妹自己当心。”随后领上剩下的弟子，迅速走了。

蔡昭本想跟上去，却被常宁拉住了。

她闷声道：“我知道自己毫无临敌经验，但也不能袖手旁观。”

常宁神情淡然地道：“谁让你袖手旁观了？不过得先去一个地方。”

“哪里？”

“万水千山崖。”

第29章

蔡昭被常宁拉着径直往崖边的方向奔去。

她忍不住问他：“为何去那儿？”有敌来袭，要么是去人群聚集处杀戮，要么是去关键紧要处捣乱，她不明白他要去万水千山崖干吗。

常宁走得大步流星，衣袂飘飘，答道：“你自己也说了，青阙宗固若金汤。两百年来，从无人攻上过万水千山崖——请问这些外敌是怎么来的？”

蔡昭道：“唉，我想去救人。”

常宁神情淡然：“人是肯定要死一些的，但我们要快些弄清缘由，不然后患无穷。”

蔡昭听他轻描淡写地说“人是肯定要死一些的”，不禁心头一悚，忍不住嘟囔道：“就不能事后再查吗？”

常宁倏然收住脚步，瞪眼看女孩：“我看暮微宫更要紧——尽管那儿有戚宗主与一众高手，还有宋三公子领着弟子驰援，但是为免昭昭妹妹的心上人磕破擦伤，吹了山风感染风寒，我还是陪昭昭妹妹赶紧过去吧。美人救英雄，一时成佳话，反正北宸六派一家亲，嫁姓周的还是姓宋的也差不多，回头再把亲事换一换，到时昭昭妹妹就得偿所愿……”

“常师兄说得一点也不错。师父武功高强，各位师伯也各有本事，何况适才三师兄安排得很不错，想来不会有大碍的，如果不查清外敌入侵的缘由那真是后患无穷。”蔡昭抵赖得行云流水。

常宁斜眼冷哼了一声。

两人刚刚奔离演武场，行至中门，浓烈的血腥气就扑面而来。

地上横七竖八地倒着十余具尸首，其中三四具明显不是宗门中人，灰衣劲装，长巾裹头，面上外罩一个狰狞古怪的油彩面具。

蔡昭不明白，常宁却立刻道：“是魔教中人不错，看打扮是天罡地煞营的，只不知是哪一组。哼，聂喆这些年藏污纳垢，也不知如今攻上来的都是些什么货色。”

二人不敢停步，沿途遇上几次宗门弟子与灰衣人相斗的局面，常宁上前就是一剑一个，剑势凌厉，出招又狠又准。有一回三名灰衣人齐齐扑上来，他竟然一剑横扫，瞬间封了三人的喉。

蔡昭将长剑提起来又放回臂后，毫无发挥的机会。

其中领头的一名灰衣人见常宁满脸毒疮，无法辨认面目，偏偏又内功深厚、招式狠厉，当下发问：“你使的不是北宸六派的招式，敢问阁下何人?!”

“什么东西，也配问我的姓名！”

常宁哈哈大笑，随手引来地上的一把残刀，左手执剑，右手将刀向上一抛，待其落下时在刀面上弹指一震，鬼头刀瞬时碎裂。他长袖一挥，几十枚碎刀片犹如利刃齐齐向灰衣人射去！

那灰衣人眼见漫天利刃飞来，将手中的雷公挡挥舞得迅疾无比，依然抵挡不及被扎成了个筛子，血流如注而死。

这一连串动作利落流畅，雄浑老辣，引得众弟子齐声叫好。

两人继续向前走，路经一座凉亭，发现里里外外都散落了不少尸首，似乎都是猝不及防被杀的。石礅上还趴着一名满身血污的宗门弟子，发出“哦哦”的嘶哑呼救声。

叫声很奇特，似乎是直接从气管中冒出的声音。

蔡昭来不及多想，飞跃入凉亭，发现整个地面几乎都被鲜血浸透了，血泊早已凝结，她将那弟子扯来一看，差点吓出尖叫！

那弟子才十七八岁的模样，然而从下唇起整个下巴竟被齐齐削去了，上唇以下的小半张脸都没了，形成一个弧形的切口，咽喉脖颈却保持得完好，是以才会发出那种嘶哑的呼声。

蔡昭的目光下移，强忍浑身颤抖——这弟子的手足都被斩去了，难怪爬不动。

蔡昭何曾近距离见过如此可怖的情形，当下踉跄着连退两步，脚跟碰到一物，扭头一看竟是一个死状奇惨的粉衣小婢，娇嫩的下边脸面都被削去了，创口也是同样的弧形。

她一惊：“这不是凌波师姐的……”这丫鬟正是她打发来给戚凌波放风声的婢女，大约是在追赶戚凌波的途中听见了示警号角，躲避不及反而被杀。

常宁也看见了尸首，然而他还是一动不动地站于亭外，只在手中暗暗扣了片碎刃。

除了少年弟子和粉衣小婢，蔡昭又发现了两具下巴一样被削掉了的尸首。一阵冷风吹过，她感觉汗毛都快竖起来了。

不等她回头招呼常宁，凉亭旁的假山后倏地蹿出四名戴油彩面具的灰衣人。

这四人的武功明显比适才那几拨灰衣人都强，不但身法奇快，且经验老到，他们见亭内只有一名稚龄少女，于是一人扑向凉亭，其余三人扑向常宁。

三人来势凶猛，但常宁并不惧怕，他左手使剑右掌疾拍，片刻之间各有来回。

扑向凉亭之人身形魁梧，露在面具外的一双眼睛透着凶残兴奋的浑浊之气。他手持日月双轮，轮刃上鲜血淋漓：“好一个花容月貌的小娘子，你来得正好，这个不中用了，我来给你修修脸……”

常宁见状一惊，欲赶去凉亭相救，又被三人缠住。

蔡昭凝视着那对轮刃上粘连着的细碎骨肉，她终于明白了那少年弟子与小婢等人是被什么兵器伤成那样的了。

同时，她也明白了，这四人是专门在此截杀宗门弟子的——留下一名活口，将之残害成口不能言的模样，以此引诱宗门高手前来搭救。

灰衣大汉嗤嗤怪笑，迎面扑来。

蔡昭挺剑而上，只听“锵”的一声，兵器相击——灰衣大汉左手剧痛，月轮脱手而出，他踉跄着退去数步，捂住右臂，鲜血从他指缝间汩汩流出。

灰衣大汉大惊：“你……你是谁?!”

蔡昭出剑极快，转瞬间剑尖斜斜上挑，从日轮把手洞穿而过，再以弧形下劈。

灰衣大汉只觉一阵剧痛，右臂竟被一剑斩断，创口处鲜血狂喷。

“落英谷，蔡昭。”女孩面沉如水。

灰衣大汉声音发抖：“你是蔡平殊的什么人？”

“卑劣小人也配提她的姓名？”蔡昭持剑上前，将剑如蝶翼扑动般极快地左右分挑四下，将日轮击开，最后一记平剑挥出，灰衣大汉的首级竟然直直飞了出去。

无头尸首在地上抽搐了几下，最后不动了。

年幼时，蔡昭曾问过姑姑，第一次杀人时怕不怕。

蔡平殊照例给她讲了段往事。

她首杀之人是个名不见经传的草莽匪徒，若论本事，那人连给魔教提鞋都不配，但凶残犹有过之。

那年蔡平殊还不到十四岁，正跟着周家弟子一道赶赴尹岱所设的六派新秀大比，途经一间山林中的农舍时，见到一对老夫妇正抱着小孙女的尸首痛哭。

细问才知，昨夜一名匪徒在回巢途中感到腹饥，于是闯入农舍索要吃喝。那片地区本就遍布匪巢，老夫妇哪里敢不从，倾尽家财，好吃好喝地招待了匪徒。

谁知匪徒酒醉饭饱后却看上了他们十三岁的小孙女，因小姑娘在剧痛中抓破了匪徒的皮肉，竟在被凌辱后一刀捅死。

蔡平殊气愤难言，同行的师兄弟都劝她给老夫妇留些银子就算了。那处山林密集，匪巢众多，天晓得那小贼藏在哪里，要给老夫妇报仇犹如大海捞针，还是应尹老宗主之召，共同抵御魔教要紧。

蔡平殊想不通，难道只有魔教杀人才算作恶，寻常匪徒残害无辜就不算了吗？于是她在大队人马前行数日后留信出走，独自溜了回去。

彼时她尚年少，还有点轻微的路痴，不知走了多少冤枉路，吃了多少苦头，几乎将半座山林移平，将盘踞在此的十来座匪巢闹得人仰马翻，叫苦连天后，终于找到了那名贼匪。

吓坏了的寨主将那惹祸的属下推了出来，蔡平殊毫不犹豫地结果了那贼人的狗命，顺手掀翻了整座匪寨——早干吗去了？现在才把人交出来。

当然，她也错过了那次北宸新秀大比。

蔡平殊本以为自己第一次杀人会害怕，谁知当她将那奸杀弱女的贼人拦腰斩断时，不但没有丝毫惊惧，反觉十分快慰。

常宁将剩余三人格杀，几步赶至凉亭。

他见蔡昭在呆呆地出神，以为她是初次杀人后惧怕，连忙道："别怕别怕，这里离外门的厨房挺近，要不我陪你去喝碗安神汤？"

蔡昭看着地上灰衣人的尸首，断颈处犹自"噗噗"地流血。

她摇摇头："我没有怕。"

"姑姑，来投奔爹爹的那个人死了。身上都破烂了，血流得一地都是，娘说他救不回来了，我好害怕啊。姑姑，你头一回杀人真的不怕吗？"

"不怕。"蔡平殊摸着小姑娘的头发，"锄强扶弱，匡正天理，有何可惧？"

蔡昭把这十二个字在心中默念了一遍。

此刻，她亦体会到了那种剪除恶贼之后的快慰。

时隔三年，她方才发觉姑姑其实并没有离开，她将武功与勇气留给了自己。

适才呼救的少年弟子因伤势过重，还是断气了。常宁又探了探其余几具尸首的鼻息，摇摇头。

他抬头看见蔡昭神情郁郁，挑了个话头，笑道：“你适才施展开功夫来，我方才发觉你使的其实不是剑法，而是刀法。呵呵，你瞒得倒紧。”

“彼此彼此。”蔡昭将长剑在灰衣尸首的衣裳上擦了擦，“我以前也以为常师兄对敌时惯用左手，今日才发觉师兄惯使的其实是右手吧？”

常宁神情不变，笑得越发温柔：“昭昭这话是什么意思呢？”

“没什么意思。”蔡昭抬头一笑，“咱们相识至今不过十余日，彼此本就有许多不知道的地方，也谈不上瞒不瞒的。”

常宁见她神情轻松随意，便也笑了下：“昭昭说得没错。”

打完机锋，两人不再耽搁，继续前行。

青阙宗占地庞大，地广人稀。以暮微宫为界，演武场在暮微宫最北面，万水千山崖在暮微宫最南面。两人背向宫殿屋舍而行，越往前去人就越少，沿途除了零星的尸首，连灰衣人也不见踪影了。

一路疾奔，踏叶落尘，常宁发现蔡昭的嘴角始终噙着一抹笑意，忍不住问：“你为何如此欢喜？”杀了个恶人也不至于乐成这样吧？

蔡昭反问：“你知道二十多年前，尹岱老宗主曾办过一次北宸新秀比武大会吗？”

这话题都岔到什么地方去了，常宁自认思路清奇，此刻也摸不清女孩的意思。

“在那场比武中，周伯父与武元英脱颖而出，两人不相上下。”蔡昭不知想到了什么，笑得尤其开心，“不过致娴姑姑说，其实应是周伯父夺魁的，他在对阵武元英时留了手。”

“这是为何？”

蔡昭的脸颊粉扑扑的，笑意明媚：“因为他看出尹老宗主想让爱徒兼未来的女婿在大家面前好好露脸了。周伯父是谦谦君子，哪里好意思掠人风头？唉，可惜邱人杰败得太快，他都没想好怎么让招，比武就结束了。于是周伯父只好在对阵武元英时巧妙地让了半招。”

常宁哧哧直笑，又问：“那你姑姑呢，莫非那时她武艺未成？”

蔡昭道：“那回她有事耽搁了，没去。”

“就这件事让你笑成这样？”比那晚吃鸡汤馄饨时笑得还甜。

女孩梨涡微陷，耐心解释：“我不是因为这件事高兴，我是想到了姑姑高兴。”

常宁勉强表示理解。

蔡昭顿了顿，又道：“隔了一年后，轮到太初观再办北宸新秀比武大会时，姑姑就去了。”

常宁“嗯”了一声：“就是那一回，你姑姑折断了人家的镇观宝剑？”

“没错。”

这是她十几天前才从母亲嘴里知道的。

那年，刚满十六岁的蔡平殊，左边带着苦口婆心、忧国忧民的常昊生，右边带着刚从悬空庵哄回来的小女朋友宁小枫，中间还坐了个傻头傻脑、自卑内向的戚云柯。

她想叫常昊生宽宽心，想叫宁小枫高兴高兴，还想给戚云柯鼓鼓劲，于是在比武时使出了全力——其实是她在外晃荡了一年多后，不知自己的修为已远胜六派同辈了。

最后，太初观的宝剑断了，嫌隙也生下了。

宁小枫说，其实蔡平殊后来也不无懊悔。武元英慷慨豪迈，人品正直，很是值得一交，却为了这件事闹得大家脸上都不好看，着实可惜。

两人终于赶到了万水千山崖。

七个庞大的漆黑链箱立在崖边，每个链箱都外方内圆，里头藏有巨大的链轮轴和强劲的玄铁机括，随时可收放铁锁链。

此时，七个链箱俱已射出了铁链，但是也被解开了锁扣，铁链垂入崖下深渊；链箱周围是横七竖八的守崖弟子的尸首，以及一部分灰衣人与外门弟子相斗而死的尸首。

常宁宽袖飘动，飞跃到尸首旁检查。他时而翻看灰衣人的尸首，时而蹲下检查宗门弟子尸首上的伤处，蔡昭安静地跟在他身旁。

半刻钟后，他得出结论：“有内贼。”

“你翻了半天尸首就看出这个？这我也知道。”蔡昭叹气，“铁链是从万水千山崖发出去的，又不是从对岸的风云顶射过来的，捣鬼的自然是宗门里的人。”

简直是废话。

“是不是哪个外门弟子被买通了啊？还是今日上崖来探望孩儿的家人被冒充了？”她猜得漫无边际——宗门内少说有两三百人，算上厨子、花匠、丫鬟、仆从，内贼的可能范围太大了。

“奇怪，真奇怪。”常宁的神情反而越发凝重。

蔡昭收起轻嘲：“到底怎么了？”

“你来看。”常宁点了地上数具宗门弟子的尸首，“这个死于判官笔，这个死于分水峨眉刺，还有这三个死于紫金锤——然而在地上躺着的魔教中人里，并无使用这三种兵器的。”

蔡昭看了一遍：“那就是说，使用这三种兵器者杀人后即刻离去了。”

常宁点点头，再点了地上四五具灰衣人的尸首：“你再看这几人。除了一个是死于长剑，剩下四人都死于大悲手与金刚指——然而在地上的宗门弟子中，手上全无练过大悲手与金刚指的痕迹。”

大悲手与金刚指都是刚猛无比的外练功夫，是以凡练此功者，手掌和手指上必然会留有粗厚老茧。

蔡昭想了想：“可能是陈师伯和欧阳师伯，听说他俩以前都是佛门弟子，还俗后被尹老宗主招入门下的。”据樊兴家说，这两人都与魔教有血海深仇，但伽蓝寺门规森严，禁止寺僧为报私仇与魔教擅启战端，于是这两位只好还俗了。

常宁看了女孩一眼：“未必非得是佛门中人才能练大悲手与金刚指。”他又道：“我的意思是，敌我两方并非两败俱伤，而是两方都有人全身而退。应该是打了一阵，魔教贼子率先跑了，宗门弟子追了上去，地上留下了许多尸首。不过蹊跷之处也就在这里……”

“有话你就说吧，别卖关子了。”蔡昭想得头痛，“落英谷风调雨顺、生意兴隆，这种事我从未碰上过。”

“你来看这几具尸首，受的不是背后伤就是侧面伤，而且剑都未出鞘，显见是连还手都来不及就遭偷袭而死。”常宁离开这六七具尸首旁，往左走几步，指着地上：“再看这两具尸首，虽是正面受创，但堪堪拔剑至一半，连手肘都来不及伸直，且死前神情惊愕难言——显然是看见‘自己人’骤然发难的缘故。”

蔡昭同意：“要在短时间内杀掉八名守崖弟子，内贼恐怕不止一个。”

常宁点点头："迅速杀掉守崖弟子后，内贼立刻打开链箱仓，发动机括箱，将铁链射至对岸——想必当时风云顶已被贼人控制。然而这玄铁机括箱一旦发动，就会发出震天巨响，于是惊动了不远处的巡守弟子……"

"发动机括箱时的声音有那么大？"蔡昭疑惑道。

常宁道："你也将万水千山崖想得太简单了。两百年来，魔教费尽周折都无法攻上崖来，青阙宗自有过人之处。从崖边到暮微宫处处设有关卡哨所，还有弟子来回巡逻。一处受袭，立刻发出哨声示警，然后各处来援。"他指着地上那名剑拔了一半就死去的弟子，脖子上果然挂有一枚银哨。

"就算守崖弟子来不及吹哨就被暗算了，机括箱发动时的巨响惊天动地，七八里内都能听见，各队巡守弟子只要不是聋子，一样能吹哨示警，然后整个宗门就都知道了。"

蔡昭忍不住把小手贴在那冰冷的玄铁机括箱上，露出敬畏的神情。

转念一想，她忽道："不对。就算各处弟子能闻讯赶来，这个时候机括箱也已经发动，贼人已经上来了啊。"

常宁笑了下，问："你从风云顶到万水千山崖，在铁索上一共花了多少时间？"

蔡昭一怔，想起那晃晃悠悠的铁索，还有刺耳的铁板刮擦声。"我们一家四口是坐马车过来的，费了不少工夫。不过若是施展轻功，想必能快不少吧？"

"在铁索上寻常行走，约需小半个时辰，若是以轻功飞跃，能快一半。"常宁飞快道，"机括发动，发出巨响，一刻后贼人上崖——可是这会儿工夫，宗门弟子也已经赶到了。

"况且一刻之内可以上崖的也只有第一拨人，就算七根铁索齐开，一气上来七位高手，可若来支援的弟子远远多于他们，只需要腾出一两人，就可以打开机括箱中的锁扣。铁索断开，铁索上的人就会全部落入深渊。"

蔡昭细细一想，还真是如此："还有，他们若要施展轻功的话，彼此之间就不能离得太近。铁索那么晃，人挤人的话很容易掉下去。"

她举一反三地估算起来："最先赶到的巡守弟子恰好碰上第一拨上崖的魔教贼人，贼人武艺高强，宗门弟子不敌。然而后续的宗门弟子陆续赶到……少说……"她看向地上乱七八糟的脚印，"少说也有四五十人。"青阙宗习惯以七人编组，在崖边周围巡守的至少有七组人。

"魔教贼人大约上来了二十个。"常宁也估算了下时间。

蔡昭继续："宗门弟子越来越多，魔教贼人寡不敌众，而且这时候机括箱的锁扣已被打开，后面的魔教贼人也上不来了。他们并不恋战，而是在发力杀伤数名宗门弟子后，脱身往北面去了。"

以单人战力而论，魔教贼人的武功显然比宗门弟子强，拦是拦不住的，于是大家一面派人吹响号角向阖宗示警，一面紧紧追了上去。

"应该就是如此。"常宁道。

"可是那又如何？"蔡昭看向常宁，"我们推算了这么多，就算全是对的，那又如何？"还不赶紧驰援暮微宫，是要急死谁？

常宁似乎看出了女孩的焦急："那么问题来了。魔教大费周章，只是为了将这二十多人送上青阙宗吗？这二十多人能做什么？上百宗门弟子一拥而上，踩也将他们踩死了。"

蔡昭也蒙了，这她怎么知道？

她头痛得四处乱看，忽然指着地上的一具尸首道："你说这人是受内贼暗算而死的？"

常宁一怔，答"是"，又问她为何说这个。

蔡昭惊愕道："这……这是太初观的剑法啊。"

常宁大吃一惊，低头去看——只见这人从左胸被刺入长剑，剑从右后背贯穿而出，一击毙命。"你确定吗？"

蔡昭用力点头，指着这人的左胸道："不信你撕开他的衣裳看看，剑尖刺入皮肉之处是不是有个半圆形的伤痕。"

常宁撕开死尸胸口处的衣裳，果然如此。

蔡昭道："这是太初观紫阳剑法的第十三式'回窗望月'，是第三代太初观掌门逍遥子所创的得意招数。姑姑跟我说过的，出剑时先矮身一半，然后从下往上刺敌要害，因为要发力向上，是以刺入皮肉时须得旋转剑柄，才会留下这么个弯弯的剑痕。"

常宁低头再看，死尸颈上的银哨边还隐隐留有唾液的痕迹："这名弟子见同门被害，于是先咬住银哨再拔剑，打算一面吹哨一面抵御……"

蔡昭懂了，接上他的话："内贼怕这名弟子在自己发动机括箱之前就吹响银哨，为免魔教贼子来不及上崖，急切间使出了本门剑法，将人一剑杀死。"

常宁问：“只有太初观弟子会使‘回窗望月’吗？”

蔡昭背心发凉：“应该是。姑姑也只得其形，并不知道口诀心法。”

宗门之内，会使太初观剑法的，只有留在宗门内养伤的武刚、武雄兄弟俩！

蔡昭头大如斗：“可宗门弟子都认识他俩啊，为何不直接传信示警？”

常宁沉声道：“武家兄弟应该是在发动机括箱后立刻离去了。见过他们的人都死了，后来赶到的巡守弟子并没见到他们。”

蔡昭慌乱地看向常宁。

常宁会意，一把扯起女孩向北飞奔而去。

第30章

犹记祭典之日骤生变故，太初观连死四人，北宸六派颜面扫地。

事后各派陆续离去，然而武刚、武雄被“暴雨雷霆”炸成重伤无法自行离去，倘若将他俩交给太初观，兴许会被裘元峰的党羽挟恨报复，于是戚云柯就留他们在宗门客居内养伤了。

而这片专供外客落脚的院落就坐落于万水千山崖与暮微宫之间。

常蔡二人片刻便至，此时客居院落已是人去楼空，仅剩几名来不及退走的仆役四散躲避。蔡昭从门后扯出一名瑟瑟发抖的仆役，问他武家兄弟去哪儿了。

仆役惊魂未定，一问三不知，只说武家兄弟在午膳后就出门了，至今未归。

蔡昭对常宁道：“既然问不出他们的下落，咱们就到处大喊，四处宣扬此二人乃内贼，请大家多加防备吧。”

常大公子是个体面人，怎肯像货郎一般四处叫喊，正想纠正女孩这个“绝妙的主意”，这时从桌下爬出一名小童，怯生生道：“你们说的是武大爷和武二爷吗？”

蔡昭大喜道：“你知道什么？赶紧说来！”

小童其实也不知道什么，只是在给各屋端水送炭时听了一耳朵。

他道：“王管事问武大爷‘除了鲜花素果与一筒线香，还需要什么’，武大爷说够了。王管事又问要不要抬一张祭桌来，武二爷说不必，‘大师兄生前最是豪迈豁达，从不计较小节，冲着他过世的方向拜一拜，就够了'。"

蔡昭与常宁面面相觑，这明显是武家兄弟要"办事"之前最后的告别。

"就这些？还有别的吗？"蔡昭不死心。

小童努力想了想："哦，王管事还问他们今日要继续煎送药汤吗，武二爷说不必了，他们兄弟的身子好得差不多了，也该走了。王管事说他这就去通知风云顶上的管事，为两位准备车马。武大爷却说不急，他们走之前必得向宗主好好辞行……"他现在还记得武刚说这话时，脸上露出的古怪笑意。

蔡昭"啊呀"一声，转身就跑。

她懊悔不已，忍不住埋怨常宁："你看你看，我就说应该去暮微宫吧，果然最终还是得去，还不如一开始就听我的！"

常宁不紧不慢地跟在她身旁，悠悠道："昭昭这么未卜先知，那就该省下送汤的工夫来捉拿武家兄弟。"

"这件事你就过不去了吗？"

"定下亲事的人，不论男女，都该检点些，别没事乱送汤喝汤。要是蔡女侠在世，她会赞成你这么做吗？"

都抬出蔡平殊了，蔡昭只好恨恨地闭嘴。

来到暮微宫前，大战似乎已然结束。

一群弟子往外一架一架地抬尸首，尸首中有戴油彩面具的灰衣人，也有宗门弟子。

常蔡二人一路往里走去，看见互相搀扶着去疗伤的弟子陆续走出来。常宁拦住一名弟子，问："贼人都杀死了吗？"

弟子道："暮微宫中的贼人都除掉了，师父吩咐我们先收拾起来，让受伤的师兄们去疗伤。还有十来个正往外门方向逃窜，宋师兄带人追过去了。"

常宁故意笑看蔡昭："我就说才二三十号人，兴不起大风浪。"

这时他们看见迎面过来的一副担架上躺着的居然是曾大楼，蔡昭吓得半死，当即扑了过去，眼泪都快掉下来了："大师兄你怎么了？你是不是死了？你没事吧？你醒一醒啊！"

常宁在旁听得直想笑。

曾大楼险些被女孩的尖叫声送走，欲坐起身却无能为力，只好抬手摆了摆："莫急莫急，我没死，只是受了些伤。"

"吓死我了！"蔡昭捂着心口，眼眶发红，"前头一架一架的都是尸首，冷不丁看见大师兄也躺在架子上被抬出来，我还以为也是尸首呢！"

曾大楼苦笑道："我学艺不精，给师父丢人了。"

蔡昭没工夫安慰他，赶紧问："大师兄看见武刚与武雄两位前辈了吗？"

曾大楼愣了下："适才他们来向师父辞行，刚来没多久，魔教贼子就闯了进来……"

"现在他们人呢？"常宁皱眉问。

"还在师父屋里说话……"

曾大楼话未说完，只觉眼前一闪，小师妹便如一朵翩跹而去的飞花，迅疾无比地往里冲去，后头如影随形般附着一团宽袖长袍的青影，自然是常宁。

曾大楼一怔："常宁的武功，原来这么高。"这是他第一回见到常宁在痊愈后展露功夫。

蔡昭一路如霹雳闪电，径直冲至暮微宫主殿侧厢，戚云柯的房间正好没关门，透过敞开的房门，只见他俯身在书桌前翻查什么东西，武雄站在他身后三四步处，右手微微抬起。

见此情形，蔡昭吓得差点一脚踩空，尖叫着："师父当心后面，他是内贼……"

武雄一瞥见蔡昭火急火燎地闯来，似乎就已明白自己即将被揭穿，当下右手掌心一闪，迅疾无比地向戚云柯后背的要穴扎去！

戚云柯一听到蔡昭的叫声，刹那间想也不想便回身推出一掌，就这么微微一侧身的工夫，武雄手中的利刃就扎偏了，仅仅刺入了戚云柯的左上臂，自己反被一股雄浑无比的掌力击飞出去，当即脏腑破裂，口喷鲜血而死。

戚云柯后退两步，捂住左臂。

蔡昭进屋一把扶住他，颤身道："师……师父你……"

不等她说出后一个字，常宁也飞身而至，右手如疾弹琵琶般在戚云柯的左臂上点了一轮穴。

蔡昭还未反应过来，戚云柯已自行撕开了左臂衣袖，只见伤口处渗出的是黑色的血迹，蔡昭失声道："匕首上有毒！"

戚云柯沉声道："不要紧，匕首入肉不深，常宁又封住了我的穴道，待我把毒逼出来就行了。"

蔡昭连忙将他扶到躺椅上坐下，戚云柯立刻盘膝打坐。

常宁端身站立一旁，既矜持又高傲：“不如我来助宗主祛毒。”

戚云柯脸色发白，笑容依旧和气：“不用了，你刚伤愈不久，不能妄动真气。昭昭你去把书架上那瓶……昭昭？你怎么了？”他看见女孩愣愣地望着地上武雄的尸体。

蔡昭心中害怕：“武雄在这儿，武刚呢？”

这话一说出，连常宁都愣了一下，戚云柯拍腿道：“糟了！适才郁之去追杀魔教残余的贼人，武刚说自己已彻底复原，想助郁之一臂之力——他也跟去了……”

他说“一臂之力”四个字时，蔡昭已一把抄起掉落在地面上的匕首，如飘花般飞身出屋，只留下一句：“我去找三师兄，师父你好好疗伤……”

戚云柯说到“也跟去”三字时，常宁也趋步跟上蔡昭，旋即消失在了门口。

闻讯赶来的弟子进屋，只看见了呆呆地坐在躺椅上的自家宗主，左臂衣袖撕裂，露出血淋淋的伤口，以及屋角断了气的武雄。

暮微宫东侧庭院中，打斗也差不多完结。在众人的奋力追击之下，终于将此番攻上青阙宗的所有贼人尽数斩杀。

宋郁之猿臂轻展，将白虹长剑抖出一条优美的弧形，血滴从剑刃上滑落，在汉白玉地砖上留下一串红露。厮杀近一个时辰，英俊青年冠玉般的面庞上也不免沾染了点点猩红。

他将白虹插回背后的剑鞘中，又从一具尸首上拔回青虹，正打算擦拭一番时，忽见武刚捂着心口靠在树旁吁吁喘气，似是受了内伤。

此时，周遭弟子不是忙着搀扶受伤同门离去，就是在检点尸首。

宋郁之微一迟疑，上前扶住武刚，温言道：“多谢武前辈此番相助，请去药庐疗伤。”

武刚颔首，面露微笑：“我自己走，烦请宋少侠前面引路。”

宋郁之见武刚十分要强，不愿受人帮助，便松开手转身走在前。

蔡昭飞奔而至时正看见宋郁之面向自己而站，身后紧贴的武刚抬起右掌，作势欲扑……

一颗心提到了嗓子眼，她难以言语，当即扬手飞刀，将手中毒匕首直直射出。

宋郁之刚转身就看见蔡昭远远奔来，看向自己的神情既慌乱又惊惧，然后……然后她向自己飞出了一刀？

他惊愕，昭昭为何要杀自己？不对！

电光石火间他明白了什么，此刻转身逃跑已来不及，索性运足内力抵御攻击。

说时迟那时快，在蔡昭的飞刀刺中武刚的肩头时，武刚的双掌正击中宋郁之背心，随即一股昂扬蓬勃的内力迅速反击回来。

武刚惨叫一声，踉踉跄跄地向后倒去。既是因为被宋郁之的内力反击，又是因为被飞刀重创。

宋郁之结结实实地挨了两掌，吐出一口血，半跪在地，蔡昭扑上前去将他一把扶住。

常宁赶到时，看见的就是这么一个令人讨厌的情形。

常宁心道：我讨厌魔教。

武刚躺在地上满嘴是血，哈哈大笑：“你中了我的幽冥寒气，不死也得去掉半条命！”

周围弟子见状，已纷纷拔剑出鞘，将他团团围住。

宋郁之撑着蔡昭起身，盯着他：“青阙宗待二位不薄，我与前辈更是无冤无仇，敢问武前辈为何行此卑劣之举？”

他自幼教养得端正，到了这个时候还不忘用尊称，换作蔡昭早骂过去了。

武刚满眼怨毒：“我跟你这么个小辈的确无冤无仇，但与你外祖父的冤仇可大了！哈哈哈哈，好个天下第一宗，好个道貌岸然的伪君子！当年要不是因尹老狗的私心，不肯拿开阳长老去换我大师兄，大师兄也不至于落到那么一副人不人鬼不鬼的模样！”

蔡昭忍不住道：“人家青峰三老死了两个才生擒的魔教长老，不愿拿去换武大侠，也是情有可原的吧……”

“放屁！”武刚破口大骂，“师父与尹老狗多少年的交情，若不是尹老狗想留着开阳长老逼问一桩秘密，他乐得做人情，怎会不肯？”

蔡昭疑惑了。

武刚心中的怨恨积累多年，此刻再无顾忌。“就算尹老狗舍不得换我大师兄，直截了当回绝了便是，师父不会怨怪于他。偏偏他要陪我师父去找瑶光长老周旋……哼哼，当时我还以为尹老狗大仁大义，结果竟是他逼问开阳长老无果，是以想去套瑶光长老的话。

“话没说几句，两边就打了起来，尹老狗自己全身而退，我师父却伤重不治！”武刚面目扭曲，号啕落泪，“若是师父还活着，大师兄也不会在魔教受十几年的罪而无人过问。师父一定会想法子救大师兄的……”

“所以，你们的仇人不只是苍穹子和裘元峰，还有尹老宗主？”常宁平静地道。

武刚傲然一笑：“不错，我们此番只为击杀戚云柯和宋郁之。他们与我无冤无仇，只怪他们一个是尹老狗的传位弟子，一个是尹老狗的外孙！”

蔡昭再度插嘴：“可尹老宗主的外孙不止三师兄一个吧？”她心道师父您老人家好冤枉，明明是半路出家的，却被算作是尹老宗主的嫡传弟子。

此时武刚毒性发作，疯癫大喊：“我不管我不管，反正我要尹老狗的后人都死光！他们跟我说好的，只要……”话未说完，一口黑血涌出，他抽搐几下后断了气。

夕阳斜下，清冷的光落在众人身上，一股寒气不由得涌上大家心头。

第31章

宋郁之是个身形长成的英挺青年，蔡昭却娇柔纤细身量未足，前者一手捂胸一手搭在后者身上，颇有几分高山危崖斜倚细柳的情致。虽说皆因武刚方死，师兄受伤，但并不妨碍众弟子眼神乱飞，用目光交流关于这几日正红火的绯闻的心得。

常宁心道：我也讨厌名门正派。

他走到蔡昭身旁，压低声音：“你再扶下去，就真的可以换亲事了。”

蔡昭一个激灵，连忙把宋郁之交给一旁的两名弟子，嘴里义正词严地说要去看看师父他老人家伤得重不重，血流得多不多，要不要来一盅当归红枣乌鸡汤补补血。

宋郁之当然听见了常宁的“谗言”，他忍无可忍道：“常世兄就这么高兴？”

“全歼魔教贼人，我自然高兴。”常宁觉得宋郁之真是笨蛋面孔笨肚肠，到这会儿还问这种蠢话。

“昭昭师妹对周少庄主一意执着你也高兴？”宋郁之觉得常宁简直是聪明面孔笨肚肠。大家都是男人，谁看不出他对蔡昭的那点意思，可他难道不知最大的问题不是姓宋的而是姓周的吗？

常宁果然笑不出来了。

劫后清点，内门死了三十二名弟子，二十五名仆从，外门死了八名弟子，十六名仆从，大多数都是在奔跑躲避途中被魔教贼人截住残杀的，损失不可谓不惨重。但反过来说，如果好好地待在窝里，大概率什么事也不会有，因此——药庐的雷秀明与樊兴家心惊胆战地等了一下午，从午膳时分等到夕阳西斜，肚皮饿瘪也没见着半个魔教党羽。

外门的李文训等人从乍见丁卓来援时的满心庆幸，到面无表情地说“师侄辛苦了，好走不送，何时晚膳”，前后只用了两个时辰。

更别说躲在温泉关的尹素莲母女，除了奔逃得太急弄脏了新做的洒金裙，别的什么损失都没有。哦，除了戚大小姐那名惨死的婢女。

总结一下，此次魔教一共有三十五人来犯，常蔡二人就杀了十个。这三十五人中至少有七成是高手，修为介于各派掌门与其最强弟子之间。他们上崖之后，分出了十余人四处袭扰，见人就杀，在宗门中酿出一股恐慌的气氛，致使各处弟子不敢轻举妄动，只是守门不出。

而魔教贼人此次真正的目标，只有暮微宫。

垂天坞内。

戚云柯一家及众亲传弟子齐聚宋郁之屋中，外加一个如影随形的常宁。

作为武家兄弟行刺的头一个目标，武雄下在匕首上的毒霸道非常，称得上见血封喉。

好在蔡昭示警及时，毒刃只刺中了戚云柯的臂膀，旋即又被常宁封住了周遭穴道，戚云柯又赶紧用内力逼出了大部分毒性，之后好好休养，少许渗入体内的毒性也能慢慢清除。

宋郁之的伤却是麻烦。

雷秀明让宋郁之卧于榻上，反复诊查他体内的真气，一边查一边不停地摇头，摇完头还要叹气，卖足了气氛。

樊兴家催促道："雷师伯你倒是说句话啊，别一个劲地摇头啊。"

雷秀明这才放下手，叹息道："郁之中了魔教的幽冥寒气，伤及丹元，哪怕养好了伤，功力也要打折了。"

"幽冥寒气？"戚云柯失声道，"武刚居然练了这个！"

幽冥寒气是一门魔教的功夫，阴寒无比，专伤内元，是个伤敌一千自损八百的招数。

中招者固然会丹元破裂寒毒入脉，导致功力全失；而练此功者，五脏六腑也会受阴毒侵害，不出数年必定送命，是以即使在魔教中，习此邪功的人也不多。

"武刚这是打定主意不要命了。"蔡昭喃喃自语。

宋郁之一提真气，果然发现自己的各处经络空荡荡的，一丝真气也聚不起来，丹元更如一个满是漏洞的茶碗，倒多少水进去都会漏个干净。

"那三师弟岂非要武功全失了？"戴风驰脱口而出。

这话引来雷秀明的瞪视："我刚才说的话你没听见吗？是打折，不是全废了！"

戴风驰缩了回去。

雷秀明继续道："幸亏郁之在中掌时运气抵挡，还有昭昭的飞刀刚好刺中了武刚，叫他在出掌时滞了一滞——郁之总不至于功力全失。"

尹素莲忙问："等郁之痊愈后，功力还能剩多少？"

"这个不好说。"雷秀明神情凝重，"少则两三成，多则四五成吧。"

屋内众人面色各异，惋惜、伤心、失望、焦躁，还有暗喜，各种目光一一扫过宋郁之。

他自幼便是天之骄子，何曾受过这等目光，心下不由得郁闷烦躁。

"雷师伯，难道三师兄就没法复原了？"戚凌波绞着手绢，急忙追问。

雷秀明继续摇头："要是辅以珍奇药物，外加宗主这等功力的高手为郁之推宫过血，说不定能复原到六七成。"

屋内一阵渗着惋惜的安静。

“慢着。”尹素莲忽然出声，“我记得姐夫有个名叫宋时业的堂兄，似乎当年也中过幽冥寒气，他后来不是复原了吗？是不是？云柯，你记得吗？”

宋郁之的眼睛一下子亮起来。

戚云柯想了想：“不错，是有这么回事。不过……”他看向屋内众人，“不过他复原不久，就因走火入魔过世了。”

宋郁之提高声音道：“堂伯父是因为复原功力走火入魔，还是因为事后自己练功不慎才走火入魔的？”

戚云柯一脸为难：“这个你爹当年就没细说，我也不清楚。”

“这就行了。”雷秀明拍掌道，“回头让郁之的父亲来宗门一趟，就什么都清楚了。”

这事就在大家状似轻松的氛围中告一段落，众人挨个宽慰宋郁之一两句后就告辞了。

尹素莲明显心神不定，戚凌波哭得梨花带雨，还嚷嚷着要留下来照顾宋郁之。尹素莲一个眼色过去，戴风驰便连哄带劝地把戚凌波拉走了。

戚云柯心事重重，将手搭在宋郁之肩上，叹息良久，最后被樊兴家扶着离去——宋郁之七岁便拜入宗门，是戚云柯最用心教导的弟子，若宋郁之无法复原，他多年的心血就毁于一旦了。

虽说相识才十余日，蔡昭面对宋郁之时亦是不忍。

唯有常宁气定神闲，踏出垂天坞大门时，还悠悠地说了句“青阙宗要变天了”。

“你给我住嘴，有厥词回去再放！”蔡昭压低声音，她心知常宁一张嘴必没好话，赶紧拽着他的袖子直奔清静斋。

回屋关门，确定四下无人后，她转身道：“就你一个人看出了今日之事麻烦吗？大家都看出来了，只不过人家有涵养，放在肚里不说！哪像你，叫花子不留过夜食，什么话都要当场说了才痛快！”

常宁优雅拂袖，端坐桌旁道：“既然连小蔡女侠都看出来了，某愿闻其详。”

蔡昭也坐到桌旁，开口：“若三师兄无法复原，下一任宗主就要换人了。唉，三师兄真是可惜了，人品端正，修为高深，怎么就遇上了这种破事呢？”

常宁一点也不想优雅了，板起脸来：“宋郁之的确倒霉，不但宗主之位可能飞了，未婚妻说不定也要飞了。怎么着，你想补上宋门蔡氏的位置吗？”

“你要是不想说人话我就走了。”蔡昭翻脸了。

常宁大怒道：“我还没跟你算这两天给宋郁之送汤的账，你倒先跟我发火！”

蔡昭起身扭头，常宁拽住她不让走：“不许走，我话还没说完呢。”

“听完你的话我早气死了！给我松手！”蔡昭努力拔出自己的袖子。

两人负气较力，衣袖布料怎堪撕扯，“刺啦”一声从肘部裂了开来。

蔡昭气了个倒仰，怒道：“好你个姓常的，痊愈还没几天就来恩将仇报！”说着倾身上去就是一掌，掌风含劲，执意要把对方打个鼻青脸肿。

常宁旋身避开，蔡昭飞身跃起一脚踹去，常宁一掌挡开她的小腿，大笑道：“说不过就要打吗？”

蔡昭一拍桌面，茶壶高高弹起，她横扫一掌，茶壶便如箭一般飞向常宁。

常宁照例挥掌挡开，谁知茶壶中满是茶水，碎开的瓷片虽被掌风扬开，他却不免被茶水溅了半脸。

这次轮到蔡昭哈哈大笑了。

常宁阴着脸扑向蔡昭，两人近身缠斗在一处。

拆了十余招后，常宁的胸口被蔡昭反身一肘重重击中，踉跄后退数步。他怒道：“我手下留情，你别不知好歹！”

蔡昭咬牙道：“留你祖宗！”

常宁气得半死。女孩功夫不弱，他又不能真出杀招，可不是时不时得挨上一下子。

两人花拳绣腿互殴得不可开交之际，大门忽然“唰”地被推开，常蔡二人停手望去——丁卓手捧药盘，冷冷地站在门口。

“雷师伯叫我来送金疮药。”他一板一眼地道。

蔡昭记起自己爽约之事，上前接过药盘，呵呵赔笑道：“原来是四师兄。四师兄请进，四师兄请坐，四师兄请用茶……”她看见满地的茶壶碎瓷片，尴尬一笑，“我这就叫人再上一壶茶来。”

“我从不喝茶。”丁卓面色冷，声音更冷，“习武之人不该耽于任何衣食住行的享受。喝什么茶？清水即可。师妹天资过人，最好少贪恋口腹之欲，未来前途必然不可限量。”

蔡昭心道：要是能舍弃美食，她早就立地成佛了。

常宁想笑。

蔡昭知道丁卓心里不痛快，极力弥补道："今日大事已毕，四师兄若是还有兴致比武，小妹一定奉陪！"

丁卓翻了翻眼皮，问："你今日受伤了吗？"

"受伤？我没有呀。"蔡昭呵呵地笑，"今日运气不错，我连油皮都没破……"

"可是我受伤了。"丁卓冷哼道。

蔡昭的笑声戛然而止。

常宁努力忍笑。

蔡昭这才注意到丁卓的左臂与脖颈都裹了绷带，讪讪地道："我以为外门安然无恙呢。"

丁卓道："外门的确无事，但我在赶去外门的途中遇上了两名魔教贼人。一时不慎，受了些皮肉伤。"

"那就好，那就好。"蔡昭庆幸道，"不会碍到比武了。"

"怎么不碍?!"丁卓把自己的一对剑眉扭成了老虎钳，愤愤道，"高手比武必须摒弃一切繁杂因由，带伤比武乃是对修武之人莫大的羞辱！"

"没……没这么要紧吧？"蔡昭有些傻。

"我身上带着伤，若是赢了，别人会说你有心相让；若是输了，别人又会说你胜之不武——这样还能叫作比武?!"

蔡昭头大如斗："那……师兄想怎么办？"

"等我伤愈。"丁卓道，"最多六七日，到时我给师妹发战帖。"这次他吸取教训了。

蔡昭一迭声地答应。

临走前，丁卓回头看了眼屋内的一地狼藉："这六七日内万望师妹也多加保重，尽量克制脾气，莫要因斗殴受伤——除非师妹瞧不起我。"

丁卓离去。

常宁再也忍不住，放声大笑。

蔡昭："……"

芙蓉听见响动，过来换了壶新茶，离开时扫了一遍屋内的狼藉，眼中是明晃晃的谴责。

大门再度关上。

蔡昭懊恼地坐下道："这两日流年不利，是个人都来责怪我。"

常宁现在气顺了，人也和善了，亲手倒了杯茶给蔡昭，笑吟吟地道："昭昭别气恼了，大家其实是把你当大人看待了。既不是孩童了，自是应当大气些。"

蔡昭挠挠自己的小耳朵："刚才是我先动的手，是我不对。"

常宁一脸老父亲似的欣慰的笑："我们昭昭真大气。"

瞎胡闹了一通，这会儿他俩才有工夫细谈。

"你不觉得今日之事满是蹊跷吗？"常宁端着一盏高座琉璃烛台缓缓走来，宽袍缓带，行止优雅，在侧墙上留下一抹浊世佳公子的翩翩剪影。

"什……什么蹊跷？"蔡昭看着那影子有点出神。

"今日魔教攻入青阙宗，究竟为的是什么？"常宁将烛台放在桌上，眉宇低垂，"难不成只是为了给武家兄弟报仇？魔教什么时候成大善人了？"

蔡昭回过神来："啊？为什么？当然是为了杀我师父。刚好武家兄弟也想杀我师父，这不是一拍即合吗？"

常宁微微摇头："那魔教为何要杀宋郁之？"

"兴许那只是武家兄弟自己的意思，魔教并不知情。"

"武刚能学到幽冥寒气，魔教在他身上下了不少功夫，整件事也是精心计划过的。宋郁之虽说异常了得，但毕竟未成气候，犯得着在他身上下这么大的力气吗？有这工夫，还不如去刺杀六派掌门，效果更好。"

蔡昭头痛道："你无非是想说，魔教并无杀三师兄的必要。这有什么要紧的？"

"昭昭，你该学着想事了。"常宁坐到桌旁，"这件事最蹊跷的地方，就是魔教行事极其周密精妙，意图却过于简陋粗糙。

"譬如你费尽心血，花费重金，甚至搭上数条人命，千里迢迢只为了买一匹缎子做衣裳。诚然，衣料是好衣料，然而终究不过是件衣裳，犯得着吗？

"从罗元容在祭典那日闹事，到武家兄弟受伤留下，里应外合让魔教中人上崖，再到兵分数路虚张声势，这都必须算得分毫不差。尤其是今日——连时辰都不能错漏分毫，否则上崖的人数就不足以闹出这么大的动静来。

"这么大费周章，只是为了刺杀戚宗主？那为何不趁前几日戚宗主在山下时动手呢？明明那时动手更容易。可魔教偏偏要强行攻上万水千山崖，强行闯入暮微宫，然后硬碰硬地跟我们打上一架，再找人暗杀，这不是画蛇添足吗？

“三十五名高手啊，这手笔不小了。同样的心机算计，同样的人手布局，北宸六派哪一宗的掌门都能暗算到手了。”

蔡昭仰起脸颊，闭目回忆今日的情形——武雄在戚云柯身后亮出匕首，武刚紧贴着宋郁之出掌，四名灰衣人躲在凉亭后截杀来往之人……

“你说得对。”她睁开眼睛，“整件事是精心计划的。刺杀师父也好，刺杀三师兄也好，并不是武家兄弟自作主张的，而是预先埋好了伏笔的。”

常宁问：“你想到了什么？”

“今日武刚临死前喊的话让我想到，尹岱得罪的人可能不止一个两个。”蔡昭道，“会不会魔教也有人对尹老宗主怀恨在心，蓄意报复？”

常宁点点头：“这倒有可能，可这人为何不连素莲夫人母女一道宰了？她俩也是尹老宗主的血脉。”

“因为这人深知素莲夫人母女毫无本事，没了师父和三师兄撑腰，她们母女以后还不是任人欺负？”

常宁皱眉道：“难说，尹家私养的高手护卫着实不少，更别说宗门之外的尹家势力了。不过这话也有点道理，将手硬的除去了，留着尹家母女二人慢慢受罪，倒像是魔教的做派。”

“其实我们说来说去，也不过是揣测之词，真相如何，谁能知道？”蔡昭口干舌燥，给自己倒了满满一杯茶，“话本子里说过，遇到这种情形，端看谁在这件事中受益最大，谁就是幕后黑手！”

常宁笑了：“那么幕后黑手就是昭昭你了。”

蔡昭一口茶水差点喷出来，连声咳嗽：“你……你别胡说八道，怎么会是我呢?!”

常宁绕过桌子，轻轻给女孩拍背：“宋郁之若是好不了了，戚宗主自然要再择传位弟子。你觉得补位的会是谁？自然是戴风驰了。”

“你有眼睛没有？”蔡昭用手背擦脸，“宗主之位是有能者居之，丁师兄虽然行四，但武功比二师兄高，当然该轮到他了。”

“这你就不懂了。”常宁笑了，“我知道你一直看不上戴风驰，觉得他不好好练武，整日跟在戚凌波身后——可他也并非一直如此。宋郁之天资过人，他练一日抵得过别人练十日，明明戴风驰比宋郁之入门早，年岁也长，然而短短几年工夫他就被宋郁之远远甩在了后头，这才按下了勤奋习武之心。

“可丁卓不同，他的资质只比戴风驰好那么一丁点，全靠勤修苦练才有今日。当对手是宋郁之时，戴风驰自然能爽快认命；但若对手是丁卓，戴风驰怎肯甘心？加上素莲夫人与尹家势力必然全力支持戴风驰，宗主之位花落谁家，还难说得很呢。”

蔡昭听得出神：“我的天啊，我以为同门中谁功夫高，谁就能当宗主的。”

常宁意有所指地摇头道：“你以为戚宗主当年成为传位弟子很容易吗？若他只胜过邱人杰一招半式，尹岱能放弃自己一手养大的爱徒？他是眼看着自己的七名弟子加起来都不是戚宗主的对手才死了心，顺便给自己的女儿换了个未婚夫。”

蔡昭呆了半晌，才道：“那这与我有什么干系？”

“若是宗主之位由丁卓承袭，想来你没什么意见，可若是戴风驰呢？”常宁挑了下眉。

蔡昭一拍桌子，咬牙道：“他当还不如我来当！姑姑过世后我是没那么勤奋了，但只要咬咬牙加把劲，把二师兄按在地上搓成手擀面那是一点问题都没有的，总胜于让他坐在宗主之位上为难别派！”

常宁轻笑出声：“你看，最后宗主之位不是要落到你身上了？”

蔡昭这才反应过来，无奈道：“可是我没有刺杀三师兄啊，也没有勾结魔教。”

“废话，我当然知道。”常宁轻哂一声，“总而言之，我就是想不明白，魔教费了这么大手笔非要在宗门中刺杀戚宗主与宋郁之，为的究竟是什么？”他陷入了沉思。

“其实你是对的。”静默片刻后，蔡昭忽然出声。

常宁一怔：“你说什么？”

“我说，你是对的。”蔡昭道，“我还没向你道一声不是。”

常宁微微吃惊。

“今日之事，三师兄其实误判情势了。他一听号角声响起，以为万水千山崖易守难攻，这必是魔教大举进攻，是以做出了最大限度保守防御的人手排布。”蔡昭顿了顿，“谁知魔教贼人生死不计，直取暮微宫，三师兄的排布反而分散了人手，叫武家兄弟有了可乘之机。还有我，也是自作聪明。若我执意跟着三师兄去暮微宫，说不定也被武家兄弟暗算了。

“反倒是常师兄你。”她看向昏黄灯火后的颀长青年，五官在光晕后有些模糊，只留给她一种强势自信的淡定。“你一开始就觉出了不对劲，坚持要先查明外敌入侵之谜再行布置——就像你说的，人总会死一些的，但能尽早驱除隐患。”

常宁轻轻地道：“昭昭是在责备我漠视人命吗？”

蔡昭摇摇头：“姑姑说过，这天底下，凡是能做成大事的人，往往心狠——常师兄大概也是这样的人吧。”

女孩话虽这么说，但脸上并无半分沮丧懊悔之意，反而有一种洞察世情之后的豁达。

心软又如何？做不了大事又如何？她就是这样的人。

常宁缓缓按住自己的心口，又是那种陌生的温热柔软。

这时，外面飘来了饭菜的香气。

蔡昭睁大双眼，仿佛整个人都活了。

常宁特别喜欢她这副欢喜的神气，忍不住笑起来。“谢天谢地，魔教贼人没把厨房给砸了，咱们总算能用晚饭了。”

蔡昭笑道：“不管魔教有什么高深莫测的打算，咱们先用饭。总不至于只有咱们这么倒霉，魔教发起疯来，肯定不会撩一下就歇了，到时咱们就知道他们的意图了。”

不知是不是跟常宁待得久了，蔡昭也得了乌鸦嘴的毛病。

次日清晨，蔡昭连眼睛都还没揉开，樊兴家就急匆匆地过来通报了坏消息。

祭典之后离开返程的数派人马，尽数遭到了魔教的袭杀！

第32章

樊兴家嘴边一秃噜，蔡昭差点当场过去。

常宁上前一步撑住她，疑惑地问道：“尽数被袭杀？落英谷也在其中吗？可是蔡夫人与蔡谷主兵分两路，走的是哪条道连昭昭都不知晓，难道也受了偷袭？”

樊兴家奔得上气不接下气，这时才发现自己口误了，连忙道：“不不不，落英谷不在其中。蔡夫人与觉性大师此时已经到了宁家，师父刚收到他们的飞书。至于蔡谷主，谁也不知道他去哪儿了，不过师父今日一早收到了蔡谷主的书简，说他过几日就能回到青阙镇上的客栈。”

蔡昭缓过气来，不由得怒骂：“五师兄你想要我的命吗?!”

樊兴家看女孩被吓得脸色煞白，连声赔不是。

蔡昭还能怎么样，只能道：“算了算了，师兄你赶来报信也是一片好意。外头到底怎么回事，师兄你好好跟我们说说。”

恰好这个时候芙蓉和翡翠送来了早膳，蔡昭索性让樊兴家坐下，三人边吃边说。

其实自从聂恒城及其死忠势力陨灭之后，江湖上还是有过一段太平的岁月，正邪两派各守底线，小摩擦不断，大冲突罕有。前者是为了凝聚内部意志，端肃门派风范，后者是因为之前两方的死伤过于惨烈，现在大家打不动也杀不起了。

哪怕为了锻炼新人，数派偶尔与魔教“切磋”，两边也会尽量控制规模。

是以，这次北宸老祖两百年忌辰大典，名门正派并未对魔教多加警惕。高调如广天门，低调如悬空庵，都没有隐藏行踪，是正大光明地来的九蠡山。

十几年“老夫老妻”了，哪儿还有激情搞事——最有激情的那帮人早死在聂恒城的时代了。

常宁冷笑道：“果然是承平日久，大家都没了锐气。聂喆再怎么没用，既然出了我家满门被屠这样的大事，各派也该警觉起来。”

“安逸，安逸最能消磨意志。”蔡昭道，“哦，这也是我姑姑说的。”

正因如此，谁也料不到魔教会骤然发难，埋伏在各派回程途中伺机杀出。

虽说魔教秉持公正但不公开的态度一视同仁地前来偷袭，但各派受害程度差别极大。

“要说还是昭昭师妹家的运气最好。”樊兴家很是感慨，“尤其是蔡夫人，宗门去送行的弟子压根撵不上，一天到晚晕头转向。离宁家坞堡还差一两日路程时，觉性大师就让他们自行回来报信了。唉，难怪连魔教也摸不到蔡夫人一行人的行踪啊。”

宁小枫是老来女，自幼受父母娇惯，小小年纪因出家换发型的问题跟亲娘闹翻了，踏上江湖没两天就遇见了蔡平殊，嫁人不成就当了姐妹。

蔡平殊甚是喜欢这个美貌活泼、软萌讨喜的小妹妹，对她宠溺至极。

宁小枫艳羡鲛人之泪做的珠花，蔡平殊就把南海珠巢翻了个遍；宁小枫想要冰山雪莲做脂粉，大雪封山蔡平殊也要给她拎一筐下来。

于是宁小枫越发养成了一副随心所欲的性子——直到涂山大战之后，蔡平殊经脉尽断卧病在床，她仿佛一夜之间忽然长大了，变成了周全能干的谷主夫人。

在落英谷一待十几年，这回难得出门，宁小枫不免恢复了少女时代的习性，兴之所至，想去哪儿就去哪儿。

今日看见哪座镇子热闹，就拎上儿女去吃喝玩乐一番；明日看见哪片湖泊风景好，就挽着丈夫驾上小舟游览几天；后日落脚客栈时听当地人说隔壁城郭的卤汁烧鸽和青梅酿酒风味一绝，哪怕绕几天的路也要一饱口福……

蔡平春对妻子有求必应，蔡昭恨不得错过日子不用拜师，蔡小胖……他没有发言权。于是，从落英谷到九蠡山，蔡家一行足足花了正常行程三倍的日子。

祭典之后，在前往宁家的途中，宁小枫毫不意外地故态复萌。

与其他几路送行的弟子不同，人家没了音信是因为受到了魔教偷袭，受伤无法报信，唯独护送蔡家母子这路的弟子，是因为跟着宁小枫七绕八绕迷了路，好不容易才摸回了大路。

说到这里，常宁看了蔡昭一眼，目中含义十分丰富。

蔡昭被看得莫名其妙，转身向樊兴家致歉："都是家母任性妄为，叫众位师兄弟走了许多冤枉路，烦请樊师兄替我向李师伯道一声不是。"

"不用不用。"樊兴家摆手，"托令堂的福，那路弟子是众弟子中运气最好的。"

其他几路弟子或鼻青脸肿、断手断脚，甚至有些还没了命，跟着宁小枫的那路弟子却吃得红光满面、嘴角流油，身上大包小包地装着当地的土特产，除了稍微迷了几天路，简直如游山玩水一般。

常宁若有所思："魔教为何不直接杀进宁家，来个一网打尽？"

蔡昭白了这乌鸦嘴一眼，道："你以为我娘的机关阵法是从哪里学来的，都是我外祖父教的。宁家藏得严实呢，比你们常家还严实。"

常家至少还知道是在哪座山里，宁家的所在却是一片绵延数地数城的丘陵山林，一眼望去哪里都差不多，而且每回进去的入口还都不一样。

至于蔡平春一行人马，本就在暗中查访常家血案，行踪自然隐秘，连戚云柯都不知道他哪天在哪个地方。

樊兴家最后总结道："师妹放心，蔡家一点事也没有。"

"侥幸侥幸。"蔡昭有几分不好意思，适时地表现了对兄弟门派的关心，"我想魔教就是看老祖忌辰咱们这么大阵仗不顺眼，偷袭不过是意思意思，出工不出力罢了。"

樊兴家摇头："非也，人家是来真的。"

最先遭遇偷袭的是广天门。

自打祭典那日被裘元峰奚落一通后，宋时俊就决意重振广天门的名声。

他一路走，一路拜访沿途的豪强营寨跟地头蛇，每每结交都要称兄道弟推杯换盏，顺便繁荣一下当地的风俗业。

这些草根豪强与北宸六派的地位差距简直如烛火与皓月，何曾受过这般器重厚待？三杯老酒下肚，两段《十八摸》听过，他们只觉得宋大掌门是天下第一等礼贤下士、唯才是举的大英雄，这辈子有这样的大哥罩着，人生还能有什么遗憾？

于是有出挑的子侄或徒儿的，就让他们投奔广天门，没有出挑的子侄或徒儿的，就自己投奔之。

宋时俊赴九蠡山本来带的人就多，这么一路呼朋引伴、招揽群豪，等一脚踩进魔教的埋伏点时，双方一照面，都挺尴尬的。

魔教望着眼前乌泱乌泱的人，感觉埋伏圈要被撑破了。

宋时俊则觉得自己带着大队人马贸然踏入埋伏圈，英明神武的形象受到了伤害。

他有点生气。

两边噼里啪啦一通打后，落入陷阱的一方居然打跑了设陷阱的一方。

纵有伤亡，数目也不算离谱，宋时俊又演了一场关怀抚慰的戏码，效果翻倍。

除了宋大公子茂之被流星锤砸断了两根脚趾，可谓是皆大欢喜。

蔡昭笑吟吟地说："这消息听起来挺好的。"

"这事宋郁之知道了吗？"常宁问。

樊兴家回答："四师兄已去通传三师兄了，既然广天门无有大恙，等宋门主收到飞鸽传书后，估计很快就能到了。”

接下来遇袭的是太初观与悬空庵。

本来太初观甫遭变故，人心涣散，是偷袭的上佳目标。谁知武元英惨死的消息便如长了翅膀，不等各派下山，江湖中人已将前因后果打听了个七七八八。

昔日慷慨豪迈的少年英雄竟在不见天日的魔教地牢中被活活折磨了十几年，但凡有半分良知的人都会动容，何况感念武元英风采与侠义之名的大有人在。

这些人虽以单个来说势微力弱，但聚起来确能让人喝一壶。

这帮人想，虽然苍穹子与裘元峰已死，但他们的爱徒与心腹可都好好地活着，好歹要拿他们给武元英出出气。

于是太初观一行差不多从离开青阙镇起就不断地受到袭扰，不是粗言秽语地叫骂，就是被泼污水丢烂果子跟臭鸡蛋，甚至还有放火下毒，真刀真枪上的。

所谓父债子偿，师父的债自然弟子偿了。

而且这种明里暗里的报复，也不会有人替太初观叫屈。

吃过好几次闷亏后，王元敬再温和，也不得不拿出威严来，加倍约束观中弟子。

客栈是不能住了，不然劈头盖脸的冷嘲热讽着实受不了。于是王元敬吩咐众弟子趁夜赶路，在野外露宿，时刻小心谨慎。

谁知这么一来反倒避开了魔教的埋伏，等魔教追兵扭头赶来时，太初观以逸待劳，顺利脱身，也算因祸得福吧。

悬空庵也一样。

静远师太是出了名的谨言慎行、如履薄冰，自从出了武元英的事，她就深感不安。

回程时她宁可多花银子也要改换水路，埋伏在原路上的魔教党羽扑了个空，只好千辛万苦地一路追去悬空庵。然而此时，已听到风声的静远师太早让弟子们在路那头结阵静候，同样以逸待劳，顺利脱身。

之后遇袭的是驷骐门与长春寺。

他们既不像宁小枫和宋时俊般到处乱晃，也不像太初观和悬空庵般小心谨慎唯恐受了暗算，而是按部就班地赶路回家，按理说是最好埋伏的。

然而偏偏这两派位于一片广阔平原的东西两端，沿途数百里一览无余、一望无际，别说高山了，连座土丘都罕见，这叫魔教如何设伏?

最后，他们设置埋伏之处都靠近两派本宗，因为那里已处于平原的边缘地带了。

驷骐门众人与长春寺众僧骤遇伏击，边打边退，最后都退入了本派宗门中。

魔教党徒杀红了眼，不肯罢休，一路追击，竟杀入了两派宗门中，尽数被包了饺子。

最终结果，魔教党羽被歼灭，但两派宗门的屋舍院落有不小的损毁。

驷骐门供奉历代先祖的宗庙被捣毁，杨鹤影抱着一堆牌位哭得好伤心，比刚出世被接生婆痛殴时哭得还伤心。

长春寺的藏经阁、藏宝阁与僧侣住处被烧了一大半，法空上人在抢救经文典籍时被烧伤了肩背，还呛了些浓烟进肺。

“房子还能再建的，人没事就好，以后慢慢调理就是。”蔡昭松了口气，杨鹤影就算了，法空上人多么慈和仁厚呀，一把岁数的人了，可别有事。

常宁微微皱眉，看向樊兴家：“你是不是还漏了一派？”

樊兴家为难地侧开脸。

蔡昭一怔，追问：“还有佩琼山庄呢，周伯父和致娴姑姑怎么样？”适才听了一大堆，都是有惊无险的，她都把心放下了。

樊兴家挠挠脖子，似乎不知该如何叙说。

“我刚才就想到了，周家一行必然最是凶险。”常宁缓缓道，“周庄主既不会毫无缘故地疑神疑鬼，也不会任性肆意地到处乱走。佩琼山庄亦无地利之便，相反，回程路上湖光山色景致卓绝，恰好能设下重重埋伏。”

蔡昭一听，更急了，抓着樊兴家用力摇晃道：“你倒是说呀！”

樊兴家头晕眼花，赶紧道：“死伤……死伤甚是惨重……周女侠与两位周少侠都身受重伤，很重的伤，连周庄主都受了内伤。末了，只他们几人逃出，随行的弟子门人差不多都死了，据说连那片湖水都被染红了。”

这是在魔教爪牙尽出袭杀六派的行动中，最成功的一次。

蔡昭久久不能言语，满心担忧："我……我要去佩琼山庄看看周伯父和致娴姑姑。"

樊兴家忙道："你放心，师父也说要去探望周庄主，到时咱们一道去吧。"

送走樊兴家后，蔡昭转头看见常宁姿势优美地坐在原处，静静地看向自己。

她叹口气，道："你想说什么？"

常宁道："我能说'其实你去看周庄主，他的伤势也不见得会快些好'吗？"

蔡昭板着脸道："不能，我当你没说。"

常宁道："那我能说'你是不是想找借口想去见周玉麒'吗？"

蔡昭按捺住怒气："也不能，我当没听见。"

常宁道："那再换一个。你觉不觉得这回魔教伏击各派的行事方式，与昨日他们偷袭青阙宗很像？"

"不觉得！"蔡昭没好气道，"我还没跟你算账呢！当初你怎么跟我说的来着？哦，你说魔教派系林立，内乱频生，早不是当年聂恒城在世时的强盛模样了，还说什么魔教内部各自为政，聂喆才干平平，哪还有什么能耐，是不是你说的？啊?!

"一个不强盛、没能耐、派系林立、内乱频生的魔教就能把北宸六派外加一寺一庵弄得人仰马翻，这要是魔教以后强盛了，有能耐了，心齐了，那咱们还有活路吗?!

"所以你其实是在明贬暗褒魔教吧？"蔡昭气不打一处来，"你的话以后还能不能信了?!"

常宁毫不介怀女孩的讥讽，微笑如故："如今的魔教的确是派系林立，内乱频生，不复盛时光景。如今的这些，怕是聂喆的全部家当了。

"不过，他为何要拿全部家当出来，做这等损人不利己之事呢？"他侧头思索。

"也不见得全然不利己吧。"蔡昭倒觉得道理很通，"你不是一直说聂喆在魔教中不能服众吗？如今他做下这么一大票，说不定大家一高兴，他就能把代教主的这个'代'字摘了呢。"

常宁缓缓点头："也有可能。"

“对了，你适才说魔教伏击各派的行事方式与昨日他们偷袭青阙宗很像，哪里像啊？”蔡昭问道。

“都是很精妙的计策，拙劣的执行。”常宁道。

蔡昭一怔。

常宁缓缓道：“他们骤起发难，于祭典之后袭杀各派，本是很好的计策。然而执行之人似乎一点不会随机应变，只会死死按照之前定的路子走下去。最后，真正袭杀成功的只有老老实实回程的佩琼山庄。

“昨日也是一样。计策甚是精妙，连时辰都算得一点不差，然而落到实处时，还是出了许多纰漏。

“为何戚宗主与宋郁之都没死？因为你及时提醒了他们。”他看向女孩，目光幽深，“何为纰漏？你、我，我们就是纰漏。原先的计策中，没有你这么一个修为不弱又心忧宗主的好弟子；原先的计策中，更没有我这个刚刚痊愈的病人。

“可是你我并不是忽然变成这般的。你在祭典之上就显露过功夫了，数日之前我也在外门露过一手了。”青年神情淡漠，“然而执行之人丝毫不知变通，没有将我俩也算进去，最后功败垂成。

“还是那句话：精妙的计策，拙劣的执行。恰似一位聪慧卓绝的军师，遇上了蠢笨不堪的主君。”

蔡昭静静地看了常宁一会儿，忽道：“等我爹来了，你和我一起去见见他吧。”

常宁眨眨眼，道：“你没有什么要问我的吗？”

蔡昭侧目望向窗外：“我姑姑说，少问、多听。”

因为有时你问出来的，未必是真的——尤其是当你遇到一个看不透的人时。

蔡平殊说这句话时，素来平静的眼中似有微光闪动。

第33章

此后数日，蔡昭尤其乖巧，每日除了躲在清静斋中等蔡平春回来，就是盯着鸽笼看。

不错，觉性禅师送给她的那一笼用来告状的信鸽，终于能派上用场了。

那日听到各派遇袭之后，蔡昭连饭都没吃就提笔开始写信。常宁在旁给她磨墨裁纸，时不时瞄两眼信件的内容，惹来女孩的几个白眼。

第一封信自是寄去佩琼山庄的。

先问周致臻、周致娴等人身体安康否，伤得要不要紧，若是欠缺什么药尽管开口，落英谷别的没有，各种外伤药管够。她还在信鸽脚上挂了两管金疮药，若不是怕胖胖的小鸽子坠下来，她恨不得把宁小枫留给她的整个药箱都寄过去。

常宁问："你是因为喜欢周庄主、周女侠进而喜欢周玉麒的，还是因为心里惦记周玉麒才对周庄主、周女侠这般关怀备至的？"

蔡昭没好气道："我可以把你刚磨出来的墨汁泼到你脸上。"

第二封信是寄去长春寺的。

先问法空上人安好，再问烫伤治的如何，老皮老肉不容易好，随信附去两管落英谷出品的烫伤膏，号称煮熟的虾米都能给复原。还问法空上人呛入肺部的浓烟去干净了没有，并抄了一份祛毒润肺汤的菜谱，说要是肺伤不养好，老和尚将来念不了经，就只能敲木鱼了。

常宁问："落英谷与法空上人之前生过嫌隙？"

蔡昭道："哪有？老和尚人很好的。"

常宁道："是以昭昭是想宽慰法空上人吧？"

蔡昭道："那是自然。"

常宁道："希望上人寿比南山，阿弥陀佛。"

第三封信本想寄给宁小枫，结果没写几个字就被蔡昭揉掉了，因为别说信鸽了，连她自己不打起十分的精神都摸不到宁家坞堡的入口。

于是她又想写去悬空庵问候一下静远师太。可一想起姨祖母大人那张千年冰封的老脸，她愣是一个字也挤不出来，最后只好挂去了两管金疮药，以示关切。

送出信后，蔡昭恨不得睡在鸽笼前，既能等回信又能等蔡平春。

就在这令人烦躁的苦等中，宗主戚云柯出事了。

原本众人都以为他只是轻伤，只消逼出余毒再养养即可，谁知伤情却忽然反复了。某日清晨戚云柯连呕数口黑血，然后就卧病不起，时昏时醒。

蔡昭前去探望过三回，倒有两回只能看见双目紧闭面色蜡黄的戚云柯躺在帐幕中。

曾大楼行色匆匆，不是在料理宗门庶务，就是在寻医问药，或者代替戚云柯前后奔忙，与蔡昭说不上几句就又去忙了。

好不容易等到戚云柯清醒过来，众弟子便一起进屋看望他，包括被人搀扶着过来的宋郁之。

雷秀明眉头紧锁，越搭脉越疑惑，嘴里喃喃着："这毒性为何忽然厉害起来了？如今压是压下去了，可我却不懂为何会反复。"

反倒是戚云柯看得开，虚弱地微笑道："是我自己运功时不当心，岔了口气，没有及时排出体内余毒。多亏雷师弟妙手，我如今好多啦，多歇息就成了。"

雷秀明只好作罢。

见丈夫伤情凶险，尹素莲权衡了一下是当宗主夫人威风还是当宗主丈母娘更有成就感，终于表现出了前所未有的贤惠，端茶送水温柔备至，看得众弟子一阵鸡皮疙瘩。

可惜戚云柯丝毫不受用，只冷着脸敷衍了她几句，尹素莲哪里肯受这个气，怒气冲冲地走了。

蔡昭笑眯眯地看完戏，转身离去前看见宋郁之站在廊柱后，脸上的神情十分奇特。

她心中掠过一丝异样，但很快抛诸脑后，回去守鸽笼等消息了。

此后数日，信鸽陆续返回。

佩琼山庄的确死伤惨重，逃出魔教埋伏圈的人寥寥无几，好在周家四人俱未伤及根本，慢慢将养总能养回来，就是身故弟子的老母寡妇堪怜，周致臻决意好好抚恤她们。

长春寺的其他人受的都是皮肉伤，只法空上人有些不好——毕竟年事已高。论辈分和岁数，他是青峰三老师父辈的人。这趟先是相依为命的师兄法海上人过世，再是来回奔波后骤逢偷袭，老和尚有些吃不消了。

悬空庵照例寄来一沓长长的说教，蔡昭看都懒得看。

刚丢开静远师太的训诫信，蔡昭就听见芙蓉来传报——蔡平春终于回来了。

蔡平春回青阙镇时天色已晚，他不欲在九蠡山上过夜，于是住进了镇上的悦来客栈。

取了个这么普通却自信的名字，因而这间客栈虽不是镇上最大的，却是最贵的。

行走在青阙镇的石板小路上，蔡昭发现周遭人流不少。“祭典都结束了，镇上还有这么多人啊，是店铺的回头客吗？”

常宁抬头一看，道：“这些人都是些好手，不知在青阙镇做什么。”

两人都有些奇怪，然而两人又都对青阙镇不熟，不知道这些人是熟客还是陌生人，这种情况是正常还是异常。想不通，就抛诸脑后了。

进入悦来客栈，痨病鬼模样的掌柜面无表情地站在柜台后，看见蔡昭和常宁只抬了抬眼皮，指了指挂在身后的天字一号房竹牌，然后半死不活地吆喝店小二带路。

常宁乐了：“这回我能确定了，昭昭与这掌柜之间一定有嫌隙。”

“刚来九蠡山时我家就在这间客栈落过脚——这么间小破客栈，统共就我家一户住客，房钱贼贵，掌柜还拉长了一张脸。”蔡昭无奈道，“然后我就给了他一个小小的提议。”

“什么提议？”

“我说：‘掌柜的您怎么不去开义庄？’”

常宁直接笑出了声。

半月未见，蔡昭看自家老爹黑了，也瘦了，好生心疼，恨不得立刻开炉煲汤给亲爹补补。

蔡平春也上下打量女儿，发现小姑娘个子高了些，神气也像个大人了，笑吟吟地道：“看来青阙宗的厨子不错，将我家昭昭喂得白白胖胖的。果然还是该把你送出去养，才几日工夫，看着就懂事多了。”

再去看常宁。

虽说青年依旧满脸毒疮，但气定神闲，双目蕴光，蔡平春问：“常世侄这是痊愈了？”

常宁恭敬行礼：“还有些许余毒未清。”

蔡平春微一皱眉，但并未说什么。

蔡昭也皱起了眉头。

常宁这货从进门开始就再未说过半句奇葩言论，举止娴雅有度，风度优美，简直比宋郁之还像世家公子的做派。

父女俩许久未见，自有许多话要说，东拉西扯片刻后，就说到了青阙宗被攻入之事与各派被魔教设伏偷袭之事。

蔡昭问出早先的疑惑："常宁说魔教已经大不如前了，为何还这么穷凶极恶啊？"

蔡平春道："天底下恶人那么多，你哪里能一一猜出人家的念头，这事想是想不出个所以然的。等这回大家休养好，让你师父领个头，咱们上幽冥篁道好好问候聂喆教主一回就是——相安无事这么多年了，聂教主既然有兴致重新开张，北宸六派自然也能奉陪。"

这话说得简单，后面隐含的血雨腥风难以估量。

蔡昭忍不住抖了抖耳朵。

常宁也颇为意外，蔡平春看着温和低调，不言不语，不承想性子这般干脆果决。

"蔡叔父。"他上前一步，双臂笼袖而拜，姿势端正优美，"请恕小侄失礼——不知蔡叔父此行是否打探到了关于我家案子的蛛丝马迹？"

蔡平春沉吟片刻："常家坞堡如今已成废墟，我把里里外外搜了个遍，又绕着那座山查了几圈——可以断定，的确是魔教所为。"

蔡昭吐槽道："爹，常师兄早就说过是魔教干的啦。你走了半个月，就查出了这个啊？"

蔡平春揉揉女儿的脑袋："傻丫头知道什么。"他看向常宁道："我本以为是有人浑水摸鱼，假借魔教的名头行凶。可我反复查证，不论是他们在山脚下留的标记、在草丛间画出来的暗线、埋伏周围时打下的桩口，还是废墟中残存的打斗痕迹，都是路成南的手笔。哼哼，又是天罡地煞营。"

蔡昭的脑筋转得飞快："姓路？莫非是聂恒城赵陈韩路四大弟子中的一个？"

"不错。"蔡平春道，"他是聂恒城的四弟子，平素恶迹不显，是以在江湖上没什么名声。实则是文武全才，内外功夫、机关阵法、星象地形、跟踪毒杀无一不通，天罡地煞营中的人都是他一手训练出来的。"

蔡昭听得悚然："所以是这人杀了常大侠全家?!"

“不会，这人已经死了，比聂恒城死得还早些。”蔡平春道，“当年我们几个小的，查到天罡地煞营的几个小头目，杀上门去时发现他们正披麻戴孝，哭得满脸都是眼泪鼻涕——原来是正在焚香烧纸，祭奠路成南。”

“魔教也有几分人情味。”蔡昭讪讪道。

蔡平春笑看了女儿一眼：“魔教中人也是人，也有七情六欲。路成南当年在魔教小辈中颇有威望，却无人说得清他是怎么死的。有人说他是走火入魔死的，有人说他是被我们北宸六派设下的陷阱害死的，还有人说他是被心怀嫉妒的两位师兄合谋所杀的……

“总之，路成南一死，聂恒城犹如断去一臂。若是他还活着，你姑姑也不会那么容易寻摸到聂恒城的所在，更不能瞅准他落单的空当，向其挑战。”

“听起来，这人挺厉害的。”蔡昭唏嘘道，“魔教里头都是些什么人啊……”

常宁看了女孩一眼，没有说话。

“即便到了今日，天罡地煞营还是照着路成南留下的规矩训练，我一看常家坞堡残留下来的痕迹就知道了。”蔡平春道，“这些年广天门、驷骐门还有太初观行事过于张扬了，手越伸越长，势力越走越远。魔教心有不满，欲行教训，尚在情理之中。”

“可为什么非要屠灭常家呢？自聂恒城死后，常大哥几乎再未涉足江湖之事。”他实在想不明白。

常宁沉默不语。

蔡昭听到“广天门”三字，立刻想起了宋郁之，连忙问道：“爹，我三师兄……就是宋门主的儿子宋郁之啦，他中了幽冥寒气，一身功夫没剩多少了。你有没有听说过治疗这种伤势的法子啊？”

常宁深吸一口气，忍住满腹酸气，继续强装温文尔雅、谦恭端正。

“幽冥寒气？我并不知其解法。”蔡平春愣了下，“不过……应当是能治好的吧。”

蔡昭眼睛一亮：“爹怎知可以治好？”

“当年你姑姑有个兄弟，叫石铁樵……”

常宁问：“是石家兄弟中的老二？”

蔡平春点头道：“对，就是他。他当年就中过幽冥寒气，后来昭昭的姑姑不知怎么弄的，就让石二哥复原了，其中缘故我并不知晓。”

“那……究竟是怎么复原的？”蔡昭茫然道，“就没人知道吗？”

常宁颇有几分幸灾乐祸：“练幽冥寒气这门功夫的人也没几个，中的人自然也不多了，能有几人知道治愈的法子啊？”

为了防止女孩继续纠结宋郁之的伤情，常宁赶紧提出另一个问题：“小侄斗胆，请教蔡叔父一事。”

“但说无妨。”

常宁道：“武刚临死之前，说尹老宗主不愿拿开阳长老去换武元英大侠，是为了逼问他一桩秘事。不知蔡叔父知不知道是何事？”

蔡昭一怔，她也想起来了。她忍不住嘀咕：“原来你心中一直好奇这个，那你为何不直接问师父呢？他肯定知道尹老宗主的意图啊。”

常宁做戏做全套，一脸善解人意的苦笑：“小侄怕这事可能不很光彩，让戚宗主说出来未免强人所难，所以……”

蔡平春点点头：“常世侄说的是，这事的确不很光彩。”

“啊？”蔡昭愕然。

二十多年前，魔教固然强盛一时，但北宸六派也不是泥捏的。

青峰三老正当盛年，太初双雄各有千秋，佩琼山庄、广天门以及驷骐门都是弟子众多、强者如云，落英谷也有蔡长风这样的顶级高手撑门面。小辈中有周致臻、宋时俊、武元英等新一代后起之秀，更别说蔡平殊这样禀赋罕见的异才了。

总之，很长一段时间，正邪两派势均力敌，谁也不敢轻言开战。

“忽有一日，尹老宗主察觉出情形不对了。”蔡平春道，“他之前与聂恒城是交过手的，虽不能说打成平手，但输也输不了几招。到了他们那个境界的高手，要说再有多大的进益，也不容易。然而，不知为何聂恒城忽地功力剧增了。

“第一回，尹老宗主与他过招，差点无法全身而退；第二回再遇，尹老宗主已无法在聂恒城手下走完一百招了；等到第三回撞上时，若非程浩与王定川两位同门舍命相救，尹老宗主怕是要命丧当场了。”

蔡昭张大了嘴，问：“爹你怎么这么清楚？尹老宗主败了也不会到处说啊。”

“是王定川师伯的一位弟子告诉你姑姑的。”蔡平春淡淡地道，“你姑姑救过他的命。”

常宁也是头一回听说这些，惊愕难言，忽然想到一事，说：“聂恒城忽得神功，这样一来，两边的均势怕是难以为继了。所以，这才是聂恒城忽然发难的缘故。之后他越发没了忌惮，索性让魔教党羽肆意横行，剑指剿灭北宸六派，一统天下。”

蔡平春颔首，继续道：“尹老宗主亦是水晶心肝之人，自然想得到聂恒城一定是因机缘巧合得到了一门威力巨大的神功。

“于是他抓了开阳长老，想逼问出聂恒城究竟是有了什么机缘巧合?!”蔡昭一拍手掌。

蔡平春点头说：“开阳长老与瑶光长老均是聂恒城亲自招揽入教的，是十几年的心腹了，他们若不知道，就无人知道了。”

“那最后问出来了吗？”小蔡姑娘好紧张。

常宁一派端方，眉目温雅：“若是问出来了，你姑姑就不用豁出性命去杀聂恒城了。”

蔡平春微笑道：“世侄说得不错。”

蔡昭眯眼看常宁，眼中直白地晃着三个字：你好假。

第34章

回到青阙宗已是掌灯时分，常宁与蔡昭赶上了万水千山崖于天黑前的最后一趟铁索伸卷，之后就要关闸封路了，没有手令谁也不能在夜间过崖。

蔡昭把两只小手勾在背后，蹦蹦跳跳地走在前头。

常宁见她轻松愉悦，问道：“刚才你们父女俩关在屋里说什么呢？”还特意请他去客栈大堂喝茶，结果他只喝到半碗冰冷的井水。

蔡昭笑眯眯地回头道：“爹爹说，明日一早他会上山来看师父。”

常宁狐疑道：“只说了那么一句？”他可是喝了半碗凉水啊。

蔡昭仰头向前道：“爹爹还说，如今闹成这样，江湖上估计又要起风波了，叫我一看情形不对，赶紧溜回落英谷躲起来。无量寿佛，善哉善哉。”

常宁扑哧笑出声：“蔡谷主真是实诚人。我还当你要学你姑姑笃行侠义，坚决不退呢。嗯，这样也好，幸亏你不像你姑姑。”

“不是所有小辈都像长辈的。”蔡昭微笑道，“你也不大像常大侠。”

常宁的瞳孔骤然缩紧：“你什么意思？”

蔡昭转过身，倒着蹦跳着走路：“就是字面的意思啊。”

常宁停住脚步，面沉如水。

蔡昭也跟着停下脚步，发现旁边是一座大湖。她左右张望了一会儿，道：“你挺会选地方的，此处四野无人，便于说话。”

“昭昭有话就说吧。”宽袖长袍的青年临水而立，犹如谪仙……抑或是伪作仙人的妖魔。

蔡昭双眸如水，说：“常师兄，其实你并不长于伪饰。自从上了九蠡山之后，你故意装得恶形恶状，将所有或真心或假意关怀你的人都赶得远远的，这样就不会有人发觉你的不妥了。”

常宁问：“我有什么不妥？”

“起初，我以为你是因为自幼患病，才性情乖戾的。”蔡昭道，“可相处久了，我发觉你不只是喜怒无常，还肆意妄为，从不计较后果。你要寻当初欺侮过你的人出气，就什么都不管不顾了，先叫自己痛快再说。

“常大侠几十年来侠义为怀，宅心仁厚，就算他再疼爱体弱多病的儿子，该教的也会教——真正的常师兄不会像你这样乱来的。我说得对吗，‘常师兄’？”蔡昭看着常宁。

常宁微挑嘴角：“话说得不错。可你忘了，我已经不是之前的常宁了，家遭大变，满门被屠，难道我就不能心性大变吗？”

蔡昭点点头：“我也那么想过，可心性能够大变，临敌经验总不能凭空变出来吧？”她又道：“那日在万水千山崖上，你仅从十几具尸首的伤处就能判断出他们遇害前后的经过，进而察觉出魔教的计策——这些可不是闭门造车就能想出来的，这是得见过许多尸首，经过许多场厮杀，才能练出来的本事。

“常大侠之子体弱了十几年，近两年才见好，忙着闭门修炼补回之前的欠缺还来不及，怎会有这许多的‘见识’？恐怕我爹也看出你的不妥了，哪有全身功力复原得七七八八，脸上还遍布着毒疮的？

“还有你的‘常家剑法’——我不用刀，是因为我只惯用自己的刀，但偏偏没带在身上，只好随手捡把剑来使，并非有意隐瞒。可是常师兄不用惯使的右手挥剑，偏偏用左手，这是为何呢？”

常宁沉默片刻，说：“昭昭觉得是什么缘故？”

“因为你右手上的功夫威力太大，一旦施展剑法时没收住，容易叫人起疑。”蔡昭说，“常公子再天纵奇才，习武也只是这两三年间的事。‘常师兄’若一剑挥出，如风雷惊电势不可当，岂不奇怪？”

“配上你受不得欺侮的暴躁脾气，无须顾忌后果的高傲性情——‘常师兄’，你以前的日子，过得很是尊荣显贵啊。”女孩笑眯眯的。

常宁没有笑：“那么，昭昭觉得我是谁？”

蔡昭轻松道：“我不知道啊。我爹都说了，光靠猜怎么猜得到？”

常宁静静地看着女孩：“昭昭又为何不禀告戚宗主，将我捉起来审问？”

蔡昭叹口气：“虽然你这个人可能是假的，但从你嘴里说出来的许多过往秘事都是真的，你使的‘柳絮剑法’也是真的。尤其是我姑姑少年时的往事，若非常大侠自愿，我真想不到是何种缘故，他才会说得那么巨细无遗、毫无保留。还有常家的内功心法，以常大侠的本事，若真是受了胁迫，在传授心法时做些手脚，并不是难事。”女孩顿了顿，目光定在常宁身上，“要让常大侠倾力教导常氏家传武学，并在很长时间中一点一滴地将过往相告——我想，你一定是常大侠十分信任的人。”

过了良久，四野无声，“常宁”长长地出了口气，道：“我小看昭昭了。”

蔡昭真心道：“是你对我没多加防备。”

青年沉思片刻，问：“你想知道我是谁吗？”

“你想说就说，不想说就别说。你现在还没想好怎么说，是吗？”蔡昭凝视着青年，“我如今只想知道另一件事——常大侠的儿子现在还活着吗？”

青年极缓慢地开口：“活着，但是你也可以当他死了。”

蔡昭心头一颤，问：“怎么说？”

青年摇头：“两三年前，他终于康复有望，常大侠欣慰之余便让儿子修习心法。谁知常夫人见了之后就疯癫不已，担心儿子学武后会步上娘家父兄的后尘。某日常兄弟闭关，常夫人忽然闯入，大喊大叫制止儿子练功，致使常兄弟走火入魔、经脉尽断，此生再也无法习武了。”

“他昏迷了数日，醒来后就什么都不记得了。常大侠夙夜思索良久，说这兴许是天意，于是让忠心老仆带着儿子离去，隐姓埋名，退居山田，从此再无常氏宁儿。”青年抬头望月，“常兄弟走后没几个月魔教就杀上门来了，常大侠后来想想还挺高兴，说老天怜悯常家，侥幸保下了常宁的性命，让他能像寻常百姓般生儿育女，也是幸事。”

蔡昭黯然道：“常家灭门这么大的事，难道那位老仆没听说吗？”

“听说了也不能做任何事。”青年道，“临行前常大侠反复叮嘱那老仆，此去再也不要惦记江湖和常家的事，哪怕他死了也不许回头。老仆只要照看好他的儿子，就是对得住他了。那老仆发血誓应下了。”

蔡昭长长地叹息道：“这样也好，位高则凶险，做个寻常富家翁未尝不好。”

青年等了半天，不见女孩发问，忍不住道：“你就真的一点也不想知道我是谁吗？”

蔡昭笑了下，小小的脸蛋娇俏稚嫩。“从你嘴里说出的话就一定是真的吗？”能假装成另一个人，一样能撒谎。

“你不揭穿我，妥当吗？”青年犹自惊奇。

蔡昭起步继续前行，边说：“妥不妥当，也就这样了。反正常大侠信任你，师父亲自把你托付给我，我一个才上山半个月的新弟子能知道什么？”

青年长腿一跨，拦在女孩身前，道：“我以为你一心效仿蔡女侠。”

小蔡姑娘脸上一片黯然：“我爹并不希望我像姑姑那样……我娘嘴里说得好听，但我知道她心里想的其实和爹爹一样。姑姑是这世上我最敬爱之人，但，我恐怕不能像她那样了。”她抬起头，“明日我就搬去椿龄小筑，‘常师兄’……我还是叫你常师兄吧，你以后好自为之。”说完这话，她头也不回地向前走去。

常宁望着女孩离去的背影，久久未动一步。照理来说他应该松口气，可此刻心里偏偏是说不出的郁闷。

大约是因为见到父亲，有了底气，这夜蔡昭很快就睡着了。

然后她做梦了。

梦中的姑姑很年轻，就像母亲描述的那样，面色红润，光华四射，一双永远带着笑意的眼睛生气勃勃，天不怕地不怕。她附在小侄女的耳边说：“小昭昭，别害怕天黑，妖怪总是会被打跑的，天也总是会亮的……”

小姑娘哭得一塌糊涂，嚷着："姑姑别走，我害怕。"

梦醒了。

蔡昭浑身冷汗地坐起来，外面是如噩梦中般的漆黑夜幕。

她愣愣地出神——自己为什么要害怕？

父亲已经回来了，母亲和弟弟暂避于宁家，全家都很安全啊。

就算外面江湖上打得不可开交，只消将落英谷一关，就什么都不关他们一家人的事了。

她赌气般地躺了回去，哪怕睡不着也要努力去睡。她已经不是小孩子了，被一个噩梦吓得睡不着也太丢人了。

昏昏沉沉地又过了半个多时辰，墨色的天际开始发浅，屋外忽然吵闹起来，蔡昭迷迷糊糊地听见芙蓉的惊呼声，翡翠冷静的呵斥声，还有一阵纷杂慌乱的脚步声。

之后是常宁推门而出的声音，他用匪夷所思的语气反问："说什么混账话，什么叫不见了？"

然后，她被叫起来告知——蔡平春不见了。

漫长的人群鱼贯通过黑漆漆的悬崖，铁索摇晃，众人高举的火把也跟着晃动。

兹事体大，连余毒未清的戚云柯也由仆从抬着躺椅下山了。

黑暗中火光憧憧，每个人的面庞都格外不真实——曾大楼的忙碌匆匆、戴风驰的幸灾乐祸、宋郁之的焦急、樊兴家的惊讶，都仿佛是在戏台上登场。

蔡昭谁也看不清，谁也分不明，只有在身后撑着自己的常宁的手臂温暖强壮，肌肉结实，能让她觉得脚踩到了地上。

来到悦来客栈门前，周遭一圈已被打着火把的青阙宗弟子围了起来，外圈还围了许多蔡昭白日里未见过的生面孔。

而后，一个抖抖索索惊魂未定的老农被推到了前头来。

这老农是负责给悦来客栈送生食的，虽说客栈生意冷清，不过掌柜与伙计自己也是要吃的，于是他每日天不亮就担着活鱼、肉排、菜蔬来送货。

谁知今早敲了半天门都无人应答，明明门缝中露出了几线灯光，显然是有人在的。他给这间客栈送货多年，掌柜虽说半死不活的，不会做生意，但从不赊账，于是买卖两边交情日深。

老农知道客栈有扇后门从来都不锁，于是挑着扁担绕路去了后门，穿过厨房进入大堂，看见一地血淋淋的尸首，他差点被吓破肝胆，于是赶紧报告宗门管事。

客栈大门敞开，柜台被打翻，笔墨纸砚、账册、铜匙散落一地，连墙上悬挂的房间竹牌都尽数掉落，掌柜的尸首面朝下趴于其间，身旁取暖用的火盆已经熄灭。

众人急着寻找蔡平春，于是赶紧奔往二楼，沿途分别又见到了五具尸首。

二楼天字一号房，桌椅、床帐整齐干净，茶壶、茶盏摆放成梅花状，仿佛没人住过一般。

蔡昭忙去看床铺，被褥折叠得整整齐齐，一样没有丝毫痕迹。

房间空荡冷清，无法想象这里竟是不久前蔡家父女笑谈过的地方，也全无打斗痕迹，显然是被人刻意清理过了。

众人面面相觑，屋内弥漫着一股诡异的气息。

“我爹去哪儿了？”蔡昭木木地自言自语。

曾大楼安慰道：“别急，咱们再看看。”

戚云柯被人扶着站在一旁，轻轻地咳嗽。

从天字一号房推门出去，门口就是第一名伙计的尸体，侧卧成蜷曲状。

楼梯口是第二名伙计，尸体趴在栏杆上。

楼梯中段是第三名伙计，面朝下趴在阶梯上。

大堂中间分列两具蜷曲的尸首，左面那人身形肥胖，手拿菜刀，作势欲劈砍敌人，显然是厨子了。

“这间客栈一共有几人？”曾大楼问。

弟子回答：“一名掌柜，一名厨子，四名伙计……全在这儿了。”

“有几人住店？”

这次蔡昭回答了：“今夜，只有我爹住店。”

又是一阵令人心慌的静默。

“你们先去看看那几人的尸首。”戚云柯体力不支，被人搀扶着坐下歇息。

曾大楼应命。

蔡昭脚下不稳，仿佛全身的力气被抽了一半，全靠常宁用手臂撑着。

木然走下楼梯，她奋力推开常宁，强装镇定地倚在大堂中的柱子旁，全身发冷，手脚不住地打战。

掌柜的尸首被翻过来，那张熟悉的蜡黄面孔映入眼帘，众人齐声惊呼——原来他的胸口破开了一个血洞，心脏已被摘出，挂着几缕血肉，冷冰冰地垂在体外，四肢绵软地垂着。

曾大楼一愣，大声道："将其余几人的尸首也翻过来。"

众弟子立刻照办——果然其余五人也是胸口被破开了一个血洞，心脏被掏出挂在体外，四肢被打断了筋骨。

戴风驰失声大叫："这是落英谷的千花千叶擒拿手！"

众人一惊，然后齐刷刷地将目光投向蔡昭。

千花千叶擒拿手是落英谷的绝技，一共二十一招，前二十招都是用来擒敌的，只有最后一招"拈花摘叶"是用来取人性命的。

出招时先打断对方的四肢，而后直取心口要害；功力深厚的人，能活活掏出人心来，便是功力不足的，也能破开胸腔置人于死地。

因这招数太过毒辣，多任谷主都不欲使用。

然而在十八年前涂山大战后，蔡平殊修为尽失，落英谷风雨飘摇，蔡平春为了震慑群魔宵小，刻意在青罗江大战中用"拈花摘叶"连创数十人，血染河滩，惊骇众人。

"二师兄太武断了吧，就这么一处伤口，就能断定是落英谷的功夫吗？"樊兴家望见梁柱旁脸色苍白的蔡昭，心中觉得她好生可怜。

戴风驰傲慢地道："你懂什么？看看这伤处的位置，推断出手的劲道，六人都是被一击毙命，除了掌柜略有伤痕，余下五人毫无还手之力，这么厉害的招数，非'拈花摘叶'莫属啊！"

"二师兄错了。"宋郁之忽道，"广天门的摘心手也有这般威力。"

戴风驰一愣，随即又道："摘心手只是取心而已，可是'拈花摘叶'还能打断人的四肢骨骼，你们看这六具尸首是不是都断了手脚？"

众人看去，果然如此。

常宁冷冷地出声："我不会落英谷的功夫，但我依然能将戴师兄的四肢打断，掏出心肝，戴师兄要不要试一试？"

戴风驰一噎："你是在恐吓我吗?!"

"不敢。只是告诉戴师兄，天下功夫多得很，只要修为的境界到了，想怎么杀人就能怎么杀人。"常宁淡淡地道。

戴风驰愤而闭嘴。

"大家看地上是什么？"樊兴家再度出声。

众人顺着他的手指望去，只见倒落的柜台旁，掌柜的右手指尖染血，地上被他尸体盖住之处用血画了短短的一竖。

"一竖，这是什么意思？"曾大楼困惑道。

樊兴家弯腰看了半天，说："这是想写字没写完吧，是什么字呢？"

戴风驰又张嘴了："说不定不是一竖，而是没拉长的一横呢。"

"一横？"樊兴家不解。

蔡昭声音冷然："落英谷的'落'字，第一笔就是一横。"她转身面向戴风驰，"二师兄想说什么不妨直说。说一半藏一半，着实屃得很，而且大家也听不懂。"

戴风驰被激怒了，道："好，那我就直说了！眼下的情形十分清楚，昨日深夜，店内伙计偶然撞见令尊在屋内不知在做何勾当，惊慌之下发出了声响。令尊发觉后，出门就取了那伙计的性命，然后一不做二不休，将客栈中人杀了个干净，免得泄露了机密！"

"我看不见得。"常宁讥讽道，"这不是还让戴少侠瞧破了其中玄机吗？显见这杀人灭口的手段一点用处都没有。"

戴风驰梗着脖子道："兴许是情急之下，蔡谷主不及细细思索。"

"能叫你这种蠢货看破，不是不及细细思索，而是根本没长脑子吧。"常宁冷笑道，"既然蔡谷主肯定有脑子，当时的情形必然不是如此。"

戴风驰涨红了脸。

"二师兄。"蔡昭忽而微笑道，"你知道这几日北宸六派屡屡受到魔教袭击吧？"

戴风驰吓了一跳："知……知道。那又怎样?!"

"我一直在想，魔教能屡屡得手，莫不是在六派中有了内应？"蔡昭敛容，将眼睛一瞪，问："二师兄，你是魔教的内应吗？"

"你胡说八道什么?! 你不许血口喷人！"戴风驰激动得差点跳上房梁。

蔡昭上前一步，逼近他，道："当年尹老宗主曾经说过，北宸六派同气连枝，手足一体，只要我们自己同心协力，不生猜忌，魔教便杀不败我们。

"如今倒好，二师兄先是只凭尸首上的几处伤便一口咬定是落英谷的功夫；再凭地上的一点血迹就咬定我爹在屋内干了不可告人的勾当——哈哈哈哈，二师兄，你有这能耐不去茶馆里说书挣几个铜板委实可惜了！"

戴风驰被骂得张口结舌，额头冒汗。

蔡昭踏上前一步，气势咄咄："我爹在外头待了半个月，在什么时候、什么地方不能行机密事？非要千辛万苦地赶回青阙镇，堂而皇之地住进客栈，然后不等众伙计睡下就着急慌忙地做起隐秘之事——他是疯了还是傻了?! 二师兄，你是要离间六派之间的情义吗？你真不是魔教派来的内鬼吗？不然怎能用这样荒唐可笑的理由急吼吼地来定我爹的罪?!"

戴风驰急得出了一脑门子的汗，脖颈上青筋暴起。

曾大楼沉声道："风驰，这次是你的错。昭昭的父亲不见了，已然心急上火忧心忡忡，你做师兄的不但不加以安慰，还嘴上无德胡说八道！风驰，给昭昭道歉！"

戴风驰满心不忿，但客栈内众弟子看向自己的目光俱透着轻视与鄙夷，他只好硬着头皮向蔡昭低头拱手道歉。

"算了。"蔡昭挥挥手道，"都是同门手足，二师兄别往心里去就好了。"

她又道："为免二师兄疑虑，大家可以细看这六具尸首，他们心口的伤处都是微微倾斜的，显然出手之人是正面站在死者身前的。"

若两人正面相对，一人出手插入对方胸口时，伤口的入势便不太可能完全垂直于身体，总会因为用左手或右手而有些许倾斜。

"二师兄年纪轻，见识不足，是以并不清楚'拈花摘叶'擒拿手的招式。你不妨去问问外门的李师伯，或是药庐的雷师伯，他们都会告诉你，'拈花摘叶'是侧身出掌的。是以被这记招数弄出来的伤口，一定是垂直于身体的！"

女孩神情轻蔑，言辞如刀，说得戴风驰颜面扫地，连头都抬不起来。

大堂内众弟子听后发出轻嘘声，以示对戴风驰的不满。

没人知道，蔡昭此刻脸上虽装得镇定，心中却慌乱无比。

她忽然想起适才那个梦。

"小昭昭，别害怕天黑，妖怪总是会被打跑的，天也总是会亮的……"姑姑的声音又温柔又勇敢，小时候无论经历多黑的夜晚、多可怕的梦魇，只要听见姑姑的声音，她就再也不害怕了。

三年前，姑姑过世，她觉得天塌了一半。

如今，父亲失踪，母亲帮不上忙，她必须自己把妖怪打跑，然后等待天亮了。

“我冷了。”她忽然出声，“把火盆生起来吧。”

第35章

火盆旁的笸箩里只剩下两块小小的木炭，孤单地依偎在一起。

蔡昭端了把小凳坐在火盆前烤火，有一搭没一搭地将散落在地上的竹牌往火盆里丢，好叫微弱的火苗烧得旺些。

戚云柯又让人仔细检查了一遍天字一号房，虽然被刻意整理清洁过，但的确没有任何打斗的痕迹，地板、墙砖、桌椅、床架都不曾有移动或更换过的迹象。

毫无头绪的情况下，曾大楼便让众弟子将整座悦来客栈都翻查了一遍。

依旧毫无结果。

这下大家都忍不住疑心，蔡平春是否真的是自己离开客栈的。

戚云柯轻轻咳嗽，眉头紧锁：“莫非平春真碰上了什么极其紧要之事，才迫不得已非得即刻离去？否则的话，以平春的功夫，谁也不能叫他毫无还手之力啊！”

蔡昭仿佛什么也没听到，将十指张开，垂头烤火。

天光微亮，一无所获的众人只好打道回府。

起身前，蔡昭刚好烧完最后一张竹牌，火苗渐渐微弱，寒气漫入屋内。

回程途中，蔡昭发现行伍中多了许多生面孔，有几人她昨日还在镇上见过。

他们步调一致，呼吸悠长，神情沉默而警觉，仿佛灰色的砂砾般缓缓渗入队伍，却无人察觉。

“这些人是谁？”蔡昭问道。

樊兴家小声回答："其实我也不认识——前几日师父说魔教这阵子屡屡出手，其志不小，江湖恐怕要不太平了。于是他吩咐大师兄拿他的令牌去外头调了些帮手上山，还让我赶紧把客居的院落收拾出来。"

"帮手？"蔡昭疑虑道，"他们都是宗门弟子吗？"

樊兴家先说不知道，然后凑近了小声说："但我觉得不像，内门、外门的弟子啥模样我又不是没见过。这些人阴沉沉的，话都不多说半句，瞧着就瘆人。"

这时曾大楼走过来，问："你们几个说什么呢？"

樊兴家便将蔡昭的疑问说了一遍，曾大楼笑了笑，然后一脸神秘地压低了声音："师父身为宗主，六派之首，不能只有桌面上的人马，在桌面下也得留些后手。"

看女孩眨巴眨巴大眼睛，似懂非懂，曾大楼又道："昔日尹老宗主手底下就养了不少能人异士，师父这些还算少的呢。"

常宁侧过脸去，淡淡地讥讽一笑。

蔡昭问："大师兄早就知道师父在宗门之外留了人手吗？"

曾大楼一愣，赧色道："最近才知道。唉，我武艺低微，师父大约是怕我担风险吧。"

蔡昭没再说话。

这时，常宁忽然指向不远处，问："那些人又是从何处来的？"

几人抬眼望去，只见宋郁之的身旁不知何时围着了一群练家子，个个神情警惕，身手稳健，且俱身着朱红绣金色旭日的锦裳。

曾大楼叹了口气，道："那些是广天门的人。宋门主已经知道郁之受伤的事了，他来信说，唯恐魔教再行偷袭，他先将广天门的防卫阵势安排好再过来，估计还得几日——这些侍卫是他先派来给郁之使唤的。"

"使唤？"常宁的语气颇是玩味。

曾大楼也是心烦，叹道："我想宋门主是心中不快，唉，何苦呢？虽说郁之功力受损，但青阙宗怎么也不会叫他再有闪失的，何至于要派广天门的人来呢？"

说完，他摇摇头走了。

看大师兄走远，樊兴家才敢说："我是宋门主我也生气啊，他膝下的三个儿子，就三师兄最有出息。秀之大哥资质平平，茂之大哥那脾气……唉，也不用说了。这下倒好，把天资最好的儿子托付给宗门，结果弄不好武功要全废了。我看这回宋门主来，是肯定要和师父大吵一架的。”

常宁明明在幸灾乐祸，脸上的微笑却十分真诚：“刀剑无情，宗门也不是有意叫宋少侠受伤的，但愿宋门主不要和戚宗主生了芥蒂才好。”

樊兴家颇是感动：“但愿能如常大哥所说。”

终于回到清静斋，此刻已是天光大亮。

樊兴家临走前好声好气地宽慰蔡昭：“师妹别过于忧虑了，令尊说不定真是遇上了什么十万火急之事，急切间非得离去呢。师妹暂且等等，师父总会有说法的。”

蔡昭沉默以对，倒是常宁笑吟吟地谢过樊兴家的关心，然后迫不及待地把他送出了门。

进入屋内，常宁立刻收敛起笑容，道：“昭昭，白日咱们先好好歇息，养足精神，等到傍晚前后，大家都去用膳了，咱们就下山去。”

蔡昭仿佛没听懂，问：“下山？我们不是刚上山吗？客栈都被翻过来找了，想来不会再有线索了，下山干什么？”

常宁看女孩一脸傻白甜，越发焦急：“你没看出来吗？宗门的情形不大对，我有不好的预感，还是尽早离去为妙。等到了外面，咱们再慢慢查令尊的下落。”

谁知蔡昭毫无所动，缓缓坐下后给自己倒了杯冷茶，说：“你没听见他们说吗？我爹说不定是有要紧事自己走的。”

常宁看了女孩一会儿，问：“你在防备我吗？”

蔡昭静静地与他对视。

常宁败下阵来，叹道：“不要防备我，我绝不会害你，也不会害你的家人。”

蔡昭缓缓转回头，道：“你说得对，我不能疑心所有人。”她又道：“那你倒是说说，你也觉得我爹是自己走的吗？”

常宁轻蔑一笑：“蔡谷主要是自己走的，那又是谁清理了整间屋子？”

蔡昭的嘴角露出一抹笑意：“看来这人是个蠢货，想让别人相信我爹是自己走的，就该留下睡了未叠的被褥，喝了一半的茶杯。非要弄得这么干净，反倒叫人疑心。”

常宁长眉一扬：“你想说什么？”

蔡昭说得很慢：“平常都是我听你说，这回烦请常师兄听我说了。”

常宁一挑眉梢：“愿闻其详。”

蔡昭放下茶杯，道：“首先，我绝不相信我爹是碰上了什么十万火急的事，然后自行离去的——在我们家，只有我姑姑的心是全然火热的，我娘大约一半热，我爹估计只有两三分热，也只留给至亲与少许故交了。

“我娘和小晗如今躲在安全处，我在青阙宗，阖家俱全，我爹就没什么真正要紧的事了。还十万火急？哼，哪怕是江湖翻了个个儿，落英谷被一把火烧了，我爹都不会心急上火。说句你不爱听的，便是有人以常家血案的线索相诱，爹也绝不会一句话都不留给我就走的。”

常宁颇惊，神思一转：“所以，蔡谷主的确是遭遇不测了？”

“这世上有人能叫我爹毫无还手之力束手就擒的吗？”蔡昭反问他。

常宁立刻否定：“我见识过令尊的功力，不敢说入了化境，但世上已难逢敌手。高手对决，要杀、要伤对方都不难，但要让令尊连一击之力都没有，哪怕是聂恒城再生，也办不到。”

“对，我也是这么想的。”蔡昭望着从窗缝中透进来的几缕阳光。

常宁继续道：“那么只有一个可能，那人是令尊十分熟悉甚至信任之人，他趁令尊不备，一击得手。”他看了女孩一眼，含酸道：“不过你爹熟悉的人，肯定也是你熟悉的人，我怕一个说不好，你又要与我翻脸，只好一句不提了。”

蔡昭瞥过去：“你想说谁？”

“祭典那两日我留心看了，你爹和谁都淡淡的，哪怕对戚宗主都是尊敬有余，亲近不足。只有对周庄主，那是打心眼里把他当作兄长了。”常宁索性一口气全说了。

蔡昭想了想：“那是自然。我爹自小在佩琼山庄长大，是真把周伯父当哥哥的——不过周伯父不是有重伤在身吗？”

“没有亲眼见到，未必不是障眼法。”

蔡昭笑了，话题一转：“你在天字一号房中闻到一股极淡极淡的香味了吗？”

常宁蹙眉。

“落英谷中花叶繁茂，我娘最爱制香调香，我自小就闻惯了。”蔡昭道，“那股香味若有似无，连我都是过了好久才察觉到的。也许用不着是我爹多么熟悉信任的人，只消是相识之人，与我爹说话时悄悄散出迷药，而后生擒即可。

“但是我爹最后一定还是察觉了，在昏迷前打翻了茶壶、暖炉、火盆什么的，弄得屋里一塌糊涂，所以那些人迫不得已才彻底清理了整间屋子。又因为害怕夜长梦多，着急杀人灭口，就没想到应该弄出我爹歇息过的痕迹。”

常宁半信半疑，笑道：“说得好像是你亲眼所见似的。”

“那伙人不但我爹认识，客栈的掌柜也一定认识。”蔡昭又道。

常宁察觉出女孩语气中的异样，郑重道：“你察觉到什么了？”

蔡昭问：“你注意到掌柜身后的墙了吗？那里原先挂了许多吊着红绳的竹牌。”

常宁回想昨日进入客栈的情形，的确如此。

蔡昭道：“这是开客栈用的物件，在一张张小竹牌上写上每间客房的名号，然后挂到墙上。租或订出去一间，就将那间客房的竹牌翻过来，这样还剩几间空房就清清楚楚了。”

常宁忽然想到：“昨日你爹住的那间屋子的竹牌没有翻过来，莫非另有玄机？”他清楚地记得掌柜还向他们指了指天字一号房的竹牌。

“不，那只是因为掌柜懒。”

常宁：“……”

“这种竹牌要先晾晒，再阴干，然后上油，然后再阴干……这样挂在墙上，每日酒气熏天，人来人往，才不易生霉。讲究些的店家，还要几晒几晾涂几层油的。”蔡昭如数家珍。

常宁笑了：“你怎么这么清楚？”

“因为我八岁时就发愿将来要开客栈。”

“你小时候不是想开饭馆吗？”不是常宁非要抬杠，而是他忍不住。

“开饭馆是我六岁时的念头，后来我发觉客栈既能吃又能住，还是开客栈的好。”蔡昭回答得很认真。

常宁：“……”

“这样做好的竹牌，就不大容易损坏了。”蔡昭道。

常宁想起适才女孩一直在烧竹牌，忽地灵光一闪：“是那个火盆？莫非你发觉地上的竹牌里有线索?!”

蔡昭微侧头，似乎在回想什么。“我们进去时，那个火盆已经冷了，烧了半夜，里头什么都烧没了。可我还是看出来了，木炭的灰烬中裹着一小块焦黑的碎竹片。”她轻拍桌子，“我觉得那是掌柜在临终前扔进火盆的。”

常宁听得微微屏息。

蔡昭自顾自地说下去：“我之前住过那间客栈，记得些事——整间客栈差不多有二十来间客房，以‘天地玄黄日月乾坤’外加‘福禄寿’十一个字为房号。

“那掌柜任性得很，安排房号随心所欲。天字有三间房，地字却只有一间房，玄字和黄字各有两间房，坤字足有五间房，乾字却只有一间房，还用来堆杂物了。

“刚才我怕引人注目，于是装作取暖将地上的竹牌一块块烧了，等全部烧完后——”她眼睛发亮，“我发现果然少了一张竹牌。”

常宁都紧张了：“是哪一张？”

“月字三号房。”

女孩秀丽的脸蛋从苍白中透出一抹微红，说：“我记得很清楚，那位掌柜虽然会胡乱安排房号，但并未跳号。月字一号房、二号房、四号房都在，只有三号房的竹牌没了——是掌柜亲手把它投入火盆的。”

“月字三号房？”常宁困惑道，“这是什么意思？”

蔡昭蘸着杯中冷茶，在桌上写了个“三”，其下写了个“月”。

常宁问：“三月？谁的名字或生辰与三月有关吗？啊……掌柜的血字……”他想到了！

蔡昭看着他的眼睛，点了下头：“就是掌柜在地上画的那一竖。”

然后她在“三”字的正中间，重重画下短短一竖。

正是个“青”字！

常宁的眉心隐隐透出阴戾之气：“所以，是青阙宗的人干的。”

蔡昭看着在光线中舞动的细尘，缓缓道：“你还记得戴风驰那蠢材今晨说的话吗？他说，我爹被伙计撞破了机密，为了灭口，从门口一路杀了出去。其实他说对了一半。从天字一号房门口一路杀出去的，不是我爹，是真凶。

“昨日我们离开后不久，天就黑了。我爹曾告诉我，他看出掌柜年轻时受过厉害的内伤，是以特别畏寒，每夜必烧火取暖。昨夜，我想他也照例早早烧起了火盆。

“大约午夜时分，掌柜看笸箩中只剩两块小木炭了，估摸时辰差不多了，就打算回房睡觉。这时，忽然来了客人——来人是宗门中人，掌柜是认识的，只好强打精神招待他们。那人……”蔡昭摇摇头，“不对，是那些人——凶手肯定有帮手。

“那人将手下留在大堂，自己上二楼去见我爹了——因为怕叫我爹生疑，是以他不能提前杀掉掌柜与伙计。那人在房中偷袭我爹时弄出了响动，一名伙计跑上楼去看，那人的手下追上去制住了他。这时，那人推门出来，就在房门口，面对面掏出了伙计的心！”

常宁恍然道：“所以尸首上的伤口都是微微倾斜的。”

“对。”蔡昭道，“‘拈花摘叶’的厉害之处就在，哪怕在激烈打斗中也能准确地摘人心脏。可若是伙计与掌柜被人制住了手脚，那么只要手上功夫够辣，就可以破胸挖心。陈师伯的大悲手、欧阳师伯的金刚指，都可以办到。

“掌柜当年是从死人堆里捡回一条命的，他一见二楼的伙计被杀，立刻明白自己也逃不了了。于是趁那些人不备，先将‘月字三号房’的竹牌摘下丢入了火盆中，随后在打斗中将柜台、笔墨、账册，还有墙上的竹牌全部弄乱打落……

“他们杀了伙计，杀了闻讯赶来的厨子，最后制住了掌柜，一样将其打断四肢后从正面掏心——也可能是反过来。掌柜拼着最后一口气，在地上画了短短一竖。那些人不解其意，还以为是掌柜在临死前疼痛难忍，胡乱画的，是以并未注意。

“我说完了。”

蔡昭缓缓起身，目光淡然却坚定，说：“所以，我不会离开九蠡山。你无须相劝，我知道自己要做什么。”

她当然可以一路逃回落英谷，然后向四方求告呼救，安安全全地等待消息。

但是不行。

蔡平殊十五岁时，已经名动天下。

她十五岁时，只想保护家人。

今日之前，她人生所有的决定都是父母与姑姑替她做下的。

这是她生平第一次独自选了一条路。

“姑姑会赞成我的。”她仰起稚嫩的脸庞，仿佛在望天，“姑姑会在天上保佑我的。”

第36章

次日清晨，清静斋，书房。

蔡昭正在奋笔疾书，字写得细小若蚊足，密密麻麻布满了小小的纸卷。

常宁在旁磨墨，磨了一圈又一圈。

“你不是说不愿向四方求告呼救坐等消息的吗？”他忍不住道。

“第一，我没有四方求告，我只求告了三处，周伯父、法空上人，还有静远师太。”蔡昭笔下不停。

“第二，我没有坐等消息。我得让外头的人知道我的处境——爹不见了，生死未卜，娘在远方，来了也没用，我一个孤苦无依的小姑娘，有个头疼脑热都是宗门之故。”

砚池有些干涸，常宁用镏金小勺又加了些清水，继续研磨。“你觉得这三人见到信函后，会立刻前来相救吗？”

“来是会来的，但不是立刻。”蔡昭写得手指发麻，放下笔甩甩手，“我这儿好歹有师父在，他们自己跟前的麻烦也不少。尤其是周伯父，不但自己和家里人身受重伤，还有一堆死者、伤者要抚恤。唉，还是姑姑说得对，求人不如求己。”

常宁犹豫片刻，最后还是问了出来：“你心里在怀疑谁？”

蔡昭继续提笔：“既然是青阙宗里我爹认识的人下的手，师父、大师兄、李师伯、雷师伯，甚至樊师兄，都有可能。可我不明白的是……”她蹙起精致的眉头，满是不解，“抓我爹究竟为的是什么？六派中落英谷居末，武林中蔡家也不算什么，哪怕是魔教那个代教主要立威，要抓人也轮不到我爹啊！”

她想了半天，也没个头绪。

她写完最后一张纸卷，将它塞入信鸽脚边的小竹筒中，然后交给芙蓉放出去，同时又装模作样地从翡翠手中接过另一只信鸽，取出“密函”。

屋外日正当空，蔡昭手持“密函”而去，出门前回头道：“这趟常师兄就别去了，我怕已经有人疑心你了。”

常宁淡淡地道："我不放心你，他们要疑心就疑心好了，真闹翻了我们溜之大吉就是。"

蔡昭无奈，只好让他跟着。

依眼下的情形，正常的做法是暗中窥测，静待隐藏于青阙宗内的真凶再次动手——他们费这么多的心血布局，肯定不只是擒拿一个蔡平春就完了。

不过蔡昭是决然不肯等的——笑话，那可是她亲爹，亲的！

敌不动，那她就先动。

暮微宫正后方的院落中，戚云柯的屋内依旧弥漫着浓重的药汤味，这种苦涩浑浊的气味让蔡昭莫名不适，仿佛无意中碰上天敌的幼兽，即便不认识也会本能地竖起全身毛刺。

曾大楼与樊兴家分立于病榻左右，还有内门与外门的几位管事正在报账。

戚云柯听清蔡昭的禀报，震惊难言："昭昭你说什么?! 有人见到昨夜杀害客栈掌柜与伙计的凶手了？"

曾大楼"啪嗒"掉落了手中之笔，樊兴家震惊得几乎跳起来，几位管事也险些惊掉了下巴。

蔡昭"一脸欣喜"地道："是呀，我刚才收到了密函，昨夜有人见到他了。"

曾大楼回过神来，本想让几位管事离去，谁知蔡昭却道："不用了，回头还要请诸位管事叔伯帮忙呢。"

戚云柯忙问："昭昭你说说清楚，究竟是怎么回事？"

"今日一早，我家管事与仆从闻讯赶来，行至街上时有人故意撞了他们一下，随后他们发现衣襟中被人塞了张字条。"小姑娘的脸蛋粉扑扑的，看起来既兴奋又惊喜。

常宁忍住没歪嘴角。

"写字条的人说，他退隐江湖多年，早已不欲再过问江湖中事，然而敬仰我姑姑生前的威名，是以特来报信。"蔡昭欣喜中带着几分羞赧，继续道，"他说今日一早听闻悦来客栈发生了血案，这才知道昨夜所见为真凶。"

曾大楼疑心道："别是来讹人的吧？"

戚云柯抬起左手："哎，大楼别打岔。昭昭你说，那人见到了什么？"

"那人说，昨夜大约午夜时分，他行至街边拐角处时，见到掌柜正欲吩咐伙计关大门，却忽有数人进入客栈。因为距离太远，那人并未看清他们的面容，但掌柜与伙计应该都认识这些人，伙计更是连连拱手行礼——之后，伙计就将门板一块一块闩上了。”

蔡昭看向戚云柯：“师父您想啊，掌柜认识也就罢了，他以前是江湖中人，可是连伙计都认识，肯定是青阙镇上的人啊。伙计们还连连行礼，说不定还是咱们宗门中人呢。”

“不可胡说。”戚云柯低声斥责女孩，又看了眼几位管事。

曾大楼犹疑道：“就这么一张字条，真假暂且不可论，会不会是魔教的离间之计啊？”

蔡昭撇撇嘴，一脸“病急乱投医”的欲泣状：“师父、大师兄，我知道这事听起来不可靠，但哪怕死马当作活马医，您也要查查镇上和宗门里的人啊。有没有谁形迹可疑，或者近日忽得了巨财，说不定能抓到魔教的奸细呢！这阵子我们屡屡受到偷袭，也该关起门来好好盘查一番了，亡羊补牢嘛。”

这次曾大楼倒没意见，摸摸颌下短须，道：“最近来了这么多人，查一遍也好，有则改之，无则加勉。”

樊兴家低头，忍不住插嘴：“会不会有人易容成宗门中人，致使蔡谷主上当受骗？”

常宁轻嘲道：“祭典那日，隔着七八丈远，蔡夫人都能一眼看出罗元容是易了容的，我想蔡谷主也不那么容易受骗吧。”

蔡昭赶紧道：“是呀是呀，我爹虽然没我娘眼那么尖，但只要走到他跟前五步之内，易容之人是绝瞒不过他的。是以能让我爹放下戒心的，肯定是他认识的人！”

戚云柯沉思片刻，似乎下定了决心：“好，那我们就查一查。”

小姑娘听了，似乎欢喜极了：“谢谢师父，谢谢大师兄，我这就回去等消息！”

当常蔡二人快要出门时，戚云柯忽然出声：“宁儿，你身上的毒伤都痊愈了吗？”

蔡昭脚下一滞，差点绊了一跤。

常宁不在意地转身，微笑道：“快好了吧。”

戚云柯看了他一会儿，道：“那就好。”

二人回清静斋，匆匆用过午膳。

蔡昭端出宁小枫给她的药箱，抽出底下一层暗格，里头是各种颜色的瓶瓶罐罐，大大小小的粉刷、粉团、粉皮，甚至还有各式假胡须、假鬓发、假喉结等等。

常宁看得青筋微跳，忍不住道："你是来青阙宗拜师的，令堂为何会给你预备这些？"

蔡昭道："我姑姑说，有人的地方就有江湖；我娘说，人在江湖，就得有备无患。"

常宁："……"

蔡昭双手不停，先挑出两张合适的粉皮，投入温温的清水中，再寻出一个杏色瓷瓶，往清水中倒了数滴弥漫着青草气味的液体，两张粉皮立刻变得又薄又软又黏。

她将其中一张粉皮挤干水后贴到自己脸上，再对着镜子涂涂抹抹粘粘贴贴，最后整理好头发，套上芙蓉弄来的宗门袍服——白色镶银边束袖长袍配青色绣纹腰封，立时便是一个五官寻常身形矮小的青阙宗弟子了。

"幸亏昨日来了许多生人，不然风云顶的守崖弟子眼睛可尖了，一看我这张脸从没见过，必定要问我是谁的。"蔡昭让翡翠举起菱花镜，对着镜子模仿男子走了几步。

常宁问："那你为何不直接易容成宗门弟子？嗯……就易容成阿瓜他们的模样好了。"

蔡昭板起脸："对不住，学艺不精，就这点本事了。"易容成熟人，远比易容成生人难多了！

拉着不情不愿的常宁也易了容换了装，蔡昭才表示可以出门了。

为了隐蔽行踪，两人不但没从正门出去，还是一前一后翻着屋墙离去的。

午后的日光懒洋洋的，做完功课的弟子大多喜欢这个时候下山去逛。夹杂在三五成群的人流中通过铁索大桥，蔡昭远远看见了宋郁之。由于伤势未愈，他再不能轻松过崖，而是由两名广天门的侍卫护送前行。

她忽然想起第一回见他也是在铁索上，当时的俊美青年脚不沾尘，绝世清高，直叫人眼前一亮，如今却弄成这样。

这时身边一名弟子低声议论："宋师兄的伤还没好吗？"

另一名道："看他这样子，肯定是没好。"

"那他出来做什么？该好好歇息才是啊。"

"听说是宋家又来人了，足足来了二十位一等高手，好像是宋门主亲自从广天门金光圣堂的护法里抽调出来的。这等阵势，镇口看门的师叔哪里敢随意放进来，所以要宋师兄亲自去接应。"

"广天门果然兵强马壮，气派非凡啊！"

"宋门主一定气死了，最出息的儿子弄成这样。你们说，宋师兄还能复原吗？"

"我也不知道。若是不能复原，他岂不是跟蔡平殊一样成废人了？"

"呵呵呵，你有胆子再大声点，敢议论蔡女侠，叫小蔡师妹听见了，看她不把你打成漏壶！她可既没受伤也没中毒，身旁还有个疯狗一样的常宁，哼！"

"唉，小蔡师妹也是可怜，小小年纪孤零零的，亲爹不知去向，指不定多担忧呢。"

"有工夫心疼她，不如心疼心疼你自己吧，以小蔡师妹的身手够打十八个你了。李师伯已经说了，下个月开始要给我们加功课了！"

如同天底下所有的学子，众弟子一听要加课，都哀号起来。

蔡昭默默听完，心中不胜唏嘘。

在风云顶落地之后，下山途中她又见到宋郁之一行人走在前头，不由自主地想靠过去说几句，没走几步又停住脚步——她想起自己此刻是易了容的。

正苦笑着，一人忽地从她身边擦过，一把攥住她的手腕，将她拖到一处山石之后。

常宁目光阴晦："你刚才想去哪儿？"

蔡昭皱眉道："你的口气怎么这么像吴老倌？"

常宁忍不住问："吴老倌是谁？"

"吴老倌是落英镇上的生意最好的箍桶匠，他老婆跟来镇上说书的跑了。"

"小白脸都不是好东西！"常宁不屑道。

蔡昭诧异道："不，不是小白脸，那是位很有才气，声音也好听的女先生。"

常宁脸都绿了。

“其实吴老倌的老婆人挺好的，贤惠能干，热心邻里。我姑姑说，她可能只是发现了真正的自己吧——后来姑姑还让我娘给吴老倌重新做了媒。”

蔡昭感慨完，对着常宁语重心长道：“常师兄还是改改脾气的好，不然将来尊夫人也迟早要‘发现真正的自己’。”

常宁感觉自己整个人都在冒绿光了。

后方传来一阵喧哗声，又一拨下山的弟子走过来了。

两人连忙将身形隐入树丛山石后。

“我们逮哪个？”常宁看着眼前经过的人群，仿佛盯着待宰的肥兔子。

蔡昭道：“如今宗门里的人分成三类：原先就在的，昨日刚上山的，还有广天门的，你觉得应该从哪儿下手？”

“广天门的。”常宁想也不想。

“好，那我们就先逮几个昨日刚上山的，樊师兄老说他们看着瘆人。”

常宁心道：那你问我做什么？

他斜眼看女孩，手指捏得咯嘣作响。

蔡昭全当听不见，自顾自问道：“总不能在这里抓吧，要不下山再抓？”

常宁阴阴地道：“既然你想要打草惊蛇，就不必有所顾忌。今日抓几个，明日再抓几个，能问出什么来最好，问不出来就宰了往山里一丢，来年山里的野兽必然喂得肥壮，多好？”

“随便杀人不好吧，万一人家只是面相差，其实是好人呢？”蔡昭还是有底线的。

常宁翻翻眼皮：“那就把人打晕后丢上运往南方的漕船，没十天半个月回不来。”当然还得把人打伤，恢复就得一段时间的那种伤。

“这个主意好。”蔡昭欢喜，视线转回前方，“不过抓哪个呢？”

常宁道：“自然是抓功夫最好的。”

说着他从地上捡了片树皮，旋臂一抛，只见那片树皮在空中划出一道月弧形，恰好击中那群人对面的一棵大树，发出突兀的“啪嗒”一声。

事起突然，这就显出各人的差异了。

有茫然不知发生了何事的，也有立刻运功戒备四面张望的，更有听风辨声后立刻扑向那棵大树的……只有两人格外镇定，既未不知所措，也没有仓促行动，而是狐疑地望向常宁与蔡昭藏身的方向。

这时，树丛中忽然蹿出一只肥兔子，从众人眼前一晃就不见了。

大家松口气笑了起来。

常宁面无表情地回头看女孩，道："就他俩吧。"

蔡昭同意。

青阙镇今日适逢集市，周围数个村落的乡民都陆陆续续进了镇，或买或卖，不亦乐乎。常蔡二人远远尾随那两人，竟然一路跟到了一座青楼。

青楼名曰"小萱阁"。

不但名字雅致，阁楼也装点得秀丽不俗。

要不是门口进进出出勾肩搭背的嫖客与艳女，蔡昭都不敢认这是青楼。

"青阙镇上居然有青楼？"她有些呆滞。

常宁忍笑问："落英镇上没有吗？"

蔡昭想了想，道："本来差点就有了，后来被我娘搅黄了。"

"你娘怕花娘们勾引你爹？"

"不，我娘怕她们勾引我姑姑。"

常宁已经不知道这是今日自己第几次无语了。

眼见那两人进了青楼，蔡昭咽咽口水想跟着进去，被常宁义正词严地制止了。

最后他俩只好在青楼斜对面的酒家二楼窗口边上坐等，为防疏漏，蔡昭还雇了几名孩童去青楼周围盯梢，专门盯那些出门离去时没有老鸨、龟公或者花娘相送的客人。

看常宁不甚明白，蔡昭很耐心地跟他解释："大凡青楼，多数不止有一扇门的。大摇大摆来逛青楼的人其实只有一半，那些有家室、有爱侣，名气伟岸光明的大侠，往往拉不下面子，青楼就引他们从侧门或后门走。

"还有，那两人要真是去光顾人家买卖的，只要不是赖了嫖资，店家必会热情相送，盼着再做下回买卖。"

常宁皱起眉头："你怎么这么清楚？"

"做买卖的门道千变万化，学海无涯嘛。"

常宁莫名生出一股老父亲之感，长长地叹了口气。

蔡昭奇道："你怎么了？"

常宁叹气："没什么，只是我希望你长大后，能够严正不阿，循规蹈矩些。"这女孩的旁门左道懂得都快比自己多了，这年头的名门正派啊，真是一言难尽。

蔡昭蒙了："啊？"

大约一盏茶后，一名孩童在酒楼下头拼命晃着一条红布。

蔡昭看见后，立刻拖起常宁下楼追去，只见两名不曾见过的人刚从青楼后门出来，随即闪入一条小巷。

常宁一怔："不是，这是别的人吧？"衣裳样貌都不一样了，他正想笑话女孩也有算错的时候，忽觉袖子一紧，已被拉着跟了上去。

"不，就是刚才那两人！他们也易容了！"蔡昭沉声道，"好端端的易容换衣，肯定有鬼！我们快跟上！"

第37章

虽然蔡昭不止一次嫌弃青阙镇不够繁华，然而其地广人众远超落英镇。单定居人口就有小两千人，拢起来差不多有三百来户。常蔡二人远远尾随那两人，一路上小心遮掩，最后见他们走入一条幽静的小巷后消失不见了。

这是条毫无异处的寻常小巷，青阙镇上没有五十条也有三十条。

小巷左右各有三扇双扉门，显然是住了六户人家。所谓大隐隐于市，没想到可疑之人竟栖身于此处。问题在于，那两人跑进哪扇大门后头去了呢？

常宁表示可以在巷子里放把火，把人全逼出来后就知道是哪家不对劲了。

蔡昭当然不同意，不过常宁这话也启发了她的另一个主意——她在镇上一气买了三四十个染红了壳的白煮蛋，然后在街上找了一对十岁上下口齿伶俐的市井小姐弟，让他们挽着篮子挨家挨户去敲门。

敲开门后就说自家是刚搬来隔壁巷子的，自家婶婶刚生了儿子，请周遭的街坊邻舍吃几个红蛋高兴高兴——常蔡二人就远远地在斜侧角观看。

常宁疑惑道："这你能看出什么来？"

"樊师兄说过，本地的习俗是送红蛋要送双数，否则会对自家不吉利，可我让他们给每家送的都是单数。”蔡昭低声道。

果然，六户人家中，有三户收到单数红蛋后，立时善意地提醒小姐弟回去告诉父母当地的风俗，其中更有一家还当场回了一个红蛋，收下的便是双数了。

还有两户虽未当面提醒，但也拿着红蛋在门口犹豫了一会儿。

只有一户人家，开门的是位穿戴成管事模样的中年男子，然而这人举止冷漠，言语中透着不耐烦，行动间手脚又虎虎生风，显然是个练家子。他听清小姐弟的来意后，二话不说接过红蛋，随手抛给小姐弟俩一个银锞子后立刻关上了大门。

“就是这家了。”这次连常宁也看出来了。

接下来就简单了。

常蔡两人先跃入那座宅子隔壁的人家，遇上什么人直接点倒了便是，然后隔墙观察那座宅子——只见庭院中原来的花木树荫现出凋零之态，显是有阵子无人打理了，五六名身佩兵器的锦衣侍卫正来来回回地巡守。

其实潜入别人宅邸最好的时间是在晚上，所谓随风潜入夜，润物细无声。任你的轻功再高明，大白天明晃晃地跑进人家院落里，也未免太嚣张了。

幸亏此时天冷，昼短夜长，天色渐渐暗淡，黄昏已至。

每家每户都飘散出饭菜的香气，这时对面远远又走来几名锦衣侍卫，显然是用过饭后来交接的。这边的侍卫喜出望外，不等他们走过来就急急迎上前去。

常蔡二人等的就是这一刻，他们犹如两股轻烟般“飘”进庭院墙下的一个死角，离得近的那几人是背面朝着他们的，正面朝着他们的人又离得远，于是他俩就借着这个机会飞快地腾挪而去。

其实常宁并不怕被人发觉，然而既然女孩决意引而不发，他就只好顺她的意。

这座院落前后有三进，蔡昭对这种民居结构再熟悉不过了，眼见中间第二进主屋旁有两间连起来的抱厦，拉着常宁闪了进去。

进去之后，蔡昭愣了。

这种抱厦一般是丫鬟、奴仆住的，为的是就近服侍住在隔壁主屋的主人，不承想这屋子布置得精致舒适异常，连中厅的桌布用的都是上好的锦缎，上头摆放的茶具更是昂贵的纯色玉瓷——所以，究竟是这帮人实在太有钱，以至于连仆人都能过上豪奢的生活，还有另有含义？

蔡昭的脑子有些乱，常宁倒听见门外发出了极轻微的动静，二话不说拉着蔡昭躲进了屋后净房旁的一个暗阁中，让重重厚实的幔帐将他们遮蔽起来，同时留了细细的一条缝，可以看见外面的情形。

不多时，门被推开了，进来一名华服青年，同时伴着一阵奇怪的铁器响动声。

这人二十三四岁，身形中等，面目清秀，就是精气神极差，皮肤惨白，双眼发红，既疲惫又厌倦。他身上明明穿的是最名贵的布料，头戴的是万金难买的羊脂玉冠，却一副愁眉苦脸的模样，活像被人追债到穷途末路却发现自己没有妻女可卖的烂赌鬼。

他蜷缩着坐在桌旁，不知看着何处呆呆出神，这时半掩的门又被推开，进来两名锦衣侍卫。其中一人道："千公子，请伸出脚来。"

千公子浑身一抖，身上再度发出铁器的响动声。"才刚吃完饭，就不能叫我歇歇吗？"

锦衣侍卫道："上锁后，公子一样可以歇息。"

千公子无奈，认命地伸出双脚，脚踝处赫然是一副森冷漆黑的镣铐。

锦衣侍卫从墙上拉来两条拇指粗的铁锁链，"啪嗒""啪嗒"两声，扣到两只镣铐上，然后上了锁，并将钥匙小心翼翼地放入怀中。

蔡昭与常宁对视一眼，看见对方的眼中俱是一样的了然与疑惑——能住在这样精致豪华的房中，显然房间的主人多少有点身份，然而镣铐一露出来，他俩立刻明白了，这位千公子应是一名十分要紧的囚徒。

为了看好他，那帮人还弄了个障眼法，故意让他住在奴仆才住的抱厦中。

身为囚徒，不待在牢狱中，反而这么受优待，不是这帮人对这位千公子的身份有所忌惮，就是他对他们别有用途——蔡昭隐隐觉得是后者。

那么是什么用途呢？

两名侍卫上完锁就离去了，徒留千公子一人继续坐在桌边唉声叹气。

还没叹足十下，只听"吱呀"一声，门再度被推开，千公子犹如惊弓之鸟般差点跳起来。

常蔡二人已看出这名"千公子"脚步虚浮，身形平直，武功不会很高。

从门外进来了三个人。

第一人目光炯炯，气蕴于内，肉眼可见是一名内功强劲的高手，他进屋后双手负背站到侧面，长长的鹰钩鼻子格外引人注目。

第二人是个二十出头的年轻人，模样颇为俊俏。

第三人是个低头垂眼的矮个中年男子——蔡昭觉得这人很是面熟，仿佛在哪里见过。

常宁忽然按上她的肩头，另一手做了个打算盘的动作。

蔡昭无声地张大了嘴——她想起来了，这名矮个中年男子不就是中午在戚云柯屋里报账的管事之一吗？所以是这位管事被人买通了，还是他本来就是敌人派来的奸细?!

她心烦意乱，差点没听清下面的对话。

千公子看见那鹰钩鼻子十分激动："你们想累死我啊？就是口骡子也该歇口气吧？我有几斤几两难道你们不清楚吗？半月前那个几乎耗尽了我所有的功力，你们还来！还来！"

"你也说那是半月前的事了。"鹰钩鼻子阴阴一笑，"这些日子好汤好药地伺候你，你说一点功力也没恢复，糊弄谁呢？"

千公子立刻泄了气，垂头丧气地坐下。

鹰钩鼻子又道："千公子放心，我们也舍不得真把你累死了，这回这个只要三五天就成了，还烦请千公子施展神通吧。"

千公子抬起眼皮："这次是哪个？"

俊俏的年轻人上前一步："我。"

千公子无语道："谁问你们的人了，我问的是这回要变成哪个倒霉催的？别再给我一张画像啊，忘记上回弄成三不像了吗？我早说过一定要见到真人，而且要活的，活的！"

这几人一来一回，言语中透露出来的信息让蔡昭生出一个极为可怕的念头，一个她甚至不敢仔细去想的恐怖念头。她扭头，看见常宁也露出了一样惊异的神情。

鹰钩鼻子笑了："这回要多谢老陈了，若不是他把人骗下山来，千公子也无法可施了。"

陈管事拱手："我武功低微，还是多亏了'迷魄针'，才能手到擒来。"

“好说好说，陈管事知情识趣，我们定然不会亏待了你。”俊俏年轻人道。

随着鹰钩鼻子一声令下，又有两人扛着只重重的麻袋进屋来，看形状麻袋里应是个人。

这次来的人常蔡二人都认识，正是他们尾随了一下午的那俩家伙。

两人将麻袋放到一旁的躺椅上，解开口子后慢慢露出一张昏迷的清秀面孔……

蔡昭捂住自己的嘴巴，同时感到按在自己肩上的手掌一紧。她抬头侧眼，看见常宁也绷紧了下颌——麻袋里的人正是樊兴家。

鹰钩鼻子对那两人道：“等我们这儿完事了，你们就陪着小宫回山上去。老陈毕竟是外院的，鞭长莫及。若是小宫的言行举止有什么疏漏，你们要及时给他描补。”

那两人抱拳应命，随后关门离去。

千公子起身走到躺椅旁，看了会儿后疑惑地道：“这人手脚细嫩，骨骼纤脆，看着不像武功很高强的人，你们为何要变他？”

鹰钩鼻子哈哈一笑，甚是得意：“这你就不用管了。小宫，你过去坐好，等千公子给咱们来个‘大变活人’，哈哈哈。”

俊俏的年轻人笑笑，端正地坐到桌旁。

千公子从躺椅旁的立柜中取出一把剪刀，缓缓剪开麻袋，然后他开始“摸”了——从樊兴家的头顶颅骨，至后脑、双耳，再到额头、鼻梁、脸颊、脖颈，一一而下。

仿佛屠夫在抚摸待宰的牲口，看看从哪里下刀合适，又似是正骨师傅在给客人推油，顺着肌肉的纹路仔细缓慢地摸索。

场面说不出地诡异，蔡昭不能自制地泛起了恶心。

趁千公子“工作”的当口，鹰钩鼻子回头道：“老陈，这姓樊的小子是戚云柯的亲传弟子，真的非要换他吗？”

陈管事低声道：“非换不可了。你们的人一上山这小子就起疑了，偏偏他又分管庶务，总有打交道的时候。今日中午蔡家小丫头在戚云柯面前一通胡说八道，旁人半信半疑，可我瞧出这姓樊的上了心。幸亏我留了个心眼，午膳后溜去客院看了看，果不其然逮住这小子在偷偷翻查你们人的行囊。”

鹰钩鼻子神情一变：“他翻查出什么了？”

“还没有，我借故将他引了出来。”陈管事道，“不过，若是继续留着他，被他寻出破绽是迟早的事。这小子看着整日乐呵呵的，其实心细得很。那位叫李得标的壮士，刚上山连屁股都还没坐热，就被他看出是练毒蝎指的了。呵呵，这等功夫，咱们名门正派可不练。”

鹰钩鼻子喟叹：“我已经叫他们只带刀剑上山，那些阴招需用的毒镖还有镰钩、叉、拐什么的一概留下，没想到还是露了破绽。到底是青阙宗的弟子，眼力不凡啊！”

这时，千公子已经摸完了樊兴家的双臂和手掌，连指尖都摩挲了半天，现在开始摸樊兴家的胸膛了——看着男人摸男人，蔡昭鸡皮疙瘩掉了满地。

难怪她怎么也看不进书铺里的那些男风话本，她果然不好这一口。不过她是个宽容的鉴赏家，自己不喜欢没关系，主顾喜欢就行。

小宫有些不耐烦：“天色不早了，千公子快些吧。这小子尚未成婚，是个连相好都没有的童子鸡，又不爱精研武艺，不会动不动就脱了衣裳练功的。”

千公子转回头：“你能不能别插嘴，易身大法是能随便糊弄的吗？习武之人收弟子为何非要讲究天资天赋什么的，是因为每个人的肌理经络还有骨骼丹田都是不一样的，甚至连关节都有些许差异。是以有些人适合练刀，有些人适合练剑，还有些人适合练流星锤……”

鹰钩鼻子道：“千公子莫恼，不过小宫说得也有道理。其实这回就是应应急，不必那么较真，千公子还是尽快动手吧。”话虽说得客气，但胁迫之意毫不遮掩。

千公子无奈，只好再从立柜中取出一个半尺见方的黑色檀木扁匣。他将扁匣放在桌上，打开后一阵银光闪过，里头竟是排得密密麻麻的银针，足有几百根。

蔡昭这辈子都没见过这么多银针，长短粗细五花八门，有针头是扁圆形的，有针尾是楔形的，有前细后粗的，甚至还有长得像细长三棱锥的……

千公子选了二十七八根形态各异的银针，用一种弥漫着奇怪气味的油水逐根抹过，然后走到小宫背后站定，吩咐他褪下上衣。

一切就绪后，他凝神静气，忽地双手发力，一气不停地将银针往小宫的头顶、后脑、肩背、脊柱、腰椎几处扎去，后面扎完又迅速跃至小宫前面，在他的脑门、脸颊、脖颈几处扎上银针。

这千公子看着武功不高，这套指法却快得令人难以置信，十指翻飞几乎晃成了残影。

扎完针后，他立刻用双手按住小宫头顶的百会穴，屏息运功。

这功法甚是邪门，运功的千公子除了额头渗出的一点冷汗，全身没有一丝气劲泄出，小宫身上反而热气腾腾，扎针处冒出缕缕白气，好像一只没盖严实的蒸笼。

白气模糊了小宫的面目，隐约间蔡昭似乎看见他的相貌与身体发生了变化，有些地方的皮肉微微鼓起，有些地方的皮肉却塌陷下去，甚至连肩膀都拉宽了几寸。

小宫生了一把水蛇腰，在千公子运功之下，腰身竟然生生粗了一圈。

屋内一片寂静，所有人都目不转睛地盯着小宫身上发生的诡异变化，仿佛古老传说的鬼故事中的画皮妖魔真的现身人间，撕开血淋淋的人皮披到了自己身上，迷惑世人。

蔡昭觉得一阵寒气从后脊背冒了上来。

不知过了多久，千公子低声说了句“行了”。

他似乎疲惫至极，踉跄着后退了几步，跌坐到后面的躺椅上。

小宫周遭的白气缓缓散去，露出一个熟悉到令人惊恐的轮廓——樊兴家！

他兴奋地抚摸自己的脸，还从腰囊中掏出一面小银镜左看右看：“真的变了，哈哈哈，真的变了，有趣极了……”

在樊兴家的脸上看到这种兴奋而妖异的陌生表情，蔡昭就仿佛看见一万只蚂蚁从自己枕边爬过，浑身难受。

鹰钩鼻子走到小宫面前看了会儿，笑道：“千公子好手艺，果然分毫不差，哪怕睡在枕边的婆娘也未必分得出来，哈哈哈哈！老陈是头一次见吧？快过来看看。”

陈管事弯腰细看小宫的面庞，赞叹道：“一模一样，果然一模一样，真是神乎其技啊！我以前一直当‘千面门’的传说是言过其实，没想到是真的。”他站直身体，疑惑地看向鹰钩鼻子：“有这般神技，九十多年前为何会被黑白两道联手灭门？”

鹰钩鼻子神秘一笑，道：“就是因为过于神了，才不能令人放心啊！你想想看，若叫这个门派发扬光大了，江湖上哪家哪户能安心入睡？不怕一觉醒来枕边换了个人吗？不怕吃顿饭的工夫心腹弟子换了个人吗？”

陈管事心领神会，视线往千公子身上一溜，随即大声道：“多谢千公子出手相助，待来日成就大事，必然重谢公子。”

蔡昭在心中“嘁”了一声——拉倒吧，还重谢？你拾根棒棒当香烧，骗鬼呢！待你们“成就大事”之日恐怕就是这千公子的死期。

但是千公子似乎没想到这点，只疲惫地摆摆手说：“不必客气了。我先说好了，这回最多五日，就会现出原形的。”

小宫笑道：“放心放心，三日之内‘我’就会坠落深渊，尸骨无存。到时咱们的人就不必提心吊胆了，哈哈哈哈……”

“是万水千山崖下的深渊吗？”陈管事有些犹豫，“那里可凶险得很，不会有事吧？”

鹰钩鼻子笑道：“老陈真是菩萨心肠，这是在心疼小宫呢，小宫还不谢谢老陈？”

小宫忙道谢，随即又道：“两位放心，我别的不行，牵丝壁虎功却是自小练大的，别说是风吹日晒的崖壁，就是面镜子也能攀附住。过上两个时辰，我自会慢慢爬上来的。”

老陈点点头：“既然如此，就将樊兴家除了吧，莫留后患。”

蔡昭心里一沉。

千公子似乎也很惊讶：“至少再多留几个时辰，学学他的说话走路吧？变成另一个人，不是只皮囊相像就成了啊。”

小宫满不在乎道：“这小子每隔数日就要下山采买，我在镇上潜藏了那么久，已经偷偷看过他不下七八回了，每回都会盯牢他一个多时辰，他的言行举止我清楚得很。”言下之意，樊兴家已经没有留下的价值了。

“你们早就想换了这人？”千公子惊异地问道。

小宫得意道：“不只是他。青阙宗上有头有脸的人，咱们都有身形相仿的兄弟在暗中盯梢，一旦情形有变，立刻就能换人！”

千公子不满地轻哼一声。

鹰钩鼻子笑道："当然还得千公子出手。"

听到这里，蔡昭觉得自己的手心一片湿冷。

常宁仿佛有所觉，拉了拉她的小手——他的手掌干燥而温暖。

蔡昭牵来他的大拇指握在手心，这稚气幼童般的举动只是为了找些信任和依靠。

常宁静静地看了女孩一会儿，转回头。

他已经对心口涌起的温热十分熟悉了。他知道，不论外面是妖魔横行还是恶鬼遍地，他总要护住这女孩的。

四人说话间，小宫从靴筒中抽出一把利刃，狞笑着朝樊兴家走去。

千公子不悦道："这是我的屋子，弄得血花四溅我可住不下去了。"

鹰钩鼻子拍拍小宫的肩："我来吧。"说着提掌运气，走向躺椅。

蔡昭怎会坐视樊兴家被害，在小宫亮刃时她已凝气在掌心，决心不管怎么样也得救下樊兴家。正当她打算扑出去时，忽觉肩头被沉沉按了一下，身形随即一滞。

常宁已如满弓而放的利箭般飞跃而去，宽广的长袖在空中划出一道惊艳的弧形，然后重重一掌击中鹰钩鼻子的背心——这一掌他用足了目前的全部功力，那鹰钩鼻子顿时被打飞出去，"砰"的一声撞到墙上，口喷鲜血。

这四人全然不知屋内竟然藏了旁人，这一下偷袭猝不及防，几乎都被惊呆了。

小宫见鹰钩鼻子身受重伤，巨怒之下疯狂地挺刀冲向常宁，可他的武功远不如鹰钩鼻子，下场可想而知。

躺椅旁的千公子已经被吓傻了，蹲在地上瑟瑟发抖。

只有陈管事反应最快，他深知鹰钩鼻子的武艺已是这座宅子中数一数二的了，然而依旧不敌这个忽然蹿出来的人一掌之力。虽说对方占了偷袭的便利，但武功之高毋庸置疑，自己扑上去缠斗只会送命，还不如赶紧叫人。

于是他一手拎起桌上的茶壶，一脚踹开离自己最近的窗户，重重将茶壶摔了出去，正待放声呼救时，忽觉得后领一紧，自己已像条死狗般被人拖回去摔在了地上。

忍着浑身骨裂的疼痛，他看见身旁站了一名身形矮小的宗门弟子，只见

“他”双掌虚空向内一翻，两扇窗扉宛如被无形的手拉动一般迅速合上。

陈管事不认识眼前这人，但他见过这手功夫——祭祀大典那日，即将拜师入门的美貌少女空手夺下数丈之外的罗元容手中的孩童，用的就是这么一招。

他震惊地指着蔡昭，道：“你……你是蔡……啊！”惨叫戛然而止，他的咽喉处插了一把不住晃动的短刀，正是小宫适才握在手里的那把。

蔡昭转头去看，只见鹰钩鼻子满脸是血地倒在墙边，脖颈已经被拧断了，显然是常宁又补了一手；千公子依旧抱着床腿抖若筛糠；只有躺在地上的小宫还剩一口气。

然而适才陈管事摔出去的那把茶壶砸在窗外的青石板上，发出了清脆的响声，已然惊动周遭的护卫了。幸亏之前因为这屋里要进行“换人大法”，鹰钩鼻子将一众护卫屏出老远，不过哪怕是匆匆赶来，他们也近在眼前了。

常宁伸脚踩住小宫的脑袋，淡淡地道：“除了这处，你们还有其他潜藏之处没有？老实说了，给你一个痛快。”

谁知小宫颇是硬气，强忍疼痛大笑道：“你们青阙宗早被我们换成筛子了，灭派就在眼前，你还跟我要威风，哈哈哈……”他看常宁的衣袍，以为他也是宗门弟子。

常宁不再多言，干脆利落地一脚将小宫踢翻过身，再一脚下去踩断了小宫的脊柱，让他慢慢因疼痛而死。

蔡昭心惊不已。

这时外头人声已近，显然护卫都赶来了。

常宁将樊兴家夹在臂下，蔡昭伸手去拉千公子，想把他也带走。

千公子赶紧亮出脚上的镣铐：“我……我的脚被锁住了，走不了！”

蔡昭转头就要去搜鹰钩鼻子的身，千公子很好心地提醒她：“钥匙不在他身上——按他们的规矩，带钥匙的人不能与我待在一块儿。”

蔡昭只好转回来，两只手握住铁镣拼命运气用力，谁知镣铐分毫不动，于是她又想去寻些刀剑来砍。

常宁看出了门道：“这铁链应该是掺了玄铁，寻常刀剑砍不动的，你别白费力气了，回头弄伤了手。将这家伙的两只脚剁了，就能把人带走了。”

千公子吓得差点昏过去，鼻涕眼泪一起流出来，连连哀求“不要”“不要”。

这种事蔡昭当然做不出来，此时她不由得去摸自己的腰带，深深后悔为何不带利刃出门。

纷乱的人声与脚步声已逼到门口，蔡昭只好作罢。

她一把捏住千公子的后颈，另一手从腰囊中摸出一枚芬芳的药丸塞进他嘴里，然后将他的下颌用力一合，药丸就被吞下了。

千公子大惊失色："你你你……你给我吃了什么？救命啊……啊！"

话音未落就被蔡昭的一记刀手击晕。

蔡昭起身，正打算与常宁一道冲出去，谁知常宁却将樊兴家递给她，低声道："我去引开他们，你从后面走。"刚才他们躲在暗阁后面时，的确看见侧面有一扇小窗，应该是给净房通气的。

蔡昭深知常宁的本事……以及底线，单他一个人逃脱重围并非难事，于是二话不说接过樊兴家躲到暗阁后头。躲入暗阁前，她看见趴在地上的小宫似乎断了气，身形微微扭曲。

这时房间的大门被轰然撞开，常宁大笑一声扑上去，一片"哎哟"声毫不意外地响起……

趁着前门一团混乱，蔡昭背着樊兴家从侧面小窗钻了出去，几下兔起鹘落便跃出了这座院落。出了小巷后，她拐进一个巷角将樊兴家放下，忽然发现他后颈处有什么闪了闪。

她拨开樊兴家的衣领细细查看一番后，从他后颈脊柱第二节处缓缓抽出了一根极细的金针。

金针微微颤动，除了血腥气外，还散发着一股极微弱的熟悉异香。

一抹思绪闪过，迷雾渐渐被拨开，蔡昭将金针收入腰囊。

她有些明白了。

此时，镇上巡逻的宗门弟子也听见了这条巷子中的响动，吹着银哨赶了过来，在最前面领头那人就是李文训师伯的大弟子庄述。

蔡昭低头一看，拔出金针的樊兴家已经呻吟着要醒过来了。

她略略思索后便将樊兴家放到了前边巷口，然后赶紧退开。直到远远看见庄述等弟子发现倒在地上的樊兴家后，她才迅速离去。

之后她一路疾奔，差不多从镇西口一气奔到了镇东头，才停下脚步，扶着一间饭馆门口的招牌杆大口喘气。这时她看见前方有一群着朱红色衣袍的人缓缓行过，中间簇拥着的不是宋郁之又是谁。

蔡昭本想躲开，忽想到有一事亟须向宋郁之求证，于是她眼睛一瞥，看见饭馆门口一侧的小桌上摆着一把粗瓦茶壶，是供往来的贩夫走卒解渴的。

她身形一闪，就将它拎走了。

躲到店后倒泔水的小巷角落后，蔡昭用茶水沾湿帕子飞快擦脸，卸下粉皮、假喉结等物后，一股脑儿丢进了泔水桶，接着打散头发理了理，再将外头的宗门袍服一脱，露出罩在里头的浅红裙装——她又变回了人见人爱的小蔡师妹。

“三师兄、三师兄，等一下……”小蔡师妹上气不接下气地奔上前去。

簇拥着宋郁之的众护卫先是按住剑柄警戒，见是个满头大汗的美貌小姑娘，宋郁之又急急地上前迎她，纷纷露出“原来如此”的表情。

宋郁之搀住女孩的胳膊，低声问：“昭昭怎么了？有人追你吗？”

这当口蔡昭哪有工夫解释这个，急急地道：“三师兄，我有事找你，能不能……借一步说话？”

女孩双目晶亮，犹如燃着两簇火苗，既兴奋又着急。

宋郁之多看几眼都觉得心跳加速，他转头吩咐了众侍卫几句，众侍卫立刻善解人意地齐齐后退了七八大步……然后伸长了耳朵。

蔡昭见此处是个无人的街角，直截了当道：“三师兄，昨日那拨广天门的人不是令尊派来的，而是你自己叫来的，对不对？”

宋郁之俊目一挑，眼中露出赞赏之意，直接承认道：“不错。”

“为什么三师兄要忽然叫一大群侍卫上山？就算师兄你伤势未愈，可又何必在自己的师门如此防备呢？”蔡昭问。

宋郁之沉吟不语。

女孩似乎也没期望他回答，继续道：“因为三师兄察觉到了不对劲，一种无法对人言说的不对劲，我说得对不对？”

宋郁之蓦地抬起头来，目色深沉。

蔡昭真诚地一字一顿道：“三师兄，如今我爹生死未卜，我在查一件事，现在到了要紧关头。我希望你能告诉我，前些日子你究竟发觉哪里不对劲？”

宋郁之心中几番犹豫，然而看着女孩执着的眸子，最后还是张开嘴，说出了他至今未对任何人说过的话："我发觉，师父不对劲。"

第38章

宋郁之七岁拜入青阙宗，八岁起就由戚云柯亲自传授武艺。

曾大楼与戴风驰虽然入门比他早，但前者资质平平，早就放弃了修行转而忙于庶务，后者则自小长在尹素莲身边。

从小到大，宋郁之几乎是全程目睹戚云柯、尹素莲夫妇的日常。

与寻常人想的不一样，其实只要不是大事，戚云柯对尹素莲都十分迁就，每每夫妻俩因为尹素莲处事不公或溺爱女儿这类事吵架，只要尹素莲示个弱，戚云柯都愿意顺坡下驴与她和好——有时候哪怕当面依旧冷淡，私下转头也会和好。

然后下一次再吵架。

对于这种情形，宋郁之嘴上虽然没说，但从年幼起就十分不以为然。在他看来，尹素莲的有些举动其实已经触及一宗之主的底线了。

记得那年，戚凌波看中了一名刚入门弟子的贴身短刀——说实话，那刀不过是锻造得精致些，但那是人家父母的遗物。

戚凌波自幼骄纵，看中的东西就非要弄到手，宋郁之数次将这事禀报给戚云柯，大家训斥也训斥了，劝说也劝说了，然而戚凌波当着长辈的面哭哭啼啼装委屈，转脸就在戴风驰的帮助下又去为难那名弟子。

最后那名弟子含泪将短刀"赠予"了戚凌波，戚云柯本来要重重处罚女儿，但在尹素莲的胡搅蛮缠之下不了了之了，反而是十二岁的宋郁之气得不行。

他发了狠，一句话也不说，当着戚凌波的面将年长于自己的戴风驰打了个半死——谁来劝都没用，尹素莲发脾气也没用。

戚凌波怕了，忙将短刀交了出来，此后怕他比怕自己的亲爹还多些。

后来回广天门探亲时，宋郁之将这件事说给宋时俊听。他那一辈子嘴上不靠谱的亲爹难得说了番合情合理的话。

戚云柯自幼家境贫寒，寡母十分艰难地将他养大，为了一个外门弟子的编外名额，他母亲日夜做工，到处拜求，终于请到当地有名望的侠士写了荐帖，并凑足了路费。

可惜戚云柯入门数年未有进益，戚母带着满心遗憾，贫病而死。

仅仅两年之后，蔡平殊误打误撞地发现戚云柯是“天火龙”根骨，在她的激励下，戚云柯终于突破桎梏，一飞冲天了。

宋时俊让儿子设身处地地想一想，一个卑微到尘土中的外门编外小弟子，在无数个失落难眠之夜会如何想象宗主尹岱及其女尹素莲，恐怕会仰望其如云端中的仙君与仙子吧。

最后，宋时俊让儿子理解戚云柯，自己能把小小年纪的儿子送上九蠡山，就是因为信任戚云柯的为人——他可能软弱迂腐，但绝对忠厚仁慈，不会藏私。

事实的确如此，戚云柯待宋郁之比亲骨肉还上心，可谓倾囊相授。

然而这次不对。

尹素莲意欲与丈夫和好，戚云柯不但当面对她冷淡，之后也没有去找妻子的意思。宋郁之耐心地等待了数日——尹素莲后来又去暮微宫送了两回补品，依旧是吃了闭门羹。

他不由得起了疑心。

听完宋郁之的话，蔡昭长舒了一口气：“多谢三师兄为我解惑。”

宋郁之心中的疑惑存了好几日，却还顾及蔡昭的难处，犹豫道：“师妹……查到了什么？”没等女孩回答，他又立刻道：“若是师妹不便，就不必说了。”

看着这么善解人意的师兄，蔡昭差点落下老泪——跟常宁那个阴阳怪气的半疯子待久了，她都快忘记世上原来还是有好好说话的人的了。

她一巴掌拍在宋郁之的臂膀上，豪气地说道：“三师兄说的什么话，适才你都愿意将心中疑惑说给我听了，我又怎会藏私呢？不过眼下不是时候，回头我再来……”

“你们在做什么?!”常宁宽袖浮动，犹如一朵黑云般从远处飘来。

他也已经去掉身上易容的装束了。

见来者不善，广天门的侍卫们立刻手按剑柄，严阵以待。

宋郁之见是常宁，抬手示意众侍卫退下。

常宁的面色十分难看，连脸上的毒疮都泛着黑气，活像又中毒了。

蔡昭见常宁安全脱身了，很是高兴，道："你来得好快啊，我还当要再等你半个时辰呢。"

他俩在潜入那座院落前就说好了，若是两人走散，就到镇东头的街角茶亭会合。

常宁冷笑一声："我看我还是再晚些来的好，免得耽误了你与宋少侠说话。"

宋郁之听出了这话里的酸意，眉头一皱。

多数情形下，常宁说话总是能把人气死，可惜他遇到的是小蔡姑娘。

蔡昭笑得灿烂："不耽误不耽误，等回了宗门我和三师兄有的是时间说话，谁也耽误不了的，你不用担心。"

宋郁之一个没忍住，直接笑出了声。

"你！你说这种话对得住我吗?!"常宁气到胸膛剧烈起伏，为了护女孩周全，他都做好了豁出性命的准备，谁知扭头就看见了这样令人发指的场面！

"你……"他正准备强烈控诉小蔡姑娘的负心行径，街对面的茶亭忽然传来一声巨吼。

众人不由自主地转头去看。

"你！你说这种话对得住我吗?!"

茶亭中，五大三粗的老板虎目含泪，对着徐娘半老的妻子吼道："为了这个家我没白天没黑夜地操劳，连命都豁出去了。谁知我刚在后厨烧了炉火，出来就见你与这个小白脸拉拉扯扯……你！你对得住我吗?!"

常宁："……"

蔡昭："……"

宋郁之："……"

众侍卫心道，这也太应景了。

于是他们戏很足地齐齐转头，目光灼灼地看向宋郁之的左臂，蔡昭的小手还搭在那里。

常宁的双目快喷火了。

蔡昭忙不迭地缩回手——虽然她也不是很明白自己为何要心虚。

“行了行了，我与三师兄已经说完话了，咱们赶紧走吧。”她知道常宁再说下去必无好话，所以及时止损，“三师兄，您自去忙吧，咱们后会有期——再会！”

然后她拉起常宁的袖子就要走，走之前回头犹豫道：“三师兄，你听说过‘千面门’吗？”看见宋郁之的瞳孔一缩，她又道：“我想，你的疑心并非空穴来风。”

说完，她赶在常宁发作之前飞也似的奔离了此地，活像是遇见了讨债的。

宋郁之站在原地一动不动。

片刻后，他对着已经人去无踪的前方，依旧按礼数拱手道了别。

蔡昭拉着常宁一直跑到了她偷走茶壶的那间饭馆，要了顶楼那间三面临窗的雅座，并将房门敞开，两人才坐下。

常宁矜持地挽了挽袖子道：“你倒机警，知道找这种屋子，不容易有人偷听。可惜你适才跑得太快，不然可以请宋少侠一道来坐坐。”

蔡昭停下给他倒茶的动作，瞪着眼道：“我爹都找不到了，你还跟我抬杠！我又不是故意在你拼命逃脱的时候去找三师兄闲聊的，我是有事问他。”

天可怜见，常宁在五岁以后就再没看过任何人的脸色了，托小蔡女侠的福，最近他又将这项技能捡了回来。女孩脸上明晃晃地写着耐性即将用尽，他只好轻哼一声，表示过往不提了。

蔡昭赶紧将宋郁之的疑惑飞快地叙述了一遍。

常宁面色微变：“所以，戚宗主果然已经被……”他看见三四名伙计端着几个大大的菜盘摇晃着进来，立刻收住话头。

伙计们得了重赏，一趟工夫就将饭菜全部上齐了，而后蔡昭吩咐他们没有招呼不用再来。

看着伙计们消失在了楼梯口，蔡昭才压低声音道：“所以我才要问你，这种……‘易身大法’是怎么回事？还有，千面门是什么门派啊？我怎么从没听说过？”

常宁理了理思路，道：“别说你没听说过，我若不是偶尔在九州……偶尔翻阅典籍，也不知道曾经还有这么一个门派。”

蔡昭仿佛一点都没注意到他奇怪的停顿，听得目不转睛。

常宁略略放心，继续道：“典籍中，最早关于易身大法的记载是在两百年前。北宸老祖与诸魔大战之时，据说有一位异能之士，身具天地造化之功，能将人的容貌身形变化于无形，毫无破绽。老祖陨灭后，北宸分为六支，这位异能之士就隐居去了，此后江湖上再未听闻其名。因为年代太过久远，后人都将这些传说看作是杜撰的。适才看见千公子的本事，我也吓了一跳，没想到这门派竟还有人活着。”

蔡昭听得出神，道：“这么厉害啊，我怎么从没听姑姑说起过……”

常宁道：“七八十年后，这位异能之士的不知第几代徒孙忽然现身江湖，还创立了千面门，广收弟子、招兵买马。此后，千面门在江湖上盛极一时，然而，盛极必衰……”

蔡昭不屑地“嘁”了一声：“不是盛极必衰的规律千面门也不会长久。这门派的拿手功夫就是将人变成另外一个人，说白了就是‘行骗’！以骗术立身，还想上天不成?!哪怕是魔教，人家也是辛辛苦苦练功，绞尽脑汁想阴谋诡计，再兢兢业业地去杀人放火扩张地盘的好吗？”

“昭昭所言话糙理不糙。”常宁执筷挽袖，习惯性地往蔡昭的碗里堆菜，“千面门在江湖上兴风作浪了差不多二十年，最后一位门主绰号‘千面魔屠’，据说年幼时家遭祸事，亲人尽数惨死。”

蔡昭心头一凛。

常宁道：“按理说，千面魔屠的身世的确可怜，然而他在复仇时杀戮太过，将许多无辜之人都牵连了进去。襁褓中的婴儿、牙牙学语的幼童，甚至连烧火做饭的奴仆都被赶尽杀绝——名门正派怎能坐视不理？于是他只好携整个门派去投靠魔教了。起初魔教对千面门颇为器重，但就像今日那个鹰钩鼻子说的，千面门的本事越大，旁人就越不能放心，于是……”

“于是魔教灭了千面门？”蔡昭紧张地问。

常宁笑了：“错了，动手的不是魔教。到底是自己招揽来的，不好无缘无故就撕破脸皮——他们只是将千面门的藏身之处以及周遭的机关阵法透露了出去。”

蔡昭讶然道：“是名门正派动的手？”

常宁点点头：“那一日，魔教以庆贺嘉奖为名，提前请千面门所有弟子齐聚藏身之处。而后北宸六派好手尽出，还有当时几乎所有有名望的侠士……总之，血流成河，千面门人无一生还。”

蔡昭觉得此事太惨，轻轻摇头道：“其实，严惩作恶之人就好了，不必赶尽杀绝……”

常宁笑得别有深意：“不错，若只是为了严惩，的确不必全部除掉。”

蔡昭一怔：“他们……他们是想让这门功夫彻底断绝？”

“对。”常宁道，“只要有人还会这门功夫，大家就都睡不安稳。”

究其根底，这是一场发生在正邪两派无声默契之下的灭门屠杀。

蔡昭呆了半天，喃喃自语：“难怪我家的祖先手札中根本没有这一段，想来别的名门正派也不会记载这种事，说不定连姑姑都不知道。”

不论是与魔教合作，还是因为忌惮而灭人门派，都太不光彩了。

可能魔教也不是很乐意提这件事，于是大家齐心协力，彻底抹掉了这个门派存在过的所有痕迹，将这段往事湮没在了岁月长河中。

“扯了半天，那这门功夫该怎么破解？点穴可以解穴，被千面门易身之后该怎么戳穿呢？”她总算想起了他们的终极目的。

常宁将手一摊：“我也不知道。”他又道：“连听说过这门术法的人都没几个，又如何知道怎么破解？”

蔡昭自言自语：“果然还是应该把那个千公子捉来啊。我们闹出的动静不小，庄师兄又发现了中迷药的樊师兄，估计很快就会排查周遭的巷子，也不知那些人怎么摆脱查问。”

“怎么摆脱？容易得很。”常宁看向窗外，眺望镇西方向，“一把火烧了便是。”

蔡昭大吃一惊，连忙扑到窗边去看。镇西口那片地方果然冒出了熊熊烈火，浓烟直冲天际。她失声道：“他们居然放火烧屋？”

“一把火烧了，才能不留任何痕迹。等风头过去，再找一处民宅隐藏便是。”常宁自斟自饮，“也不知下回该去哪处找他们了。”

“这些人，是魔教中人吗？”蔡昭坐回桌旁，“你说他们究竟替换了多少人？他们抓我爹去是为了给我换个假爹吗？”

“反正你爹暂时应该无恙。”常宁又给女孩夹了一堆菜，“你听那千公子说了，他上一回换人是半个月前，你爹却是昨天才失踪的。”他又道：“再说了，你知道伪装成另一个人什么最难吗？”

蔡昭猜是口音、笔迹、动作习惯等等，都被常宁否定了。“是武功。尤其像你爹这等身手，魔教去哪里找个差不多的高手来假扮你爹？我……见鬼！”他忽然停下筷子，“我知道他们为何要偷袭戚宗主了！只有戚宗主受伤了，假扮他的人才不用施展身手了！”

蔡昭一听，恍然大悟。

常宁将筷子往桌上一拍：“本来戚宗主应该‘身受重伤’的，偏偏被你拦了一下，只受了轻伤，所以那个冒牌货后来才必须‘余毒未清，伤势反复’啊！”他想了下，又道：“说不定他们本来还想换宋郁之的！哎，不会宋郁之已经是假的了吧？”

蔡昭没好气道：“宋郁之要真是假的，难道广天门那么多人都是瞎子吗？我听说这回来的护法中，有两位是看着宋郁之长大的，还有两位陪着他在青阙宗内待了七八年呢！”

常宁“哦”了一声，颇有几分失望。

“我认为，他们换不了那么多人的。”蔡昭顺了口气，面露沉思之色。

“听千公子话中的意思，似乎需伪装的时间越长，他费的功力就越多。替换樊师兄只要几天，千公子就累得跟脱了层皮似的。那些要紧位置上的人，少说也得替换几个月吧？而且，我觉得他们手里也不会有很多个‘千公子’。”要是换人很容易，他们就会换了陈管事，而不是选择买通他，还各种客套。

常宁想了想，表示同意。

蔡昭从怀中取出用帕子包起来的那根金针，说：“这是我从樊师兄的后颈处取出来的，你认识吗？是不是刚才陈管事口中说的‘乱魄针’啊？”

常宁拿过金针反复看，点头道：“不错，就是它。旁门左道的小玩意，鸡肋而已。”

“还鸡肋？我看厉害得很，我们在旁边打翻了天，樊师兄都没醒过来呢。”

“真的是鸡肋。”常宁不屑地将金针丢到一旁，“乱魄针厉害的不是针，而是浸淬金针的迷药，刺中穴道后能让对方当场不省人事，但它有个极大的弊处——气味极重，还经久不散。除非你没鼻子，不然隔了两三丈都能闻到。

“施针者必须随身携带一个隔绝气味的小针筒，因为在打开针筒的那一瞬，气味会立刻发散，任谁都能察觉。这么说吧，要用乱魄针只能偷袭，以迅雷之势将针扎入要害。可既然都能偷袭了，为何不直接用毒刀、毒针呢，还没气味。只有想生擒时，才会用到这种东西——他们费这么大的力气将人抓去，我料想令尊与戚宗主此刻性命应该无恙。”

蔡昭怔怔地出神，片刻后才道：“难怪我一直不喜欢师父屋里的苦药味，现在想想，大约是用来掩盖乱魄针的气味的。”

“今日所获颇丰，眼下我们有两个难处。第一，究竟有多少人被替换了？第二，这种易身大法如何破解？要弄清这两点，都得问那位千公子。然而经过今日这么一闹，也不知他们会将千公子转移到何处。”

常宁用一根筷子歪歪斜斜地敲着酒盏，十足一位风雅落拓的酒客。

“我知道。”蔡昭忽道。

常宁停下敲击，以为自己听错了，问她：“你说什么？”

蔡昭道：“我说，我可能知道千公子被转移的大概地方。”

常宁目光清冷，不染半分酒意，问：“适才你给千公子吃的是什么药丸？”

蔡昭苦笑：“和乱魄针一样，也是种十分鸡肋的东西。”

她看看窗外的天色，道：“时辰差不多了，咱们去买条猎狗来吧。”

青阙镇背靠着雄伟奇险的九蠡山，前前后后都是茂密广阔的山林。

既然有山林，自然会有丰富的飞禽走兽。

既然有飞禽走兽，自然少不了行猎之人。

而要行猎，自然少不了猎犬。

于是，蔡昭很容易就在镇尾找到了一间猎人小铺，花光了荷包里的金银锞子，买下了一条嗅觉灵敏的小个子猎犬。牵犬至无人处，蔡昭从怀中掏出一颗小小的蜡丸，捏碎后将里面的油脂涂抹在帕子上，放到猎犬鼻前让它闻。

此时夜幕降临，常蔡二人牵着条猎犬在镇中漫步，在外人看来颇是风雅。

蔡昭边走边轻声地解释：“给千公子吃的那东西名叫‘暗香丸’，是我娘做的。

“我娘年少时喜爱香氛，嗯……其实许多女孩都喜欢。可出门在外哪有工夫熏香，若是直接往身上倒香露，一旦动起手来香汗淋漓，反倒狼狈。于是我娘就想，有没有什么吃了之后身体会自然而然散发香气的药。可惜，直到涂山大战，她都没有想出来。

“后来我娘定居落英谷了，反倒有了闲情雅致，就静下心来鼓捣出了这‘暗香丸’。服下药丸之人，半个时辰后会开始体泛香气——唉，谁知这玩意费时多、用料昂贵不说，气味还不好闻。我姑姑玩笑时曾说，这气味就像是风骚老板娘招揽主顾时用的劣等香，放了三年，又淋了雨，最后还被泼了一瓢醋。

“我娘气得把整盒暗香丸都丢了，姑姑说丢了可惜，就叫我去捡回来玩。我和姑姑用暗香丸喂过鸡，喂过鸭，喂过猪、狗、马……自然，也喂过人。

“用在人身上散香的时间最长，差不多有两个时辰，别的牲口都差了一等。时辰一过，就气味全无了。后来我爹说，这香气虽然不好闻，但可以用来追踪。唉，可真的试用起来，却发现这东西着实鸡肋。”

常宁十分好奇：“何处不足？”

蔡昭叹息道：“只要服药丸之人身负内功，一旦察觉，完全可以用内力将药性逼出。”

常宁轻笑一声：“果然天下没有十全十美之事。”随后停步转头看女孩：“你这么有把握，莫非觉得千公子不会逼出香气？”

蔡昭歪头掰手指，道：“第一，千公子武艺低微，而且还刚刚费力施展过‘易身大法’，哪怕原来有那么点功力，这会儿也没剩多少了。”

“可他能叫别人帮他逼出药力。”常宁质疑道。

“不错。”蔡昭道，“可是还有第二，这位千公子很爱漂亮，身上本来就熏了香，他们又赶着放火藏匿，并不一定会发现暗香丸的气味，我们可以赌一赌。”

常宁先点点头，然后笑了，笑得不带半分烟火气。

“你不用赌，那位千公子并不甘心被囚禁。”他道，“可能你没看见，他在樊兴家身上乱摸时，趁机在他手心中塞了个纸团。施法完毕后他跌坐到樊兴家身旁，听到那几人要杀樊兴家时，又赶紧将那纸团拿回塞进自己的袖子了。”

蔡昭的眼睛睁得大大的，问：“你的意思是……”她觉得男人摸男人辣眼睛，所以根本没细看。

“我猜那纸团上写的应是求救之类的字句吧。”常宁道。

两日来，蔡昭头一次露出舒心的笑容。

青阙镇总共有两处进出的大门。

南大门与东大门，西面与北面之后是九蠡山。

常蔡二人先牵着猎犬去了两座大门处，确定那帮人是不是离开了青阙镇——果然没有，他们还在镇中。

然后两人又往镇上所有民宅聚居之处走了一遍，包括刚刚被烧毁的那条巷子——防备他们杀个回马枪。

可是依然一无所获。

于是他们只好去酒肆、茶楼、饭馆处乱走，这种地方酒气菜香浓郁，好在“暗香丸”的气味特殊，之前蔡昭在落英镇的闹市区试过，猎犬是能辨别的。

然而还是没有踪迹。

眼看两个时辰快到了，药丸即将失效，蔡昭有些急了。

常宁忽道：“咱们上九蠡山看看。”

蔡昭一呆。

她先是觉得常宁荒唐，除非那些人疯了才会主动送上门去，就算戚云柯被他们换了，可是内门、外门还有许多武艺高强的师叔伯，几百名弟子也不是吃素的，不是一个只敢躲在病房中的冒牌货可以一手遮天的——不然他们为何非要换了樊兴家不可？

可后来她再一想，万一呢？

于是他俩赶紧奔赴西北面，谁知一到九蠡山山脚下，猎犬就疯狂大叫起来——受过训练的猎犬知道要毫不犹豫地扑向猎物的所在之处，若不是常宁将绳索牵得紧，猎犬早飞奔上山了。

蔡昭后脊一冷，惊惧地望向常宁。

常宁一把抱起猎犬，沉声道：“快上山。”

两人运足内力，一路上穿林惊雀，犹如两只飞鸟般从空中掠过，径直往山上奔去。

到了风云顶，常宁赶紧放下怀中的猎犬。

它一落地就直奔悬崖处，吠叫声连连。

狗叫声引来了风云顶的看守弟子。

此刻时辰已晚，本来不该开启铁索的，但之前宋郁之过崖时，曾吩咐过他们一定要让蔡昭过崖，免得她留在外面出意外。

宋郁之在青阙宗的威望仅次于戚云柯，而行事公正犹有过之，守崖弟子自然听命。

于是深夜的风云顶再次响起号角声，对岸的弟子看见正确的旗语以及常蔡二人的面貌后，迅速放出了铁索。

常蔡二人飞快地抱起猎犬通过铁索，刚在万水千山崖边落足，常宁怀中的猎犬就挣扎着跳到了地上，跑得飞快——常宁脚尖一点，旋即跟上。

铁链箱旁的中年弟子笑问：“师妹这是买条狗来解闷吗？”

蔡昭尴尬一笑：“呵呵，是啊。”

“这狗瞧着脾气不好，师妹要费心了。”这弟子还想，蔡昭估计是因为父亲失踪，心情苦闷才买狗来玩的，果然还是个小姑娘。

蔡昭赶紧去追常宁，谁知没走多远，就在一处草丛旁看见了常宁与猎犬。

猎犬在草丛周遭边嗅边打转，却再也无法辨明去向。

常宁皱着眉头站在一旁。

蔡昭抬头望天。

子时初刻，明月当空，药力时效已过。

第39章

月光渐渐暗了下去，青灰色的雾霭笼罩山间。

常宁躺在挂着精致纱帐的黄梨木床内，漆黑浓密的头发铺了小半张床，起起伏伏的，像是华丽厚重的丝缎。他睁着眼，静静地看着纱帐顶部的花纹，石青色的秀丽竹枝旁绣着一丛茜红色的小花，远远还有一只姜黄色的癞头小蛙在蹦跶。

翡翠裁的帐子，芙蓉落的绣针，蔡昭画的花样。

常宁微弯唇角——他知道小姑娘在偷偷骂他，他装作不知道而已。

披衣起身，稍事梳洗，镜中的面孔满是毒疮，五官模糊。

他忍不住笑了。

女孩嘴上不知多少次嫌弃过他这张脸，又多少次想溜之大吉，然而最后还是留在了他身边，这么多日子以来对自己关怀备至。

人家要欺负他，她得护着；他要去欺负人家，她又得拦着。每每看见女孩着急上火的模样，他都觉得说不出的有趣。

她是个嘴硬心软的人，便是将来发现自己有所隐瞒，也不会生气太久的。

她待他这样好，所以他也要待她好。

坐到桌前，他铺纸执笔，合眼凝思，反复搜索脑海中的回忆之林，终于在一棵不起眼的矮树上找到了一片斑驳碎叶——

“……癸酉年二月，教主聂氏闻开阳长老左千秋为青阙宗尹贼及太初观苍寰子所谋，大恸，遂命座下前去营救开阳长老。惜乎功败垂成，反折损多名猛士，开阳长老亦卒。北宸众贼防备森严，后人当以之为戒。”

下面是一幅寥寥数笔的草图：夕阳下的山石在地上拉成一个尖尖的影子。

旁边注了一行小字：“以此为始，向东三里，侧向折四里，反复两趟，遇一脉浅溪，过之向北，即不远矣。”

常宁尽力将记忆中的草图描出，细细看过两遍，折叠好放入怀中。

然后推门而出。

晚风沁凉，吹拂在面上尤其让人精神一振。

蔡昭的房门依旧紧闭，想来睡得正香。

常宁想在临走前看看女孩的睡脸，却见翡翠冷若冰霜地按剑立于蔡昭门前。

芙蓉赔笑：“小小姐还没醒，这个……哦，公子您还是等她……”

常宁并未生气，两个丫鬟忠心可靠，是蔡昭的福气。

他温言道：“你打开窗，叫我看一眼就成。”

这倒可以，于是芙蓉轻轻将窗开了一半。

青纱帐中的女孩睡得正香，呼吸均匀，脸颊晕红，宛如一尊瓷娃娃。

常宁看了会儿，不自觉地露出笑意。

“我去去就来，你们看好昭昭。”他如此道。

然后撩起长袖，如风一般消失在青灰暮色中。

风冷露湿，然而只要想起安心熟睡的女孩，他心里就说不出地暖。

自蔡平春前日半夜失踪，女孩就没好好歇息过。昨夜回清静斋后，他们各自回屋休息。他半夜醒转，看见对面屋里亮着幽暗的灯火，纤细伶仃的小姑娘在屋里走来走去。

可怜见的，遇上个不靠谱的师父，那么轻易就中了招，害得她如今无依无靠。

今日天刚亮，蔡昭就急急地去找樊兴家。

樊兴家果然懵懵懂懂，只记得昨日自己正与陈管事好好说着话，忽然就什么都不知道了。等醒来时，发现自己身在镇中的一条小巷中，师兄庄述扯着嗓子险些将自己吼聋。

樊兴家摸摸脑袋，轻咝了一声。

他觉得自己一定是被放在箱子中运下山的，不然脑袋上不会有好几处撞出来的肿包。

他本想去找陈管事问个究竟，谁知庄述一清早就在山沟里发现了陈管事的尸首，据说是酒后跌破了头——然而陈管事并不贪杯。

一股忧心烦躁的气氛笼罩了青阙宗，在“戚云柯”的命令下，又有数十名神色阴沉的陌生高手进入了万水千山崖，众弟子感到莫名的危险在逼近。

雷秀明与李文训心感不妥，欲寻戚云柯分说，不想却被阻拦在病房之外。望着被陌生人重重戒备的戚云柯正院，再想想同样被广天门护卫防守得如铜墙铁壁的垂天坞，他俩同时生出不寒而栗之感，只好回去吩咐各属弟子紧闭门户。

九蠡山再无往日的欢声笑语。

蔡昭截住了欲前往药庐找药吃的樊兴家，问他青阙宗可有牢房。

樊兴家表示有，当然有。青阙宗依法治派，怎能没有牢房？旱牢、水牢、寻常牢，一应俱全。他不但告诉了蔡昭牢房在哪里，还亲自带了她去看。

旱牢的“生意”最兴隆。蹲着两名窃贼、七八个欺行霸市的街头混混，外加一个牲口不如的猥琐男子——酒醉后将襁褓中的儿子卖了，还想侮辱上门看望姐姐的妻妹。

李师伯的意思是阉了后发去做苦役，简单利落。

雷师伯的意思是给他做药人吧，别浪费了。

目前两人还在协商。

水牢设在一处水涧下的山洞中，潮湿森冷，阴暗可怖，再强悍的人在这里泡个半年都得废了，据说当年许多魔教囚徒在这里求生不得，求死不能。

戚云柯继任后，江湖风平浪静，水牢就闲置下来了。

寻常牢里是五六个犯了门规的宗门弟子，似乎是醉酒斗殴、勒索同门什么的，年年岁岁花相似，一点也不稀奇。

热心的樊少侠解说得滔滔不绝，连头都不痛了。

蔡昭其实也知道千公子不可能被明目张胆地放在牢房里，对方又不是脑子坏了，然而还是抑制不住地失望。想来想去，她觉得最有可能的地方还是暮微宫，正打算不顾一切去探一探时，却被常宁阻止了。

“暮微宫太大了，前三殿、后三殿，还有附殿和客房，冒牌货带来的那点人手根本看守不过来。除非他们把人放在宗主所住的正院中。”他讥诮一笑，“和千面门的人关在一处，风险太大了。姓千的一定被关在别处。”

蔡昭的眼睑下隐隐发青，咬牙道：“反正人一定在宗门内，把地皮翻过来我也要把人找到！”

“哪有大白天去翻地皮的？”常宁将手搭在女孩肩上，温言道，“你先去歇息，等到晚上，我陪你将每一处院落都翻上一翻。”

蔡昭想想也是，况且她实在是太累了，便依言回屋休息去了。

等醒过来时，天已全黑。

“吱呀”一声门开响动，宽袖长袍的青年掌灯而来，昏黄的微光中他的身形高挑修长，像是发黄画卷上清隽雅致的山峰。

蔡昭坐在床头看了他一会儿，说：“你脸上的毒疮少了两个。”

“是吗？大约是快好了吧。”常宁将灯台放在桌上，毫不在意。

蔡昭低头揉眼睛。

她想，他原来一定长得很好看，英伟又俊美。可惜，她未必能看见了。

常宁坐到床边，看着女孩毛茸茸的头顶，压出印子的柔嫩脸颊，怜爱之意溢满他的胸口。

“起来洗漱吧，吃饱后我们就出发。”他知道女孩最牵挂什么。

蔡昭果然立刻抬头，一把抓住他的袖子，问：“你知道该去哪儿找吗？”

常宁轻松地道：“刚才我出去探了探，应该就是那儿。”

蔡昭正高兴，忽觉掌中湿冷，她摊开手掌一看，才察觉湿的是常宁的袖子。她转念就明白了，心生歉意，问他：“外面的露水很重吗？”

常宁的笑意更浓了：“今夜山里湿气特别重，又冷得厉害，待会儿你多穿些。”

蔡昭偏过脸，片刻后低低地“嗯”了声。

天地间一片墨黑。

星月无光，大朵大朵的乌云堆积在一起，呼啸的山风将树木草丛吹得东倒西歪，人连站都站不住，头顶插天峰的影子黑压压地盖下来，仿佛要将人吞噬。

“就是那儿。”常宁指着前方一处极为寻常的院落。

青阙宗占地甚大，几十座院落零散分布在各处，常宁指的就是一处存放杂物的屋舍——靠近后山，荒凉冷僻，还有茂密的树林遮挡，鲜少有人能想到这里。

然而蔡昭已经看见前方半人高的野草丛中影影绰绰的十几个人影了，在星月无光的黑夜中缓缓移动，安静地戒备在屋舍周围，形如鬼魅。

但这样的黑夜也给了常蔡二人便利。

他们无声无息地靠近，遇上来回走动的黑衣人，能闪避就闪避，不能闪避就点倒后轻轻放到草丛中，然后从偏窗潜入屋舍。

这是一间前后两进的大屋，前后左右有七八间屋子，每间屋子里都堆放着五花八门的杂物——常宁牵着蔡昭，摸黑走到倒数第二间大屋前。

“应该是这里。”他轻声道。

蔡昭取出用纱布裹着的夜明珠，借着微弱的光看向整间屋子。

他们从南面进入屋子，东墙堆放着高高堆起的桌椅板凳，上头布满蛛网；西墙空空如也；北墙叠放了几口巨大的箱子。

蔡昭仔细查看了一遍，最后径直走向北墙，指着最大的那口箱子，道：“这里有机关。”

常宁问：“你怎么知道？”

蔡昭叹息道：“其实机关阵法才是我外祖父最擅长的领域，可惜他的双亲说那是歪门邪道，外祖父只好跑去江湖上偷着练。”然后遇到了蔡昭那一心向佛的外祖母。

常宁轻轻一笑。

蔡昭将夜明珠交给他，然后在几口箱子上摸索起来，忽听她道：“有了，这儿。”

常宁眯眼去看，原来其中的一口箱子是牢牢钉在地上的。

他本想去挪那箱子，却被蔡昭拦住了。

蔡昭目不转睛地盯着箱子上那个巨大的黑铁锁扣，周围的器具都布满灰尘，然而这锁扣色泽虽暗淡，触摸起来却十分光滑。

“有人经常触摸它。”常宁轻声道。

蔡昭取下一边的耳环，将细银钩拉直，小心翼翼地探触那锁扣各处的凹槽纹路，片刻后，她脸上露出笑意，道：“行了。”

黑暗中，只听轻轻一声“啪嗒”，巨大锁扣的其中一处凹槽被蔡昭按了下去，然后整个锁扣缓缓转开，后面露出一个拉绳把手。

常蔡二人面面相觑，他们都想去拉那个把手，但又担心一旦拉动，发出的声响会将屋外的黑衣人引来。

这时外头传来一阵震耳欲聋的轰鸣声，二人一愣，反应过来俱是欣喜——今夜果然要下雨！

常宁牢牢握住拉绳把手，不久后果然再度落下一声巨响的雷鸣，常宁快若闪电地拉动把手——只听一阵“喀啦啦”的响声，另一口箱子缓缓移开，地面上露出一个洞口，下头是深深的阶梯，显然通向地下某处。

常宁忍不住笑了，轻声道：“樊兴家说得不错，青阙宗的确各种牢房应有尽有。这不，连地牢都有。”

蔡昭笑着轻打了他一下，然后跳入了那个地洞。

常宁跟上。

第40章

黑黝黝的地洞犹如一处通往地狱的深渊，女孩手中的夜明珠仅能照到身前三步，可她走得义无反顾。常宁看着前方那团微弱的光线，微微心惊。

深灰色的石级向下十阶，在转角处一折，再向下十阶，再一转，就出现了一间黑漆漆的石室，七八丈见宽，一人半高。

除了一桌一凳一床，石墙上两大一小三个摆放杂物的漆黑铁架，屋里别无他物。

桌上一灯如豆，幽暗森冷。

才一日未见，千公子仿佛瘦了五斤，老了三岁，华贵的衣袍褶皱不堪，头没梳脸没洗，全无姿态地盘起一条腿坐在铺了稻草的石床上，另一条腿垂下，脚踝处依旧扣着一头没入石墙的铁索。他身旁放着个粗瓷碗，里头有两个冷掉的馒头，其中一个啃了几口。

千公子听见脚步声，一下跳起来，将胸脯挺得高高的，高傲地道："你们不用送吃的来了，我说了不吃便是不吃，这些粗冷之物喂狗都嫌……你……你们是谁？"他见来的是两个陌生人。

蔡昭将夜明珠收入怀中："保住你两只脚的人。"

千公子瞪大眼睛，指着蔡昭："你你……"

随后又指向她身后高大的青年，问："还有你，那日是……是你们俩?!"他本就精通易身之术，最是清楚人体的骨肉形态，一经提醒立刻反应了过来。

知道是这两人，他顿时怒从心头起，破口大骂："你们还有脸过来！我原本吃好喝好日子过得舒舒服服，都因你俩一通搅和，害得我被关到这鸟地方来！"

常宁冷声道："猪也是好吃好喝日子过得舒舒服服，可一旦养足了斤两，立时就会给它一刀。他们如今是指望着你的易身大法，等什么时候有别人学会了你的本事，你以为自己会比待宰的肥猪强多少？"

千公子一个哆嗦，神情惊惧："他……他们说，我太辛苦了，等过了这阵子，就给我寻两个孝顺的徒儿来……"

常宁道："教会了徒弟，就可以宰掉师父了。"

千公子不愿示弱，又梗起脖子："我本也不愿教什么徒弟，他们来逼我，我宁死不干就是了。你们不用来吓唬我，想问什么我也是一概不会说的！"

蔡昭理都懒得理他，转头对常宁道："既然如此，就把他的脚斩了，带回去慢慢问吧。"

"好。"常宁轻笑，立掌为刀，向千公子逼近。

千公子被吓得缩回石床："你们别乱来，这里戒备森严，我只要一喊，你们谁也别想逃！"

常宁回头对蔡昭道："我看还是宰了他吧，这蠢货带回去也问不出什么来——在地下的石头屋子里喊一声，地上的人能听见才有鬼！除非他会狮子吼……你看他像练过这功夫的吗？"

蔡昭嘴角一翘："不像练过狮子吼，倒像练过王八拳。"那是市井泼皮打架的惯用招数。

千公子脸上一阵青一阵红，研了半天颜色也开不成个染坊，最后怯怯地道："你们想问什么就问吧，我知道的一定说。"

常宁其实什么也不想问，于是拂袖坐到石桌旁，等女孩发问。

"你放心，我不会强人所难的。"蔡昭走到石床前，开口道，"第一，他们是不是只抓了你一个千面门的人？"

千公子的脸色忽然变得惨白："他们抓了几人我不知道，但当年千面门满门被屠，就只我师父一人逃出来了。师父过世后，千面门就只剩下我一个了。"

"第一句就撒谎——千面门是九十多年前被灭的，你师父能活到现在?!"常宁插嘴。

千公子立刻道："当年被灭门时我师父十三岁，十年前过世时他老人家九十六，怎样?!"

常宁无语，别过脸去。

蔡昭点头："第二，迄今为止，你一共为他们换了多少人？"

千公子微一思索，道："不算昨天那个姓樊的，一共八个半，半个是没成的——不过不能怪我，没见到真人，只有一幅画像，叫我怎么变得像？"

蔡昭再问："那你知道这八人都是谁吗？"

千公子怪叫起来："姑奶奶，你看看我这镣铐，我是被他们捉来的，难道他们还会对我推心置腹不成？那八个人我只认识脸，但姓甚名谁我就不知道了。"

蔡昭问其中是不是有个脸圆的，千公子很严谨地答脸圆的有三个，不知她问的是椭圆、正圆还大小圆；蔡昭无奈，又问他是不是有个脸方的，千公子很学术地答脸方的也有三个，不知她问的是正方、长方还是斜扁方。

蔡昭气笑了："你换的人里面有江湖上鼎鼎大名的人，你会不知道？"

千公子觉得好生冤枉，叫道："我的师门跟过街老鼠比也不差什么了，师父隐姓埋名东躲西藏了一辈子，若不是我一年前出了纰漏，这辈子我都不想和江湖中人打交道！"

蔡昭气得手心发痒，为了不打断这二百五的鼻梁，她烦躁地离石床远了些，一直走到铁架旁才转身："好，我现在问你最后一事——这件事你一定知道！"

她顺了口气，才道："你这易身大法该如何破解？"

听到这话，千公子的神情既自豪又尴尬，赔笑道："那什么……最好的方法，自然是等时效过去。毕竟是糊弄人的把戏，骗不了一辈子的，只要时间到了……别过来别过来……”

常宁起身，拎起石凳作势欲砸，千公子吓得不住往后缩。

“在你变过的这八个人中，时效最长的是多久？”蔡昭犹有希冀。

千公子嗫嚅：“半年。”

蔡昭一下蹬上石床揪住千公子的衣襟——半年后她亲爹的骨灰说不定都给扬了！

“还有一个办法！”千公子挡脸尖叫。

蔡昭停手。

千公子大口喘气：“死了，只要人死了，功法立消！”他咽下口水，“那天你难道没看见吗？小宫一死，他的模样立刻变回去了！”

蔡昭侧头，思绪回到那日背樊兴家藏入暗阁前的最后一刻——对了，在震天响的撞门声中，满是血污的地毯上，樊兴家模样的尸首正在扭曲变形……

她蓦地回头，质问：“非要人死吗？受了内伤或是刀尖伤都不能现出原形吗？”

“受什么伤都没用，除非那人愿意自己散功，否则只有死——人死丹田破，气绝经脉断，才能现出原形！”千公子扯松衣领，愤慨道，“你以为当年正邪两道为何会联手诛灭我派？若是易身大法留有破绽，他们也不会那么忌惮我派了！哼，沧海能变桑田，日月可移山河，易身大法绝不更变——这是我师父说的！”

蔡昭皱眉看向常宁。

常宁缓缓道：“杀了那冒牌货，就什么也问不出来了。可若不杀，那人咬死不肯认，又能奈何？这可真是不得不投鼠忌器了。”他转头又问千公子，“你是什么时候来青阙镇的？”

千公子一愣：“这里原来是青阙镇吗？三月前他们将我放进箱子带来这里，让我隐藏在街角酒楼等处，反复观察一个人。光是看，我就看了那人两个半月，之后才敢施展易身大法。那人挺威风的，人人都向他行礼。”他叹气，“加上昨天姓樊的那个，如今我功力全无，不歇上个把月是什么也变不了的。”

“所以在祭祀大典之前，你们就已经埋伏在青阙镇中了。”说到这里，常宁忽地清眸一闪，他转头对蔡昭笑道，“你昨天不是想不通他们为何敢把这人弄上万水千山崖吗？现在清楚了——个把月后，宋时俊就要来看他儿子了。”

蔡昭心中闪过一道惊电：“之后再过个把月，周伯父也会来了！”

常宁低头轻抚衣袖，说：“驷骐门是根墙头草，太初观如今废了一半，你爹和戚宗主已经被拿住了，再把宋门主与周庄主换了，哼哼，大事可成了。”他缓缓起身，笑意温柔。“为了不叫北宸六派一股脑儿被人端了，还是先宰了他吧。只要杀了这人，世上就再没人懂得易身大法了。”

千公子惊惧地贴到墙上，声音都打战了：“不不，你们别杀我，我从没做过坏事，我一直躲得好好的，一点不想牵扯江湖中的事……”

蔡昭背向他而站，对着石墙上的高大铁架静立。

片刻后她转过身，牵住常宁的袖子，低声道：“走吧，咱们进来得太久了，外头的人会察觉不对劲的。”

常宁不敢置信，沉声道：“你别在这个时候慈悲心肠，这人不杀，后患无穷！”

蔡昭拖不动高大的青年，只好回身。她努力地笑了笑，眼中似有水光：“你听说过我姑姑生平最得意的两件事吗？”

常宁负气一哼。

蔡昭低着头，细声细气道：“我姑姑临终前说，她生平最得意的，不是诛杀了聂恒城，而是——无论多么不得已，她都不曾杀过一个无辜之人；无论多为难，她都不曾对陷入危难的无辜之人袖手旁观。”这话她对曾大楼说过，当时只以为这很寻常，如今她才领悟，要做到这两件事，是多么不容易。

常宁气得胸膛起伏，目色冷戾：“你爹如今生死不知，你就不能事急从权吗?!”

素性随和的女孩顽固地摇头：“不行，决不能迈过那条线。一旦有了第一次，就会有许许多多次。”她抬起头，微笑道，“第一回见到你那时，我还不知道你是谁。就是想到了姑姑的这两句话，才稀里糊涂地非救你不可的。”

想起那日春水翠枝般欢快悠闲的少女，常宁心中忽地柔软下来。他柔声道：“也行，总能想出别的法子来的。他现在毫无功力，暂留无妨。”

正当两人踏上第二层转角的石级时，身后忽然传来声音：“其实，有一个人曾破解过本门的易身大法。”

常蔡两人齐齐转头，惊喜不已。

“就是北宸老祖。”千公子垂头站在石床边，“两百年前，本门先祖曾用易身大法襄助过北宸老祖除魔。妖魔除尽那日，伤重弥留的老祖将本门先祖叫了过去，叫他将自己任意变化成别人。先祖虽然不解，但还是照做了。

“然后，老祖让奴仆牵来他豢养多年的雪鳞龙兽，从兽口中取出少许涎液，让本门先祖服下——雪鳞龙涎本是珍奇的补品，于修行之人大有益处，本门先祖当即服下。

“不一会儿，他就周身冰凉，宛若死去，未几现出了原形。

“老祖当着病榻前的所有人，告诫本门先祖，天地万物，阴阳乾坤，皆有相克。因此，天下不会有无法可解的奇术，也绝无永世不衰的门派，让大家好自为之。然后老祖就过世了，不多久，本门先祖也隐居去了——我不知这事是真是假，是师父告诉我的。”千公子说完这些，将两手紧紧绞在一起。

“雪鳞龙兽？”蔡昭讶然道，“我倒在书上看到过。据说老祖当年豢养了许多珍奇仙兽，什么纱羽冰翅鹤、赤首八足蛇，还有能夜奔千里的麒麟骏马……不过书上说，老祖过世后九蠡山的仙气就散了，那些珍奇异兽陆陆续续都走了。”

“别的不知道，雪鳞龙兽应该是真的。”常宁拧眉道，“一百六十年前，雪鳞龙兽曾作乱天下，伤人无数，最后被武林中人联手赶走了。”

蔡昭精神一振：“赶去哪儿了？”

“此去一路向北，极寒之域的大雪山。”

出地牢后，两人悄声按原路返回。

山野之上越发寒冷，黑衣人依旧如鬼魅般缓缓巡视。

直到离开那片山野，二人才出了口气。

常宁扶住微微气喘的女孩，嘴里却道：“叫你做好人。九蠡山虽说在北面，但哪怕快马飞驰一路不停，也要大半个月才能到大雪山，更不知那雪鳞龙兽还活没活着。”

“先不指望雪鳞龙兽了。”蔡昭喘匀了气直起身，“我要将那冒牌货拿住，他不是带上了许多高手吗？抓上一二十个，一个一个地拷问，未必问不出什么来。”

常宁失笑道：“嚯，昭昭好大的口气。要抓一二十个，得整个宗门都帮你了，你怎么让他们相信？”

“直接和盘托出。”蔡昭沉声道，“假的真不了，就算他学得再像师父，也总有破绽。只要几位师伯都信我，就能把他们通通拿下。”

常宁微微皱眉：“恐怕未必。有时候，说的话对不对并不是最要紧的，而是要看说话的人能不能让所有人都听他的。”

两人边说话，边往清静斋走，这时前方忽地拥来一群人，佩剑提灯，火光熊熊，瞬时将他二人团团围住。

当前一人，正是戴风驰。

他阴阴地一笑：“两位好兴致啊，大半夜的，不好好在屋里待着，漫山遍野乱跑。没睡就好，跟我走一趟吧——师父有请。”

第41章

山风愈急，夜霜寒凉。

前来“邀请”常宁与蔡昭的共有两拨人。

一批是由欧阳克邪与陈琼率领的宗门弟子，其中几张面孔蔡昭还在演武场上见过，他们神色凝重，还夹杂着几抹犹豫。

另一批则是刚刚上山的生面孔，据说是“戚宗主”在宗门外培养的“桌面下的势力”，他们清一色着暗灰色短打，携全副兵械，面色阴沉行动静默。领头的是个三十多岁的高瘦男子，脸上长了个十分眼熟的鹰钩鼻子。

蔡昭微怔，忍不住轻声道：“这人长得好像昨日那个，就是人中稍微短点……”

常宁自然注意到了，嘴唇微动：“说不定是兄弟。”

那个短鹰钩鼻子忽地回头，怨毒的目光直刺向常宁。

蔡昭默默地道：“看来是亲兄弟。”

常宁毫不在乎：“回头我送他们兄弟俩团聚。”

戴风驰走在这两拨人中间，志得意满至极，大约是常蔡两人的乖乖就范让他少了些成就感，便时不时回头瞪二人几眼。

他听见背后的说话声，扭头道：“你们两个不许窃窃私语！”

蔡昭眨眨眼睛道：“那我们大声说话好了。”

戴风驰："……"

他大声道："你少卖弄嘴皮子了！这回事关重大，师父雷霆大怒，为防私下串供，你们俩一句话也不许说！"

蔡昭无语道："串什么供啊，二师兄别乱扣罪名。"

戴风驰指着女孩的鼻子："那你们半夜三更满山乱晃干什么?!"

蔡昭道："睡不着散散步也不成吗？"

戴风驰大叫："那为何清静斋内空空如也？你那俩丫鬟呢？还说不是打算逃跑?!"

蔡昭笑出声："晚膳后我叫芙蓉跟翡翠领着我刚买的那条狗下山去了。我自己养不好它，还是还给店家吧。她俩大约回来得太晚，见铁索已经收了，索性今夜就宿在镇上了呗。"

戴风驰一时气结，最后蛮横地道："总之你们不许私下说话！"

常宁淡淡地道："若我们非说话不可呢？"

戴风驰"唰"地将剑抽出一半，冷笑道："今日高手尽出，可由不得你耍威风了！"

常宁身形一闪，忽至戴风驰面前，不等他惊呼，众人只闻"哐"的一声轻响，常宁已如鬼魅般地返回了蔡昭身边。

戴风驰被吓得手忙脚乱，连退了几大步。

"我就是要耍威风，你又待如何？"常宁道。

戴风驰失了颜面，怒而拔剑——谁知竟拔不出剑来。

他强作镇定地轻咳一声，打算还剑入鞘："师父有要事吩咐，我且不与你计较。"谁知剑也插不回去！

这时，许多人已看出适才常宁应是在戴风驰的佩剑上按了一下，将剑锋与剑鞘按得凹陷，致使剑锋卡在了剑鞘中，进不得出不得。

人群中发出轻微的"哧哧"笑声，更有一人故意"轻声"道："宋师兄哪怕受了重伤，也不会闹到这般丢人的田地！"

戴风驰一张脸涨成了个茄子，羞愤难当，总算狗腿崔胜蹿上来给了他台阶下，将自己的佩剑递上："哎呀师兄你拿错剑了，这才是你的剑，难怪你用不惯呢，呵呵……"

戴风驰一把拿过崔胜的剑，嘴里骂骂咧咧。

这时欧阳克邪开口了："风驰，你到前头去领队。"戴风驰再上不了台面也是宗主的亲传弟子，丢人不能丢得太过。

戴风驰强作镇定地大步往前走去，徒留身后几串闷笑声。

蔡昭稍稍靠近常宁，问："你说这货有没有被换？"

常宁嘴角一弯："这等蠢货也配？"

蔡昭点头道："我想也是。"千公子功力低微，每回换人都要歇息一阵子，耽搁的时间不少，那伙人肯定要精挑细选替换的人，戴风驰这副轻骨头哪里入得了他们的眼？

前方夜幕中，出现了暮微宫缥缈如在云端的瑰丽轮廓。

常宁忽地低声道："待会儿我戳穿那冒牌货，你一句话也不要说。"

蔡昭一怔，不等她发问，暮微宫前殿大门"唰"地敞开，殿内汉白玉壁上镶有几百片水晶镜，明亮的灯光在设计精妙的聚光镜群下形成一束巨大的光源。

之前几个时辰她不是在地牢就是在摸黑走山路，这一下差点睁不开眼睛。

殿内一派肃穆，假戚云柯高坐上首，面色蜡黄，还不断地轻轻咳嗽。

他的右侧站立着一队携刀仗剑整肃的灰衣生面孔，左侧端坐着素莲夫人以及戚凌波和尹氏死士，刚刚进门的戴风驰迫不及待地站了过去。

此外，雷秀明、李文训及其弟子也到了——可以说，宗门内几乎所有的人都到了。

蔡昭前脚迈入殿门，常宁后脚刚跟着进殿，假戚云柯突兀地叫道："陈师兄！"

始终跟在常蔡二人身旁沉默寡言的陈琼忽地起掌，右掌直取常宁左腋下，掌风挟带风雷之势，同时飞起左足，踢常宁腹部。

常宁斜肩一闪，左掌立刀劈在陈琼右腕，右手卸下陈琼腿上的攻击，谁知这时欧阳克邪跃至半空，立起右手两指，从上方猛插常宁面门。

常宁抬起左臂，掌风扫开欧阳克邪这一指，这时他的宽袖掉至肘部，露出白皙修长的小臂。

假戚云柯出声："够了。"

陈琼与欧阳克邪齐齐收功，往后退了几大步。

站定后，两人互望一眼，心中皆骇——人人都当他们是听命后退，却不知他们适才被常宁汹涌无比的掌力所迫，就是戚云柯不发话，他们也必须后退了。

这几招来回迅疾无比，蔡昭连叫喊都没来得及就结束了。她急忙问常宁："你没事吧？"

常宁摇摇头，缓缓拉回衣袖。

蔡昭转头面向假戚云柯，问："师父，你这是做什么？"她现在是个被蒙在鼓里的无知小姑娘。

假戚云柯并不答话，转头道："你们俩都看清了吗？"

这时从灰衣人堆里走出一位中老年妇人，看打扮只是寻常市井富户。

那妇人低头道："看清了——他绝不是公子。"

假戚云柯"哈哈"一笑，看向常宁，厉声道："何方小贼，胆敢冒充常大侠之子？你费尽心机混入宗门，究竟意欲何为?!"

李文训来得晚，皱眉道："宗主，这究竟是怎么回事？这常宁当初是你带上山来的，雷师弟不是没提出过疑惑，也是你笃定他是常氏遗孤的，如今怎么忽又反口了？"

假戚云柯尴尬，尹素莲抢话道："这小贼奸猾无比，咱们一时受了蒙蔽也是可能的，如今宗主终于查清了他的底细，正该好好惩治这小贼！"

李文训没去理她，依旧向着假戚云柯抱拳："宗主，请您向大家伙分说分说。"

尹素莲被不冷不热地撂在一边，心中不悦。

然而她也知道，李文训人虽在外门，但自从青峰三老中的程浩与王定川过世后，两人遗下的弟子及势力大半都归在李文训手下了。是以，她也不敢对李文训无礼。

假戚云柯轻咳一声："当初常家发生血案，我在心痛之余不免乱了方寸，这才不及详查就将这小贼带上了山。然而这些日子以来，这小贼倒行逆施，狂悖暴戾，动辄殴伤宗门弟子，哪里像是名门正派的弟子？"

曾大楼在一旁听了，忍不住道："师父，当初不是你说他自幼病弱，又家遭大难，性情乖戾一些也是无可厚非的吗？"当初常宁跑去外门乱打一气，他主张训斥约束他，还是戚云柯表示不用计较的。

他又道："当时三师弟与昭昭师妹都在啊。"

听到这里，蔡昭这才发现宋郁之今夜居然不在场。

假戚云柯瞪了曾大楼一眼，沉声道："这里有你说话的份儿吗？住嘴，退下！"他看向李文训："我当时不欲声张，私底下却开始派人下山调查，终于寻到了这位——雷师兄，你早年去常家做过客，你来看看，人没错吧？"

雷秀明细细看了那老妇，道："不错，她正是常大哥家中的保姆——后来山中的坞堡终于全部修好了，常大哥决意让全家搬入山中，彻底隐居，并截断进山之路。可这保姆的父母、夫家还有年幼的儿女都在市井中，她不愿离弃他们，于是常大哥便给了她许多银子，没带她进山。"

假戚云柯点头道："那年，常大哥之子已经两三岁了吧？你倒是说说，常大哥的儿子有什么异征吗？"

那妇人道："小公子生来病弱，但白白净净的，并无异征。不过在常家即将进山的那月，常夫人忽然发疯……发了病，打翻了屋里的暖炉，将小公子的左手臂烫伤了……唉，整块皮都没了。后来虽无大碍，可也留下了这么大一块烫伤疤——"她用手指比了比，长度有三四寸。

假戚云柯道："适才大家都看见了，这小贼的左臂上可什么都没有！"

殿内众人哗然——适才他们目不转睛地看三人过招，的确都见到常宁落下袖子后的左臂了：白皙修长，肌肉线条分明，有没有细碎小伤不知道，但绝没有大面积的烫伤。

李文训犹疑道："仅凭这么一个老妇嘴上说说，就能断定了吗？可他使的的确是常大侠自创的'柳絮剑法'啊。"

假戚云柯冷笑道："糊弄糊弄弟子们，他还能装模作样，遇到顶尖高手就装不下去了。适才欧阳师兄与陈师兄联手攻他，他那几手，也是常家的功夫吗？"

李文训哑然。

适才常宁还手的那几下，身法诡谲，掌法沉毅狠辣，绝不是常昊生的功夫。

蔡昭看常宁一眼，意思是"你露馅儿了"。

常宁神色不变，眼中甚至还有几分笑意，道："说了半日，宗主究竟想怎样呢？"

假戚云柯大声道："你终于承认自己是假的了吗?! 好，你究竟是什么人？老实说来！"

常宁的神情耐心寻味，道："第一，我并未承认自己是假的。第二……"他环顾四周，目光最后落在了假戚云柯身上，"说到真假，这殿内假的人可不止一个两个吧？"

旁人不知他在说什么，假戚云柯却是心中一震，当即大喝："来人，将这小贼拿下，上锁魂琵琶钩！"

两名灰衣人走上前，在铁链的咣当声中，众人看见他们手上捧着一对巨大狰狞的铁钩，钩长半尺，钩尖上生有避免被拔出的倒刺，钩身上犹留有暗红色的腥臭痕迹，不知当年穿透过多少高手的琵琶骨，看得众人心底发寒。

蔡昭有些傻，喃喃道："这……这不好吧？还没弄清他是什么人，就要这么狠吗？"

"有什么不好的？"戴风驰大声道，"这小贼居心叵测，混入宗门必有重大图谋，不抓住好好审问，将来生出大患来怎么办?!"

戚凌波娇笑道："现在知道怕了吗？别怕呀，只要这小贼肯向我下跪磕头赔礼，我也不是不能放过他，呵呵呵呵……"

蔡昭道："凌波师姐别闹，你算老几？放不放他哪里是你能说了算的——我没说不抓他啊，我是说犯得着用这么厉害的刑具吗？"

戴风驰没看见涨红脸的戚凌波，犹自得意道："这对锁魂琵琶钩是由尹老宗主亲自督造的，正配这寻死的小贼，哈哈哈哈……"

蔡昭喃喃道："哇，二师兄不说，我还当这对铁钩是魔教的刑具呢，原来是尹老宗主的妙想啊，真没想到。"

尹素莲厉声道："你什么意思?!"

蔡昭道："其实我只是在表达对尹老宗主的敬佩。"

尹素莲忍气。

樊兴家看那对铁钩看得眼睛都直了，用力拉扯雷秀明的袖子。

雷秀明无奈，向假戚云柯拱手道："宗主，锁魂琵琶钩过于狠毒，一旦用上，人就算不死也废了一大半，宗主慎重啊。"

戴风驰阴阴地道："雷师伯，你这话是什么意思啊？什么过于狠毒，你是在暗暗指责已故的尹老宗主吗？"

樊兴家忍无可忍道："刚才师父说了没有大师兄说话的份儿，难道就有二师兄一再说话的份儿了吗?!”

戴风驰踏前一步，怒斥道：“没大没小的东西，你也敢来数落我！”

樊兴家道：“二师兄适才对师伯言语不敬，难道就有大有小吗？”

戴风驰几步上前，一把抓住樊兴家的胳膊反身向后折去，樊兴家的武艺不及他，当即叫出声来。不等众人发声，蔡昭闪身上前，一脚踢向戴风驰的肋部，戴风驰被迫放开了樊兴家。

随后蔡昭左肩下沉，以一招“枝叶繁茂”绕至戴风驰右面，踢他左膝着地，再一把抓住他的右臂反身向后折去，这下轮到戴风驰痛呼出声了。

尹素莲起身，失声道：“蔡昭你想做什么?!”

蔡昭笑道：“适才二师兄想对五师兄做什么，我如今就想做什么。”

戚凌波叫道：“二师兄适才只是跟五师兄闹着玩的！”

蔡昭道：“巧了，我也是跟二师兄闹着玩的。”她手上用力，戴风驰只觉肩背上犹如压着一座大山，怎么也起不来，忍不住呼痛。

樊兴家揉着胳膊躲到雷秀明身后，听到戴风驰的呼痛声，他心中乐开了花。

其实以前戴风驰并未这般蛮横跋扈，只是自从宋郁之重伤后，他就宛如被内定了能做下任宗主，整日趾高气扬，容不得底下的师弟反驳半句。

蔡昭耐心地笑问：“二师兄，好玩吗？”

戚凌波快急哭了：“你快放开他！”

李文训看不下去了，运气呵斥：“闹够了就都退下去！”

蔡昭笑眯眯地放开手，退后数步站定，戴风驰踉踉跄跄地回到尹氏母女身旁。

见几个小的散开，李文训颇奇怪地看了戚云柯一眼。

蔡昭知道李文训奇怪自家宗主为何不喝阻弟子们吵闹——还能为啥，当然是这冒牌货业务不熟练，不知道该用何种态度分别对待三名性格迥异的弟子。

适才对待常宁时，李文训已经对他的态度起疑了，为免再露马脚，只好闭嘴为上。

尹素莲胸膛起伏，冷笑道：“蔡昭，都这个时候了你还敢嚣张。这小贼假冒常氏之子潜入青阙宗，十有八九是魔教贼子。你与他沆瀣一气，辱没了落英谷的名声，今日我就是将你毙于座下，也不过是清理门户！”

蔡昭神情淡漠，不紧不慢地道：“师母您大半夜的说什么胡话呢——是我将人领上九蠡山的吗？是我一口咬定他是常氏遗孤的吗？话说到现在，我有一句在替他辩解吗？

“至于‘沆瀣一气’……呵呵，我上九蠡山的第一日师父就亲手将这人托付给了我，许多长辈都知道，如今怎么好来追究我的过错呢？师母若是没睡够想岔了，我可以拿几篇大好文章给师母醒醒神。”

一听到蔡昭隐晦的威胁，尹素莲立刻熄火了，闷闷地坐下。

假戚云柯再度轻咳一声：“昭昭，不得对你师母无礼。”

蔡昭恭敬地道：“师父教诲的是。不过……”她抬起头，目光探究，“您与我姑姑是八拜之交，生死相托，您觉得她养大的孩儿会是勾结魔教之人吗？”

假戚云柯当然想顺势拔掉蔡昭这根眼中钉，只可恨真戚云柯立的“与蔡平殊的情义比天高”的人设实在太铁，他没法当场翻脸，只好含糊道：“我知道你不会勾结魔教，好了，退下吧。”又道：“来人啊，将这假冒常氏遗孤的家伙捉住了！”

“慢着！”常宁忽然提高了声音，“我并未承认自己是假冒之人。”他没好气地白了蔡昭一眼，蔡昭装没看见。

假戚云柯道：“常家的保姆都说了，难道还有假？”

常宁淡淡地道：“常家保姆不是假的，但她说的话不一定没假。”

“什么意思？”假戚云柯脸色一变。

常宁道：“若她受了要挟，扯谎说我的胳膊上有烫伤呢——好吧，其实我的意思就是宗主您要挟了她。”

假戚云柯气笑了：“我看你是穷途末路了，才说这等荒唐话。我与常大哥情同手足，为何要诬陷他的儿子？”

众弟子亦纷纷笑言，指骂常宁失心疯。

“因为——”常宁慢条斯理地丢出一个惊天大雷，“你不是真的戚宗主，你是假冒的。”

这话犹如一记重锤，殿内众人俱惊，齐齐去看假戚云柯。

尹素莲大惊失色，欧阳克邪与陈琼齐齐变了脸色，蔡昭也很配合地装出吃惊的模样。

李文训缓缓抬手示意，庄述立刻领着二十名外门好手堵住了前殿大门，断了常宁的后路。

与此同时，那短鹰钩鼻子也悄悄给左右使了个眼色，灰衣人也散开了，屏气静待。

雷秀明拉住蔡昭，问："昭昭，你看看，宗主他是不是……"他想问眼前这位宗主的脸上是不是易了容。

蔡昭摇头："不是易容术。"

假戚云柯松了口气，笑道："雷师兄，你若不信，可以到我脸上来摸摸，看看我是不是贴了、画了什么。"

谁知常宁又道："谁说你用了易容术？敢在天下第一宗里兴风作浪、偷天换日，岂会仅仅依仗区区寻常的易容术？"

李文训沉声道："你这话是什么意思？"

常宁道："难道李师伯不曾听过'千面门'的易身大法吗？"

此话一出，年轻弟子十有八九不明所以，但是李文训等人多少听说过。

雷秀明惊讶道："易身大法？我以为那只是杜撰的异闻故事，难道世上真有可将人彻底变作另一人的功法吗？他们不是在九十多年前被灭门了吗？"

"有，自然有。"常宁言语间毫无顾忌，"那位千面门最后的弟子，如今就被这假冒的戚宗主关在当年囚禁开阳长老的地牢中！"

又是一瓢冷水泼进热油，众人哗然，大惊失色。

李文训逼近常宁，问："你是怎么知道那间地牢的？"那间地牢的存在本是前代秘事，宗门内知道之人不足五个，连他自己都只知道一个大概的方位。

"大概是神仙夜里托梦吧。"常宁偏头一笑，眉目俊雅，"李师伯问那么多作甚，把人提过来问问不就知道了吗——要不要我告诉你那地牢的确切位置？"

李文训满心疑惑地望向假戚云柯。

到此刻为止，常宁已将蔡昭原本想说的话都说了。

假戚云柯僵硬了片刻后，忽地长叹一声，面色沉痛："原来如此，这奸贼原来打的竟是这个主意！"

曾大楼愣愣地道："师父，您是什么意思？"

假戚云柯起身，向李文训等人抱拳："这段日子以来，魔教屡屡偷袭得手，我心觉不妥，于是暗中布下人手去查访。数日前，终于获知魔教竟然擒到了一个千面门的弟子……

“我好不容易将人从魔教的手中抢了回来，昨日才刚刚关入地牢，打算择日向诸位师兄弟好好分说。不承想，却被这奸贼发现了行踪，叫他反咬了我一口！”

常宁笑了，“啪啪”拍起手掌来：“好，说得好。没想到你这冒牌货居然有这等机变之能，这么快想出了新的说辞。”

戚凌波听得张口结舌：“这……这是什么意思？”

蔡昭好心地向她解释：“他的意思是，虽然他捉了千面门的人，虽然他之前什么都没提，但他依旧是真的，绝不是假的。”

樊兴家想笑，但不敢笑。

雷秀明问常宁：“易身大法有何标记？”

常宁道：“无有标记。易身大法可变化于无形，神妙无比，除非伪装之人自行散功，或者断气身亡，否则毫无破绽。”

李文训冷着脸道：“既然毫无破绽，难道非要杀了宗主才知道你说的话是真是假？你当我们青阙宗的人都是蠢材吗?!”

假戚云柯道：“诸位师兄，不妨问我些同门之事，看看我是否能答出来。”

不等雷秀明张嘴，常宁便道：“你既然蓄意替换戚宗主，自然会在戚宗主周围布下眼线，将他的衣食住行、日常喜好打听清楚。何况诸位师伯与戚宗主各有分管之责，日常并不亲密。”

听到这话，雷秀明忍不住望了尹素莲一眼，心想若是寻常夫妻，其实最能分辨丈夫真假的自然是妻子。可这对夫妻三天两头吵架，一年中倒有十一个月在分居，亲密度比他们师兄弟也好不了多少。

此刻，尹素莲面色苍白，浑身发抖——倘若眼前的丈夫是假的，她该怎么办?

别人认错戚云柯，不过是弟子糊涂、同门眼拙，可她这做妻子的若认错了丈夫，甚至与冒牌货有了肌肤之亲，便是将来真戚云柯不计较，她也难免名声扫地、无颜见人。

幸亏，这几个月间他们夫妻并不同住。

想到这里，她再不想留在这里。

冒婆婆明白她眼中的惊惧之意，立刻让尹氏侍卫将她们母女团团围住，准备提前离去。

蔡昭忽高声道：“师父，我十岁那年你来落英谷给姑姑过生日，带的是什么贺礼？”

雷秀明精神一振，众人与他一样，都去看宗主的反应。

假戚云柯的眼中有一瞬的慌乱，随即又镇定道：“我哪里只带了一件贺礼，自是许多件，只不知道平殊最喜欢的是哪一件。”

蔡昭眯眼道：“师父记错了。那年大雪，师父的行李辎重全在路上被埋进雪里了——师父是空手来见姑姑的。”

假戚云柯叹道：“昭昭，我知道你想替这冒名的奸贼脱罪，但也不可胡言乱语啊。”

戴风驰趁机插嘴道：“不错不错。师父事务繁忙，哪里能记得许多年前的细碎琐事？七师妹，你是不是想替这小贼……”

尹素莲恨铁不成钢，低声呵斥道：“风驰闭嘴！”

戴风驰呆呆地转过头，不知自己哪里说错了。

假戚云柯见连尹素莲都起了疑心，当下高高跃起，直直一掌扑向李文训。

李文训自然而然地抬掌反击，两人不轻不重地对了一掌。

假戚云柯后退几大步回到座位上，咳出一口血来，趴在扶手上不住地喘气。“言语能作假，招数能作假，可本门内功心法难道也能作假吗？李师兄，我到底是真是假，难道你还分辨不出来吗？”

李文训愣愣地看着自己的手掌——适才两掌相接，对方的内力清正平和，虽有几分虚弱，但确是本门内功无疑。

假戚云柯一脸严肃愤慨，由曾大楼扶着艰难起身：“诸位师兄若还有疑心，等我伤好后大家好好切磋一番，总之今日不能放跑了这冒牌的奸贼！来人啊，将他拿下！”

事到如今，雷秀明已无话可说。

欧阳克邪与陈琼不敢向假戚云柯动手——万一人家是真的呢？李文训也觉得先拿下常宁比较稳妥。

直到此时，常宁依旧是一脸淡然，只飞快地瞥了蔡昭一眼。

蔡昭明白他眼中之意，心中沮丧无比——果然被他料中了，哪怕她当面揭穿戚云柯，也是毫无用处的。

灰衣人与宗门弟子形成两重人墙的包围圈，缓缓逼近常宁。

常宁自不会束手就擒，长笑之声响彻殿宇，震得众人耳中嗡嗡作响。

他宽袖飘动如云，东一闪西一兜，竟然穿过重重包围跃上了房梁，在玉墙与房梁之间如飞鸟般穿行。他在空中高声笑：“好你个巧舌如簧的伪君子，我这就去地牢将那人揪出来，拎到天下英豪面前，猜猜大家会如何看待你们青阙宗私藏千面门弟子的行径！”

一阵劲风掠过，西面窗户被打破了一个洞，常宁已越窗而逃了。

“不好，快去石壁地牢处！”这下连假戚云柯都急了，“千面门弟子若落入魔教贼子之手，后患无穷啊！”

李文训一咬牙，与欧阳克邪及陈琼领众弟子向北面后山追去。

灰衣人亦在短鹰钩鼻子的指挥下跟上。

尹家侍卫则护着尹素莲母女悄悄从后门离去。

殿内一片混乱，无人注意到蔡昭不见了。

夜黑如泼墨，连微弱的星月之光都被沁凉刺骨的细雨遮蔽了。

蔡昭提气一路直奔至万水千山崖，只见巡逻弟子与守崖弟子都倒在地上，崖边立着一个高挑挺拔的身影。

他闻声转头，见到女孩便笑：“我就知道你会来这里找我，那群傻子都去北面后山了吧？亏得他们兴师动众，连巡守的弟子都没留几个——咱们快走吧。”

说着便去发动铁索机括，却听到蔡昭清冷的声音：“我不会跟你走的，你自己下山去吧。”

常宁苍白如玉的指尖停在漆黑的玄铁机括上，他转身：“你还没死心吗？适才你也见了，千面门的易身大法天衣无缝，只要你不揭了他那层皮，就不能让所有人信服！听我一句，咱们下山去，有我帮你，总能找到你爹的！”

蔡昭道：“我得谢谢你，替我试了一条错路，叫我死了心。既然此路不通，我就得另想法子了。可我依旧不能跟你走，你也听我一句，自己下山去吧。”

常宁听出女孩的不对劲了，强笑了下：“你早知道我不是常宁了，可你也说了，愿意相信常大侠不会轻信歹人，相信我不是个坏人……”

“九州宝卷阁的藏书果然多如瀚海吗？”蔡昭问道。

青年忽地僵住，犹如冰冷的玉山。

“我早知你不是常宁，但我以为你是有难言之隐的隐士之后，因为常大侠对魔教甚是憎恶。昨日，我才知道你原来是魔教中人。

“九天九重山，十方十万海，都不及魔教藏书的九州宝卷阁。”女孩的声音很清脆，但透着说不出的淡漠。

“你不但是魔教中人，还是魔教中大有来头的人——九州宝卷阁是历代教主藏经重地，连七星长老无手令都不能进入。当年聂恒城猝然身亡，不及交代后事，据说如今的代教主聂喆就不知道九州宝卷阁在哪里。”她俏生生地伫立于风雨中，“我姑姑当年多次夜探幽冥篁道，还是知道些秘事的。”

“所以，”青年目色深沉，“你听我在山下说千面门的传闻时，就知道我的来历了。”

蔡昭道：“不错。”

青年心头仿佛有什么抓不住的思绪，忽然，他的眼皮微微一颤：“你……你利用我找到地牢？”

蔡昭缓缓抹掉脸颊上的雨水，低低答一声：“嗯。”

“开阳长老这等人物必然被看守得很严，说不定那对锁魂琵琶钩就用到他身上过。所以，他是不可能自己越狱的。”她道，“可我明明听你们说过开阳长老是死在越狱未遂的途中的。那么，一定是有人帮他逃狱了。想想也是，他与瑶光长老是聂恒城的心腹，一个死了，另一个自然定要救回来了。因此，魔教中人一定知道那处地牢的所在。”

青年冷冷地道：“未必每个魔教中人都知道那处地牢在哪里。”

女孩柔柔地歪头，像桃花一样清艳出尘。“我也只能试一试了，没想到你真的知道。”

青年心中愤恨，极力维持面上的清冷，道：“你直截了当地问我，我一样会告诉你。”

女孩道：“稳妥些更好。”

青年心头的那点温热渐渐冷了。

他想起今日午后，女孩的房间温暖柔软，她让他坐在她床边，露着毛茸茸的脑袋和可爱粉颊，温柔信任地望着自己——所以，都是局?!

“你也早就知道会有今日？”他身上一阵阵地发冷。

女孩微微仰头，任凭细雨拂面，道：“昨日至今，露面的只有你，他们不知道昨日下午我也在那处院落中。他们之所以敢把千公子弄上山，一是为了之后的计划，二是打算除掉你……你已经露出很多破绽了，当然，你根本不在乎被揭穿不是常宁。”

青年急怒道：“我不在乎，是因为我以为你也不在乎。”

女孩点点头：“之前，我爹好好的，我的确不在乎你是谁，江湖上的事我都不在乎。可是现在我爹生死未卜，我在乎的事就很多了。今夜，其实我们两边都是猝不及防的。我没料到他们这么快就找到了可以除掉你的办法，他们也没料到我们这么快就找到了地牢与千公子。”

青年的心头一团乱麻，上前抓住女孩的手臂：“你骗我的账先放下，这里危机四伏，你不能继续待下去了，先跟我下山！”

女孩一动不动，轻轻地道：“我若今夜跟你下山去，就坐实了我勾结魔教的罪名。若我靠你救回爹爹，落英谷也难逃勾结魔教的罪名。”

青年下颌紧绷，道：“那你们落英谷就索性投过来好了！”

“就像千面门一样吗？”女孩目光冷静。

青年冷不防被刺中要害，半晌无语。

女孩用力掰开他扣着自己手臂的大掌，道：“就算正道中人早就看千面门不顺眼，但若不是千面魔屠脑子进了猪油，带着整个门派投了魔教，千面门未必会被灭门。

“落英谷不是我一个人的，是我姑姑、我爹爹、我娘，还有许许多多谷民的——他们都因魔教吃过苦头，更与魔教有血海深仇，恨之入骨。

“落英谷十几代祖先在上，我不能因一己之私，就将落英谷领入不归之路，哪怕关乎我爹爹的性命。”

青年心中愈凉，他看着女孩坚定的双眼，忍不住道：“你留在这里，就不怕他们杀人灭口？”

女孩轻轻一笑：“芙蓉与翡翠这会儿应该已经出了青阙镇，明日一早就会广发信函，将千面门尚有弟子存世以及师父可能已被替换之事告知法空上人。周伯父、宋门主，还有云篆道长等江湖豪杰很快都会赶来青阙宗。当秘密不再是秘密，他们也就没必要杀我了。”

青年的嘴角挑起一抹讥讽的笑：“你什么都想好了，我真是小看你了。”

蔡昭点点头：“你说得一点也不错。所以你赶紧走吧，他们应该已经发觉你没去石壁地牢，现在估计正急着往这里赶了。”

青年用手抓住铁索端头后面几节的链扣，回头冷笑道：“既然如此，你今夜还来做什么？还不快快离去，当心被人瞧见你与我这魔教中人纠缠不清！”

蔡昭听见了后方远远传来的呼喝声与众多奔跑的脚步声，她伸手上前，“啪”地启动玄铁机括，铁索机箱瞬时发出巨大的轰鸣声。

她冲着悬于铁索上的青年大喊：“我怕你一直等我！”说完，扭头就冲另一方向跑了，消失在了夜幕中。

铁索如穿云利剑般射出，悬于其上的青年宛如腾云驾雾，宽袍长袖飘飘扬扬，仿佛无底深渊上空掠过的飞鸟。

她要是没说最后那句话就好了。

他怔怔地想。

第42章

蔡昭从沉睡中缓缓找回自己的意识，仿佛拖着破车的懒驴般不情愿。

自从父亲失踪后，她已经许久不曾这样深眠了。

屋里熏着名贵的香料，是一两十金的翠屏点犀，仿佛掺了些淡淡的佛手柑，味道富贵又不失清雅。身畔被褥与枕巾皆是上好的云锦与细麻，床铺上堆锦铺绣，让人好像躺在云堆里。

蔡昭真想拉芙蓉跟翡翠过来，看看人家的屋子是怎么布置的。自从虾饺嫁人后，她俩越发没人管束了，动不动就对自己冷嘲热讽，真是毫无体统！

哦，她们这会儿不在这里。

只要安全就好，少一些体统也无妨。

蔡昭是饱含着众人的期望出生的。

据说蔡平殊本来已婉拒汤药，打算顺其自然地赴死了，谁知一见到小侄女红扑扑皱巴巴的小脸，欢喜得不行，想着自己无论如何要活到小姑娘牙牙学语，能叫她一声“姑姑”的时候。于是她认真服药，努力运气自疗，竟生生拖延下了性命。

当听到小小的蔡昭开口唤人，蔡平殊又想到小侄女将来可能受人欺侮，于是就想将一身绝学传授给她；待小姑娘武艺初成，蔡平殊又担忧她整日乐呵呵的没心没肺，被人欺骗可怎么办？于是又想多提点她些为人处世的道理。

如此一日拖过一日，直到蔡昭十二岁上，蔡平殊才撒手人寰。

为此，蔡平春、宁小枫，甚至戚云柯与周致臻等人都分外疼爱感激小蔡昭。

他们常说，因为她，蔡平殊多活了十二年。

宁小枫希望女儿能像蔡平殊，英武磊落、洒脱豁达，像骄阳一样明亮无畏；蔡平殊却希望女孩能像宁小枫，慧黠机灵、娇憨可爱，精致会过日子。

蔡平春则希望……蔡谷主没有意见。

然而蔡平殊与宁小枫是截然不同的两个人。蔡平殊动心忍性，果敢坚毅，无论刮风下雨总是天不亮就起身习武，而宁小枫哪怕累积了半人高的账册未看也要睡到自然醒，说是磨刀不误砍柴工。

最后蔡昭向姑姑与母亲各取了一半性子，起身前总要在床上挣扎一番。来自姑姑的那一半告诉她一寸光阴一寸金，该起来捡金子了；来自母亲的那一半却蛊惑她多睡一刻是一刻，等将来年老了少眠，想睡都睡不着了。

蔡昭睁眼，缓缓坐起，发现外面又是日近黄昏。

她苦笑，这些日子都是夜里忙碌白日补眠了。

两名貌美婢女捧着刚熨好的衣裳上前，服侍她穿衣着鞋，然后再为她捧镜梳头。

昨夜送走假常宁后，天色开始发亮，她知道清静斋已空空如也，四周一定藏着无数双眼睛在暗中窥伺自己，她可不敢住回去。

她本想去药庐雷师伯处凑合一夜，养精蓄锐，谁知刚回屋拿了芙蓉为她准备好的包袱，就见宋郁之站在庭院中，请她去垂天坞小憩。

起初蔡昭还犹豫：“这样不好吧？你我的名声……”

“这回从广天门来的，除了几位护卫叔父，还有技艺精妙的厨子。”

蔡昭立刻表示——江湖儿女，磊落自知，无须介怀小事。

垂天坞外头看着清风雅韵，谁知屋里布置得犹如销金窟，处处金玉，步步锦绣。

宋郁之只好跟她解释，这些都是他爹宋时俊的品位。

蔡昭表示赞赏："其实天下大多数人都喜欢这样的布置，只不过他们喜欢不起罢了。令尊这样真好，既有金山银山，又恰好喜欢金山银山。"

宋郁之："……"

相处日久，他已知道很多时候蔡昭并非存心气人，所以他最好学会欣赏蔡昭的语言风格，不然会被活活气死。

于是他道："嗯，幸亏金山银山遇上了家父，不然该失落了。"

梳洗完毕，蔡昭坐到桌前开始用膳。从日出睡到日落，她也不知道这顿算是什么饭了。

几筷几勺入嘴，她就在心中娇叹一声：要命了。

白玉苦瓜汤居然能硬生生地将苦味转为甘甜鲜美，八宝鸭软糯可口肉丝分明，爆炒双脆火候分毫不差，连米饭都似是用竹筒蒸出来的，余香回味。

蔡昭边吃边叹，要不她去和戚凌波商量商量，让她嫁去佩琼山庄，自己改嫁去宋家？

不行。

她暗自摇头，武林中人最守信诺，她怎能因为区区几道菜就想改嫁呢？何况她还没见识过周家的大厨，说不定更胜一筹呢。

两名美婢站在一旁，体贴地布菜送汤。

蔡昭看着她们娇俏的脸蛋，满腹艳羡道："你们每顿都这么伺候三师兄的吗？"

谁知美婢一听，双双面露委屈。

一婢道："婢子倒是想，可惜公子不肯，还将婢子赶得远远的。"

另一婢道："戚大小姐也太凶了，见了我们姐妹就喊打喊杀的，公子说等过一阵子就让我们回广天门呢。"

蔡昭十分愤慨："凌波师姐真是身在福中不知福，有你们这样温柔体贴的美人服侍，那是多大的福气，她居然还不要，真是岂有此理！"

两婢面面相觑。

一婢轻咳一声："兴许戚大小姐是不喜欢公子沐浴时，我们姐妹在旁服侍。"

蔡昭道："洗澡本来就要人帮忙啊，自己又搓不到背后。"

两婢："……"

另一婢有些不好意思："可能戚大小姐也不喜欢我们夜里睡在公子屋里。"

蔡昭道："哇，你们还给三师兄守夜啊？我以为现在没有这样勤快的丫鬟了，二位真是用心啊。"她想芙蓉跟翡翠夜里睡得比自己还香，有时还打呼噜，端茶送水是想也别想，若是走水了还得自己去叫醒她俩，真是气死个人！

两婢："……"

一顿饭吃到天色擦黑，两名美婢差点舍不得放蔡昭走，只恨当年宋家为何没和蔡家定亲。

蔡昭挥别美人，悠悠然地走向宋郁之的居室。

刚接近主居室，四周就有持剑侍卫隐隐冒出头，一名短须方面的中年汉子站在门口，笑道："原来是小蔡姑娘，吃饱睡足看起来精神好多了。"说着，也不问蔡昭缘由就放她进去了。

宋郁之正披着外袍在灯下看书，见蔡昭进来连忙穿上外袍，道："庞六叔，怎么不叫我更衣后再让师妹进来呢？"

庞雄信咧嘴笑道："你又不是没穿衣裳，哪儿那么多规矩？"说完便出去了。

蔡昭等宋郁之穿好衣裳，才掀珠帘进入里屋。

"要不要再加件披肩？这件袍子的衣襟有些宽，锁骨露出来了。"她望着眼前严肃英俊的青年男子，十分贴心地提醒。

宋郁之忍着没去拉襟口："不必了。"

"咱们聊聊吧。"蔡昭坐到桌前，"我有许多话与三师兄说……嗯，这里没茶吗？"她拎拎空茶壶，晚饭吃多了想喝口茶。

宋郁之只好从一旁的暖炉中拎出紫铜茶壶，亲自给蔡昭倒茶。

"现在山上是什么情形？"蔡昭轻吹茶杯——上好的云鼎香，若她多喝两杯都可以买间铺子了。

宋郁之缓缓坐下，道："雷师伯直言自己害怕，退回药庐后拘着樊师弟和其余弟子不许出来。李师伯看起来半信半疑，让庄师兄等人率弟子加紧巡视，既防外也防内。欧阳师伯、陈师伯等人依旧听暮微宫的吩咐，但与那群新上来的人壁垒分明。师……宗主下令严守石壁地牢，不许有半分松懈。"

蔡昭又问：“师母呢？”

“双莲华池宫至今紧闭门扉。”

蔡昭有点不确定：“你把我带回垂天坞，凌波师姐也没来叫骂？”

宋郁之给自己也倒了杯茶：“她倒是想来，被师母看住了。于是派了婢女来骂了你我一顿，被我赶出去了。”

“看来凌波师姐也没多喜欢三师兄啊……”蔡昭捧着茶杯说，“要是周玉麒胆敢带我看不顺眼的妙龄女子回自己的院落，我一定……”

宋郁之眸光一闪，问：“你一定会退婚？”

蔡昭道：“这点事情退什么婚啊，打两顿就是了。”

宋郁之放下茶杯，道：“我看你也没多喜欢周公子。”

其实他一直都知道戚凌波不见得有多喜欢自己，只不过她自小什么都一定要最好的，哪怕不喜欢也不许别人染指。

镏金镶翠的剑枝灯台下，喝茶少女的嘴唇被热气熏得红艳艳，肌肤莹润雪白，散发着珍珠般的光泽。

宋郁之起身，烦躁地站到窗边，道：“天色不早了，师妹若没有别的话要说，还是回……”

“别别别，我有话要说。”蔡昭不敢贪茶了，赶紧进入正题。

“据说两百年前，这里只有暮微宫，其余的地方都是后来慢慢建造的。”她道，“比如暮微宫前悬挂玄铁巨锣的高架就是第二任宗主建的，后山那片好大的演武场是第三任宗主建的，沿湖这一大片雅致的院落是第六任宗主的手笔……”

宋郁之皱起眉头，问：“你究竟要说什么？”

“三师兄别着急，就快说到点子上了。”蔡昭举起小手安抚他，“总之，似乎每一任宗主都会为宗门添加些什么。连咱们师父这么不爱生事的人，也为凌波师姐建造了仙玉玲珑居，为我修缮了椿龄小筑……”

“仙玉玲珑居是师母给凌波建的。”宋郁之一丝不苟地修正答案——他特意等到戚凌波住进仙玉玲珑居后，才提出住到距离她最远的垂天坞。

“哎呀一样啦。”蔡昭道，“已故的尹老宗主同样贡献非凡，那座刑具齐全的水牢就是他的意思。不过，如今关着千面门弟子的那座石壁地牢应该不是他建的，看石级上的凿记与磨痕，应是六七十年前修造的了。”

宋郁之转身，注视女孩，问："你想做什么？"

蔡昭抬头看他，目光清澈坚定："师兄不要管我想做什么，我只请师兄帮几个忙。"

寅时二刻，石壁地牢屋外，夜风凄切，草木狂飞。

几十名守卫来回巡逻，两名宗门弟子哆嗦着站在外圈的一块高石上，从上往下扫视周遭。

"嘿，真是倒霉，抽中了下半夜的签，睡得正香呢，却来这儿喝冷风！"

"上半夜也冷，风也大！李师伯说了要把千面门那祸害移送去外门严加看管，那儿有火盆、有屋子，好受多了，偏偏那些新来的死活不肯放手！我说，他们是不是信不过咱们啊？怕到了咱们的地盘他们就管不着了？"

"废话，咱们也信不过他们啊。这不是李师伯非要派人与他们联手看管吗？可这黑灯瞎火的，谁会来劫狱啊？害我们穷受罪！"

"你是真不知道还是假不知道？还能有谁啊?!"

"你说小蔡师妹？不会吧，我听说她也是被那假冒常大侠之子的家伙瞒骗了。"

"究竟是瞒骗，还是与魔教勾结，那可也难说得很。"

"喂喂，你说咱们宗主会不会真的被人替换了啊？"

"当然不会！什么易身大法，说得跟真的似的，其实都只是传闻。今日一早李师伯让那千面门的祸害变个人试试，谁知那人推说功力耗尽，暂时无法施展——我看就是那个假冒常大侠儿子的家伙在胡说八道，给咱们宗主泼脏水呢！"

"唉，这世上到底有没有能把人变成另一个人的神技啊？"

"有的。"一个很轻的女孩声音响起。

两名弟子俱是一愣，先是互看对方，不等他们反应过来，两人均觉身上一麻，便不省人事了。

蔡昭缓缓地收回两指。

她看看眼前干燥且疯长的草丛，无奈地自言自语道："没想到我也得学那家伙了。"

野草触火即燃，风助火势，天际立刻腾起金红的火焰。

远处的巡守弟子定睛一看，大叫道：“糟了，石壁地牢那儿起火了！”

他们正打算过去救火，忽见侧面影影绰绰有个人拖着什么在动，他们立刻高举火把呵斥：“前方何人？快快表明身份！”

少女抬起头，暗色风兜落下，露出娇妍明媚的清丽面庞，道：“我又睡不着了，出来走走。”

银哨被急促地厉声吹响，四长一短，别的巡逻弟子听见后，立刻同样吹响银哨，重重扩散示警声。

庄述听见哨声，敲响师父的房门后进入，道：“师父……”

李文训已穿衣起身，面沉如水：“我听见了。让所有三年以上的持剑弟子起来，到万水千山崖前会合。”无论蔡昭怎么闹腾，最终总是要通过万水千山崖才能离开。

庄述抱拳领命。

樊兴家慌乱地套着袖子往屋里冲：“雷师伯、雷师伯，哨声四长一短，有人劫狱！肯定是昭昭师妹，咱们快去看看吧！”

雷秀明板着脸，道：“我们去干什么？挨打吗？就你这点功夫，能救得了谁啊？”

樊兴家哭丧着脸：“那怎么办，昭昭师妹会不会死啊？”

雷秀明扭头，刚好看见铺在衣架上的锦绣长袍，脑海中浮现出另一张鲜活的面孔：“哇，你衣裳上的绣纹我从没见过，真是好看又别致，我拿东西跟你换行不行？”

他没答应，于是那女孩便趁夜偷拿走了，留下了两朵雪莲。

万金难换的冰山雪莲，只换了一件寻常精致的衣裳和一顶品相普通的玉冠。

他当时傻了半天。再也没有那么傻的姑娘拿雪莲来换他的衣冠了。

雷秀明沉默许久，喟然长叹：“将侍卫们叫起来，护着我们过去，若是昭昭被打伤了，咱们还能救一救。”

樊兴家喜出望外。

戚凌波兴奋得面色发红，道："我就知道，我就知道！蔡昭那个小贱人一定不会安生！听见了吗？一定是她劫狱了！二师兄，咱们去看好戏！"

"当然要去！"戴风驰差点乐开了花，"我要看她被打个半死！"

"去什么去，你们谁也不许去！"尹素莲冷着脸从里屋出来，"我的话你们当耳旁风吗？外头形势不明，你们瞎掺和什么？都给我老实待在这里！"

戚凌波急了，道："不……不是……娘，我们不是去掺和啊，我们是去看戏啊！"

戴风驰也急道："是呀，我们不会动手的，就是看蔡昭倒霉出出气嘛！"

尹素莲坚决不允许。

戚凌波大急，嚷嚷着要拔剑杀出去。

这时冒婆婆来劝："咱们远远站着看，不会叫小姐与公子受伤的。"

尹素莲无奈道："冒婆婆跟着去吧，多带几个好手，不要叫他俩靠得太近。"

庞雄信负剑进屋，沉声道："公子，外头闹起来了，咱们去不去？"

宋郁之衣衫整齐地面窗而站，似乎根本没睡，站了不知多久。他道："自然要去，但咱们的人不能动手。"

庞雄信一愣："可我听说劫狱的是小蔡姑娘……"

宋郁之转过身来："庞六叔，请你听我的。"

庞雄信望着眼前神情坚毅的青年，满心信任："遵命。"

距离万水千山崖尚有三四里地，暮微宫第二殿西面的空地上。

拖着水桶车的少女已被团团围住，周围重重叠叠的火把与灯笼将夜幕照得如白昼般明亮，脚步急促，人声此起彼伏，形成一种紧张诡异的热闹。

假戚云柯站在高处，对不远处的李文训喊话道："你瞧见了吧？我就说她与那魔教小贼早有勾结。"

李文训面色铁黑，不置一词。

假戚云柯高声冷笑一阵："蔡昭，我早就知道你要劫人了，你果然与魔教勾结！"

蔡昭手上还牵着水桶车的绳索，闻言抬头一笑："别整天魔教魔教的，咱们说几句新鲜的吧——聂喆你这个卑劣无耻两面三刀身上没有几两骨头重的窝囊废，若不是靠死人聂恒城的威风撑门面，早被人跟臭虫似的一脚踩死了！”

她高声骂完这些，冲假戚云柯及那群灰衣人笑了笑：“这几位，请你们也照样骂几句，不妨事吧？”

假戚云柯脸色发青，灰衣人们紧闭嘴唇，更有数人作势欲扑向蔡昭。

蔡昭转头，向众宗门弟子道：“你们敢这么喊吗？不敢喊的人说不定都勾结了魔教呢。”

当下就有几位弟子照样臭骂了聂喆一顿，更有加倍发挥的。

蔡昭再看向假戚云柯：“师父，你看见了吗？北宸门人，哪里有不敢辱骂魔教教主的？”

李文训疑惑的视线瞟向他们。

在短鹰钩鼻子的督促下，几名灰衣人被推出来结结巴巴地骂了聂喆几句，然而既不够用力也缺乏激情，活像是在被逼良为娼。

假戚云柯将手一挥，对蔡昭道：“你不必多言，不论你是不是勾结了魔教，劫走千面门人犯是真的。李师兄、欧阳师兄、陈师兄，你们怎么说？”

李文训沉着脸将手一挥，外门弟子一层层围住了蔡昭。

欧阳克邪与陈琼对视一眼，也指挥内门弟子跟上。

有七八名灰衣人也想上，却被短鹰钩鼻子制止了。他歪嘴一笑，压低声音道：“先让他们自己斗斗看，咱们也见识见识青阙宗的功夫——不过，可以伺机将姓千的小子抢回来。”

他用嘴努了下那辆水桶车的方向。

灰衣人们会意。

安排完毕，众人的视线转至下方空地。

当前一名贼笑着的弟子道：“蔡师妹，得罪了，我不会弄伤你的。”然后挽了朵剑花上前，意欲轻伤蔡昭，将其擒下。

“不必客气。”蔡昭一剑格开，飞起一脚就将那弟子踢飞了，落地宛如断了线的纸鸢。

场内短暂一静。

蔡昭手持一把半开刃的钝剑，以剑代指，“砰砰”两声直接点倒了最前面的两名弟子。

众弟子总算认真起来，大叫着向蔡昭扑去。

蔡昭展臂挥舞，一把灰不溜秋的钝剑在她手中竟然无往不利，最前面一圈弟子迅速被她制伏，倒在地上。

后圈弟子本来自恃身份，不愿群殴一个小姑娘，眼见前方同门倒下一片，才不得已挺剑上前，三五成群地进行攻击。

蔡昭毫不畏惧，一剑破开第一人的剑势，迅疾无比地侧剑拍其面门，将之击晕；随后斜挑第二人手腕，恰好点中穴道，那人半身麻痹倒地；接着引第三人的剑刺向第四人，她跃起翻剑重重劈下，将两人同时击倒。

如此左劈右砍，瞬时又是三四组弟子被撂倒。

幸亏蔡昭用的是钝剑，虽然众弟子被打得"哎哟"声连天，但尚未见血。

庄述一看群殴也不行，喝道："七人一组，布剑阵！"

北斗剑阵又与寻常的群殴不同了，七名弟子脚踩星位，布成剑网攻向蔡昭——可惜，二十年前蔡平殊就想出了这种剑阵的破解之法。

蔡昭看得清楚，当七人剑阵攻来时最局促的总是天璇位，盖因他既需要让出主攻位置给天玑，又得为瑶光位助攻。蔡昭以数剑劈开当前三人，向天玑位弟子挥剑的同时，左手挥出一根银链，"唰"地穿过天玑位弟子的腋下，紧紧缠住天璇位弟子。

蔡昭边挥剑边拉动银链，阵形立破。

与此同时，两名灰衣人想过来偷水桶车，被她顺势用一剑一链抽开两丈远。

少女犹如一团神出鬼没的暗影般四处翩飞，眨眼间又击倒了两组七星剑阵弟子。庄述与其余弟子大骇。

蔡平殊曾说过，习武之人最忌故步自封，再好的招数用久了都不免被人看穿，须不断进取革新。她曾不止一次提醒青阙宗，七星剑阵有大破绽，甚至连补救之法都想好了，可惜无人肯听她的。

她当时已经很强大了，然而依旧没有多少说话的权利。

蔡昭的剑重重直刺出去，点倒了第三组七星剑阵的最后一名弟子。

至此，已有三四十名宗门弟子倒在她的剑下了。

众人哗然，难以置信。

少女仗剑站在当中，雪肤花貌，神情冷漠。

周遭一圈五六十名弟子，竟无人敢率先上前。

戚凌波远远看着，心中生出了一股复杂奇异之感，嘴上却道："我看她是强弩之末了，用不了多久就会被打到泥地里去！"

戴风驰咬牙附和，表示就是这样没错。

假戚云柯不耐烦了，高喊道："不必执着剑阵，诸弟子各显本领，将这孽障拿下！"

听到宗主下令，弟子们再不讲究以阵法组团，决意来个以多制胜，围也围死蔡昭。

当前十几人联手上前，十几把剑齐齐指向蔡昭。

蔡昭左手的银链重重甩过去，"啪啪"几下将人抽开，右手挺剑劈砍刺穴。

这时后面突然出现一人，噼里啪啦地从后面将这十几名弟子劈头盖脸地打散开来，嘴里怒骂道："你们要不要脸，一群打一个已经够丢人现眼的了！现在还想用这么不要脸的法子，索性我去山下找百八十名贩夫走卒来，一样能围死蔡昭！你们还学什么武？练什么剑？滚下山去当寻常百姓吧！"

十几名弟子被打得嗷嗷叫着抱头鼠窜。

众人定睛一看，原来是丁卓。

庄述失笑道："你居然出来了？"

丁卓冷着脸："外头热闹成这样，我怎么躲得住？这年头，武林中人也越来越没有修武之心了，什么鸡零狗碎下三烂的招数都使得出来！"

被他这么一通骂，众弟子俱是脸红，再不好意思搞人肉阵，只能三五成群地慢慢耗着蔡昭。

反正全场有将近两百人，蔡昭总有力竭的时候。

眼看蔡昭犹如镰刀割草芥般无人可敌，庄述看不下去了，打算亲自出手，却被丁卓拉住："你是李师伯的大弟子，你若被蔡师妹打成一条死狗，李师伯的脸面怎么办？"

庄述只好罢手。

这时曾大楼来了，他急急忙忙地扑到场中，口中大喊："昭昭别闹了，这么多人你出不去的，我会跟师父求情的……”

此时蔡昭刚刚点倒两名弟子，转身便被曾大楼拦住了。

两名灰衣人借着这个机会，双双甩鞭卷住水桶车的把手，迅速将车拉走后就地一推，水桶中被点穴昏迷之人立时就滚了出来。这人双目紧闭，正是千公子。

短鹰钩鼻子见千公子被抢了回来，正要哈哈大笑，笑声忽地卡在喉咙中发不出来了。

场内一片寂静。

原来适才蔡昭回身看见曾大楼，当胸就是迅烈无比的一剑。

曾大楼呆呆低头，看见自己胸口深深插入的钝剑，温热的血已汩汩流出。

因是钝剑，痛感越发强烈。

蔡昭缓缓转动并抽剑，嘴角含笑：“大师兄，你总算来了。”

雷秀明尖叫一声：“昭昭你杀昏头了吗?!”杀了曾大楼，他还怎么给她求情?

众弟子惊愕难言，适才不论多艰难，蔡昭始终不曾杀过一人，他们都渐渐放下了戒心，谁知少女忽起杀招，一下取人性命!

杀的还是曾大楼!

李文训咬住后槽牙，打算亲自下场了。

欧阳克邪与陈琼也沉着脸走了过来，刚走两步，他们又停住了脚步。

原来蔡昭迅速扯下卷在自己左肩上的一捆粗麻绳，一头绕住曾大楼，一头高高甩起，恰好挂在一棵光秃秃的百年老松上。她奋力拉动麻绳，曾大楼的尸首随即被高高悬挂了起来。

樊兴家惨叫一声：“昭昭，你疯了吗？快把大师兄放下啊！”

正当所有人都以为蔡昭丧心病狂时，悬在半空中的曾大楼尸首开始发生变化了，有人发觉后叫了出来：“快看，大师兄怎么了？”

此时虽是暗夜，然而几百支火把将场内照得异常明亮。

众目睽睽之下，晃悠悠的尸首犹如蛆虫蠕动般迅速扭曲起来，额头、面颊，还有手足上的肌肤筋肉不断起伏凹凸，一会儿发紫一会儿发黑，甚至还有尸水淌下。

面对如此诡异的一幕，所有人都停下了手中的动作，定定盯牢。

很快，尸首停止了扭曲。

可这具尸首的面容也不再是曾大楼了，而是一张布满横肉的陌生面孔。

几百人鸦雀无声。

最后不知是谁先叫了出来："原来，世上真的有易身大法啊！"

这句话犹如破除了魔咒，一时间几百人议论纷纷，有人惊讶，有人恐惧，有人慌乱不知所措，还有人用目光交流意见。

樊兴家张大了嘴巴。

戚凌波傻傻地道："这人是谁啊？大师兄去哪儿了？"

戴风驰道："原来蔡昭没胡说啊。"

连李文训这般沉稳之人，见此情形也惊异得难以言语。

略一思索，他高声道："外门弟子听我号令，大家尽数退回！"

其实他不这么喊，之前围攻蔡昭的弟子也都停了手脚。此令一出，外门弟子更是忙不迭地躲到庄述身后。

欧阳克邪与陈琼呆愣片刻后，也缓缓发令停止攻击，内门弟子亦退回。

假戚云柯气恼不已："你们这是什么意思?!就算大楼被人换了，难道你们就疑心我了吗？我早说了，这都是魔教的诡计，故意换掉几个人，让我们疑心彼此！"

李文训拱手道："宗主说的是，不过此事诡谲，应当徐徐再议。"说完便转头向蔡昭："昭昭，我知道你的意思了，这件事我们好好商议，你不用害怕，也不用担心被人误解了。"

蔡昭将钝剑换了只手拎着，一面在背后甩着酸痛的右手，一面脸上笑着道："我不害怕，也不担心被人误解。诸位长辈自己议论好了，我要下山去寻我爹爹，谁也拦不住我。"

事已至此，李文训等人也不打算强行阻拦蔡昭了。

短鹰钩鼻子看了假戚云柯一眼，得到示意，便上前冷笑道："宗门弟子碍于同门情谊，不忍动手，就由咱们来吧。"

说着，七八十名灰衣人错落着拦到蔡昭身前。

与适才的宗门弟子不同，这群人明显带着浓重的杀气，眼中更是洋溢着嗜血的光芒。

“小美人别怕啊……”一名豁牙汉子率先扑上来，双手食指各套有一枚精钢指套，指锋凌厉，直戳蔡昭面门。

蔡昭闻到一股腥臭气息，顿觉头晕。

这时樊兴家不知不觉走到了前头来，指着豁牙大汉喊起来：“这是毒蝎指，这人是……”

豁牙大汉左手一挥，从袖中射出两根毒针，直刺樊兴家。

变故来得太快，其余人不是没看清，就是来不及施以援手。

蔡昭反手将钝剑抡出，剑在空中打了两个旋，打落了那两根毒针。“樊师兄快退回去！”

眼看要被这大汉右手的毒指戳到，蔡昭高高跃起，同时在自己腰间拍了一下，“唰”地抽出一把光彩四射的臂刀来，当头劈下。

只听“当啷”一声，那大汉抱着血流如注的右手惨叫着向后退去。

众人定睛去看，只见蔡昭手中的刀宽三四指，比寻常长剑短了七八寸，收入腰带时薄如蝉翼，一旦展平又似乎坚不可摧。

“这是艳阳刀。”一个清朗冷峻的熟悉声音传来。

众弟子回头去看，只见宋郁之在广天门众侍卫的簇拥下缓缓而来。

“这把艳阳刀应是蔡平殊女侠之物。”宋郁之道，“此刀至今仍不知为何人所铸，不过当年蔡女侠手掌此刀纵横天下，未逢敌手。”

识货的不止宋郁之一个，在豁牙大汉的惨叫声中，场内响起了此起彼伏惊呼“艳阳刀”之声。

“嗯。”蔡昭轻抚爱刀。

刀身犹如涂抹了一层薄薄的胭脂，衬着刀面上浓烈繁美的纹路，当真绮丽难言。

很难想象蔡平殊那样豁达洒脱之人，会用这样丽色无双的兵器。

短鹰钩鼻子指着艳阳刀，颤声道：“这……这就是……”

“不错。”蔡昭横刀在身前，“这把刀上沾着聂恒城的血！你们运气不错，有幸一试此刀。”持刀在手的少女仿佛变了一个人，眼中涌动着兴奋的战意，期待着强敌来临。

短鹰钩鼻子大喊："大家跟我……"

不等他喊完，蔡昭已率先杀入灰衣人群，"当""当"两声，削断一把丈八蛇矛和一柄重剑，然后横刀平平一拉，一刀封喉两人！

两名灰衣人捂着自己的咽喉，连吭都来不及吭一声就倒下了。

蔡昭心头热血涌动，眼中再无其他，只余一名又一名的敌人。

她弓步上挑，斜刀劈下，沉声道："左臂！"

一名灰衣人的左臂飞到空中，鲜血四溅。

"右腿！"她旋身攻下盘。

一名灰衣人的右腿齐膝而断，血染黄沙。

她翻身从敌人腋下滑过："下腹！"

一名灰衣人的腹部被破开，肚肠流了一地。

热情渐渐缓和，蔡昭的脑海中响起蔡平殊的话——

"与敌对战至化境时，你心中甚至会忘却生死，眼中只余一个又一个的破绽。敌人不再是敌人，性命也不再是性命，他们只是被你锐利的刀锋劈开的一个个破绽。"

短鹰钩鼻子一看己方连死数人，知道不能再让手下散乱进攻送人头了，于是赶紧布置阵形，沉着进攻。

此时的蔡昭也已感觉不到自己在杀人，手亦不再发抖，心绪反倒冷静了下来，一心对敌。

灰衣人群犹如滚动的土石，缓缓推进，仿佛能够埋没一切。

然而偏有一束炽烈的光劈开暗沉的土石，少女刀光游动之时，红霞明媚，光华潋滟。

两边一时斗得难分难解。

宗门弟子都眼睁睁地看着，心神震慑。

庄述看得目瞪口呆，他转头道："阿卓，你是对的，多谢。"

丁卓正看得入神，没听清，反问："你说什么？"

"你适才叫我别下场，免得被当成死狗打，原来是对的，多谢啊。"庄述道，"对了，你不是一直说要和她比武吗？比好了吗，结局如何？"

丁卓："……"

老子救了你，你却来伤害我。

樊兴家看得口干舌燥，缓缓退到雷秀明身旁："雷师伯，我错了。"

雷秀明问："没头没脑说什么呢？"

樊兴家道："当初师伯跟我说，蔡平殊女侠十几岁时就在太初观的大比中打的群豪抬不起头来，师伯连夜疗伤都来不及——当时我还不信。现在看来，师伯说的都是真话啊！"

雷秀明心道：臭小子！

戚凌波紧紧咬住嘴唇，尽管不断在心中喊："这有什么了不起的？有什么了不起的……"然而她心中明明白白地知道：这就是很了不起！

戴风驰使劲憋气："这群没用的东西，我下去会会蔡昭！"他刚挪动就被冒婆婆一把按住了，卸下佩剑交给侍卫看管了起来。

"这是怎么回事?!"忽传来一记叫声。

原来是那两名抢回千公子的灰衣人，他们发觉手中之人"扭曲"了起来。不一会儿，千公子变成了另一个人。

一旁已有弟子认了出来："咦，这不是崔胜吗？"

灰衣人大怒，一指解开崔胜的穴道。

崔胜醒过来，没头没脑地叫了起来："哎哟哎哟，我怎么在这里？谁打晕的我……"

假戚云柯与短鹰钩鼻子面面相觑，石壁地牢看守森严，蔡昭放火抢人也就罢了，反正很快就被发觉了，但她究竟是什么时候，以及怎样将人换掉的呢？

宋郁之的脑海中回想起之前的一幕——

"第一个忙，我希望三师兄告诉我一条密道。"

"什么密道？"

"通往石壁地牢的密道。"

宋郁之："……"

"第一回进石壁地牢，我就发觉墙上那三四个铁架的其中一个是假的，它的后头应是一扇暗门。暗门后头是什么呢？不是密室就是密道吧？给地牢做密室实属画蛇添足，我猜是密道。”

“这与我有何干系？”

“因为这条密道应是三师兄的外祖父所建。这地牢虽是六七十年前造的，可铁架上的三叶花刻痕是段氏父子的印记——段老爹可是三十年前才出道的。”

宋郁之：“……”

“尹老宗主不只建造了水牢，还给石壁地牢打了一条密道吧？通过这条密道，尹老宗主便能尽情地私下审问开阳长老了。”

宋郁之：“……”

“尹老宗主这样重视血脉之人，不会相信其他人的。素莲夫人不靠谱，他应该只告诉了长女青莲夫人。三师兄，令堂有没有与你提起过这条密道？”

宋郁之记得茶水都冷了，自己才回答——当然有密道，密道的入口就在一处不起眼的山石后头，但他从未去过，也不知那条密道是通向哪里的，没想到会在这样一种情形下吐露出来。

“宗主，怎么办？”短鹰钩鼻子有些急了。

假戚云柯亦惊乱不已，他们之后的计划全要靠千公子的易身大法，这人若是不见了，立刻前功尽弃。

“快去找人！”他发话，“把地牢的里里外外都搜一遍！”

蔡昭一直都知道垂天坞外有人在监视自己，但没几个人知道她会易容术。

于是子时之前她就易容离开了垂天坞，找了个身形与千公子差不多的弟子敲晕带走了。

当千公子看见蔡昭从铁架后的石壁暗门中跳出来时，吓得差点抽风。

蔡昭让千公子把崔胜变成他自己的模样，起初他还推托自己的功力已耗尽，蔡昭冷冷地道：“我不信你连变几个时辰的功力都没了。这是你逃离那群人掌控最后的机会，过时不候。”

千公子察言观色，知道女孩其实并不比那满脸毒疮的家伙好惹，于是立刻从善如流地将崔胜变成了自己的模样。

随后，蔡昭将崔胜点穴后放在了石床上，偷了钥匙打开铁链，自己带着千公子离去了。

等到寅时之后，她再在石壁地牢之外放一把火，自己却依旧从密道进入地牢，将崔胜带走，装出劫狱的模样。

“你懂易容术，骗骗寻常人也够了，明明可以带着姓千的偷偷溜走，为何非要弄得天下大乱呢？”昏黄的灯火下，宋郁之紧紧盯着蔡昭。

少女语气坚定：“我要在所有人的面前揭穿千面门的把戏，我要大家都知道易身大法是真的，我要这件事不能遮掩、无法隐瞒——这不能只靠常宁这么一个来历不明之人的几句话，也不能只靠我的两个丫鬟在外头喊两声。

“我要证明天下第一宗的宗主被人替换了，就得拿出够硬的证据来。光说，是没有用的。”

宋郁之问：“你的证据是什么？”

“曾大楼。”少女答道。

“他们原本的计划，是等师父重伤之后轻而易举地将人换了。可我偏偏坏了他们的事，师父只受了轻伤，于是他们只能用乱魄针了——我爹也是。

“乱魄针一旦出筒，浓烈的气味立刻会叫人发觉。什么样的人可以同时叫师父与我爹放松警惕，进而近身袭击得手呢？

“只有曾大楼。

“尤其是我爹，他除了跟我们自家人，连跟师父都不甚亲密，更别说其他宗门弟子了。只有曾大楼，他们年少相识，且曾大楼的武功远低于爹爹——对于武功远不如自己的人，人往往是不会那么戒备的。”

宋郁之沉默片刻：“易身大法只有人死了才能破解，若你料错了，错杀了大师兄呢？”

“等找回爹爹之后，我给大师兄偿命。”少女目光沉静。

宋郁之抬起头——假戚云柯等人果然慌乱起来。

他们找不到千公子。

“抓住蔡昭！逼问千公子的下落！”假戚云柯咬牙切齿道。

短鹰钩鼻子这下再不敢留手了，目光阴沉地向蔡昭而去。

宋郁之看了眼庞雄信。

庞雄信会意，领着一队侍卫走下场。

不一会儿，只听一阵叮叮当当的声音，庞雄信大吼道："你们这群龟孙子，什么东西，居然敢用暗器伤人！北宸六派什么时候有这等规矩了?!"

原来他领人冲入了正要向蔡昭放暗器的人群中，左劈右砍，一通搅和。

假戚云柯骂道："你们阻拦我抓捕孽徒，意欲何为?!"

庞雄信哈哈大笑："抓捕？我看是残害吧！先把人弄个半死，再慢慢审问。"

李文训看着地上被打落的暗器，脸色也十分难看："宗主，用这等下三烂的东西暗算自己宗门内的弟子，说出去不怕被人耻笑吗?!"

假戚云柯强自忍耐："李师兄，你也瞧见了，千面门的那个弟子不知被这孽徒藏到哪儿去了。千面门的易身大法若是流入江湖，遗祸极大啊！若是蔡昭愿意老实说出那千面门弟子的去向，我又何必出此下策？李师兄，不如你劝劝她？"

蔡昭自然听见了这些话，一刀顺着对手的分水峨眉刺斜斜劈下，笑答道："我不知道那千面门弟子的下落啊，我只是随随便便劫了个狱，谁知道劫了个假的，我还没问师父把真人藏去哪儿了呢。莫不是要私藏起来，做别的用处？"

这话答得极妙，正是假作真时真亦假，假戚云柯七窍生烟也无济于事。

宋郁之远远看着这人，暗暗思忖他究竟是谁，竟能将师父戚云柯扮得这么像。

"与其这样冒险，不如我们想法子暗中捉住那假宗主，好好审问便是。"宋郁之听了女孩的计划，只觉得头皮发麻。

"三师兄真的觉得只要抓住了那冒牌货，就能问出师父和爹爹的下落？"蔡昭微笑中带着几分悲伤，"那冒牌货只是个棋子，一颗随时可能暴露的棋子。他们怎么会让棋子知道要紧的秘密呢？"

宋郁之已有数年江湖经历，知道女孩所言不假，当下沉默不言。

蔡昭沉着地道："他们费那么大的力气活捉了师父和爹爹，我相信不会轻易杀了他们的。那么，什么时候他们没有利用价值了，可以杀掉了呢？就是冒牌货彻底顶替他们的时候——所以我一定要把事情闹大，闹得无可收拾，闹得冒牌货站不住脚。"

"然后呢？"宋郁之追问。

"这就是我要请师兄帮的第二个忙了。"蔡昭笑了下，"我走之后，九蠡山就要靠师兄稳住局势了。冒牌货只要咬死了不认，李师伯他们终究有顾忌，不能杀，不能拷问，顶多软禁了事。广天门却不一样……”

宋郁之看懂了女孩眼中深意：“你笃定？”

“不。”女孩摇头，“我姑姑说过，当你进退维谷、不知所措之时，就不要管东管西，去做你心中最想做的事，对错都不要后悔——我想下山，我觉得答案在山下。”

宋郁之收回思绪，又听见那冒牌货的叫嚷。

“既然李师兄无能为力，就请退开些吧。等我擒下这孽徒，再慢慢分说。”假戚云柯阴着脸，“我终究还是宗主，宗门中哪个弟子不肯从命捉拿蔡昭的，就是已经中了魔教的诡计，打算欺师灭祖，叛变宗门。”

此言一出，李文训等人皆踌躇难行。

庞雄信笑得不行：“宗主大人别瞪我，我胆子小，经不得吓，况且我们又不是青阙宗的。”

假戚云柯恨恨地道：“既然不是宗门弟子，你来搅和什么?!”

庞雄信一脸正气：“我们广天门素来正直磊落，锄强扶弱，见义勇为，疾恶……疾恶……喀喀，总之见不得下三烂的行径。”他肚里墨水有限，只好暂停发挥。

他两手一摊，道：“没法子，广天门弟子就是这么正气凛然，丹田中的正气一个收不住就会喷出来，想忍都忍不住。”

欧阳克邪等人忍不住笑出声。

庞雄信不但不让灰衣人放暗器，连太多人围殴蔡昭也不允许。

其实蔡昭现在倒不怕人肉阵，之前是顾及同门师兄弟，如今她宝刀在手，随便劈杀得血肉横飞也无妨。

拼杀了大半夜，此时天色微明。

蔡昭抬起头，靛青色的天光落在她疲倦的脸上——手脚开始乏力，她知道今夜差不多了，是时候离去了。

她提气运起飞花渡，几下飞跃往万水千山崖方向而去。

短鹰钩鼻子看出蔡昭意欲遁逃，大喊：“大家快跟上，她要逃了！”

灰衣人如泥浪般跟上，蔡昭等的就是这个时候——灰衣人阵法已乱，人挤人地急奔而至，她迅速回身，刀光嫣红如霞，一时间血肉横飞。

宋郁之赶到时，正看见女孩娇嫩的面庞雪白泛青，沾了点点血迹，显得格外触目惊心。

昨夜蔡昭出门前，他最后问了她一句："寻常小姑娘，都愿意等着长辈来料理这些难事，你怎么就不愿等一等呢？"

女孩两手按在门闩上，回头一笑："等？等到什么时候？等个把月后令尊抵达，然后大家一通扯皮，那冒牌货依旧不肯认，令尊难道敢给他上大刑吗？

"再等个把月或者短些，周伯父也到了，再一通扯皮，两位长辈终于与李师伯等人达成一致，对冒牌货严加审问。然后，冒牌货的确什么都不知道。

"如此过上一个多月，我爹和师父依旧下落不明——既知如此，我还要等吗？"

宋郁之难以回答，因为他知道女孩说的这些，正是未来最有可能发生的事。

"人生在世，总会遇到些倒霉至极的光景，你会发现父兄不能靠，尊长不能靠，挚友亦不能靠。靠山山要倒，靠海海要枯，那有什么法子呢？只能靠自己了。"女孩用力拉开门扉，寒风猛地灌入屋内。

然后，她头也不回地走了。

万水千山崖爆发激烈乱战，灰衣人极力阻挡蔡昭，蔡昭则大开杀戒。

宋郁之的视线捕捉到她时，她已摸到了其中的一个铁链箱，一前一后地开启了发射机括与松链机括。

随着铁链发射的巨大响动，蔡昭左手飞出一条笔直的银链，牢牢卷住链首。

崖边众人只能眼睁睁地看着她跃空而去，随着强大的机括激射之力，优哉游哉地往对岸飞渡而去。她身后是初初升起的旭日，金红色的光芒驱散了黑夜的空寂与鬼祟。

天亮了。

假戚云柯还在怒吼："快追上去！"

结果众人发现，除了蔡昭正在使用的这根铁索，其余六个铁链箱中的机括都被动了手脚，无法发射了。

对岸传来一声沉沉的铁链撞击声，众人知道，蔡昭到达对岸了。

而铁链这边一头已自行断开机括，软软地垂了下去。需要等对岸的弟子通过那头的锁扣慢慢回收整条铁链，然后再运回来。

短鹰钩鼻子傻了："难道连我都下不去了吗？"

"自然是能修好的，就算修不好，也有新的机括可以换上。"李文训看他的目光宛如看白痴。连这点意外都防备不了，青阙宗早被困死了。

短鹰钩鼻子精神大振："要多久？"

"修好要两个时辰，替换要一个半时辰，然后静置半个时辰方可使用。"

短鹰钩鼻子心道：这有区别吗？

两个时辰之后，蔡昭早逃出青阙镇了，东南西北四个方向都可以走，何况她手里还有千公子，想变成啥不行，哪里还找得到他们?!

"为啥小蔡姑娘适才打斗之时，你们不派人先行断了七根铁索呢？那就一了百了了嘛。"庞雄信百思不得其解。

李文训面无表情道："因为没人想到昭昭能一路杀出去。"大家都以为会把她堵在路上，连山崖的边都摸不到。

庞雄信差点爆出大笑，但看整座青阙宗上的人脸色都不太好，忍住了。灰衣人愁云惨雾，宗门弟子满心惊疑——毕竟连自家宗主是真是假都弄不清楚，那的确是蛮惨的。

庞雄信忽觉广天门挺不错的，至少他出门前的宋时俊一定是真的，因为践行酒是在翠红楼上喝的，自家门主左手老鸨右手花魁的调调数十年如一日，天下绝无分号。

等今日三公子的飞鸽传书送到，宋时俊就知道千面门与乱魄针的事了，严防死守之下想来不会被替换了，无量寿佛！

抵达风云顶后，蔡昭友好地踢翻了几名试图阻拦她的巡守弟子，然后一路下山，直至半山腰的一处山坳。

这处山坳颇为平整，因被一排茂密的松树遮住了视线，寻常人发现不了。

细雨又至，空地上整齐地停放着七八辆泔水车。

每晚酉时末，青阙宗的杂物管事会领人将各处厨房的泔水收来，通过当天最后一趟正常开启的铁索将泔水车送至风云顶，而风云顶的弟子会将泔水车推至半山腰的这处山坳中。

待次日天微亮，镇上收泔水的人就会推着空车上半山腰，将装满的泔水车推走，留下洗刷干净的空置泔水车。

日复一日，每日如此。

此时，镇上收泔水的人还没来。

蔡昭冒着蒙蒙细雨，径直走向其中一辆她做了标记的泔水车，掀开其中一个木桶，缩躺在里头的正是灰衣人苦寻不得的千公子。

解开穴道后，千公子悠悠醒转，环顾四周，发现自己居然在泔水桶中待了一夜，惨叫一声差点昏死过去。

“没事就走吧，两个时辰后他们就会下山追捕我们，我们走得越远越好。”身上满是厮杀痕迹的少女，说话间也透着浓浓的血腥杀气。

千公子哪里敢嚷嚷，连滚带爬地下了泔水车后就老实地跟在她身后。

“你真的要去大雪山吗？那里人迹罕至，鸟兽无踪啊！

“实话说，我有陈年咳疾，其实我告诉你雪麟龙兽啥模样就行了，我就不必去了吧？

“那里真不是人去的地方啊，各种野兽要吃人的，你这样的小姑娘熬不下去的！”

蔡昭猛地转回头，劈空一掌打向千公子。

千公子人都僵了，他身后的一处山石应声碎裂，震开的小石子打在千公子身上，很疼。

“现在你觉得我能去那儿了吗？”她冷冷地发问。

“能能能，绝对能！”千公子点头如捣蒜，恨不得五体投地。

蔡昭收回气劲，转头继续下山。

山顶旭日东升，山腰往下却阴沉沉的，还不断下着绵绵细雨。

她素来讨厌雨天，因为哪怕下雨姑姑也要她继续练功。

记得那年她练功累得哭了，愤而嚷道，她一不打算行走江湖，二不打算行侠仗义，干吗这么累死累活地练功啊？

姑姑温柔地揉着她身上酸痛的地方，告诉她——教她本事，不是为了让她干什么，而是为了让她不必在恐惧和无助中不断地等待。

一个多月，她能做许多事了。

山脚就在眼前，毫无预兆，从树后无声无息地转出一个人来。

蔡昭立刻收住脚步。

宽袖长袍的青年高挑挺拔，眉目如画，艳色难绘。他手撑一把水墨纸伞，握着伞柄的手指如玉骨修长，淡青色的衣摆被斜风细雨打得如花枝颤动一般。

蔡昭不认识他。

千公子也不认识。

但他们俩都看得有些眼直——这荒山野岭的，难道是哪处坟茔的艳鬼跑出来了吗？

"昭昭。"俊美的青年眼波含笑。

他一开口，蔡昭的脸色就变了。

她认识这个声音。

"我姓慕，双字清晏。"他不疾不徐地开口，"我等了你一天一夜。"

（未完待续）

图书在版编目（CIP）数据

江湖夜雨十年灯 / 关心则乱著 . -- 长沙：湖南文艺出版社，2024.3
ISBN 978-7-5726-1342-5

Ⅰ. ①江… Ⅱ. ①关… Ⅲ. ①长篇小说—中国—当代
Ⅳ. ① I247.5

中国国家版本馆 CIP 数据核字（2023）第 137875 号

上架建议：畅销 · 青春文学

JIANGHU YEYU SHI NIAN DENG
江湖夜雨十年灯

著　　者：关心则乱
出 版 人：陈新文
责任编辑：张子霏
监　　制：邢越超
策划编辑：郭妙霞　王　屿
营销支持：周　茜　李美怡
封面设计：梁秋晨
版式设计：潘雪琴
插画绘制：RedMatcha　崖山听泉
内文排版：百朗文化
出　　版：湖南文艺出版社
（长沙市雨花区东二环一段 508 号　邮编：410014）
网　　址：www.hnwy.net
印　　刷：三河市兴博印务有限公司
经　　销：新华书店
开　　本：680 mm × 955 mm　1/16
字　　数：354 千字
印　　张：20.5
插　　页：4
版　　次：2024 年 3 月第 1 版
印　　次：2024 年 3 月第 1 次印刷
书　　号：ISBN 978-7-5726-1342-5
定　　价：52.80 元

若有质量问题，请致电质量监督电话：010-59096394
团购电话：010-59320018